韓国文学の源流

金《キム》源《ウォン》一《イル》 김원일

遠藤淳子
金永昊
金鉉哲
［訳］

父の時代

―息子の記憶―

書肆侃侃房

父の時代
―息子の記憶―
＊もくじ

The Work is translated and published under the support of the Daesan Foundation.

装幀・カバー写真　毛利一枝

凡例

一．本書は、金源一『아들의 아버지（息子の父）』（文学と知性社、二〇一三）二〇一四年度第二十二回韓国大山文学賞受賞作の完訳である。

二．距離を表す「里」、面積を表す「町歩」などは、キロメートル、平方メートルなど、現在、国際的に通用する単位に変えた。

三．原文に忠実な翻訳を期したが、明らかな誤字・脱字は、訳者たちの判断で訂正した。

四．人名は歴史的な史実に基づいてできるだけ正確な漢字を載せたが、本小説は作者の言葉通り「文学的な想像も付け加え」られていることを勘案し、虚構の人物と判断される場合には適切な漢字を当てはめた。

五．地名・人名など固有名詞の振り仮名は、各章ごとに初出の時にのみ提示した。

六．一九四八年に南では「大韓民国」の政府が樹立し、北では「朝鮮民主主義人民共和国」が樹立したが、本小説では特定の時期を示す場合を除いて、一九四八年以前であっても「南朝鮮」「朝鮮」ではなく「韓国」と翻訳した。

七．時代背景及び当時のリアリティを生かすために、差別語や不快な表現を使っている部分もある。

はじめに

父の時代とその息子である私の幼い頃の話について、七〇歳を過ぎてようやく書くことになった。これは「執筆」といえばたいていの人がそうだと思うが、創作欲に導かれてというよりはいつも心の奥底に潜在意識として内在していたためか、その題材がごく自然に浮かんできた結果だった。この歳になるまで、かすかな記憶の向こう側にいる父のことをろくに知らずにいたのではないか、ある日ふとそんな気がした。それまで、父の面影を私の小説の中にごくたまに登場させることはあったが、私の文学に絶対的な影響を与えた父の姿を、ありのまま、まっすぐに描いたことはなかった。その何か負い目のようなものを今更ながらに感じたのだ。私は、激動の一時代に険しく曲がりくねった道を父と共に肩を組んで歩き、そして暗闇の中へと消えて行った敗者たちの足跡と、私が幼い頃に歩んできたその時代をもう少し具体的な記録として残さねば、と決心した。年を重ねるほどに人は子供に戻るという言葉が、この私にも例外なく訪れた訳だ。しかし、いざ執筆しようとすると、若くはない年齢で書くことになったこの自叙伝的小説を、まず私自身からして納得することができるのか、正直不安だった。何より父と私では人生の価値観が違う。父は、私が歩んできた足跡とは正反対の道を歩んだ人なのだ。さらに私のこの年齢が、良い文章を書くための体力と記憶力を減退させた。そのために文学に対する情熱もずいぶんと失われてしまったことを反省していた。取るに足らない昔のエピソードを、当時の政治情勢の間に繰り返し差し込んで、それで終わりになってしまうのではないかと心配だった。

　父たちが成し遂げようとしたものは、皆で幸せに生きていこうとする世界だった。しかし、植民地時代の民族運動下での貧しい暮らしを経て、独立時の混乱期のなかで理念を貫き通そうとする試練を経験しなければならなかった。その過程で、わずか数年の間に南・北朝鮮の政治社会学的な行間から消え去り、忘れ去られ、夢の中でしか出会えない蜃気楼のようなものになった。独立後、南・北の権力を掌握した二人の独裁者に従った者たちは、双方の歴史の中で誤解されたあげく、受難の日々を送った。振り返ってみれば、父を含む彼らは、今日私たちが追い求める社会体制を目指したわけではなかったが、民族を愛する気持ちだけは純粋だった。多少、判断の誤りによる試行錯誤もあるにはあったが、この土地に平等な民主社会を実現して、人間らしい人生の価値を追求しようと渾身の力を振り絞った。しかし独立期の混乱と戦争の果てに、南・北二人の独裁者の権力欲によるスケープゴートとして敗北した。それゆえにこの作品には、山を越え、さらに幾重にも連なる山に向かって苦難の険しい道を歩んだ人々の実際の人生に基づきながら、文学的な想像も付け加えている。敗者を鎮魂するためのこのような文章は、政治的な理念のみをテーマにしたものではない。人生のある時期において苦境に立ち、暗闇の中を歩まざるを得なかった人々にとって、慰めになるような読み物となれば幸いである。

　私は、社会主義体制に同調したり、彼らの理念に首を突っ込んでみたことはない。左派と右派、革新と保守、そのどちらでもない中道を歩きながら、ただ「父と似たような生き方はしない」と、この歳になるまで目立たぬように過ごしてきた。しかし、私が八歳の時に別れた父を今更振り返って、その父の足跡をまるで目の不自由な人が象を触るように回顧することになろうとは。そんな矛盾する私の心を、自分でもしばらく理解できずにいた。幼い子供が成長し、成年になり、そして老いて再び幼い子供へと戻ってゆく。そんな私自身を振り返りながら一言付け加えるならば、父は誰もその代わりにはなれない、私にとって唯一無二の「父」なのだ。父の生誕百周年を迎えるにあたり、この本をどこか北方の山に眠る父の遺骨に、そして不幸な時代の暗闇の向こうへと消えていった恨めしくも悲しい御霊に捧げる。

二〇一三年　秋

金源一

父の時代

―息子の記憶―

第一章

一九四〇年春から初夏にかけて、ドイツのヒトラーがフランス・デンマーク・ノルウェー・オランダ・ベルギーを武力侵攻し降伏させるや否や、イタリアのムッソリーニは欧州制覇の競争でもするかのように、イギリス・フランスに宣戦布告した。軍事力の優位に鼓舞されたドイツは、一九四一年四月に国境を制圧し南に進出すると、ギリシャ・ユーゴスラビアを攻撃した。続いて六月にはソ連との一戦に乗り出した。ドイツ・イタリアと日独伊三国同盟を結んでいた日本は、すでに台湾・朝鮮・中国大陸の一部を占領していたが、一九四〇年から資源確保のため南方に進出し、一九四一年夏にはインドシナ半島南部に進駐した。十二月八日にはハワイのアメリカ海軍基地である真珠湾を航空編隊で奇襲攻撃し、太平洋戦争を引き起こした。そして一九四二年、年が明けるとフィリピンを攻撃してマニラを占領、三月にはインドネシアのジャワ島を侵攻し、大東亜共栄圏の達成を目前にしていた。日本の植民地となって三三年目を迎えた朝鮮半島は、後方補給倉庫として戦争物資を支援するために息をつく暇もないほどだった。総動員令が下されたなかでの朝鮮人徴兵制度、軍属及び軍需工場や炭鉱等への労働力提供のための強制徴用、農産物供出制度の強化によって、朝鮮人の窮乏は極限に達していた。朝鮮半島では、流浪生活のために農業を辞める者が後を絶たなかった。彼らは故郷を離れ、北へ南へと向かったり、日本に渡ったり、あるいは強制的に移動させられる者もいた。

朝鮮半島南部の洛東江《ナクドンガン》河口に広がる金海郡《キメグン》進永邑《チニョンウップ》が僕の故郷だ。日本統治下の土地調査事業（一九一〇〜一八）直後から始まった農地改良事業によって全天候農地になった進永・大山《テサン》平野（進永平野）は、その広さが約五〇平方キロメートルだ。進永平野は、進永邑を中心として昌原郡《チャンウォングン》大山面《テサンミョン》にかけて広がり、七〇平方キロメートルの広さで知られる金海平野に次ぐ面積だ。京釜《キョンブ》線が開通した年（一九〇五）には、慶全《キョンジョン》線の最初の区間である三浪津《サムナンジン》から馬山《マサン》までが開通した。その際に進永駅ができて、進永邑は釜山《プサン》と馬山を結ぶ国道も通り、交通の要所となった。さまざまな品物が集まる村の五日市は、農産物・海産物が豊富なうえに、この近隣の市としては規模が大きいのでいつも賑わっていた。太平洋戦争真っ只中の一九四二年三月中旬、僕はその五日市が立つ広場のとある一軒の民家で生まれた。

母が僕を身ごもった一九四一年当時、両親の関係は極端に悪くなり、もはや離婚寸前の破綻状態だった。二人は育った環境がまるで違ううえに、性格も全然違っていた。父は当時としては珍しい核家族の一人息子で、甘やかされて育ち高等教育も受けていた。母は貧しい儒者の家の末娘で、新教育を受けることができなかった。こうした全く違う家庭環境の中で二人は成長した。父の背丈は一六五センチほどで男性の平均身長には届かず、痩せ型でロマンチックな芸術家タイプであるのに対して、母は一六八センチと女性にしては背が高く、気の強い寡黙な人だった。母の欠点と言えば、女らしい愛嬌や柔らかさが足りないことだった。離婚を切り出したのは父の方だ。日本留学中に出会った、新教育を受けた女性と浮気をして、釜山に別の所帯を構えたのだ。父は進永の実家に姿を見せないまま、人を介して母に「ちっとも話が通じないのでもう一緒には暮らせない。離婚届に判を押してくれ」と言い出して、蔚山《ウルサン》の母の実家にも同じ内容を伝えてきた。睦まじい愛のささやきだとか、互いの理想や未来を考えた生活設計だとか、芸術や政治的な現実についても二人が意見を交わせるような状態ではなかった。当時は新教育を学んだ男性が、学校教育を受けなかった古いタイプの女性と、両親の意向によって早くに結婚させられた後、新教育を受けた女性と浮気をするということが日常茶飯事だった。我が家の場合もそれにあてはまるのだろう。祖母は、一人息子だった父を我がままに育て、父が言うことは何でもよしよしと聞き入れてきたので、父が母と別れるしかないと言い張ると、それを認めざるを得なかった。一つ屋根の下で暮らしていながら、お互いに口を利かない嫁姑の関係は最悪の状態だった。小さく華奢な体のうえに小心者の祖母は、母に荷物をまとめて実家へ帰れとは言えなかったが、当分の間別居するつもりで実家に戻ったらどうかとそれとなく勧めた。そうすれば、家に寄り付かない父が心を入れ替えて戻って来るに違いないと思ったのだ。

　離婚の話を聞いた蔚山の母の実家では「離婚は断じて認めない」と決定を下し、気性の激しい二番目の伯父をすぐさま進永に送り込んだ。思い立ったらいても立ってもいられないというせっかちな性格の伯父は、その時すでに両親が亡くなっていた母にとっては自分の父親のような存在だった。伯父は「武士は食わねど高楊枝」と咳払いをして座っているような家の雰囲気に嫌気が差して、早くに家を出て密かに日本に渡った。そして、東京の日本人が経営するとある洗濯屋で見習いとして技術を磨き、独立するほどに腕をあげると妻子を連れて故郷に戻り、蔚山邑《ウルサンウップ》の役場の前に洗濯屋を開いた。その当時の村で、洗濯やアイロンがけするような服を洗濯屋に頼む家は少なく、商売がうまくいくはずもなかった。伯父は、遠い進永に嫁に行った母の哀れな話を聞くや否や、近所で飴問屋を営んでいた一番上の伯父を押しのけて、母の嫁ぎ先へと押しかけた。自分よりはるかに年下の父をその場でぼこぼこにしてやろうと訪ねたのだが、僕の父は釜山で別の女性と所帯を構えて生活していたので会えずじまいだった。その時、祖父はすでに他界していて、憤懣やるかたない怒りは祖母にぶつけるしかなかった。「お義母さん、私の妹が浮気をしましたかね。子供を産めない女ですかね。でなきゃ、この家の家事仕事を放り出して、そのせいで一家が落ちぶれて物乞いになったとでも？　この家で邪魔者扱いされる理由がどこにあるってんです？　私らの家はね、蔚山でも誰もが知ってるような立派な家柄なんですよ。家系図から戸籍を消した者なんて一人もいないんです。もし、妹が離婚届に判を押すようなことにでもなりゃ、蔚山の土地には一歩たりとも足を踏み入れさせませんよ。私らは、妹を決して受け入れませんから！」伯父は気の弱い祖母にひとしきり脅しをかけると、今度はまだ小さかった姉をかばって背を向けて座っている母をもどなりつけた。「この家の梁で首をくくることはあっても、荷物をまとめて実家に帰ろうなんて考えるな。お前が戻ってくるって言ったって、寝かせる部屋なんかねえぞ。別居も絶対に認めねえからな」そして、祖母に向かって、「蔚山へ帰る途中であんたの息子に会ってぼこぼこにしてやるさ。さっさと息子が女と暮らしてる釜山の住所を教えなよ」と大声を張り上げた。はたして伯父が蔚山に帰る途中で釜山に寄って、本当に父に会ったのかどうかは分からないが、伯父がものすごい剣幕でどなり込んできた話は父の耳にも届いたのだろう。当時は母が進永に嫁いで六年目を迎えていた。長女と長男を立て続けに失ったのだが、その時は四歳になる僕の姉がいた。母は嫁ぎ先の冷遇に耐えられず、姉を連れて戻りたい、長兄の家の納屋にでもいいから住まわせてもらいたいと蔚山に手紙を送った。離婚問題がようやく落ち着くかと思われた矢先に、再び母の状況を聞いた二人の伯父はかんかんになった。本当に離婚する以外に道がないのなら、離婚する前に嫁ぎ先の柱でも抜き取ってやろうと二人は進永の家を訪ねた。当時、父は何か用でもあったのか進永に戻っていたのだが、その時はちょうど外出中だった。でっかい母の兄二人が家に押しかけて父を探し回っていると誰かが父に伝えたらしく、罪悪感からなのか、あるいは伯父たちに捕まれば罵倒されると思って怖気づいたのか、父はそのまま家には戻らずに釜山へと逃げ帰った。

二人の離婚問題で一家が東奔西走していた過程を語るには、二人が結ばれたきっかけまでさかのぼる必要がある。母の故郷は蔚山邑牛井里《ウジョンニ》だ。当時の交通事情では、嫁ぎ先の進永邑から朝食をすませて出かけると、最低でも丸一日はかかる距離だった。進永から蔚山に行くには、釜山を経由してぐるっと迂回しなければならなかったからだ。母の実家は、太和江《テファガン》を眼下に見る両班村《ヤンバンチョン》橋洞里《キョドンニ》の上手にある蔚山郷校《ヒャンギョ》の近くだった。母は一九一五年、慶州金《キョンジュキム》氏の家系の末娘として生まれた。母親と言ってもいいぐらい歳の離れた姉が二人と兄が二人いたのだが、子供を持つには高齢と言える五〇歳近くになって祖母が産んだ女の子、それが母だった。母は生涯背負い続けなければならない苦難がすでに生まれた時から始まっていたとでも言うように、「何の楽をしようって、そんな歳で母さんを産んだんだか……、腰が曲がってるばあさんが母さんを連れて散歩に出かけるとさ、村の人たちが口を揃えて何番目の娘の孫なんだいって聞いてくるもんで、恥ずかしくてたまんなかったね」と話していたものだ。母の実家の暮らしは、祖父の代になってひどく困窮したようだ。祖父はいつも本に親しみ、衣服と冠をつけて郷校に出かけ、幼馴染みと詩を詠んではのんびりと過ごしていた。唯一の仕事は村の子供たちを教える先生の役割だった。近隣の慶弔の祭文や、四柱単子《サジュダンジャ》「縁談が成立した時に、新郎の家から新婦の家に送る書状」を書くのが得意だったが、そんな仕事で家族を養うことはできなかった。「母さんがさ、ばあさんに言われて近所の家から米を借りたことがあったんだよ。えらく寒い冬で、帰る途中で手がしびれたんだか、石につまずいたんだかして、道端に米をぶちまけちまってさ。ばあさんにこっぴどく叱られたことを思い出すよ」母のこんな思い出話から想像するに、その頃は日々の暮らしが大変だったので、町に小学校ができても子供を通わせるなどとは考えもしなかったようだ。「家が貧しいってこともあったけど、お前のじいさんが女は新学まで習わなくてもいいんだとか言ってさ。だから、家で本に書いてある礼儀作法しか勉強しなかったね」そう母は言った。家の経済状況のせいか、祖父は二人の伯母に関してはその夫になる家の家系図を調べるより、とにかくいい暮らしをしている家を選んで結婚させた。母が結婚する頃には、一番上の伯父が小さな工場を始めたので、何とか生活していけるぐらいにはなった。結婚した伯母たちも貧しい実家を援助してくれたので、経済的には少し楽になっていた。「思想にのめり込んで家族をほったらかしにするような旦那と、前世でいったいどんな因縁があったんだか……、母さんほど人生を恨んで恨んで生きてきた嫁なんて、この土地にはいないだろうよ」母はいつも愚痴をこぼしていた。それでも、若い頃に村の写真館で友人たちと撮った何枚かの写真には、服に色糸で刺繍をして、みんなで手をつなぎ、しだれ柳が美しい太和江の川辺を散歩していた夢多き時代の母の姿が思い出として残っていた。

　母は、その当時の女性としては背が高いばかりでなく肩幅も広くがっちりとして、まさに女傑というような風貌だった。二人の伯父もそうだったし、実家側の親戚は総じて背が高く体格がよかった。また、母は必要なことしか言わず、面白い話や冗談を言うことなどまるで知らないかのように寡黙だった。徹底した生活人で、その生真面目さはどこへ出しても引けを取らない人だった。誰かの人となりを評価する時には、口先ばかりで調子がいい人や、怠惰な人を何より嫌った。そして母方の親戚たちのように、任せられた仕事に誠意を尽くし、家族の面倒をよく見る男性が一番だと考え、家長たるもの、誠実で正直であるべきだと子供たちに言い聞かせた。僕と弟が成長し物書きになると言った時、文筆を生業にして食いっぱぐれることはないのか、と多くの親戚が母に尋ねた。この時代にも大学に通えた母方の親戚も僕と弟を見ると「このご時世に、詩なんか書いて飯が食えるのか？」と言い放ち、詩と小説の区別もできないままに気の毒がるような目で見る人もいた。学校で習った知識で詩と小説ぐらいは区別できたのだろうが、物書きでは生活していくのに難儀するという先入観が先立ったのだろう。初めは母も似たような考えで、学校の教師のように毎月月給をもらう職業を良しとし、誠実で正直であれば家族が食いっぱぐれることはないと、僕たちを目の前に座らせていつも同じ言葉で戒めたのだった。しかし、いざ息子が文学をやるようになると、そんな仕事は世間に認められる職業ではないし、家族を養うのも大変だとわかってはいるものの、もはや僕を止めることはできないと思ったのだろうか。物書きも真面目にやれば妻子にひもじい思いをさせることはないだろうと考え直したようだ。

　さて、二人の伯父が進永に押しかけて帰った後、母はもはや進むことも退くこともできない状況に陥った。戸籍から抜かれることも、実家に追い返されることも、嫁ぎ先で肩身の狭い生活をすることも、全てが針のむしろだった。さらにその時は第四子の僕までも身ごもった状態で、大きなお腹を抱えながら幼い姉の手を引いて蔚山へ行くのは孤独で心細いことだった。しかし、そんな絶体絶命の状況でなくても、母が実家へ帰ったという話はあまり聞いたことがなかった。実家へ帰ろうにも祖父母はすでに他界し、飴問屋を営む一番上の伯父や、洗濯屋をしていた二番目の伯父の家に世話になりたくても、そこには居場所がなかった。母が嫁ぎ先で冷遇される悲しみを訴えたくても、両親はもういない。実家は初めからないのと同じようなもので、いざ帰ろうとしてもなかなか足を踏み出すことができなかった。

　それならば、蔚山出身の母が隣村でもない、最低でも丸一日はかかる金海の進永へどうして嫁にいくことになったのだろうか。それは進永市場で自分の妻に牛肉クッパと酒を売る店を任せていた、李仁択《イインテク》という人物が仲人になったからだ。李仁択さんも母と同じ蔚山の出身で、臼よりも大きくどっしりとした体格の彼の妻を、進永市場の人々は蔚山宅《ウルサンテク》と呼んでいた。彼の家は市場の角にあり、市が立つ日には屋号もない店を開けて牛肉クッパと酒を売っていた。幼い頃に小児麻痺を患い足を少し引きずっていた彼は、店を妻に任せきりで商売に口出しはしなかった。買い物をしたり、自分は妻の後ろ盾になるからと言って、店を覗きもしなかった。引き締まった顔に剃刀で丸坊主にしたすべすべの頭は、時にユル・ブリンナーを連想させた。近くで弓術大会でもあれば腕まくりをして出かける道楽者で、いつも市場の前方にある中央山《チュンアンサン》中腹の射場に出かけ、その腕と体を鍛えていた無骨な男だった。口は達者で、行動は公明正大かつ慎重、市場のみならず村の中を探しても、彼の前で声を荒らげる人はいなかった。彼の妻は、そのどっしりとした体格のように度量が大きく情に厚い人で、料理の腕も確かだった。キセルで煙草を吸い、マッコリもがぶがぶ飲んで、頭をしきりに振る癖があった。

　李仁択さん夫妻が若い時分に突然蔚山を離れ、縁もゆかりもない金海の地へ流れ着いて、進永の市場に定住することになるまでのいきさつについては、当の本人が何も話さないので近所の人々にとっては謎のままだった。僕は、小学校を卒業して故郷を離れ、大邱《テグ》に来て家族と一緒になった。その後、二番目の伯母から伝え聞いたところでは、夫婦の新婚時代に何やら芳しくない事件があって、二人は夜逃げをするように蔚山を離れたそうだ。その芳しくない事件の内容については、一族の恥をさらすことになるからか必死で口をつぐんでいた。噂によると、一家の親戚の男が妻に横恋慕して暴行しようとしたため、李仁択さんがその男の手首を鎌で切りつけたとかで、それで故郷を離れることになったという話だった。李仁択さんは、ちょっとややこしいのだが、僕の二番目の伯母のいとこの義弟に当たる遠い親戚だった。

　肥満体質のせいか、李仁択さんの奥さんには子供がいなかった。二人が進永に定住した後、夫妻はしばらく蔚山に足を向けなかった。蔚山との縁を切ってから十数年の歳月が流れ、父の縁談が持ち上がる頃になると、李仁択さんも離れていた蔚山に便りを出し、時折蔚山の親戚が立ち寄っていくこともあった。その頃、蔚山の李仁択さんの実家には、組み紐商人として成功し、にわか成金になった二番目の伯母が嫁いでいた。その伯母が、実家に年頃の娘がいるのだと何気なく話したことが、どういう経路を辿ってか進永まで届き、李仁択さんの耳にも入った。李仁択さん夫妻は僕の祖父母と同年代で、進永では珍しい同郷の出身だったこともあり、隣同士で一つの家族のように親しく暮らしていた。夫妻には子供がいないので、僕の父方の叔母を養子に迎えたりもした。彼は、隣で父の幼い頃からの人柄を見てきたので、進永に中学まで出た独身の男がいると蔚山へ連絡したようだった。蔚山の彼の実家では、相手が家柄を重視する学者の家のお嬢さんで、きちんと育てられた非の打ち所がない娘だと進永に伝えた。その便りを聞くや、祖母と李仁択さんの奥さんはその若い娘の品定めに蔚山へと出かけて行った。祖母は、蔚山へ出たついでに久しぶりに彦陽《オニャン》佳《カ》川《チョン》里《ニ》キプネ〔村名。「深い谷」の意〕にある祖父の実家にも立ち寄り、三日後に釜山を経由して進永に戻った。祖母の帰りを今か今かと待ち受けていた父が「見合いの相手はどんな感じだった？」と尋ねた。「背がちょっと高い娘だったね」という祖母の言葉を聞いた父は「僕より高いのかい？」と聞き返すと、「ああ、多分そうだろうよ」という祖母の答えに、不機嫌な表情になった。しかし、父の背丈が男性の平均に届かないというだけで、相手の女性の身長が高いからといって破談になるほどの欠点ではなかった。両家はこの縁談をまとめることにして、四柱単子を送った。

二人は一九三五年晩春に、母の実家である蔚山で古いしきたりにのっとった結婚式を挙げた。父は一九一四年二月生まれの寅年で二一歳、母は父より一つ年下で十一月生まれの卯年だった。当時の年齢では、二〇歳ともなればもう立派な適齢期の娘だった。その結婚式は、たった一枚の写真も残っていない。紅とおしろいを付けて冠をかぶった母の姿と、紗帽冠帯で礼装した父の姿を写真でさえも見ることができないのは残念だ。いつだったか母に、若い時の写真はあるのになぜ結婚式の写真はないのかと尋ねると、「あの時、写真屋を呼んだのか呼ばなかったのか、細かいことは知らないよ。写真が残ってないのは幸いだったね。そんな写真が残ってりゃ、母さんがびりびりに破くか、でなきゃ火にくべてやるだろうよ。毎日ずっと家を出ることばっかり考えてたような男と、母さんも何で結婚なんかしたんだか。考えれば考えるほど、悔しくて仕方ないね」そう冷たく言い放った。その言葉の中に隠されている意味は、母が言うように結婚写真を処分してしまった可能性もあり得るということなのだ。結婚式を挙げた母の実家が蔚山の町中にあるのなら写真屋ぐらいは呼んだはずだろうに、写真を撮ったか撮らなかったかについてははっきりと言わなかった。進永での結婚式も無事に終わった。二人の仲人を務めた李仁択さんは、僕たちの家とは母方の姻戚になった。彼は、父方の叔母に続いて、僕が朝鮮戦争後に小学校を卒業するまでの間、内孫のように面倒を見てくれた。その李仁択さん夫妻こそが僕の成長過程に大きな影響を及ぼした人物だった。小説家になった後、僕は夫妻を短編小説『暗闇の魂』で伯父、伯母として、長編小説『風と川』では主人公李仁泰《イインテ》とその妻月浦宅《ウォルポテク》として、長編小説『火の祭典』では安時元《アンシウォン》と蔚山宅として、二人から受けた影響を様々な角度から描いたりした。

母との結婚が成立するまでの父の家庭の事情も明らかにしておこう。父の本籍地は蔚州郡三南面《ウルジュグンサムナムミョン》佳川里から内陸に位置するキプネという町だった。佳川里は、京釜《キョンブ》高速道路の彦陽インターチェンジから釜山に向かって八キロほどの距離にあった。一九六〇年代以降、屈指の工業都市になった蔚山広域市と彦陽邑の間は、二〇キロに過ぎなかった。父の一族はよくある金氏という名字の中で本貫［始祖の発祥地］が稀な咸昌《ハムチャン》金氏で、一九世紀半ばまでは、家にお手伝いさんを沢山置くほどの中農だった。咸昌金氏がどれほど珍しいのかと言えば、その人口は全国で二万五千名に過ぎず、僕は今までに咸昌金氏の本貫を持った人には二人しか出会ったことがない。家にあるアルバムには、一九〇〇年代に撮られた韓服姿で数珠を首にかけた白髪の老婆の写真があった。祖母の話によると、その人は自分の姑で、日本に渡った三番目の息子に会いに行って撮った写真らしい。「ほんの数年しかお世話できなかったけど、あの人は菩薩みたいに優しかったね。キプネの嫁ぎ先に可愛いお手伝いの女の子がいたんだけど、お義母さんがその子に『お前をこの家から解放してやるから、お焦げを少しずつ集めて置くんだよ』って言ったそうだ。『お焦げを砕いた焦がし粉の量がいっぱいになったら日にちを決めて、自分の生きる道を探すためにこの家を離れてもいいから』ってこっそり耳打ちしてやったって。ある日の明け方、大人たちに内緒でその子を自由にしてやったそうだよ。私が嫁に来て聞いた話さ」祖母はそう話してくれた。祖父は寺子屋の勉強に加えて他に新学も身につけていたのか、植民地時代初期、地方の役所が近代化で整備されるとすぐに彦陽面の面事務所に就職し、二人はキプネを離れて分家した。祖母は、キプネでの結婚生活はほんの数年で、実家がある面事務所の所在地に所帯を持ったと言っていた。密陽朴《ミリャンパク》氏である祖母は、自分の実家については何も言わなかったので僕もよくはわからないのだが、未亡人だった曾祖母の下で、姉妹だけで寂しく成長したようだった。「母さんが嫁に来てから、お前のばあさんは実家の話を一切口にしたことがなくてさ、彦陽に里帰りしたのも見たことないね。一人で暮らしてた実家の母親が亡くなったって連絡が来たとたん、スカートに顔をうずめて泣いてるのは見たことあったけど、その時でさえも実家には行かなかったんだからね。実家に頼らない姑と嫁だなんて、まったくなんだってそんなとこが似たんだか……母さんもそうだけど、お前のばあさんも、実家なんてもんはまるでないかのようだったね」母はそう言った。祖母は背が低くて華奢で気が小さかった。僕が職に就いてソウルで祖母の面倒を見ていた時、八〇歳を過ぎてもそのこぎれいな姿は以前と変わらなかった。顔が面長で目は奥目、そして鼻筋が通って、若い頃は実に美しい女性だったという話を聞くに付け、なるほどと肯けるような容姿だった。つまり、父は背丈に体つき、そして顔までもが祖母似だった訳だ。祖母の容姿の一番の特徴は、鼻溝が長いということだった。それで会う人ごとに、「彦陽宅（祖母の呼び名）の鼻溝を見れば、長生きの相だってわかるさ」とよく言われていた。祖母の実家には宮中に女官として選ばれた娘もいたそうで、綺麗な女性を選ぶために派遣された官吏がしきりに出入りするほどに女性たちの容姿が総じて美しかったようだ。今もソウルに住む八〇歳を過ぎた叔母は、亡くなる前の祖母に実にそっくりだ。以前、節句の日に祭祀を挙げた後、準備したお供えの食物をそのままにして、祖母は膳をちょっと動かした。そして別に用意したご飯とスープに匙だけを置いて、一人でお辞儀をしていた。その姿に母は「実家って言っても、祭祀をしてくれる息子もいないから、お前のばあさんが一番上なもんで、ああやって両親の祭祀を別にするんだろうよ」と言った。祖父は一人息子の結婚を見ることもないまま、一九三三年に他界した。母方の祖父母は、僕が生まれる前に他界したので会ったことがなかった。幼い頃に、まわりの友達が自分の母親の実家で過ごした思い出話をする時、僕には母の実家というものがなかったのでいつも寂しかった。僕は祖父母四人の中で、唯一父方の祖母を見て育ち、祖母の晩年にはソウルで世話をした。一九七七年、祖母は八五歳の生涯を閉じた。最期の日の朝までも髪を丁寧にとかして後ろで束ねてかんざしを挿し、煙草を一服吸うほどの気力があった。記憶力もまたしっかりしていた。朝鮮戦争の時、北へ行ったまま消息を絶った息子である僕の父のことを、皆が「金さんは国が禁止していることをやってるんだ」と陰口を叩いていたので口にこそ出さなかったが、その息子がいつか自分を訪ねて来るだろうと信じ、寝ても覚めても息子の帰りを待ち続けた人だった。

祖父は彦陽面事務所に勤務していた。当時も転勤制度があり、就職してすぐにその南側の統営郡統営《トンヨングントンヨン》面《ミョン》事務所へ異動になったため、祖母も一緒に実家のある彦陽面を離れた。祖父は、統営面事務所に一年余り勤務し、その後金海郡生林面《センニムミョン》と鳳林面《ポンニムミョン》事務所に異動した。祖父は後に、金海郡進永面消防署の責任者に栄転した。一九二〇年代初めのことで叔母はまだ生まれておらず、父は幼い子供だった。祖父が進永消防署の隊員たちと撮った一枚の集合写真が残っている。祖父は制服、制帽姿で、長椅子の前列中央で長い剣を付き、隊員たちが階段に列を揃えて立っている写真だ。朝鮮人として面消防隊長の地位に昇進することは至難の時代だった。消防隊長は、金で縁取った制帽を被り、長い剣を挿して馬に乗り、所轄の地域をパトロールしたものだと、叔母が小さい頃に聞いた話を思い出しながら、自慢するように語った。祖父は進永消防隊長を最後に官職から退き、面事務所の隣に代書所を開いた。当時、田舎の人はほとんど文字の読み書きができなかったので、面事務所に書類の手続きをする際には代書所に頼んでいた。そのため祖父の代書業は稼ぎが良く、家族も少なかったので暮らしていくには心配がなかった。そして、市場の後ろ、中央山の向こうにある山里の荷渓里《ハゲリ》五秋谷《オチュゴル》に小さな畑を作り、小作料を納めるほどになった。祖父母には子供が沢山いたのだが、幼い時に皆亡くなり、成人になれたのは僕の父と一四歳離れた叔母の二人だけだった。親戚一同が集まり村を作った彦陽の土地を離れてからもずいぶん時間が経つので、隣近所に親しい家もなく、最近の核家族のように四人だけの家族だった。僕は祖父の故郷である蔚州郡三南面佳川里キプネには行ったことがない。叔母は「小さい時に母さんに連れられて、彦陽のキプネに行ったことがあったっけ。早くに彦陽の土地を離れた父さんが長男で、叔父さんがそこで農業をしながら生活してたんだけど、一番下の叔父さんは日本に渡ったんだと。その時キプネでいとこ、はとこの家族たちにも会ったのさ」という思い出話をしてくれた。第一次経済開発計画が始まる前の一九六〇年代初めの頃までは農村人口が八割の農業中心の時代であり、一九二〇年代初めにこの地に住んでいた人々はほとんどが農民だった。しかし、都市でもなく、かといって農村でもない、五日市が立つ小さな村で父の代を受け継いで僕が生まれたので、僕の家、母の実家、皆が農業とは縁遠い家だった。

第二章

当時としては、家族が少ない家の一人息子として愛情を一身に受けながら育った父は、幼い時からとても聡明だったらしい。父は、町内に創立されたばかりの進《チ》永《ニョン》大《テ》昌《チャン》小学校第三回卒業生で、この学校は朝鮮人による三・一独立運動（一九一九）に驚いた朝鮮総督府が武断統治から文化統治へと急旋回した直後に開校した。大昌小学校は邑単位にある学校としてはかなりその名が知れ渡っている。まず、盧《ノ》武《ム》鉉《ヒョン》前大統領の母校であり、その夫人権良淑《クォンヤンスク》さん、金泳三《キムヨンサム》元大統領の夫人孫命順《ソンミョンスン》さんもこの学校の出身である。漫画「コジュブ［鼻が高い人］」で知られた漫画家金龍煥《キムヨンファン》さんが父の一年先輩で、児童文学家馬《マ》海《ヘ》松《ソン》さんの夫人であり、現代舞踊家朴外仙《パクウェソン》さんもこの学校を卒業した。僕もやはりこの学校の第二九回卒業生である。父は大昌小学校を卒業すると、当時としては一つの郡から一人、二人しか入れないと言われた超難関校の馬山《マサン》公立商業学校に志願し合格した。一九二七年に一三歳で入学した父は、入学生の中で最年少だった。進永駅から新馬山駅までは電車で徳山《トクサン》駅・昌原《チャンウォン》駅・旧馬山駅を通る五〇分の距離だった。父は電車で通学し、五年制の馬山公立商業学校を卒業したのは一九三二年（昭和七年）だった。板紙に緑色のビロードで装丁された父の卒業記念アルバムを見ると、校長は口髭を生やした曾良という名前の日本人で、教師のうち卞《ピョン》先生と呼ばれていた人だけが朝鮮人と思われるが、残りの教師は皆日本人だった。生徒たちは日本人が半分を占めていた。朝鮮人学生の中には父より年齢が四歳上の李元寿《イウォンス》さん（児童文学家）の写真があるので、二人が同期であることがわかる。

朝鮮戦争の渦中に父が家族を守りもせずに一人で越北した後、祖母はせめて死ぬ前に息子に会えるのだろうかと寝ても覚めても父を待ち続けた。僕がソウルで八〇代の祖母の世話をした時、夜中に小便がしたくて起きて板の間を通ると、その隅っこにタバコの赤い火が見えた。祖母が夜中に板の間に座り、大きなガラス越しに暗い庭を眺めながらタバコを吸っていたのだ。「おばあさん、何で寝ないんですか」と僕が聞くと、「あれこれ考えて寝られないんだよ」と答えが返ってきた。夜中だけでなく、昼にも祖母は腰を折り曲げて座ると、遠く北側の山を見上げるたびに、タバコの煙と一緒にため息を吐き出していた。祖母は、小柄で小食だった。膝を立てて、腰を曲げてタバコを吸う姿は、家族に対してこんなことを言うのも何だが、まるで猿のようだった。胸にわだかまっている「恨《ハン》」をタバコで慰めていたのだろうか、祖母は三度の飯よりタバコが好きだった。息子に再会する時までは痴呆になってはいけないと堅く心に決めていたからか、亡くなる日にも気だけはしっかりしていた。祖母の晩年のある日、僕が尋ねた。「おばあさん、一生のうち、楽しかったこととか嬉しかったことだってあったでしょう。それはどんな時だったんですか」その時にも祖母は吸殻にマッチで火を点け、山の遠くを見上げていた。いつしか祖母の目が涙で濡れていた。「人生ってのは一体何なのかわからん。心配で不安で、涙に明け暮れてた月日ばかり思い出すもんだよ。実家にいた頃も寂しかったけど、結婚してからは、じいさんの仕事の都合でずっとよその土地にいたからね。人の『情《チョン》』ってやつが恋しかったのさ。一生をこんな風に生きてきたのに、嬉しかったこと？　よかったことなんてあるはずないだろうよ」と口を閉じた。「それでも幸せだった時ってあったんでしょう」僕は、祖母をまた泣かせてしまうと思ったが、さらにもう一度聞いた。「そう言えば、一つあったけな。お前の父さんを馬山の中学に通わせてた時だよ。明け方に朝ご飯を作って、弁当を作って、電車の時間に合わせて、お前のじいさんと一緒に父さんを電車の駅まで送ったことがあってな。父さんは、馬山中学には電車で通ってたのさ。人を羨むこともなく暮らしたあの数年が、今振り返ってみると幸せな時代だったね。校帽をかぶって、制服を着て、市場を横切って行く時なんかはさ、『ばあさんとこは、しっかりした息子がいるね』って羨ましがられたもんさ」と煙草の匂いを吐きながら祖母が静かに語った。

父は祖母に似て、体格も小さくて細かった。商業学校の卒業アルバムの写真を見ると、面長の顔に鼻は高く、茶色い瞳はまるで夢を見るように淡い色だった。主題歌で有名なイタリアの映画『ブーベの恋人』の男性主人公ジョージ・チェキリスと背丈や顔立ちが似ていた。僕が学生になってからも、八歳の時に最後に会った父の姿が記憶に残っていたが、時間が経つとその記憶も色褪せ、今は残っている写真で思い出すことが多くなった。市場から駅までは、約三〇〇メートル弱の短い距離だった。市場を過ぎると舗装されていない坂道には紙屋・染色屋・石油屋・雑貨屋などがあったが、間もなく馬山と釜山《プサン》を繋ぐ大きな道ができた。小さなポストが立っていた郵便局の向かい側にある階段を三〇段ほど下ると駅の小さな広場があった。数年前、駅が雪倉里《ソルチャンニ》へと移ったが、現在も駅舎は昔のまま残っている。農業を営んではいなかったが生活するのに困ることはなく、才智のある賢い息子がいたので、僕の祖父母が鼻を高くするのも当然だった。公立商業学校の校帽をかぶった学生服姿の息子を連れて、他の人はめったに通わない都会の中学校に登校させるために市場を横切って行く時、祖父母の胸はどんなに誇らしかったことか想像に難くない。僕が村の小学校を卒業した休戦直後の一九五四年は一学年に三つのクラスがあり、一クラス六〇~七〇人のうち中学に入学した生徒は数人程度だった。一九二〇年代半ばでは、面所在地から馬山市にある五年制中学に通うというのはそれだけ珍しいことだった。

父が馬山公立商業学校を卒業したのは、日本が満洲統治に乗り出した真っ最中だった。父は日本の北伐前哨基地だった咸鏡北道《ハムギョンブッド》清進《チョンジン》にある金融組合への辞令を受けるとすぐに、北の地に単身赴任した。しかし、慣れない地域での寒さと下宿の粗末な食事、他郷での生活の寂しさも重なってか肺結核にかかってしまった。父は何とか一年間勤めた後、病気休暇をもらって故郷に帰った。その後、馬山結核療養所に入院し、そこで一年を過ごした。「母さんに連れられて、馬山結核療養所へ兄さんの面会に行ったことを思い出すよ。母さんが、『ここでどうしてるんだい』って聞いたら、『ほとんど本を読みながら過ごしてますよ』ってね」と叔母が話してくれた。「面会が終わった後で帰ろうとしたら、兄さんが『邑事務所の前に住んでる友達の許栗《ホユル》さんに渡してくれ』って言いながら、手紙を一通よこしたんだよ。町に戻って、許栗さんにその手紙を渡したら、『本を買ってきてほしい』っていう内容だったのさ。本の値段がかなり高いもんで、母さんが許栗さんにお金をあげたら、馬山へ行って頼まれた本を十冊以上買って、それで父さんのところに面会に行ったってさ」父は体調が回復して、一年ぶりに進永に戻って来た。「兄さんが帰って来た時、大きなスーツケース二つが本でいっぱいだったんだよ。電車の駅で降りて、背負子屋さんに頼んでスーツケースを家まで運んだのさ。兄さんが療養所で読んでたのは、ほとんどが日本文学の本だったね。兄さん、たぶんあの時は文学を志してたんじゃないのかね」と叔母は話した。家に帰ってくると、父は町の金融組合に就職して書記になった。進永金融組合は街路沿いにある邑事務所の向かい側にあった。父は、昼間は銀行員として勤め、家に帰った後は読書に夢中になり、蓄音機を買ってクラシック音楽を聴いた。父が高尚な趣味を満喫していた安定した生活は一年余りだった。勤務が終わると、その年齢にもなれば目覚めるであろう賭けごとと色に溺れはじめたのだった。「飲む打つ買う」から「酒タバコ」が抜けていたのは、父は酒があまり好きではなかったし、肺病を患っていたこともあって、タバコは吸わないようにしていたからだった。

町中にある電車の駅と市外行きのバス停の近くは、市が立たない日にも人が集まる場所で、そこには日本人が多く居住した。一九〇五年の日韓保護条約、そして一九一〇年の日韓併合条約の後、日本人が朝鮮半島に多く移住し、主に慶尚道《キョンサンド》と全羅道《チョルラド》の海岸地域に定着した。彼らの多くは、日本人が経営していた農場で仕事をするためにやって来たが、面事務所がある中心地に定住した日本人は、目新しい品物を売る雑貨店・洋品店を開いた。進永では、一九二一年に日本人子女の教育のために進永尋常小学校ができるほど居住者が増えていた。バス停付近には旅館・洋品店・雑貨店・洋服店・洋菓子店・日本式居酒屋・辻売りが陣を張り、日が暮れると小和館という喫茶店も営業を始めた。ここを訪れるのはほとんどが町中に住んでいた日本人だったが、懐具合がいい朝鮮人の道楽者も常連だった。父は、町中の地主層の息子で中等教育以上を受けた若い知識人と交わっていた。植民地時代初期から、進永邑は朝鮮全土の市・邑・面単位の中で地主が最も多く住んでいたという統計があるほど土地長者が多かった。「進永《チニョン》の金《キム》さん、姜《カン》さん、金参事《キムチャムサ》、許進士《ホジンサ》といえば、小作人をたくさん抱えてた大地主で、飛ぶ鳥も落とす勢いだったのさ。その息子たちは、都会に行ってたくさん学んだもんで学識があるうえに、当時流行したマントを引っかけた紳士服に中折れ帽子なんかかぶって、ステッキを振り回してた浮かれ者じゃないか。日本に、ソウルに、釜山にと出歩きながら、金をばらまいてたんだからな」進永に長く住んでいた老人たちはそう話した。父は彼らとともに朝鮮民族の未来について、押し寄せてくる新文化の受容を主題に討論をしたり、花札や麻雀にはまって夜を明かしたりした。時には一緒に馬山の料理屋に、釜山や晋州《チンジュ》にと出歩いた。父は早熟だった。十代後半に町中にある喫茶店の年上の日本人ホステスと関係ができ、数か月間部屋を借りて一緒に生活したりした。小柄な体格、知的で繊細な容貌、ロマンチックな気質、もの静かな雰囲気の父は、女性たちには人気があったのだ。「直接言われた訳じゃないけど、結婚した後で市場に行くと、みんながこそこそ話すのが聞こえるんだよ。都会に出歩いて本を買い込んでは部屋で読むのに、そんなにお金がかかるはずないだろ。金融組合から給料をもらうと、何日間も家に帰らないで博打と女道楽で有り金を擦って、死んだじいさんが稼いだお金を使い果たしちまったのさ」僕は常に母が父について愚痴をこぼすのを聞きながら育った。「女を誘う実力も、持って生まれた運命なのさ。いつも女道楽に溺れる父さんを見てると、母さんの胸は真っ黒に燃え尽きちまったよ」母は縫い物や洗濯をする時にも独り言を言いながら父への不満を吐き出していた。

　祖父はそんな一人息子をこのまま放っておいてはいけないと考えたのか、李仁択《イインテク》さんに父のことを相談した。李仁択さんは、揉めごとの多い市場の中で、正式に許可を受けてはいないものの裁判官のような役割を果たしていた。それゆえ、相談相手としては申し分ない存在だった。李仁択さんは、そんな状況ならば息子を結婚させたらどうかと提案した。淑やかな奥さんをもらって子供ができれば、放蕩な息子も大人しくなるだろうと考えたのだった。食べていくのに困らない家の一人息子で、良い学校を卒業し、朝鮮人としてはとうてい思いもよらなかった金融組合に就職していたので、嫁選びには厳しかった。祖父が父の結婚相手を探し始めてから数回のお見合いをしていたが、ある日、霊山《ヨンサン》の方に良い花嫁候補がいるという話を聞いた。霊山は、洛東江《ナクドンガン》を渡って守山里《スサンニ》（現在の下南里《ハナンニ》）を過ぎ、釜谷里《プゴンニ》の方向にある。ここからは約二四キロの距離だった。進永の大地主の田んぼがそこまで広がっているので、秋の穫り入れが終わると、収穫した賭租米を載せた牛車が新道まで連なったりした。祖父は花嫁候補に会うために霊山に行った。そこで一日か二日泊まってくると言っていたが、三～四日が過ぎても音沙汰がない。五日が経って、やっとそこに住んでいる人の牛車に乗せられ、半死半生の状態で町に戻ってきた。霊山の花嫁候補の家で丁重なもてなしを受けたが、食べたものに当たったのか、吐いたり下痢をしたそうだ。食べ過ぎ、飲み過ぎのあげくに罹った病はその程度では治まらず、一層深刻な状態に陥った。淡水魚を刺身にして生で食べたので、肝ジストマにかかったのだ。洛東江河口地域に住んでいる男たちは、淡水魚を刺身にして酒の肴としてよく食べたが、そのせいで肝ジストマと横川寄生虫に感染した人が多かった。洛東江河口は淡水魚がたくさん集まるところで、鯉・鮒・鯰・高麗鱖魚・雷魚がよく捕れる地域である。当時は肝ジストマの治療薬が開発される前だったので、進永市場の男性は五〇歳になる前にその風土病で死ぬ人が多かった。祖父もやはり肝ジストマに罹り、あらゆる薬を使ってみたものの効果がなく、顔色は緑豆色に変わり、ガリガリに痩せていった。それで、代書所も店仕舞いをするしかなく、霊山での結婚話はお流れになってしまった。

　祖父は三年間苦しんだあげく、四〇代半ばの若さで息子の結婚を見ることもなく死んでしまった。妻と息子、まだ何もわからない五歳の幼い娘を残して逝ったのだ。一九三三年、父が母と結婚する二年前のことだった。祖父の亡骸は市場から四キロほど離れた雪倉里方面の道端にある野山の共同墓地の中腹に葬られた。墓の前には祖父の名前が刻まれた木枕ほどの表示石が建てられた。祖母が生きていた時、僕は「おじいさんが亡くなった当時には、家は食べていくには十分だったって聞いたけど、どうしてご先祖様の墓のある山でもなく、共同墓地に埋葬したんですか」と尋ねたことがあった。「あの時は植民地時代だったからね。墓地法だか何だかが新しくできて、勝手に墓を作ることができなくてね、必ず共同墓地に葬らないといけないっていうんでそうしたのさ」祖母の話を聞いて、僕の胸は一瞬苦しくなった。

故郷を離れ、他郷での生活が長かったので、亡骸としてでも故郷に戻ることができなかった祖父の生涯が目にありありと浮かんだ。彦陽邑《オニャンウプ》佳川里《カチョンニ》のキプネという村には、先代が葬られている墓があるはずだった。祖父が進永に定住した時、もし土地が広ければ相次いで亡くなる人のために、生前に家族墓を拵えたはずだ。しかし、働き盛りの時に他界したので、そのような機会すらなかったようだった。祖父はかなり多くの財産を残して亡くなった。しかし、祖母は家事しかできなかったので、その財産をどうすればいいのか分からず、李仁択さんに預けて管理をしてくれるようにお願いした。祖母はお金が必要になると、その分だけもらって使っていたので、李仁択さんはまるで私設銀行のような人だった。そんな状況を見て、母は祖母の陰口を叩いた。「母さんが嘴を挟んでどうのこうの言える立場じゃないけども、ばあさんは何でまた自分の金をよその男に預けて、必要な時にもらって使うんだかね。妾でもあるまいし。何だってこうへなへなしたばあさんなんだろうね」

第三章

一九三五年、春もまもなく終わりを告げようとしていた。結婚式を挙げた新郎新婦は短い夢のような一時を過ごしたのだろう。母は貧しい家庭ではあったが、儒者の家の末娘として女性が守るべき昔の礼儀作法を身に付けながら育ったので、新妻として慎ましく尽くしていたはずだ。母は普段から寝る時を除いて、手を休めるのを見たことがないほど働き者だった。怠けることを何よりも嫌い、僕たち兄弟を育てる時の戒めの一つが、「男は匙を置けば食膳を越えなければならない」ということだった。「食膳を越える」とは、男性は食事を終えて匙を食膳に置いたらすぐに稼ぎに出て、家族を守らなければならないという母の持論だ。結婚はしたものの、田畑はおろか庭には野菜畑すらなく、幼い義妹一人しかいない家族の少ない家庭では、そんなに手まめに働くようなこともなかったはずだが、母は少しも休まず仕事を見つけ出す性格だった。母の際立った特徴といえば潔癖症だった。幼い僕たち兄弟の体を洗う時には、水に浸した麻布をキュッと絞ってからアヒルの卵のように丸めて、茄子を洗うような音がするほど肌をごしごしと擦ってくれた。風呂から上がった後の僕たちは、体中がまるで毛を抜かれた鶏のように赤く腫れ上がっていた。それで李《イ》仁択《インテク》さんの奥さんは、桶に水を張って子供たちを入れて洗う母に、「拳ぐらいのちっちゃい体の子供たちに、垢なんていくらもないだろうにさ。まるでヒヨコから毛を抜くように薄い皮を剝がしちまって」と舌打ちをしたりした。母は僕たち兄弟が服にキムチの汁一滴、ズボンの裾にほんの少し泥をつけても、必ずその服を脱がせて洗濯した。麻・木綿・キャラコ・紬・絹など、それが何の生地で作られた服であれ、それをきれいに洗濯しては糊付けをし、水に湿らせてぎゅっと踏んでは砧で打って、糊が糸筋に染み入って柔らかくなるようにした。その後、口に水を含んで噴き出し、炭火を熾してアイロンに入れると、皺一つないようにかけていた。僕たちが子供の時に外出などすると「節句でもあるまいし、金さんちは何で子供たちの服をいつもあんな風に綺麗にして出かけるんだろうね」と近所の人たちが嫌みを言った。キャラコで作られた夏の制服はどれだけ糊付けをしっかりしたのか、襟がまるで鋸のようで、首の後ろの部分に襟が当たるとまるでカッターで切られたような傷ができるほどだった。母は見様見真似で針仕事もうまくこなし、全ての服を自分で仕立てていた。子供の服は猿股（僕たちの世代までは、パンツやガードルというよりは「サルマタ」と言ったほうが分かりやすい）はもちろん、制服までサイズを合わせて手ずから仕立てて着せてくれた。女性の服は、子供がお正月に着るチョゴリから大人の羽織のような外套に至るまで、作れない物はなかった。成人男性の服は、背広を除いてズボンのチョゴリや外套まで、市の立つ日に反物屋で布を直接買ってきては、自ら裁断して作り出していた。夏になると、母はよく手入れして糊のきいたパリッとした真麻のチョゴリと、裾が膨らんだ長くて煌びやかなスカートを履いて出かけた。背が高くて体格もよかった母の姿を見て、まるで白鶴が翼を広げたようだと村の女性たちは感心した。それで、村で豊かな生活をしている人たちが、母に十分なお金を払うから服を作ってほしいと頼んでくるほどだった。祖母はそんな母に家事を任せきりで、朝食を済ませ匙を置くとすぐに町に遊びに出かけては一日を過ごし、夕方頃になるとぶらりと家に戻って来た。主に出かけるところといえば、李仁択さんがやっている飲み屋の中の部屋だった。市が立たない日は、近隣の女性たちがそれぞれ自分の仕事を持って店に集まり、破れたり穴が開いた服を繕ったり、竹籠に入れて来た豆を剥きながら、市場を行き来する人たちを話題にして時間を過ごしていた。実は、祖母はかなり怠け者だった。それで、家の内外を塵一つないほどに掃いたり拭いたりして、家中を白粉箱のようにするのは母の仕事だった。

　母はまもなく妊娠し、十か月の後、大変な難産の末に女の子を産んだが死産だった。母は初めての子を失ったことを誰にも話さなかった。僕が成人した後のある日、姉が「母さんからは聞いたことがないんだけどさ、昔ばあさんがこっそり耳打ちしてくれたんだよ」と言った。母は、初めての子が死産だったのは自分の過ちだと思い、誰にも言わずに胸のうちに秘めておいたのだ。そして、その後まもなく再び妊娠し、一九三七年に男の子を生んだ。最初の子を亡くして、子供が少ない家にとっての初めての息子だったので、祖母と父はとても喜んでいた。しかし、その赤ん坊は母乳をちゃんと吸うこともなく、日に日に弱っていった。村には一か所しかない西洋式病院の「南山病院」の医師に診てもらい、母と一緒に入院させた。しかし、病名を調べている最中、赤ん坊は一日も経たないうちに息を引き取ってしまった。御七夜を迎えた日の死だった。母乳すらろくに飲ませることも出来ないまま赤ん坊二人を相次いで失ってしまって、母の心は深く傷ついていた。そんな母を慰めるために、父は馬山《マサン》に出かけてシンガーのミシンを買うと、電車に乗って戻ってきた。母の几帳面な裁縫の腕を普段から見ていたので、そんなスケールの大きいプレゼントを考え出したようだが、当時、町の中でミシンを持っている家は数少ない時代だった。家の雰囲気が重苦しくなるにつれて、父の外遊びが再び頻繁になった。秋が深まると、父は算盤をはじいて金銭出納簿に記入するような商学ではなく、人文学全般について幅広く勉強しようと決めたのか、進永《チニョン》出身で日本に留学した友達の勧めを受け入れたのか、あるいは退屈な田舎の生活に嫌気が差して放浪癖が出てきたのか、大学に進学するために留学しようと決め、故郷を離れる夢を見始めた。大学の勉強をするには仕事を辞めることになるし、当分の間は家族とも離れなければならなかった。ある日、父は祖母と母に、金融組合を辞めて日本に行って勉強するという爆弾宣言をした。家族の意見などに耳を傾けるような人ではなく、いつも我を通してきたので、これは一方的な通告と同じようなものだった。

　父は、暮らしていた家を売り、家族には借家暮らしをさせ、そのお金で日本の東京を目指して進永を出た。一九一六年には日本に滞在する朝鮮人は五千人ほどだったが、父が渡日した一九三七年には徴用・徴発・徴兵、そして僅かな留学生などで七三万人を超えたので、父の日本行きは朝鮮人としては珍しいことではなかった。一九三七年秋から母の長期間に渡る孤閨を守る生活が始まった。東京に行った父はしばらく音沙汰がなかったが、ある日、家に手紙が届いた。中央大学に入学したということだった。学校が休みに入ると、進永に戻ってきて少し滞在した後、授業料を遣り繰りして再び東京へと帰った。父の三年間の留学生活について、僕としては知る術がない。当の本人が誰かに話したかどうかは知らないが、僕の周りには父の東京での留学生活について話を聞いたという人はいない。商業中学を卒業したものの、商学部に入学しなかったのは間違いないが、文学部のどの学科に籍を置いたのかはわからない。母や叔母までも父が中央大学で何を勉強していたのか、その学校を正式に卒業したのかすら知らなかった。実は、僕自身も父という人についてはよく知らない。いや、父についてろくに知っていることがないと言ったほうが、より正直な告白であろう。僕は父と会話を交わした覚えがない。幼い頃、父が僕に投げかけたいくつかの言葉だけがぼんやりと記憶の中に留まっているだけだ。だから、父の履歴について、また、父が抱いていた理念とそれを持つようになった動機と変遷過程について、父の人生観について、それらを虚心坦懐に明かすのを聞いたことがない。そんな話を聞いたと、僕に話してくれた人もいなかった。ただ、周りの人たちから聞いた言葉を総合して、僕なりにそれに足したり引いたりしただけだ。周りの人たちも、自分の視点やレベルで判断した父の印象について僕に伝えてくれたので、その言葉の客観性を信頼することもできない。それは、まるで目の前を塞ぐ霧の奥に存在しているよく知らない人について、僕があたかも知っているかのように書いているだけなのかもしれない。僕が描く父の像は、まるで視覚障がい者が象の足を触った後に体全体を想像して描くようなもので、推測の尾を摑んで熱心に追いかけて行ったり、あるいは僕が想像で作り出したもっともらしい父という人物を、下手な腕前で弄って人の形として彫刻しているだけなのかもしれない。僕は数十年間にわたって父をモデルにして多くの小説を書いているうちに、父の良いところと悪いところをよく練り合わせて、そこに小説的な想像力を加えて作り出した、もっともらしい父という偽の枠に合わせてこの文章を書いているのかもしれない。あるいは、この機会に父の本心により近づいてみようという試みが、筋違いの他の人物として作り出される愚を犯すかもしれない。それゆえに、この文章は自伝というより、小説に近いのかもしれない。作家が自己流で話を作りあげていく小説も、けっきょくは知らず知らずのうちに自分の内面を明かしているわけで、それもまた白々しい告白になるだけだ。

　父の東京留学中にはいくつかのエピソードが残っている。母方の二番目の伯父が蔚山《ウルサン》に帰ってくる前に、東京の洗濯屋で見習いとして働いていた当時のことだった。ある日の新聞に、父についての記事と写真が載ったそうだ。「僕は何が何だかよくわからんかったけど、新聞社で募集した懸賞作品にあの人の書いたもんが選ばれたそうで、えらい賞金をもらったって記事だったのさ。それで、僕はその新聞記事を切り取って、洗濯所の裏の僕が生活してた小部屋に貼っていつも見てたっけな。周りの人たちに、この写真が僕の義理の弟だって自慢したりしてさ」伯父のその話が本当だったのか、母によると、父が東京に行った翌年の一九三八年（姉が生まれた年だった）に、賞金でもらったお金で買ったからと、姉のベビー服や学用品をいっぱいに詰め込んだランドセルが東京から進永の自宅に小包で送られてきたという。もう一つは叔母から聞いた「日本に留学してた時に、確か『女性の一生』とか何とかって、そんな題名の小説を出したと思ったな」という、多少曖昧な話だった。僕は、その小説を見たことがないし、叔母の話以外では全く聞いたことがない。母からも父が小説を書いたという話は聞いたことがなかったので、叔母の言葉を信じるしかないのだ。しかし、一九五〇年の朝鮮戦争の時、九月二十八日にソウルを失地回復した後、僕たち家族がソウルから進永へと避難して来た時のことだ。祖母が借りて住んでいた小部屋には、昔のミシンと一緒に日本語版ハードカバーの世界文学全集と人文学書籍百数十冊が本棚に並んでいた。田舎には珍しく蔵書を備えた本棚が残っていたのを見ると、父が文学愛好家だったことは確かなように思われる。

日本留学時のもう一つのエピソードがある。そこから考えてみると、東京留学中に新女性［十九世紀末の開化期に新しい教育を受けた女性］の「彼女」と出会ったのではないかという推測が成り立つ。彼女の実家は村中の大昌《テチャン》小学校を挟んで余来里《ヨレリ》の錦屏山《クムビョンサン》のふもとにあって、家の裏には竹林が鬱蒼としていた。彼女の父は早くに日本に渡り、鋳物の釜を作って大成功した人物だった。それで、彼女も東京の専門学校まで留学することができたのだろう。父が彼女を進永にいる時から知っていたのか、東京に行って朝鮮人留学生の郷友会のようなところで出会ったのかについては詳しい事情まではわからない。父が留学を終えて完全に帰国したのが一九四〇年、帰国してすぐ鉄下《チョルハ》（鉄道の下という意味。市場がある進永里は鉄道の上にあり、鉄下からは進永平野が広がっている）で何人かの友達と農村啓蒙運動の一環として私設塾を開き、同じ時期に帰国した彼女もその塾の先生として誘い込んだのだ。僕は一度も彼女を見たことがないが、うちでは彼女のことを、肌が浅黒いという意味で「黒んぼ」と呼んでいた。彼女は裕福な家でのびのびと育ち、性格も明るくて何事にも積極的な新女性で、母とは対照的な面があったので父が関心を持ったのかもしれない。特に声が綺麗で歌がうまかったので塾でも歌を教えたそうだ。

　農村啓蒙運動は、一九世紀後半の帝政ロシアで若い知識人が農村地域で行った社会運動のブナロード（Vnarod）運動（農民自治共同体を意味するmirと、農奴解放を主張した人民主義のNarodnikiの意味を含む）に由来する。韓国では一九三〇年代初期にこれと類似した農村啓蒙運動が全国的に拡散したのだが、代表的な事例として李光洙《リグアンス》の小説『土』（一九三三）と沈熏《シムフン》の小説『常緑樹』（一九三五）にそうした内容が詳しく書かれている。一九三〇年代後半に入って朝鮮知識人学生が主導した農村啓蒙運動は、朝鮮民の民族・民衆運動と規定され、露骨な弾圧を受け、農村と都市の至る所に設立した多くの夜学堂と塾はひどい打撃を受けて閉鎖された。日本帝国主義が最高潮に達し国家総動員体制を加速化する中、民族新聞として知られる『朝鮮日報』と『東亜日報』さえ廃刊を余儀なくされた。そんな一九四〇年に農村啓蒙運動とは。その当時は小学校から大学まで朝鮮語の授業時間は大幅に縮小されたり、全廃措置の決定が下される状況だった。朝鮮思想犯保護観察令（一九三六）、国家総動員法（一九三八）、小作料統制令（一九三九）、国民総力朝鮮連盟を利用した米穀強奪（一九四〇）、朝鮮思想犯予防拘禁令（一九四一）、国防保安法（一九四一）、治安維持法の改正（一九四一）、強制供出制度の実施（一九四二）などの悪法の公布によって、朝鮮民族の抹殺政策を推し進める真っ最中だった。進永平野の農夫たちは、強制的な節米運動による収奪でひどい飢餓の状態に陥った。市の立つ日にも市場がまともに立たないほどだった。商売人も客も集まらなかった。売る物もなかったが、買おうとする人もいなかった。五日市は人通りが少なく閑散としてしまった。市場の周辺を覗く人々も、毛が抜け変わる時の痩せた野良犬のように見えた。「こんな時に誰が何を習うのだろうか」塾の開設は、僕の常識から考えると疑わしいことでしかなかった。大人になった後、故郷に帰るたびにその当時の状況について村の老人に聞いてみると、全くその通りだと認めた。父は何人かの進永出身の留学生たちと、村の鉄下にベニヤ板で教室をいくつか作って塾を始めた。何かを学ぼうとする熱意も胃袋を満たしてこそできることだが、たとえ飢え死にしようとも学んだ後に死にたいという青少年たちが、村から五キロ、十キロも離れた所から大挙して押し寄せてきた。「十年前、迫間《ハサマ》農場の小作争議の事件でえらい騒ぎになったから、この辺の小作人たちは争議の内幕を良く知ってるだろうさ。連行されて裁判を受けて、刑務所に入った人も多かったしな。その事件を通して、農夫たちはわかったのさ。飢え死にしそうになっても、目を閉じる瞬間まで人は学ばなきゃいかんってことをね。戦争中とは言えども、農村の民度もそれだけ高かったろうよ。我が民族が、何でこんなに身を粉にして働いても飢えてるのかってことを知るべきだって学習塾を覗き込んでたんじゃないかね。とにかく、その当時、塾の前の道路は白い服を着た連中で溢れてたもんだよ」ある老人がそう話してくれた。三・一独立運動の後、こつこつと蓄積されてきた農民の意識向上によって、塾開設の噂が進永平野の町に広がると、誰も彼も学ぼうと集まってきた。志願者が非常に多かったので、昼間のクラスまで別に作って運営した。

　進永は平野が広がり人口密度も高く、父とその友達が開いた塾は出入りする人が絶えなかった。韓国最初の夜間学校として知られている馬山労働夜間学校が一九〇七年に馬山の埠頭の通りで開校した理由を考えると、慶尚南道《キョンサンナムド》南部地域は青年知識人によって早くから啓蒙運動が始まり、農村社会運動が活発だったのだ。一方、一九三〇年代からこの地域は、赤色農民組合運動との関わりで日本の官憲に逮捕された人も多かった。駅から近くて、市場の入り口の大きな道路には駐在所が目を光らせているのに、どうして塾開設の許可が下りたのかが不思議だった。もちろん、父と友達は町で影響力がある人々と接触し、その人々を通して駐在所に許可の圧力をかけたはずだ。戦時体制の悪法ではあるが、表面的には絶対に法律違反をしないという条件の下に授業を行うという但し書きが付いていたのだろう。地域民の生活文化レベル向上のために共同学習を通した識字運動、迷信的な生活習慣の打破、共同作業を通した自立基盤の樹立、保健衛生の指導、農閑期の副業と禁酒・禁煙運動、物産奨励政策と生産性向上による農業技術の普及、唱歌学習などの授業科目が一九三〇年代以後、夜間学校や塾の正規科目となった。父はそこで一年ほど教師をしていたが、当局もそのままにして置くことはできなかったのか、一九四一年に入り、強制的に廃校措置を下した。

　人は生まれてから死ぬまでいくつかの段階を経る間に、全く違う人に変わってしまうこともある。「三つ子の魂百まで」と言うように、何一つ波乱も曲折もなしに一生を過ごす人もいれば、激変の時代が初心を貫き通そうとする人を放ってはおかず、時として七転び八起きの崖っぷちを歩かせる場合もある。父も険しい時局に自分の意志半分、他人の意志半分という難路を歩くようになって、その後の父の人間性は日本留学期間中に形成されたのだろうが、その頃から世の中を見る目が変わったことは間違いない。父は帰国をきっかけにして、これを実践する道、つまり自分が歩むべき道を見つけ出したのだ。井の中の蛙のように世事に疎かった柔弱なお坊ちゃんから抜け出して現実に目を開き、迫害を受けている民族の苦難を直視するようになった。そしてそのような現実を改善しようと身を捧げたのだ。父の左翼傾倒は、一九三〇年代の半ば以後、マルクス・エンゲルスの著書の翻訳と読解が、ヨーロッパの先進文明を学びにドイツに次々と渡った日本の留学生を中心として、知識人の間で我先にと行われた時期と重なっている。一九三〇年代、ドイツで提起されたマルクス―ヘーゲル的な解釈、青年ヘーゲル派の思想運動に関心が向けられた時期と関連性があったと言えるだろう。しかし、一九三〇年代後半になって、極右反共を志向したヒトラー集団がドイツを掌握し（一九三六年日独防共協定が調印された）、人を神格化する天皇制に反対した日本の左翼運動もその影響を受けて地下に潜伏したが、部屋を利用した塾運営もその影響を受けたと見なければならないだろう。一九三〇年代以後から独立するまで、朝鮮の知識人による民族主義の政治的な傾向を分析すると、筋金入りのマルクス・エンゲルス主義者とまではいかないが、社会主義系列の支持者や同調者は少なく見積もっても一〇人中六人程度にはなるはずだ。いつか日本帝国主義が敗亡し、この国が独立する時、国家建設の理念の基準は民族主義＝社会主義の体制になるべきだと信じている人々の中に父が入っているのは当然だ。父は、故郷に帰るや馬山と釜山《プサン》まで行動範囲を広げて自分の理念を実践する仲間を募ると同時に、帝国主義の断末魔のような強制統治の下で自分の歩む道を決めた。説明してもわかってくれない、理解してくれない家族には、自分の信念を話すこともしないまま実践に移し始めた。そのようにして始まった一本道が父の一生の職業となった。よく言えば革命家の道であり、母の立場から見ると思想に狂って家庭を捨てた流れ者としての道だった。ところが、父が女性を誘うのが上手いのか、そうでなければ父の周りの女性が磁石にくっ付く金属のように自らやって来るのかはわからないが、塾が閉鎖されると、父は唱歌と保健・衛生を教えた新女性を連れて釜山に逃げてしまった。塾に行った娘が何日経っても帰らないので、女性側の家族はただならぬ気配を感じたのか、祖母と母が住んでいた我が家まで訪ねて来た。休みにちょっとだけ故郷に帰った娘を誘い出したのは父で、娘が行方不明になったことも父と関連があるはずだと言いながら「金君はどこにいるんだ」と問い詰めた。祖母も母も「今初めて聞いた話なので、何もわかりませんよ」と、弁解するしか方法がなかった。家から足が遠のいてしまった父もまた消息が分からないことは同じだった。噂はすぐ市場に広がった。間もなく、二人は釜山の安宿で同棲していることが明らかになった。独身女性が既婚男性と同棲するということに、余来里で何不自由なく暮らしていた彼女の家族は「大事な一人娘を傷物にされた」と真っ赤になって怒った。彼女の家族は「男側が全ての責任をとれ。結婚詐欺として留置所にぶち込んでやるぞ。二人の居場所を教えろ」と家に押しかけて来た。祖母も母も父がどこにいるかわからない状況だったので、唯々呆れるばかりだった。彼女の家族が人を頼んで、噂を辿ってあっちこっち探し回った末に、釜山の西面《ソミョン》でままごとをするように暮らしていた二人を捜し出した。父は苦し紛れに「今の妻と離婚して彼女と結婚するので、少し時間をください」と彼女の家族に訴えた。実のところ、父は事態がこんなふうにならなくても、これをきっかけにして母と別れたいというのが本音だった。

　前にも話したように、父と母は育ちも違うし、性格もあまりに違い過ぎた。父は夫婦間に細やかな情がないのは、全て母のせいだと思った。自分より体格の大きな母が手に余るというのもそうだったが、何より母には女性としての魅力がないところが本当に嫌だった。母は、やさしくて愛嬌たっぷりという性格ではなかったので、僕が大人になった後でも母が声を出して笑ったり、笑みがこぼれるような表情になるのを見たことがない。生涯続くやるせない歳月が、母の性格をそんな風に変えてしまったのかもしれない。もちろん、これは僕の早合点かもしれない。夫婦という関係の微妙な愛憎は、当の本人以外、子供でさえもわかり得ない秘密なのだろう。実家には今も一枚の写真が残っている。一九三七年の秋、蔚山の鶴山《ハクサン》公園で撮った家族写真だ。その年の秋、何の用事のためかわからないが、母が実家に帰った時に父が一緒に行ったことを証明する写真だ。中折れ帽子をかぶってベストを着た洋服スタイルの父が真ん中に座っていて、左側には姉を妊娠中でお腹の大きくなった母が岩にもたれかかっていた。隣には二番目の伯母の息子三人が並んで座っている。飴問屋を運営していたという伯父も、若い頃日本によく行き来していたので洋服姿で中折れ帽子をかぶっていた。韓服を着た伯父の奥さんも、幼い娘を抱いて母の横に座っていた。母側の仲人は二番目の伯母で、その伯母の嫁ぎ先が鶴山公園の横にあった。一番目の伯父夫婦と僕の両親が訪ねると、二番目の伯母が子供たちを連れて公園に散歩にでも行っておいでと送り出したのだ。中折れ帽子をかぶった父の表情は少しむすっとした顔つきで、母は久しぶりに実家に帰ったせいかちょっと嬉しそうな表情だ。一九三七年ならば二人が結婚して二年目になる年だ。その頃までは二人の関係は悪くなかったのだろう。二人の子供を相次いで亡くした後には、ミシンまでプレゼントした父だった。そしてその翌年八月に姉が生まれた時は、祖母が「今回は、実家に帰って赤ん坊を産んでおいで」と許してくれたそうだ。母は蔚山の伯父の家で姉を出産して七日を過ごした後、進永の家へ生まれて間もない姉を抱いて帰ってきたという。二年の間に二度も実家に帰ったことになる。古今東西を通じて、生前に残した業績によって尊敬される知識人や有名人の生涯を辿ってみると、自分の分野では理性的に成功したかもしれないが、感性の調節能力、つまり肉体的な欲望に対する忍耐という側面では理性的な判断が揺れる場合が多かった。真摯な精神的労働による成就欲が「貪心」といえば、続々と湧き出る肉体的な欲望も「貪心」だ。その両刃の剣を放せない二面性もよく見られる。一生の間、ひたすら一人の女性だけを身も心も愛し抜けるならどんなにいいだろう。しかし、愛は果てしなく新しい相手を求めて探し回る属性を持っている。だから、父もやはり母と違うタイプの女性を求めたのかもしれない。当時は暮らしに余裕があると、妾を囲って別に所帯を持つ場合が珍しくなかった。だからと言って父の浮気を認めれば、それは家父長的な封建制度の犠牲になった一人の女性の涙を無視することになるのと同じだ。

離婚問題で黒雲が空を覆い隠すように家の雰囲気が暗くなると、一番辛い立場に立たされたのは母だった。離婚することも、しないこともできない複雑な状況だった。母は、いくら新女性と暮らしている父の顔を見るのが嫌でも、離婚はとうていできないことだった。娘もいるし、お腹には赤ん坊がいるのだ。嫁ぎ先にいるのが嫌になって、しばらくの間蔚山の伯父の家に行き、納屋ででもいいからそこで暮らしたかったが、毎日兄嫁にきつい目でにらまれることも、父の実家で暮らすのと同じくらいに窮屈なことだった。だからと言って、母が独立して生活できる能力を持っていたり持参金を持っている状況でもなかった。家出をした夫なんか忘れて農作業に没頭すれば二人の子供たちと食べて行くことはできるだろうに、そうしようにも小さい田畑もない家だった。父のように感情の敏感なタイプなら、何か事件や試練と向き合った時、自殺のような衝動的な行動を選択するかもしれないが、母は生命力が強く、真面目で平凡な生活人だった。ドイツの作家トーマス・マンは、人を芸術性と市民性という二つのタイプに区分した。父が芸術性の強い人なら、母は市民性が強い人だった。母は男が稼いだお金で子どもを育て、やりくり上手な世話女房だった。市場で唯一母の味方は、同郷で仲人の役を務めたせいで苦しい立場になった李仁択さんだった。彼は「糟糠の妻を捨てるなんて出来るわけないんだから、我慢して生きるしかないでしょうよ。男のこんな浮気心なんてもんは、いつかは収まる時が来るはずだからね。狂ったように風が吹き荒れて、激しい雷雨がやって来ても、次の朝にはまるで嘘みたいに雲一つない快晴になるってことだよ。今の金君は、狂った天気みたいなもんだからね。こんな時は、立ち向かえば自分の体だけが傷つくんだよ。お腹に赤ん坊がいるんだから、子供のことを考えて、放っておいた方がいいだろうよ。金君もある程度学んだ人だから、いつかは目が覚めるだろうさ。その日が来るのを我慢して待ってれば、道は開けるはずだよ」と言いながら母の心を慰めた。

一九四一年、その年が終わるまで大変な時期を過ごした母は言った。「何より腹が減って死にそうだったよ。大東亜戦争の真っ最中だったから、農村は供出だの何だのって、生きることは死ぬことだってくらいにしんどかったね。その時は、三度の食事はおろか、ヒエの粥を一日に二度食べるのさえ大変だったよ。でも、うちはお前のばあさんが持ってるお金がいくらかあったから、飢えるほどじゃなかったけどね。だけど、ばあさんは底意地が悪い人だって有名だったのさ。朝は麦の糠に安南米を少しだけ入れて炊いた、茶碗一膳分にもならないような物を食べて、昼ご飯は抜きだよ。うちだけじゃなくて、どの家も皆飢えてた時代だからね。誰も何も言えないさ。よく水で空きっ腹を満たして、ひもじさを感じる前に急いで草粥みたいなのを炊いて、それで晩ご飯を済ませたもんだよ。お腹の子はだんだん大きくなってるのに食べ物のことしか頭になかったね。それなのにばあさんときたら、嫁が馬みたいにでかい体で大食いだから、飯を炊く時も何も考えずに米をどんどん使って、節約することを知らないって、村中に母さんの悪口を触れ回ったのさ。ばあさんの手が小さいのはお前も知ってるだろ。米櫃から米を取る時は、ひょうたんですくったりしないで、一握りずつ取って炊くようにってさ。田舎に行くと飢え死にする人が多いって言うけど、飢え死にもしないで生きてることをありがたいと思えって口癖のように言ってたさ。そのうえ、腰に挿してた鍵で米櫃に鍵をかけちまったんだよ。母さんがこっそり、しかもごっそり米を取り出すんじゃないかと思って用心したんだろうよ。ばあさんは、朝ご飯を食べた後に出かけてほっつき歩いては、夜になると狐塚に帰る狐みたいにぶらぶら帰って来るのさ。息子の浮気は、全て嫁が至らないせいだって人をのけ者にしてさ。その悔しさを誰に訴えたらいいんだか。家族って言ったって、ばあさん、大昌の学校を出た小姑、三歳になったお前の姉ちゃんしかいないのにさ、その三人のご飯をよそったら母さんが食べる物はお焦げしか残ってないんだからね。毎日、目の前が暗くなって、めまいがしたりして歩くのもしんどかったさ。こんなだからお腹の赤ん坊が死ぬ前に、母さんの方が先に死にそうだったよ」祖母は母と顔を突き合わせているのが嫌だったので、朝食を食べるとすぐに出かけるし、叔母も友達に会いに行ってしまえば、母はわざと仕事を作ってそれにかかりっきりになって全てを忘れたいと思った。しかし、父に裏切られたという悲しさと空腹感は、我慢できないほどの辛さとなって母にのしかかった。そんな時はよちよち歩く幼い娘と鉄道駅によく行った。駅の庭が見下ろせる階段の一番上に座って、線路のはるか向こうに見える広々とした野原を眺めながら長い昼の空腹を紛らした。たまに石炭の煙を吐き出しながら、長い列車が停まったり通り過ぎたりした。その列車に乗れば釜山を経由して蔚山まで行けるだろうと思ったが、母は故郷には帰れない状況だった。釜山であの女性と同棲する父はいつ家に帰るかわからなかった。しかし母は、もしかしたら父が家に現れるのではないかと思うとむしろ怖かった。また離婚の話を切り出されるくらいなら、いっそのこと来ない方がよかった。

　母と臍の緒で繋がって、かろうじて息をしている胎児だった僕も、母からその心理的な影響を受けてＤＮＡのどこかには母の気持ちが刻み込まれたと信じている。一般的には「記憶の保存」において、子宮の中の胎児の時までさかのぼって適用するのはナンセンスかもしれない。少なくとも四〜五歳になってこそ日常の一つ、二つの事実がＤＮＡに刻印されるという考え方が医学的にも妥当性がある。生の刹那を大脳のある部分にインプットするということだ。昼間の陽の光、森羅万象、夜の闇と寂しさ、闇の中のかすかな星、季節の変化によって移りゆく自然の色、宇宙の秩序により生じる様々な現象、人々の姿と言動、あらゆる匂いを覚え始める年齢は四歳頃だと言われている。長い時間が過ぎた後、一〜二歳の時に僕が見た世界を記憶の倉庫から取り出して、直接経験したかのように受け入れることが可能だろうか。もちろん、その当時の僕が生きていながら記憶が全然残っていないのならば、生きたことがない時代のようにこれを再解釈するのは不可能だ。遠い将来、自分が大人になった時に「お前はまだ幼かったので覚えていないだろうけど、こんな時代だったんだよ」と、誰かが伝えてくれる言葉・記録・映像・ルポ写真などがその時代の社会的な現実を復元して提示したりもする。僕が書いている一九四一年前後の時代の状況も直接確認した事実ではないので、僕自身も詳しく知らないことが多いのは当然だ。その時の僕は、精子と卵子が出会って受精し、十か月の間、子宮の中の胎盤という暗闇で一本の臍の緒にしがみついて栄養分を受ける原形質の核に過ぎなかったからだ。人間を構成する六〇兆個の細胞もこの時から生成され、その細胞は組織的に連携してタンパク質を合成し始める。だから胎児には、父性より母性の影響が絶対的だ。排卵を経て僕という存在が作られた一九四一年、地上の生命体として生まれた一九四二年は、この地球上に人類が存在して以来、最も多い人命殺傷の惨劇が起きた世界大戦の真っ只中だった。その年に生まれた僕が、この世の真相を覚えているはずはない。朝鮮人が経験した惨状を見たといっても、それは一歳の時だから脳のある部分に存在する記憶の倉庫に保存されているという仮説は信じられない。見たはずなのに記憶できないということは、実際に見て経験したにもかかわらず全く知らないという話と同じだ。しかし僕は少し考えが違う。精子と卵子が授精するのは、母の遺伝因子と父の遺伝因子が出会って、胎児の遺伝因子を決めることなのだ。僕は母の子宮の中で胎児の時からその当時の母の惨めな心象を臍の緒を通して伝えられ、大脳のＤＮＡに保管したと信じている。母の心理状態が胎児の僕にもインプットされて、生まれた後の性格や個性の形成に絶対的な影響を及ぼしたのだ。

　この世には僕たちが常識的に理解しにくい、仮説のような現象が実際に存在する。「記憶の保存」以外にもそうした不思議な現象がある。夏に北のシベリアで繁殖を終えて、秋になると空の道を飛んで朝鮮半島を通過する旅鳥がいる。カモ・カワチドリ・ホオアカ・アジサシなどがそうだ。旅鳥は数万キロを飛んで、東南アジア付近で冬を過ごし、翌年の春になると再び朝鮮半島を経て自分が生まれた北のシベリアに帰る。また、朝鮮半島の東の川で生まれたサケの稚魚は、海に出ると遠い南太平洋の海中、数万キロを三～四年の間泳いで、寿命が尽きる頃には記憶のＤＮＡに保存された道を捜し出して自分が生まれた場所を求め、朝鮮半島東海岸の小川に戻ってくる。そして多くの卵を産んで次の世代に命を繋ぎ、その生命を終える。アゲハチョウに似ている帝王蝶は羽の長さが二〇センチにもなる。この蝶は毎年八月から初霜が降りる前まで、カナダとアメリカの北東部からメキシコ南部まで約四千キロの長い旅を始める。初霜が降りる前に旅に出なければならないことをわかっていて、その生涯の大部分を過ごすためにメキシコ南部の暑い熱帯地方を探して飛んで行く。この全ての移動過程と旅路がＤＮＡに保存されているためだ。「三千キロを飛ぶ渡り鳥にはナビゲーションがある」という記事を読んだことがある。長距離を移動する鳥は、目と連結した「羅針盤」、嘴と繋がった「地図」を脳内に保存しているという。地球の磁場を確認する網膜神経細胞《クリプトクロム》と、上の嘴にある磁鉄石が遺伝子に内蔵されていて「道の地図」を記憶するという。「羅針盤」は生まれる時からすでに持っているが、「地図」は経験を積んでこそ利用できるものなので、親鳥は長い距離を移動した経験を基に、初めての旅に出る若鳥を先導するそうだ。鳥類学者の解説によると、帝王蝶の寿命は、本来春から夏の間の二か月に過ぎないが、南に移動する時期になると七か月まで生きることができるという。冬を過ごして本来の場所に戻る蝶々は、最初に南に移動した個体ではなく、四～五世代後の子孫で、彼らは「羅針盤」はあっても経験で獲得した「地図」はないはずだ。しかし、帝王蝶はメキシコから祖先が住んでいた北に移動する時は、地図の役割をする別途の記憶ＤＮＡ四〇個程度を先代から受け継いで記憶しているので、最終目的地まで行ける。このような超自然的で神秘的な能力を人間は持っていない。人間は地球の磁場を利用する能力をかなり以前に退化させてしまったのだ。だが万物の霊長と称される人間は、他の生命体が持っていない超自然的な能力を保有している。僕はその巾の一つが「記憶する能力」だと思う。人間は生まれる前、母の子宮の中にいる胎児の時から遺伝因子中に記憶装置を持った因子が別にあり、そのＤＮＡが内蔵されていると信じている。「記憶のナビゲーション」とも言えるだろう。

　僕が作家の末席に仲間入りできたのは、芸術的な気質、美的な感覚、色に対する感受性、ロマンチックな想像力、感性的な衝動と激情など、かなりの部分を父のＤＮＡから譲り受けたからなのだろう。しかし、食に対するこだわり、空腹が我慢できない気の短さ、社会を眺める生活人としてのバランス感覚、勤勉性などは母の影響が絶対的だ。何より僕は母の臍の緒を通して肉体としての生命だけでなく、当時の母の心理状態までもそっくりそのまま移植されたに違いない。臆病で心配症、対人恐怖症、慢性的な鬱病、涙もろさは、母の子宮の中にいる時、僕のＤＮＡに深く刻み込まれたのだろう。

第四章

七百里を流れる洛東江《ナクドンガン》が海水と合流する地点に土砂が堆積して形成された三角洲地域、そこが金海《キメ》平野である。その肥沃な野原の真ん中にある大村《テチョン》は、一世紀にはすでに駕洛国《カラックッ》という名前で建国された国の首都、金海としてよく知られている。金海市の中にある進永邑《チニョンウプ》は、そこから約二八キロ西北側に離れた町外れにある。金海面《キメミョン》が邑に昇格したのは一九三一年で、邑から市へと昇格したのが一九八一年である。そして、金海邑と共に進永面も植民地時代末期の一九四二年に面から邑へと昇格した。植民地時代には地方行政の編制上、一つの郡に邑が二か所あったのは特別な場合であるといえよう。進永邑の中で市場がある進永里《チニョンニ》は、昔からあった村落ではなかった。朝鮮時代末期までには寒村で、一五〇メートルほどの大して高くないソンダルバウ山と、その隣にある中央山《チュンアンサン》麓の丘にある山里だった。町外れにある山村で、人々は山裾の急斜面を開墾して、主に畑作をしながら暮らしていた貧しい村だった。村が発展するためには水が豊富でなければならないが、近くには高い山がないためか、夏の梅雨時以外は小川では砂利の川底が見えるほど水が不足していた。洗濯をするには、洗濯物を入れた籠を頭に載せて、余来《ヨレ》里《リ》にある余来川《ヨレチョン》の浅い小川まで辿り着かなければならなかった。

一九〇五年に慶全線の一部が三浪津《サムナンジン》から馬山《マサン》まで開通すると、ソンダルバウ山麓の野原が始まる地点に進永駅ができた。風水によると進永は兵士たちが陣営《チニョン》を張った形で、「進軍せよ」という意味の「進」と、「永遠なれ」という意味の「永」が合わさって「臨戦無退」の意味が込められているという。大昌《テチャン》小学校と余来里の裏には、高さ三〇〇メートル足らずの錦屏山《クムビョンサン》があるが、その山勢は「上帝奉詔形」で将軍が対座した形であるため、進永という地名が付けられたという説もある。最初は、進永駅から東へ四キロほど離れた雪倉里《ソルチャンニ》に面事務所があり、そこには五日市も立った。雪倉里とは、一六六六年（顕宗七年）に納税物を収納した倉庫があったため付けられた地名である。一九二八年に進永面に名前が変わると、雪倉里にあった面事務所と五日市は電車の駅がある進永面に移転した。そして、馬山と釜山《プサン》を繋いだ新道ができると、バス停も作られて発展し始めた。古くからある村に行けば、必ず村の守護神として守護木があるものだ。例えば余来里には郡の保護樹として指定された樹齢三〇〇年を超す榎と欅があるのだが、進永里には樹齢を数えるほどの巨木はなかった。このような新しい面の名前が全国的に知れ渡ったのは「進永甘柿」のお陰である。一九二七年に日本人が甘柿の苗木を持ち込んでソンダルバウ山の入口に家を建て、甘柿の果樹園を造成したのが全国最初の甘柿の畑になったのだ。それが朝鮮人にも普及し、進永の付近にも甘柿の果樹園が次第に増え、一九三四年には「進永果樹出荷組合」が設立された。甘柿の中身は淡い蒲色で、表面には黒い縦縞の模様があり、色は濃く、縞模様の目が詰んでいればいるほど甘い味がする。進永邑は気候と土質が甘柿の栽培地として最適で、最初は主に北側にある斜面の陰で栽培された。

統計資料によると、一九三七年に進永面にいた朝鮮人の人口は金海面の次に多い一万二千七〇〇人であり、そのうち日本人居住者は五五〇余人だった。現在は南海高速道路がソンダルバウ山裏側の西南部へと貫通し、進永里にある大興《テフン》初等学校（植民地時代には進永尋常小学校）の方角に進永インターチェンジがある。近くでは一九七四年に大規模機械工業専用工団の工事が始まり昌原《チャンウォン》工団と名付けられたが、その規模が大きくなるにつれて進永にまで影響を及ぼし、町の人口が増え続けた。田舎では人口の減少が続いたが、それとは反対に進永邑は二〇一二年現在四万人を目前にしている。進永邑は邑の中心となっている進永里と余来里の他、内龍里《ネリョンニ》・芳洞里《パンドンニ》・本山里《ポンサンニ》・雪倉里・新龍里《シニョンニ》・牛洞里《ウドンニ》・佐昆里《チャゴンニ》・荷渓里《ハゲリ》・蟻田里《ウィジョンニ》・毘山里《シサンニ》・竹谷里《チュッコンニ》など一三か所の里《リ》があり、車が通れるように舗装された道が四方八方に作られている。町の中心部進永里には市場があり、それに加えて電車駅・支署・郵便局・銀行・各種店舗が大通りに沿って軒を連ね、北側の坂道には五日市の市場があった。進永里から東側にある余来里には、邑事務所、進永里から移転して来た市外バスの停留所、大昌小学校・進永中学校がある。進永里だけでも一千戸を超す住宅がソンダルバウ山と中央山の尾根にあるが、村が急いで作られたために畑や庭を備えた住宅はなく、一軒の広さが平均三〇坪にも満たなかった。僕が小学校に通っていた朝鮮戦争前後、そして二〇〇〇年代に入っても、市場の周辺は変わらずそのままの姿だった。一九七〇年代に入り、全国的に行われたセマウル運動［「新しい村」の意。全国的に展開された地域開発運動］により、路地裏の道を広げて、藁葺の家も改良した。しかし、進永の市場の周辺は藁葺の屋根だけをスレートに変え、小道はセメントで舗装したくらいで、大きく変化した所がなかった。そのためか故郷の市場に行くと、都会の街はずれにある貧民街を歩いているような気がした。町の中心部は山裾の急斜面にあるため、町の中には交差点がなく、その代わり馬山と釜山を繋ぐ国道が東西を横切っていた。国道沿いには電気製品の代理店や大型スーパー、各種飲食店が軒を連ね、居酒屋・カラオケもできた。現在もこのような状況なので、植民地時代の発展ぶりは言うに及ばないだろう。

進永五日市は進永邑付近の面所在地で順番に行われる加述《カスル》市・守山《スサン》市・翰林亭《ハルリムジョン》市・徳山《トクサン》市の一つで、新暦の四日と九日が入る日に市が立っていた。ここではあらゆる品物が豊富に揃うため、慶尚南道《キョンサンナムド》地域でも有名だった。特に、進永市は海産物が豊富だった。市場は二つに分かれていたが、上の方が大きな市で、僕はその上の市場の近くで生まれた。これから紹介する市場は、僕が少年期だった一九五〇年代初中期頃の朝鮮戦争前後に見た風景であることを勘案していただきたい。上の市は、小学校の運動場を半分くらいにした広さだった。そこには、亜鉛の鉄板だけを載せた仮家の魚屋が数軒あった。市が立つ日には、穀物屋・道具屋・生地屋・反物屋・靴屋・八百屋・果物屋・タバコ屋・雑貨屋が軒を並べた。鍛冶屋も上の市にあり、市の日には一日中鉄を叩く音がカンカンと響いた。市場で店を開く商人は、四隅に長い竹竿を立て、屋根を載せて日差しと風を防ぎ、日陰を作って商売をしていた。それぞれに自分の決まった場所があり、場所代も払っていた。自治組織である「市場繁栄会」では「ワルチャ」と呼ばれるお金を集金する人を置いて管理した。板を置いただけの露店は、市場の周りの垣や軒下で店を開いた。上の市の下側には、市が立たない日にも常に商売をする建物と共同便所があった。この建物では、干し魚・魚・野菜・塩辛・ワカメ類・醤油味噌類を売り、町の住民たちはそれをおかずの材料にしていた。その裏側にある小道には食べ物を売っている屋台が連なっていた。主に餅屋が多かったが、鉄鍋や釜の蓋でクジラの肉を焼く匂いがあたりに充満していて、客たちはそこで小銭を払って食べたりした。一緒に市場に来た親戚と世間話をしながら、鯨の肉一皿とマッコリを食事の代わりにすると、田舎者たちは「市場に出て来てよかった」と思えたものだ。最近の田舎の五日市には、トッポッキ・かまぼこ・餃子・饅頭やいろいろな飲み物が出ているが、一九五〇年代にはそのような食べ物はなく中華料理屋もなかったので、ジャージャー麺は見たこともなかった。上の市から下の市に下る通り道には市の日だけ営業をする精肉店があり、染色屋・紙屋・雑貨店が並んでいた。文具と旧活字本の書籍を並べて売っている店もあった。マッチを一本ずつ積んで客引きをしたり、偽薬を売る如何様師も道に陣を張っていた。下の市には漢方薬の材料を売る薬材屋・木材屋・炭屋・鍮器屋・祭器屋・木器屋があり、農作業に必要な各種農機具、台所に必要な道具や箒などを売っていた。綿を綿雪のように飛ばしていた打綿機屋さんはなくなって久しい。向かい側には町の公会堂の役割も兼ねる二階建ての劇場があった。劇場で映画や歌劇団の催しがある日には、夕暮れ時からスピーカーを通して騒がしく宣伝が始まり、昔の流行歌を流したりした。面白い映画や、当時人気を集めていた男装女優が出演する歌劇団がやって来ると隣の村にも噂が広まり、四〜五キロも離れた所から夜道も厭わず若い男女たちがそれぞれ下の市に集まってきた。大きな甕が積んである陶器屋の角を曲がると、東西に通じた新道があり、その向かい側には邑事務所があった。牛屋は邑事務所の裏側にある鉄下に離れて、市の日だけ店を開いていた。

田舎の五日市は、特に約束がなくても親戚に会って世間話をしたり、市場に並んでいる物を見るだけで目の保養をしながら相場を計ったりして、世の中と意志疎通できた唯一の場所だった。しかし、最近はテレビ・ラジオと携帯電話の普及により、知りたいことは簡単にわかるし、至る所にさまざまな店や大型スーパーなどが並んでいるので、生活必需品は自由に買える。だから、五日市が昔ほど賑わっていないのは当然だ。今や前近代の遺産のように扱われ、まるで白黒写真のように廃れてしまった五日市の様子を長々と紹介したのは、僕があのような環境で生まれ、あのような風習になじみ、そしてあの場所で幼年期を過ごしたからだ。その土地の土・水・空気が、動植物はもちろん、そこで生まれた人の身体と魂を作り出す滋養分となるのはもちろんのことである。ＤＮＡにもその土地の精霊が刻み込まれ、生まれてから死ぬまでその土地が抱いていた精気が生涯に大きな影響を及ぼす。僕がこの地上での人生を終える時、鮭のように生まれた場所に辿り着いて最後の瞬間を迎えることはできないだろう。「死ぬ間際には、頭（魂）を生まれた場所の方に向ける」と言われるが、肉体が死んで屍から抜け出た魂が生まれた場所を求めて移動するのを確認することはできないので、きっとそうなのだろうと推測するだけだ。僕はあの市場で生まれ、幼少年期のほとんどをあの場所で過ごした。市場で過ごした時間は、僕の全人生のごく一部ではあったが、僕の小説には五日市を背景とした作品が意外と多い。幼い時に見た市場の風景と当時の風習が無意識ながらいつも心の片隅に存在していたので「あの場所を背景とした自然と人間の物語を書くように」という無言の圧力を受け続けたためであろう。誰しも自分が幼い時間を過ごした場所は、たとえそこがどんなにむさ苦しく暗かろうとも、まるで母の子宮の中のように温かく安らかな憩いの場所なのだ。金素月《キムソウォル》や白石《ペクソク》の詩が、彼らの故郷である平安北道《ピョンアンプクト》のような北方の情緒を素材にし、鄭芝溶《チョンジヨン》の詩「故郷」や「郷愁」、アメリカの作曲家フォスターの歌曲「スワニー川」「ケンタッキーの我が家」が、故郷と幼い時代の思い出を歌ったのもそのためである。金東里《キムドンニ》の小説『巫女図』『率居』『黄土記』が、彼の生まれ育った慶州《キョンジュ》を背景としていたのも新羅の精気を受けて育ったためである。節句を控えて、都会に住んでいる人たちが皆家族を連れて故郷を訪れるため高速道路が駐車場化してしまう民族大移動、それも考えてみれば自分が生まれたところに戻ろうという帰巣本能が遺伝子の中にあるからであろう。年を取って老年期になると最近経験したことは忘れるが、その代わりに遠い幼少年期の記憶が蘇ったり、アルツハイマー病にかかった老人がまるで子供のように振る舞うのも「記憶」というノートの最初のページにその時代の記憶が刻み込まれているからなのだろう。庶民生活の哀歓を描いた大衆歌謡の愛唱曲のほとんどが、離れた故郷に対する思い出とその時の母の懐を歌ったのも偶然ではない。僕が文学を志していた青春時代に読み耽っていた外国の小説家トーマス・マン、アルベール・カミユ、マルセル・プルースト、ジェイムズ・ジョイス、ウィリアム・フォークナーらは、彼らが幼少年期を過ごした時代と場所を小説の背景とした結果、世間に広く知れ渡ったことにも注目する必要がある。

僕が生まれ育った進永市場は、一九二〇年代後半に外地から入って来た商人たちが市場の周辺にやっつけ仕事で家を建て居を構えた、俄か作りの町だった。そのため、昔ながらの農村なら地主や両班が住んだはずの古色蒼然たる瓦屋がなく、また同姓同貫の親戚が隣にいて仲良く住むこともなかった。市場の周辺は四方八方から集まって来た外部の人たちが集団で居住していた。僕が幼かった一九五〇年代には、市場周辺の人たちは馬山に出かけて干物や商売になりそうなものを仕入れたり、田舎者をだますような珍しいものを都会から仕入れてきては、露店で売ったりしていた。町外れの農村を回りながら適当に捨てられていた骨董品を安く手に入れてきたり、荷担ぎをして労賃をもらうこともあった。また、商人と商人の仲介をして利益を上げたり、もっともらしい作り話で口銭をもらったりもした。そして、畑で収穫したものを市場に持って来て端っこで売っている人を脅迫しては場所代を取ったりするなど、そんな稼ぎにも利益を計算し、浅知恵を絞り出した。市が立つ日にはちょっとした仕事を見つけてわずかな金を稼ぎ、紙袋に入るほどの雑穀でも買って、次の市が立つ日まで生き延びなければならないほどに暮らしは困窮していた。利害打算がかかったことには命を懸けるほど目をむいて、少しの利益にも拳を振り上げ、言い争いに熱を上げた。市場はそれほどまでに心が荒んだ人たちの集まりだった。都会の噂は一際《ひときわ》早く聞こえてきて、馬山や釜山で流行したものはすぐ進永市場にも広がった。最新の流行曲は一か月足らずで進永にも入って来たので、夜になると若者たちが市場にある広場の仮屋で焚火を焚いて集まり、ハーモニカに合わせて歌を歌ったりした。サーカスや門付けたちが来ると、浮かれた男の子や女の子の一人二人ぐらいはこれを田舎から出る絶好の機会と考え、彼らが荷造りをすると一緒に他の地へと出て行ってしまった。家出をする子供も多かった。市場を拠り所として生活する彼らの場合、農夫の息子ではなかったので、歳を取れば商人のもとで商売を習うか、あるいはよた者としてのらくらと暮らすしかなかった。それで、腹をすかすような生活に耐えられず、汽車に乗って当てもなく上京した者もいた。ある程度ソウルでの生活が安定すると、節句には紳士服に靴先をピカピカに磨いて帰郷し、中途半端なソウルの言葉を使いながら横柄に振る舞っていた。彼らが上京する時には「ソウルに就職させてやる」と言って、友達や後輩数人を連れていったりした。四・一九革命の際に、三・一五不正選挙を企てた李起鵬《イギブン》副大統領が住んでいた西大門《ソデムン》の私邸にデモ隊が放火し、金品を略奪するという事件が起きた。数日後の日刊新聞で、その略奪事件の際に盗んだものを持ち逃げし、故郷に向かっていた窃盗犯が捕まったが、その犯人の故郷が慶尚南道《キョンサンナムド》進永であるという記事を読んで、顔が火照ったことがあった。一九五〇年代末の光化門《クァンファムン》交差点、その当時は現在の朝鮮日報社の隣に国際映画館があった。その闇切符の商売を進永出身のやくざたちが仕切り、清涼里《チョンニャンニ》駅も進永出身のグループが掌握していたそうだ。翌年、五・一六軍事クーデターによって大きな打撃を受けた進永のやくざたちは、新たな職を求めてちりぢりになったり、故郷に戻って来たりしたという話を聞いた。僕が幼い時には、すでにやくざたちが市場を牛耳っていたので、植民地時代でも同じだったはずである。植民地時代にはそうやって家出をして故郷を離れると、馬山や釜山、あるいは日本に行って日雇いで肉体労働をする者もいた。他郷で人生のどん底に突き落とされる者がほとんどだったが、中にはまさに「昼耕夜誦」の苦学をして「勉強したい」という願いを叶え、自力で生計を立てて故郷に錦を飾る者もいた。進永の町中は馬山と釜山という都会の間に挟まれた野原の中にあるため、民度は高かった。それで、腹を空かせてでも、どうやってでも子供を小学校にだけは通わせたので、日曜日でもない限りは市場でぶらぶらするような子供はいなかった。できるだけ子供は学校に行かせて、自分たち両親のような中途半端な人生を送らせないようにと躍起になった。

上の市周辺の民家には井戸がなく、ソンダルバウ山に登る途中に共同で使う井戸があった。上の市周辺はもともと水が乏しく、数百の家族がその共同井戸一つを頼って飲み水と生活用水として利用した。井戸は朝と夕方に二時間ずつ開放して、市場周辺の人たちが水を汲めるようにし、普段は蓋をして施錠しておいた。坂道にびっしりと建てられた民家の端には甘柿の果樹園があった。果樹園はカラタチの垣根の横を少し上がったところで終わり、頂上へと上がる小道が出てくる。ソンダルバウ山は雑草だけが生い茂った禿げ山で「ソンダルバウ山」という名前が付けられたのは、その頂上に高さ四メートルほどの岩《バウ》が立っているからである。ソンダルバウ山の頂上から南の方には、広い高台に続いて平らな野原が広がっている。その野原は地主の「農地兼併」がない代わりに自作農たちが多く、経済的には潤沢だった。高さ三〇〇メートル前後の応峰山《ウンボンサン》と太崇山《テスンサン》が野原の端の左右に聳え、成氏《ソン》の集姓村である荷渓里があった。荷渓里は山間の村にしては田畑が多く生活が豊かだったので、進永駅を通じて外の都会に出て勉強する学生たちもいた。僕が子供の頃には、荷渓里は小学校や分校がなかったためか、生徒たちはソンダルバウ山の横を迂回して四~五キロもの距離を歩いて大昌小学校まで通っていた。先生が出席簿を開いた時、本を包んだ風呂敷を腰に巻き、顔を汗まみれにして息を切らしながら教室の裏のドアから入って来た荷渓里・牛洞里・竹谷里・松田里《ソンジョンニ》に住んでいた同級生の顔が目に浮かぶようである。ソンダルバウ山の頂上から北の方を眺めると、下側には市場を見下ろすことができた。そして、線路を渡って進永平野が左右にずっと広がっていた。その野原の端からは一筋の洛東江が視野に入った。西側には渡り鳥の巣である東板《ドンパン》貯水池と注南《チュナム》貯水池があった。四方に広がった野原には竹藪に囲まれた藁葺の家が集まっていた。慶尚南道の平野地帯は人口密度が高く、百戸を超す大きな村が多い。町から洛東江に至るまで視野に入るような村といえば、本山里・牛岩里《ウアムニ》・済洞里《チェドンニ》・佳山里《カサンニ》・垈山里《テサンニ》（加述里《カスルリ》）・柳等里《ユドンニ》・佳洞《カドン》里《ニ》があった。その村人たちは五キロ・一〇キロの道を歩いて、加述市場や進永町中の五日市で買い物をして暮らしていた。節句や家の慶弔などがあれば、商売のために品物を頭に載せたり背中に背負ったりして出てくる商人が多かった。市が立つ日は早朝から荷車を引く行列ができ、白い服を着た商人たちがまるで白帯のように連なっていた。他の地域に行くのに列車に乗る時にも、野原の村人たちは進永駅を利用した。

　進永平野に広がった村落は、大韓帝国がむざむざと滅びる頃には自作農と半自作農を合わせても三割に満たず、ほとんどが大地主のもとで雇われながら農地を耕していた小作農の集団の村だった。多くの農地を所有した大地主たちは、商人のような存在を賤民視し、彼らがひしめき合っている市場の付近には住まなかった。そして、彼らは遠く離れた田園に五〇間を超すような瓦家を建て、多くの倉庫を置き、悠々自適に暮らしていた。大地主に代わり、小作農を雇っていた執事（幹事・舎音・または農監者とも呼んだ）たちの家族と、地主の家の雑用をしていた作男の家族が住んでいた家も隣にあったので、彼らだけで小さな村ができていた。進永平野にあった進永水利組合と翰林亭水利組合で、二〇代前半から定年までの三〇余年を書記として在職していた叔父の話では「主に畑仕事をする山奥は、地主が手を出さないから自給自足で飢え死にはしないけど、平野地帯はそうじゃないさ。官吏と土豪勢力、地主たちが乗り出してむやみに土地を買いあさったり、借金を負わせて土地を奪うんだ。進永平野で雇われている小作農たちなんかは家畜同然さ。一年中畑に縛られて生きてたって、祭祀や節句に白いご飯を一食食べる以外は米なんか見ることもないね。秋に収穫しても地主と執事に全部奪われるだけでね。借りた穀物に五割の利息を付けて返済したら、米はちょっとばかりしか残らないもんで、これでは翌年の春に麦を収穫するまで大家族を養うことなんかできるはずもないさ。収穫した後に残った米は急いで五日市で売って雑穀に換えないと、長い冬の間に飢え死にしないで生き延びることはできないんだよ。それで「窮農」は秋夕《チュソク》［旧暦の八月十五日］が過ぎると、昼飯なんて考えることすらできないね。一日に一食は薄い豆粥か、粟に懸け菜を入れて作った粥が主食だったのさ。貧しい生活といえば、近くには大きな山がないから木自体を手に入れるのが大変だったよ。冬になると薪として使う木がないもんで、寒い部屋で寝るしかなかったね。それでも南部地域には三寒四温があって、気温がマイナスになることが少なかったから、凍え死にする心配はなかったけどな。家に病人でもいれば薬を買わなければならんしな。進永平野の小作農は、床の上で生活する人もほとんどいなかったのさ。普通の家は部屋が二つあって、その間に床板があるじゃないか。けど、ここじゃ木を手に入れるのが大変だったから、床板を敷くことができなかったのさ。部屋の前にある小さな板の間が全部なわけでな。部屋もジャンパン［オンドルの床に貼る厚い油紙］を敷いて生活することはできないから、粘土の上に蘆で編んだ敷物や筵を敷いたもんさ。ある家は食膳さえもなかったんで、床の上にお粥の器を置いて、家族が集まってみんなで食事をしてたっけな」ということだった。

　進永平野で生活していた小作農の村は叔父の言葉通り大変貧しかったものの、農村の共同生活がそうだったように、隣同士でお互いに助け合いながら暮らしていた。町中の市場では人の心も荒んでいたが、平野が広がる田舎村ではどんなに貧乏暮らしでも、隣同士で力を合わせて何とか凌いでいたのだ。結婚や出産などの慶事には共に喜び、悲しいことがあれば共に慰め合った。農繁期になるとみんなで田植えや草取りから収穫・脱穀に至るまで手分けして助け合い、農機具がなければお互いに貸し借りしながら使っていた。借りた後にはお礼に蒸したジャガイモなどでもあげたりして、心を一つにして農作業をしていた。隣同士で祭祀の食べ物はもちろん、豆や小豆を収穫した時も分け合って食べた。「長幼の序」の礼儀を守り、先祖の墓地を共同で管理し、歳時風習を伝え、冠婚葬祭には村全体が力を合わせた。しかし、どんなに努力しても貧しさだけは克服することができなかった。春から秋まで稲作に専念しても、収穫の時に地主に平均六割を奪われ、借りた穀物には五割の利息を付けて返済し、そしてあらゆる支払いを済ませると、冬を凌ぐのがやっとだった。貧農には家族のうちに病人がいたり、春窮期を凌ぐために高利で借りたお金の問題もあった。家族の慶弔ごと、そして病人がいる場合には、借金の利子が高利で膨れ上がり、借金にどっぷりはまって首が回らず息も絶え絶えだった。その結果、露のようにはかない命を繋ぎ切れず餓死しないように、家族を連れて夜逃げする者もいた。

当時の農村の実情については、『東亜日報』一九二七年九月五日付の「地方論壇」に、その現場を取材した記者が「農民の窮状」という題名で次のように書いている。

> 農民の窮状をチャンスと考え、どんな手段と方法を使ってでも高利に高利をむさぼろうと企み、普通の貸借の利息が年五割から八割にもなる。〔……〕担保となるものがない場合、二人から五人までの保証人を置く。借金の返済期日を過ぎれば、借主はもちろん、その保証人に至るまで強制的に家具・衣類が没収されることになる。〔……〕春の端境期または八月・九月ごろの窮節になると、農民の備蓄した穀物が底を尽き、新しい穀物はまだ収穫する時期に至っていないため、麦または米の収穫期を目前にして食糧の融通が困難になり、多くの人が餓死するしかないような惨状に陥るのだ。この時に高利貸したちはここぞとばかりに極端に農民から搾取する手段を講じるのだ。それで、春期（旧暦で三〜四月頃）・秋期（旧暦で七〜八月頃）の両期に「麦金《ポリッドン》」「稲金《ピョッドン》」という名称で、「牟麦《モメク》」、または「正租《チョンジョ》」の前借りの形式によって、

こうした事情のため、麦・小麦・黍・サツマイモ・ジャガイモ・トウモロコシ・カボチャ、ひいてはドングリまでも家族の主食にするしかなかった。長い冬を一日二食で何とか耐え抜いても、春になると昼が長くなるうえに、備蓄の雑穀さえほとんど残らない春窮期が目前に迫ってくる。家族は野原を歩き回ってナズナやヨモギはもちろんのこと、食べられる野草は全部採り、それを雑穀に入れて薄い粥を作り命を繋いでいた。松の木の皮を剝いてソンギ餅で食事の代わりにしたり、麦の皮を円盤のように丸くして餅を作って飢えを凌がなければならなかった。豆かすを砕いて雑草と混ぜた粥を作って食べたり、白粘土を掘ってそこに粟の粉を入れ餅を作って食べるのが普通だった。また、コナラの実が副食の役割をした。小川や水たまりを漁っては、魚がいなくなってしまうほど捕った。キリギリスやバッタはもちろん、食べられない昆虫はないというくらいに焼いたり煮たりして食べ、何とか蛋白質を補給した。いわゆる救荒食だ。しかし、そんな程度では体力を維持することはできず、子供から老人に至るまで栄養失調のために様々な病気にかかることが日常茶飯事だった。僕が小学校に通っていた時のことだが、市場で売るための枯れ枝を藁縄に結んで背負い、両親の後に付いて市場までの遠い道のりを歩いてくる子供がいた。垢だらけの汚い男の子は髪を丸坊主にして、おかっぱの女の子の頭は虱《しらみ》で赤く爛れていた。継ぎはぎだらけの服の下に見えるやせ細った脛には、剝がれ落ちた皮膚がまるで蛇の皮のように白くついていた。その子供たちは冬にも靴下や足袋を履くことができず、素足に黒いゴムの靴や藁靴を履いたりしていた。

叔父の話通り、代々にわたって冷遇されながら生きてきた小作農の生活は、植民地時代になるとより一層悪化した。日本が強行した植民地経済政策の目的は、自国の資本主義市場の発展のために植民地の膏血をどれだけ多く吸い取るかにかかっていた。小作農民、つまり農業労働力の極大化を通して、日本人大地主の利益を創出し、水利組合を作って水税を課す一方、開墾地を徹底的に探し出して国有化した。朝鮮総督府の官吏たちはあらゆる手段と方策を講じ、植民地の土地に対する支配権を手にすることを主な目的としていた。彼らは自分の工場で作ったものを朝鮮に売り、必要な工業用原資材と田畑で生産される穀物を強奪していった。一九一〇年に始まり、一九一八年に完了した朝鮮全国土土地調査事業も植民地経済政策を遂行するための一環だった。駅屯土・宮庄・未墾地を国有化し、鉄道の敷地及び道路の拡張のために土地を奪い、官公署・駅舎に必要であるという名目の下に国有地及び個人所有の土地を強奪した。一方、東洋拓殖株式会社などの日本の皇室と政府を代行する株式会社を通して、情け容赦なく土地の収奪を行った。持ち主のない土地と、申告のない土地は国有化した。そのほとんどは字が読めない農民たちに対するもので、申告の日にちを勝手に決め、一日でも申告が遅れれば土地を没収し、山林の場合、九〇パーセントを国有化した。両班階層（封建地主階層）の地主権を植民性封建階層として隷属化し、国土の整備・区画という目的で土地売買の申告、土地の登記制、地番制度の樹立、地税の徹底的な賦課を行うなど、植民地の統治に万全を期した。また、必要な行政区画・道路・憲兵駐在所の敷地などを土地調査事業の結果をもとにして強奪した。東洋拓殖株式会社（東拓）の場合、一九一三年までに農地四六七平方キロメートルを買収した。一九二四年になると六五平方キロメートルの土地を所有することになり、政府所有地一七五平方キロメートルを合わせて莫大な農地を確保した。このようにして強制占有した農地を朝鮮人に貸し与え、平均六割の高い小作料を取った。貸し付けた穀物についても二割以上の高利を収穫の時に回収し、日本に搬出した。一九二八年の統計によると、東拓は六九三平方キロメートルのうち、一一三平方キロメートルは日本からの農業移民者に小作経営をさせ、残りは朝鮮人直轄の小作地として小作料を搾取した。一九三〇年には約一千一〇〇平方キロメートルの農地から年間四〇万俵の小作料を取り立て、約三億七千万円の私債を発行した。このようにして、東拓は朝鮮から土地を略奪するための総本山であると同時に最大の地主として君臨したのだ。一九二四年十月十二日付『東亜日報』湖南地方特派員の記事によると、「草木の根っこや葉っぱで命を繋いでいる人がどれほど多いことか。葉っぱを食べる人が二万三千六二戸の一一万二千三六二人をはじめとして、松の皮・山葡萄・葛の根っこなどの三〇余種で生きている人は約一七万戸の七一万三千人で、総人口の六割である」と書かれている。

　日本による土地調査事業と東拓による農地買収により破産寸前に追い込まれた自作農たちは、高利貸しに苦しんだあげく、農地を捨て値で明け渡し、日本人大地主の小作人に転落した。一九一〇年までには、自作農と、自作農を兼ねた小作農の数が、純粋な小作農より多い六〇パーセントだったが、一九一六年には四〇・七パーセントと急激に減少した。小作人の数は時間が経つにつれて増加し、一九一八年の統計資料によると、小作を兼ねた自作農と、小作農を合わせた農民の比率は八〇パーセントに及んだ。全国の人口二千万人のうち、農業人口が約八割だった当時の事情を勘案すると、全朝鮮人のほとんどが日本の「農奴」に転落したのだ。こんな形で生きるよりはむしろ死んだほうがましだと考え、朝鮮人の同胞が憤然と立ち上がったのが、一九一九年に起きた三・一独立運動事件だった。ソウルにあるタプゴル公園での独立宣言文の朗読から始まったデモは、全国的な無血抗争へと広がった。この事件は集会の数一千五〇〇余回、参加人数二〇〇余万人、死者は七千五〇〇余人に及んだ。デモの参加者は全人口の一割であり、そのうち農民の数は一六〇余万人ほどと推定されている。デモの立役者である主催側の知識人・宗教人は別にいたのだが、デモの全国的な拡大は農民が主導し、日本の官憲の鎮圧による苦難もやはり農民が受けざるを得なかった。このデモを契機に朝鮮の民衆の力に驚いた朝鮮総督府は、官憲による強圧武断統治から文治統治へと旋回することになり、朝鮮人の自治権をある程度認めるようになった。それによって、全国的に朝鮮人のための学校が「雨後の筍」のように開校したのだ。小作農による争議も全国的に拡大した。一九二〇年の二月に朝鮮労働共済会が組織されると、一九二二年には三〇余か所の「小作人組合」が結成され、共済会傘下に農民部、そして小作人部と支部を置き、小作争議の把握に乗り出したのだ。各地域で発生する小作争議は組合が指導した。一九二七年には農民運動の全国的な中央組織である「農民総同盟」が発足した。農民総同盟は三二か所の傘下団体二万四千余人を会員として確保し、その規模を拡大し続けていった。小作人組合は自作農を含む赤色労民組合会員が多数加入することによって「農民組合」として改変した。すると、民族の独立なしには自分たちの貧しい生活は永遠に改善することができないことを自覚し、政治・社会運動団体と連携し、日本の帝国主義と苦闘を繰り広げていった。

農民運動、すなわち小作農の争議もその当時の時代的な背景と関連がある。地主と小作人との争議の原因には様々な問題が絡んでいるが、大きく分類すると次のような六つの理由になる。①日本の土地調査事業の結果として引き起こされる農民の土地所有権喪失（数多くの農民が自作農や半自作農から小作人に転落）、②高い小作料徴収による経済的な困窮、③生殺与奪の権を握る短期契約制に縛られ、いつ回収されるともわからない小作耕作権の不安定性、④地主の手先である執事の度を超えた中間搾取の悪業、⑤小作農が支払わなければならない様々な税金の過重負担、⑥収奪の総本山である朝鮮総督府と東洋拓殖株式会社などの搾取会社、そして日本人地主に対する抵抗心理、であった。

農民たちが起こした小作争議では、あらゆる不合理な契約に対して改善を要求した。彼らが主張する主な改善事項は以下の通りだった。①六割から七〜八割にまで至る高率の小作料を引き下げること。②租税の課金を地主が負担すること。③小作地管理人制度を改善もしくは廃止すること。④小作した作物を運ぶ場合、四〇〇メートル以上の距離は地主が運搬費を負担すること。⑤小作人を私的な用事に呼び出さないこと。⑥脱穀後の藁の分配制限を廃止すること。これらの争議理由を見ても、小作農民は地主に払う小作料以外に何重にも搾り取られていたという実情がわかる。小作人が地主に頻繁には会えないのをいいことに、農監者や執事のような中間搾取の形が地主より酷くなり、「執事（舎音輩）の尊厳が郡守や観察使［朝鮮時代の地方行政機関である各道の長］よりも上だ」という言葉が小作農の間に広く知られるほどだった。小作人は、小作権を奪われないように私的な賄賂の要求を断ることができなくなり、農繁期の真っ最中の五～六月から手を打たなければならなかった。賄賂を贈ったり、女性たちが機織りでこしらえた唐木綿やキャラコのような布まで贈り物として捧げた。そうしてこそ、どうにか小作地でも耕せて食べていくことができたのだ。一九三一年朝鮮の農家階層構成統計を見ると、地主が一〇万余戸、自作農が四九万余戸、小作を兼ねた自作農が八五万余戸、純粋な小作農が一四〇万余戸だった。この時期に行われた朝鮮農会の調査によると、小作農の負債額は農業関係の借金が一二万五千ウォン余り、農業以外の借金は四一万五千ウォン余りで、その割合が二三対七七だった。これらの理由から、地主を相手取った小作農の抗議性争議が起きるのは当然のことだった。朝鮮総督府農林局が発表した小作争議の統計によると、一九二〇年から一九三九年までの二〇年間に起こった小作争議の件数は一四万九六九回に達した。朝鮮に常駐していた日本の官僚が指摘したように、小作争議は農村社会の毎年恒例の行事と言っても良いほど頻繁に発生した。そうした多くの小作争議の中でも抵抗の規模が大きく激しかった争議は、全羅南道《チョルラナムド》新安郡《シナングン》岩泰面《アムテミョン》の岩泰島《アムテド》小作争議（一九二三）、黄海道《ファンヘド》載寧郡《チェリョングン》北栗面《プギュルミョン》の北栗《プギュル》東拓農場小作争議（一九二三）、平安南道《ピョンアンナムド》龍川郡《ヨンチョングン》龍川面《ヨンチョンミョン》の龍川不二西鮮農場小作争議（一九二五）、龍川不二農場小作争議（一九二七）、そして慶尚南道《キョンサンナムド》金海郡《キメグン》進永面《チニョンミョン》の進永迫間農場小作争議（一九三一）だった。「進永迫間農場小作争議」は、日本帝国主義の下で行われた多くの小作争議の中で最も重要な争議だった。これは一九三一年十月から一九三二年二月まで持続的に展開され、帝国主義の地主に抵抗した朝鮮人の農民闘争だった。迫間農場は、進永以外にも慶尚南道地域に二か所、他の地域にも三か所、合わせて六つの場所で小作人経営の集団農場を所有していたが、小作争議が起きたのは進永迫間農場が唯一だった。この点から考えるに、進永地域の民度が非常に高く、反日思想も強かったということがわかるだろう。

迫間農場の所有者である迫間房太郎は、一八八〇年（明治十三）に大阪の貿易商、五百井商店釜山《プサン》支店の支配人として初めて朝鮮に渡ってきた。一九〇五年には独立して、土地と家屋の売買、賃貸業、穀物貿易業、倉庫業、水産業等、お金になりそうな業種であれば投資して植民地資本を蓄積した。その結果、一九二〇年代半ばにはすでに朝鮮財界の重鎮として強大な財力を誇っていた。迫間が本格的に農地を買い入れた時期は三・一独立運動が起こる前の一九一八年で、この年は朝鮮全土の土地調査事業が完了し、日本の地主制を植民地にも適用する基礎条件が整備された時期だった。財力蓄積の要として土地購入に注目していた迫間にチャンスが訪れたのだ。迫間の農地所有規模は一九二四年に二・二平方キロメートル（田一・六五平方キロメートル、畑〇・五五平方キロメートル）であり、一九二九年には一三・一三平方キロメートル（田二・二六平方キロメートル、畑五・一七平方キロメートル、その他五・七平方キロメートル）に増え、一九三一年には四四平方キロメートル（田二四・一平方キロメートル、畑五・八平方キロメートル、その他一四・一平方キロメートル）に拡大し続けた。田だけでも二四・八平方キロメートルに達し、朝鮮の中で代表的な帝国主義の地主に浮上した。一九三一年の迫間農場は全羅南道、全羅北《チョルラブク》道《ト》、慶尚南道に渡って幅広く分布していた。その中で所有農地が最も多い地域が慶尚南道であり、その中でも中心的な農場が「進永迫間農場」だった。この農場は、金海郡進永面と昌原《チャンウォン》郡《グン》大山《テサン》面《ミョン》、東面《トンミョン》の三つの面に渡って二七・八平方キロメートルに達し、二千戸の小作農（その中で七〇戸は日本人）を支配する巨大な小作制農場だった。農場は二〇以上の洞里と百以上の村落を包括する幅広い地域に分布し、集団農場の性格を持っていた。この地域は、水税を納めなければならない水利施設を備えた一等地だった。

一九三一年の大規模な小作争議が発生する前の一九二九年のことである。収穫期を控えた九月に小作人の集団抗議があった。進永迫間農場側が日本人と朝鮮人の小作人を差別することに憤慨し、朝鮮人小作農一千二〇〇人が農場事務室に押しかけて抗議集会を開いたのだ。農場事務所は進永里から可述里《カスリ》、守山里《スサンニ》を経て密陽《ミリャン》に続く、南北に通じる国道沿いのムルトン通りにあった。そこは植民地時代に新しく造成された日本人の官舎が多い界隈だった。進永の面事務所からムルトン通りまでは二キロ程度と近かった。そこには進永水利組合事務所があり、組合の官舎と迫間農場の監督官（執事）の住宅も農地改良の時に作られた水路の隣に位置していた。水路に沿ってプラタナスが植えられていたので、進永市場側から見ると野原に和風の官舎が並んでいる森のような景色は綺麗だった。農場の事務所前での集会は一度にとどまっていたが、それはこの地域の人々の性格がよく表れた集会だった。慶尚南道の海岸地域に住む人々の特徴は、不義や道理に反する言動に対しては、たとえ自分がどんな不利益を受けようが一度心に決めたことは曲げないという頑固さだ。その代表的な事例が、一九六〇年の「馬山《マサン》市民デモ事件」［一九六〇年三月十五日の不正選挙に抗議して起きたデモ］と、一九七九年の「釜馬《プマ》事態」［一九七九年十月、釜山・馬山で大学生と市民が共和党の維新独裁に反対して起きたデモ］である。この「馬山市民デモ事件」の後、四・一九革命の導火線となった金朱烈《キムジュヨル》さんの殺害、水葬事件も起きた。一九七九年の釜馬事態は、金載圭《キムジェギュ》の「大統領殺害事件」の原因にもなった。彼らの欠点と言えば、弁士のように口が達者なために大風呂敷を広げたり、融通がきかないので妥協や譲歩をせず、感情的になりやすいことだ。

一九三一年に発生した進永迫間農場の大きな小作争議は、大地主と執事が小作農から厳しく搾取していたため、社会的・経済的に混乱を招く原因になった。第一は、小作料の問題だった。小作料は農場の小作地を定租地と調定地に区分して徴収したことが特徴だった。定租地は定額の小作料を納める土地であり、気候条件に関係なく収穫が常に安定した土地である。この定租地は一等地から八等地まで区分され、土地の等級によって小作料も決定された。迫間農場が定額小作料を徴収する農地は七・九平方キロメートルだった。調定地は収穫が不安定な土地として、毎年の作況に応じて小作料が決定された。この調定地を朝鮮人の小作農は執租地（地主が小作人の前で直接稲の収穫予想量を計算した後に小作料を決める方式）と呼び、小作料の徴収方法には検見制（「看坪」とも言う。小作料の等級付けのために、秋の取り入れ時の前に地主が農作物の作況を調べること）が適用された。一九二九年、三伏の暑さの中で農場側は小作人に向かって小作権を剥奪すると脅しながら、小作料の記入欄を空白にしたままの契約書に印鑑を押させた。小作人たちにとっては、白紙委任状が小作地の剥奪に利用されはしないかという不安要素になった。小作地を奪うという脅迫は、代々暮らしてきた故郷から離れて火田民になるか、都市に出て肉体労働をするか物乞いになるか、あるいは北満洲へと流れて行くかくらいの道しかないということを意味した。白紙委任状を回すのは、農場管理を担当している地主の下手人である幹事の仕事だった（迫間農場は二四人の幹事が農場を管理し、幹事の報酬は徴収した小作料により一石当たり一三〜一五銭だった）。幹事は、多くの小作料を徴収すればするほど収入が増加するようになっていた。これを利用して、幹事が直接多額の小作料を記入して強制的に徴収すれば収入が増えるという訳だった。農場側も、小作料の額が自動的に増加し経営上の利益も上がったので、その内幕を知っていながら黙認した。その年の秋には納得しがたい奇怪な事件がまたしても発生した。小作人が定租地の「小作料増額請求書」を農場側に提出したのだ。請願書では、二等地から八等地までの各等級地の小作料を一万平方メートルあたり一〜三石ずつ上げてくれと懇願されていたので、小作人が自ら自分たちに不利な要求をしたことになる。大地主に対する一種のつまらない世辞行為なのだが、いくら小作地の剝奪の危機がかかっているとしても、自分に不利な条件を提示する馬鹿はいない。傘連判状を回さなくても、耳ざとい小作農たちはそれが誰の仕業なのかをすでに知っていた。幹事が小作地の剝奪を口実に、小作人のうち無知な者を脅迫して、白紙の請願書に強制的に捺印させた結果だった。一九三一年の春には、農場小作人の連署形式で調定地を定租地に変更してほしい、つまり無等級地を等級地として格上げしてほしいという請願書を農場側に提出した。この請願書もやはり納得できないことである。調定地が定租地に格上げになると、過去三年間の平均小作料を基準にして一坪に一五グラムから三〇グラムの小作料が加算される。また、調定地と同様に地主の肥料代金の半額負担が消滅し、小作人が全額を負担しなければならない。これもまた小作料の値上げのために自発的な請願と見せかけた幹事の演出であり、小作人たちに強制的に捺印させた結果だった。

第二は、畑の作物と二毛作の田の裏作（主要な作物を収穫した後の耕作地に、次の作付けまでの間を利用して麦や野菜を栽培すること）に対する小作料の問題だった。村井地主が農場を所有している時は、畑の作物や田の裏作は小作料の徴収対象ではなかった。しかし、農場が迫間の所有になると、それについても別途小作料が付加されたので、これも悪質な地主の見本といえよう。進永迫間農場の近所にも東洋拓殖株式会社、朝鮮興業会社、殖産銀行の農場があったが、そこでさえもこんな事例はなかったことを小作人が知らないはずはなかった。その過酷な措置に憤慨した小作農たちの恨みの声が団結力をあおった。

第三は、金肥（お金を出して購入する化学肥料）の施肥の強制と肥料の補助金についての問題である。村井地主の時は、金肥の施肥を強制することはなかったが、迫間が農場主になってからは小作人全員に対して一万平方メートルあたり最高六〇ウォン、最低三〇ウォンの金肥を義務付け、その代価として施肥金額の一～二割に相当する補助金だけを支給した。一九二九～一九三〇年は干ばつや台風もなく、気候が良かったので大豊作となり、収穫が予想より多かった。豊作になると人心が安定するという言葉通り、その年は小作地の剝奪という脅しの強硬手段が持ち上がらなかったので、地主と小作人の摩擦もなく平和な収穫期を迎えた。ところが、一九三一年の春、地主側が小作人に一言の相談もなく第一・第二・第三の条件を提示すると、耐えかねた小作人側の集団争議が爆発した。

進永迫間農場の小作争議の展開過程は第一期と第二期に区分される。第一期の争議の原因は、調定地を定租地に変更したのは小作人側の自発的な請願ではなく、農場主による小作料引き上げのための偽装戦術だったので、これを取り消してくれという個人的な請願から始まった。しかし、地主側はこの請願をとんでもない要求だとして、議論自体を無視してしまった。金海警察署は、この請願が他の農場に広がって朝鮮人の農民抗争として拡大するのではないかと懸念し、背後関係を内偵した。請願内容の文章が格式を備え、理路整然としていたので、無知な農民が作った請願書ではないという理由からだった。四月三十日、警察は農民連盟会館を捜索し、一切の関連帳簿を押収して幹部一〇人余りを連行した。この事件とは別に、一九三一年は気候が良くなかったので稲の生育状態も悪く不作の可能性が高かったため、小作人たちは団体で地主に小作料を減額してほしいという陳情書を提出した。南部地域には四月に一回と八月に一回、台風と豪雨が襲いかかり、人命被害も大きかった。稲は倒れて腐り、水に浸かった水田も多かった。地主側は小作人たちの陳情書に何の回答もしていなかった。秋になると、これ以上我慢できないと、小作人たちは連名で請願書を再び提出し、闘争を開始した。十月十六日、小作人二〇〇余人は稲刈りをせずに（立稲不刈）、農場事務所と釜山の迫間本店に四項目から成る嘆願書を提出した。

第一は、小作料を収穫された稲の半分にすること（定租地の場合、小作率を五割五分から五割に削減することを要請）。第二は、小作権を確立すること（何かにつけて小作権の剥奪や白紙委任状を盾に脅迫しないこと）。第三は、三分作（平年に比べて十分の三を収穫する場合）以下の場合には、小作料を全額免除すること。第四は、肥料の代金を半分にすること、等だった。十月になると小作人の代表一〇人は、進永から釜山まで四〇キロの道のりを歩いて行進した。小作人の代表は、三日間行進して釜山市内に到着し、迫間本店と慶尚南道道庁に陳情書を提出した。さらに金海郡庁と警察署、昌原郡庁と警察署にも陳情書を提出した。そして、十月二十五日には小作人の代表二〇余人と農場の支配人（朝鮮人）が会議をしたが、お互いが主張を譲らず交渉は決裂した。その結果、十一月三日に二〇〇人余りの小作人たちが、ムルトン通りにある農場事務所の前でデモを繰り広げた。警察が出動してデモを強制的に解散させたが、新聞報道によって世論が沸き立ち社会問題になると、昌原郡が争議調整の交渉に乗り出した。しかし、昌原郡が地主側の立場から紛争を収拾しようとしたため、小作人の代表は調整案を受け入れず、けっきょく調整は失敗に終わった。

　小作人側が稲を刈らずに「立稲不刈」の状態でデモを続けると、収穫時期を逃してしまって稲が腐り、スズメの群れに襲撃されて収穫に莫大な被害を受ける可能性が高くなった。これは、小作人たちには収穫の減少を意味するので、秋窮期を目前にして家族がすぐ飢えに苦しむことになる状況だった。しかし、彼らは団結して大地主の迫間を相手取り集団闘争を貫いた。十一月六日には、再び二〇〇人余りが農場事務所の前でデモを行い、続く八日には釜山の迫間本店と慶尚南道道庁に向けてデモ行進をした。デモ行進の途中で金海市内の警察署の前を通り過ぎる時、両側に並んでいた巡査の制止によって、デモ隊は強制的に解散させられた。しかし、再び隊列を組んだ五〇人余りは、阻止線を突破し行進して釜山の迫間本店に到着すると、ハンガーストライキに突入した。一九三一年十一月十二日付『京城日報』の記事では、「五〇人を超える農場小作人は、白い服を着て並んで座り沈黙デモを行った。彼らは迫間本店で提供した弁当に手も付けず、無抵抗のままじっと座って『飢え死にしてもいい』と豪語しており、当局も非常に困惑している」と、現場の雰囲気を伝えていた。釜山警察署が争議団を強制的に解散させたが、路上で夜を過ごした農民たちは朝になると再び本店の前で連座デモを繰り広げ、一部の人々は横断幕を持って釜山市内の中心部を回りながら沈黙デモを行った。農場の小作人たちの組織的な抗議デモがますます世間の注目の的になって社会問題化すると、争議団を相手にしてももはや得るものがないと判断した農場側は、金海郡守と昌原郡守に争議団との交渉を一任して一歩退いた。朝鮮総督府も慶尚南道の金海で発生した農民の集団争議が長期化すると、十一月十一日慶尚南道道庁の小作担当官・産業部長・金海郡守・迫間本店の支配人・進永農場の支配人、合わせて五人を集めて事態を収拾するようにと圧力をかけた。その結果、「小作料は収穫された稲の半分にする。三分作以下の小作料は全額免除する」という小作人側の要求が受け入れられた。小作争議闘争で小作農側が勝利を収めた要因は、①「要求条件が受け入れなければ、我々の手では絶対稲を刈らない」という強力な団結力、②迫間本店・農場事務所・道庁・郡庁を相手取ったデモ隊の大衆闘争を社会世論化した点、③大地主が譲歩するまで闘争姿勢を維持したという点、④金海農民組合等、農民団体が背後から農場争議を指導した点を挙げることができる。

進永迫間農場の第二期小作争議の展開過程は次の通りだ。一九三一年十一月十一日、小作人側の争議が勝利に終わった二日後に、朝鮮総督府は報復措置として金海警察署に指示を出し、争議の関係者を一斉に検挙した。この日、争議団の幹部七人と、小作農民を教唆・扇動したという理由を付けて金海農民組合幹部五人、青年委員長等、全部で一三人を逮捕した。このため進永迫間農場の争議団は、二十一日になると、金海警察署の留置場に拘禁された関係者の釈放を要求する闘争をしようと決意し、二〇〇人超のデモ団が進永から二四キロも離れた金海警察署に向かって行進した。デモ隊が金海邑に到着すると待機していた金海警察はデモ隊を武力で解散させたが、七〇人余りが警戒網をくぐって警察署の正面玄関で検挙された者の即時釈放を要求した。巡査たちはデモ隊を一人一人引き離して厳重な警備の中、進永まで帰宅させた。座り込みをしていた者たちの中には、疲れ果てて遂には失神する者も出たため、警察は二十四日に検挙された一三人全員を釈放した。事件はそれで一段落したかと思われたが、それはとんでもない方向に進んでいった。進永迫間農場側が本来小作人たちから徴収する予定だった小作料は四千石程度だった。しかし、金海郡と昌原郡の両郡守の調整によって小作料が二千二〇〇～二千三〇〇石に減少すると、農場側はその仕返しに出たのだ。そして、定租地の小作人一六五人に肥料代金の全額を支払うよう請求書を発送し、これに応じない場合は小作地を剥奪するという強硬策に打って出た。請求書を受け取った小作人は、再び大地主に対する闘争を開始した。十二月十五日、小作人側は肥料代金の支払い通知書を農場側に返送した。農場側はこのまま後退すれば今後は思い通りにできなくなると考え、十二月三十日、争議を主導した争議団の主要幹部一一人に小作権の解除を通告した。憤慨した小作農二七三人は、共同署名で小作契約の再締結申請書を農場側に提出した。農場側はこれに対抗して、翌年一月十九日に争議団の幹部七人の家屋と財産を差し押さえてしまった。小作農の暮らしは非常に貧しい状況で、差し押さえた家屋や財産といってもわずか二〇〇ウォンに過ぎなかったが、地主の権威がかかった問題だったので、金額の多寡は事案の争点ではなかった。小作人の代表五人が金海郡と昌原郡庁に陳情書を出すなどして、再びデモに乗り出した。一月二十日には二五〇人が進永の農場事務所でデモを行い、二十五日の夜には氷点下の厳しい寒さの中で二〇〇余人が釜山の迫間農場本店に向かってデモ行進をした。デモ隊は「迫間農場は小作人の差し押さえを撤回せよ！」「迫間農場はこれ以上小作人を搾取するな！」というスローガンを叫び、さらには「日本人はこの地から出て島国に帰れ！」という過激なスローガンまで登場した。この過程で、出動した警察とデモ隊が衝突して争議団の幹部一五人が検挙された。翌日二十七日には、二〇〇余人の争議団が農場の事務所にわんさと押しかけた。争議団の代表が農場の支配人に肥料代金納入拒否の理由を説明し、一一人の小作権剝奪についての交渉を申請した。やっと激しい抗議が当局に受け入れられ、金海警察署と昌原警察署の幹部の立ち会いのもとに農場と争議団の交渉が行われた。

　朝鮮総督府は進永迫間農場の争議が社会世論に支えられて抗日闘争に変わり、全国的に拡散されることを懸念して、強硬策として厳しく処断することを決定した。こうして機会をうかがっていた最中の二月十五日に、争議団の幹部一三人の検挙を開始した。金海警察と昌原警察は、争議団の中心幹部を検挙した後、デモ隊を分散させる目的で金海警察署に六人、馬山警察署に七人を分けて留置した。二月二十日、事態の深刻さに驚いた小作人五〇人は、歩いて馬山市内まで行って警察署を包囲し、拘禁者の即時釈放を要求した。警察と座り込みをしている者たちが対峙する間、検挙された人の家族や婦女子たちが中心となって七〇人余りが農機具で武装し、進永農場の事務所と支配人の社宅を包囲して脅威的な抗議を続けた。二十七日にも七〇人余りの小作農が、検挙された人の即時釈放を要求して金海警察署の前でデモを行った。今まで小作農の集団闘争には、背後で農民組合（組合長裵鐘哲《ペジョンチョル》）、農民組合青年会（会長黄贊淑《ファンチャンスク》）、新幹会（会長崔汝鳳《チェヨボン》）、青年同盟（会長金河鳳《キムハボン》）、少年同盟（会長延末重《ヨンマルジュン》）、槿友会（会長金弼愛《キムピルエ》）などの団体、また第六次朝鮮共産党再建工作（ML派）の元金海地方幹部であった韓成鳳《ハンソンボン》の傘下にある赤色農民組合の組織員による指導を受けていたので、統一性と持続性のある闘争が可能だった。一九三一年十一月十三日、進永迫間農場の争議関係者一三人は裁判の判決を受けて、短い者で六か月、長い者は三年間の獄中生活を強いられた。そのうち、金治奉《キムチボン》と河成道《ハソンド》は獄中で死亡した。植民地時代の慶尚南道の南部地域でよく言われた「金海の人がいないと刑務所が空く」という言葉も、進永迫間農場の小作争議の後に「金海の反骨精神」に対して語られたイメージだった。[1] 進永迫間農場の小作争議と前後して進永平野に散らばった小作農は、ひもじさに耐えかね故郷を離れて流浪の生活を始めた。進永駅は北の地域へ行く人々でいつも溢れていた。まさに別れの駅だった。植民地時代初期の移民たちは満洲の南地域である間島を中心に定着したが、一九三〇年代前後の移民は間島地域がすでに流民・移民たちで飽和状態だったので、北のハルビン地域まで移動して定着するようになった。中には故郷を離れて日本に渡る若者も多かった。彼らは玄界灘を渡って日本に入り、様々な下級職種と肉体労働をしながら、一九四五年、祖国が独立すると帰郷して、どん底の体験と見聞をもとに地方にまで迫った大衆政治運動の主導的な役割を担った。呂運英《ヨウニョン》主導の建国準備委員会（建準）で、地方組織を作る時に先頭に立った人物がまさに日本から帰国した者であり、満洲地域から帰郷した農民も、北のボルシェビキ革命の間接的な影響を受けたため同調勢力となった。

　一九三七年七月、日中戦争が勃発すると東アジアには戦雲が漂っていた。一九三八年一月になると「陸軍志願兵制」の実施、五月には「国家総動員法朝鮮施行令」が公布された。日本帝国主義のファッショ政権は、自らを自滅の道へ促すようにアメリカとイギリスを相手に戦争の準備を開始し、準戦時体制に突入した。安定した社会での事業に相応しい迫間農場も徐々に斜陽化しつつあった。個人企業が続々と軍需産業に転換したり吸収されたりした。国が命運をかけて総力的に供出制度を実施していたため、土地で生産される作物の取り分を大地主が収奪すること自体は絶対許されなかった。大地主迫間は進永迫間農場三二・七平方キロメートルを売却しようとしたが、その膨大な農地を快く買い取ろうとする企業や個人はいなかった。そんな中で一九三八年十月には、湖南化学工場・ソウルゴム工業の社長金英俊《キムヨンジュン》、大地主の金慶鎭《キムギョンジン》他五人の財閥が互いに協力し、迫間農場の買取に乗り出した。金英俊は慶尚南道の宜《ウィ》寧《リョングン》郡出身で、天一《チョニル》ゴム靴工場の経営に大きく成功した後にいくつかの企業を買収して、全国的な億万長者になった立志伝中の人だった。金慶鎭は慶尚北道《キョンサンブクト》の安東《アンドン》出身で、朝鮮人として最高の名誉職である中枢院の参議まで務めた人物だった。残りの五人も金持ちとして知られている姜仁成《カンインソン》氏、金参事「朝鮮時代の地方官吏」等、進永地方の大地主たちだった。彼ら七人が力を合わせて進永迫間農場から購入した田畑、その他雑種地を合わせると約四〇平方キロメートルで、田だけでも二四・八平方キロメートルを超えた。殖産銀行でこれらの根抵当を設定すると、その金額が三七〇万ウォンだった。当時一万ウォンを持っている人は百石屋「穀物百石程度を収穫できる土地を持つ金持ち」と呼ばれていた。

1　進永迫間農場の小作争議は次の論文を参考にした。浅田喬二「迫間農場争議の展開過程」、浅田喬二外七人『抗日農民運動研究』(トンニョク、一九八四)所収。姜万吉『日帝時代貧民生活史研究』(創作社、一九八七)

第六章

一九四二年、朝鮮半島は日本の帝国主義が繰り広げた太平洋戦争の補給源となり、朝鮮人たちは山野の草の根、木の皮で命を繋いでいた。南部地域は春の訪れが早く、草木が芽吹く三月に入るや春の端境期が目前に迫っていた。進永《チニョン》平野に広がる農村の小作農たちは、まさに餓死寸前にまで追い込まれていた。若者たちはどこかへ連れて行かれ、戦争で戦えない年老いた者たちは、流浪生活を強いられて通りをさまよっていた。進永駅の広場は、自分の村を出ざるを得なかった人々の痛哭の声が朝から晩まで満ち満ちていた。南方へ旅立つ若い兵士たち、戦時労働者と徴用に動員された若者たち、内地（日本本土）の軍需工場や勤労挺身隊に徴用される娘たち、そして荷物の包みを頭に載せたり背負ったりして北満洲に出向く流浪の民の一団。人々でごった返す狭い駅の広場は、節句前に開かれる市を彷彿とさせた。駅舎の隣と線路の向こうには、トタンで作られた何棟もの高い米蔵がある。そこに進永平野の村落から強奪した穀物を集めてかますに入れ、それを無蓋車に積んで馬山《マサン》港へと運び出した。そして、港湾に待機していた輸送船がそのかますを南太平洋の戦線に運搬した。その年の三月一日からは、一般家庭の金属類の強制回収が始まった。鉄釜・火鉢・洋銀製の器、果ては真鍮の匙まで没収し、兵器の製造に使うために汽車便に積み込んだ。小学生を山へと追い立て、赤い禿山を守っていた松の木を根こそぎ掘り出して、松かさまで戦時用の燃料に使うために採ってこさせた。

春の陽が暖かく降り注ぐ小川のほとりには黄色いレンギョウの花が咲き、山裾の日なたの丘はツツジの花で真っ赤に覆われていた。進永の五日市の広場には、あらゆる山菜、野草があふれていた。ニガナ・イヌヤフシソウ・ナズナ・麦芽《ムギノメ》・ギシギシ・ヒメニラ・ヨモギ・白芷《ビャクシ》等々。冬鳥は空高く北上を始め、夏鳥のセキレイ・ヤツガシラが南へと渡ってきた。ツルシギとアカアシシギが韓国中部を通過して北上すると、コクマルガラスとトウカラスが広々とした大地を覆うように舞い降りた。薄緑色の野草が山野を染める南部地域の三月中旬の薄暗い夕方、面事務所の広場を挟む、とある民家で僕が生まれた。そこは、広場からソンダルバウ山側のカトリック教会の聖堂へと上る路地にあるあばら家だった。道路より基礎が低いので、家の中はいつも薄暗かった。戦争後に故郷へと避難して来た時、祖母が落窪の庭があるその家の前を通り過ぎながら僕に向かって言った。「大東亜戦争真っ最中のそりゃあもう大変な時に、あの家でお前が生まれたのさ。その時代はまだ独立もしてなくて、うちら一家はもう落ちぶれちまってさ。お前の父さんは家に寄り付かないし……」「父さんが家に居なかったって、日本の軍人として引き抜かれて行ったんですか？」「釜山《プサン》で別の所帯を持ってたのさ」市場の周辺は流れ者の商売人たちが住む場所で、引っ越しが頻繁だった。だからなのかその当時にも家賃が月払いの家があったようで、僕が生まれたその家も毎月家賃を払って住んでいたそうだ。父が日本に留学すると言って家を売り払った後に、月払いで借りた家だった。猫の額ほどの小さな庭があり、部屋は二つ、台所付きの三間の家で、家族と言っても祖母とすっかり娘らしくなった一四歳の父方の叔母、母と四歳の姉、その四人しかいなかった。そこに僕が生まれ、家族の一員に加わったのだ。部屋二間を祖母と叔母、そして母と姉に分かれてそれぞれ使っていた。

自然礼賛論者は、草一株であろうと小さな虫であろうと、生を享け生まれてきたもの全てにこの地上に存在する価値があるのだと言う。イエス・キリストは、空を飛ぶ鳥や野に咲いた百合のように、人の手で世話をしたり育てたりしない生命体も尊いものだが、特に人間の生命こそが何ものにも代えがたいと言った。しかし、必ずしもそうとは言い切れない場合もある。栄養失調に苦しむアフリカの幼い子供を見ると、この子の誕生も果たして神の祝福なのだろうかという疑念を抱く。僕もまた、生まれなくてもそれまでだという程度の厄介な苦労の種であって、選ばれた存在としてこの地上にやって来たのではなかった。両親は離婚するだのしないだのと言いながら、別れる寸前まで行った。僕が産まれる時にも、二人はまるで他人同士のように暮らしていたので、僕はまさに面倒な厄介者としてこの世界に放り出されたわけだ。僕の家族でさえ誰一人僕を心待ちにしていたわけでもなく、僕が生まれたことに関心などなかった。産みの苦しみに耐えながら、目もまだ開けられない赤ん坊を産んだ母だけが、その息子を見下ろしてこの子の将来はどんなにか厳しいだろうと推測しただけだ。しかし、その生命体は父と母、その両方から「血筋」という血統を受け継いだという事実だけは否定できない。生まれるということは母から分離されるわけで、母の栄養分と酸素、血液をずっともらい続けることはできない。だから「血筋を享け継ぐこと」は、象徴的な血統の連結なのだ。精子と卵子が一つに結合して生命体を造る時、人間の体を形成する一四〇億個の細胞（染色体あるいはＤＮＡ）に、僕の血筋という固有の認識票を指紋のように刷り込んでおき、これを確認せよという意味で生みの苦しみを与えたのだ。子供は、生まれるとすぐに目も開かないままで母親の乳首を探し出して吸い始める。お乳の吸い方を誰に教えられなくても、自分の生命を維持する方法を本能的に会得している。それは、やはり母親が子供のＤＮＡに生命を維持する方法を植え付けておいたからだ。僕はそうやって両親の血筋を受け継ぎこの世に生まれることで、この地上に生きている限り呼吸できる「時間」と、存在できる行動半径の「空間」を許されたのだ。母が僕を身ごもっていた時にはいつもひもじさに苦しんだというのに、僕は健康優良児で生まれた。家族の少ない家に孫ができたので、祖母は産婆を買って出た李仁択《イインテク》さんの奥さんに産後の処理を任せて常設市場に出かけた。そして、活きのいい五尺ほどのヒラメを一尾買ってきた。慶尚南道《キョンサンナムド》の南の地域では、ワカメスープを作る時にヒラメをよく使う。産後の体力回復のために、骨を取って身をほぐしたヒラメ入りのワカメスープを作って食べたのだ。憎かろうが可愛かろうが同じ釜の飯を食う嫁なのだから、そのくらいの気遣いは人情の常だろう。祖母がヒラメ入りのワカメスープをこしらえてご飯と一緒に母の部屋の中に運んだが、母にとってはそのワカメスープさえもひどく苦い味だった。僕を産むことは産んだが、それを父に知らせることができない、そのことが辛かった。そんな時でさえも父は新教育を受けた女性と釜山で別の所帯を持っていたので、進永の本家とは断絶状態だった。塾の先生だったその女性を連れて釜山へ逃げ、所帯を構えてから二年が過ぎた。釜山での暮らしに必要な生活費を祖母にせがむ時や、進永金融組合にお金を融通しに来る時には進永の家に現れたが、祖母にだけ会って釜山へさっさと戻っていった。母が言葉をかけようとしても、顔をそむけたままで「忙しいからまた今度話そう」と言った。そして、板の間の向かい側の部屋にある本棚から持っていく本を選ぶと、追い立てられるように家を出ていった。母が見送りついでに門の辺りまで付いていくと、ばつが悪いのかまっすぐに向き合うこともできないままで「体に気を付けなさい」とだけ言い残した。

　どこの家庭でも赤ん坊が生まれれば、普通は祖父や父が、あるいは村の年長者の中で四柱や姓名学に明るい人物が名前を付けるものだ。しかし、祖父は他界し、父は家にはいなかった。仲人になったがためにひどい目に遭った李仁択さんは、「何日か待ってみても金君が進永に戻らなければ、私が赤ん坊の名前を付けてあげますよ」と言った。彼は、少年時代に蔚山《ウルサン》の寺小屋で勉強をしたので、漢学にある程度の識見があった。僕が生まれて七日が過ぎても、父は進永の実家に姿を見せなかった。祖母の話によると、母は死産したことがあったが、姉に続いて四番目に産まれた僕は、十日が過ぎても何事もなく健康だったそうだ。母も父を待つことはもう諦めていた。そして祖母を通して李仁択さんに、息子の名前を付けて面事務所に出生届を出してほしいと頼んだ。「縁を切るっていう言葉がいつも気にかかって、一日も早くおまえの出生届を出したくてさ。それで、ばあさんを急かしたんだよ」後日母はそう言った。祖母の頼みを聞き入れた李仁択さんは、四柱の本をぱらぱらとめくりながら、悩みに悩んだ末に、赤ん坊の名前をつけた。「金君のせいであの家は悪運続きだ。ごたごたが収まる日がないんだからね。平穏無事に暮らすには根本から一つにならなけりゃ駄目さ。じいさんの代に真ん中の文字は人偏《にんべん》を使って、この子の父さんの代では最後の文字に木偏《きへん》を使ったから、今度は三水《さんずい》がいいんだよ。『源』が『一』つになれば、家の中のごたごたも落ち着くだろうよ」李仁択さんは足を引きずって面事務所の戸籍係を訪ね、父の代わりに僕の出生届を出してくれた。

　母が僕を産んでから三週間が過ぎるまで、釜山の父からは何の便りもなかった。母には、釜山西面《ソミョン》西《ソ》大新洞《デシンドン》のどこかで部屋を借りてよその女性と住んでいる父に、息子が産まれたことを伝える術もなかった。産み月を大雑把に数えても、進永の本妻がもう出産しただろうと思うはずなのに、父からはどうなったのかと尋ねる連絡もなかった。西大新洞に住んでいるとだけは言っていたが、釜山の詳しい住所も知らないままでは連絡しようにもできなかった。子供は女一人で作れるものでもないのに、自分の血を分けた子供にさえ知らんぷりとは。母にはこの夫が正気の沙汰とは思えなかった。こうして母が気をもんでいる時、父の大昌《テチャン》小学校時代の同期生で幼なじみの許栗《ホユル》さんの妻がワカメと、産まれた赤ん坊が長生きするようにと糸束を買って僕の家を訪ねてきた。許栗さんの妻は、薄っぺらい布団の上で眠っている赤ん坊を見下ろしながら、この子はいつ生まれたのか、名前は付けたのかと母に尋ねた。母は、旧暦の一月末日の夕方頃に産まれて、李仁択さんが名付け親になって面事務所に出生届を出してくれたと答えた。許栗さんの妻は、馬が野良仕事を終えて馬草を食べる頃にこの子が生まれたから、生涯食いっぱぐれることはないだろうと言った。「ちょうど様子を見に来ようって思ってたとこに、うちの旦那が金さんのとこに行ってみろって言うもんで、それで寄ってみたんだよ。多分、あんたの旦那さん、赤ん坊が生まれたかどうか聞きたかったんだろうよ。うちの旦那の話だと、金さんは釜山でやっと暮らせるぐらいの仕事をしてるんで、忙しくて家に戻れる状態じゃないようだとかなんとかってさ」許栗さんの妻の話が本当なのか嘘なのかはわからなかったが、母はその言葉をただ信じるしかなかった。釜山でも忙しいなんて、どうせその女に現《うつつ》を抜かして心ここにあらずだとか、釜山まで友達を引き込んで徹夜で賭けマージャンでもしているんだろうと思った。許栗さんの店は父の連絡場所になっていて、父が進永に立ち寄って会うはずだった人に会えなかった時は、よく許栗さんに伝言を頼んで帰ったものだ。ほとんどがお金の工面の問題だとか消息を伝えることだった。父には進永でマージャンをしたり、よその土地に遊びに行く時に連れ立って出かける親友たちがいた。いつだったか叔母が幼い時に、父の友達で記憶に残った五人を数え上げた。幼なじみの許栗さん、大地主の金参事の息子で映画製作にはまり込んでいた金永坤《キムヨンゴン》さん、進永映画館を建てた大地主、姜《カン》さんの息子の姜翰亀《カンハング》さん、荷渓里《ハグリ》の大昌小学校時代の同期生鄭珍沢《チョンジンテク》さん、同じく、荷渓里成《ソン》氏一族の成尚永《ソンサンヨン》さんだった。許栗さんを除いて四人は、馬山とソウル、日本へと渡り高等教育を受けた識者たちとして、町中で影響力のある人士だった。彼らは、日本統治時代の終わりに鉄下《チョルハ》で塾を開設し、進永地域の識字運動に立ち上がり、有名な人士を招聘して進永映画館で啓蒙講演会を開いた。夜にはバス停留所近くの昭和館の喫茶店に陣取り、熱い討論を繰り広げ、徹夜でマージャンをすることもあった。彼らが陜川《ハプチョン》の海印寺《ヘインサ》に紅葉狩りに行った際に撮った一枚の集合写真が残っているのだが、皆バーバリーのコートを纏い、背広に中折れ帽をかぶった姿は一際目立った。塾が当局によって閉鎖されるや否や、許栗さんだけが故郷に残り、他の仲間は職を求めて進永を離れた(成尚永さんは、休戦直後に李秉喆《イビョンチョル》の第一毛織の創業を手伝い、副会長に就任した)。

許栗さんの妻が帰って十日ほどが過ぎると、母は僕をおぶって金融組合近くの国道の端に店を構えていた許栗さんを訪ねていった。その店はタバコ屋兼雑貨屋で、子供たちが好きなおやつも売っていた。僕をおぶって来た母を見るなり、許栗さんは母が訪ねた理由に気づいて、「釜山にいる金君に、生まれた子供の名前と生年月日を人を介して知らせておきましたよ」と言った。母は、許栗さんから釜山西面西大新洞に住んでいるという父の住所を聞いて帰ってきた。許栗さんは父同様に背が低く、浅黒い顔で額が禿げていた。いつも国民服を着たきちんとした姿が記憶に残っている。許栗さんは僕にとって忘れることのできない故郷の人だ。朝鮮戦争が勃発したその年の初冬、ソウルから故郷に避難して来た母と僕の兄弟は大邱《テグ》に向かい、僕だけが李仁択さんの飲み屋で雑用をする下男として厄介になった。その三年間、許栗さんは友達の息子である僕を憐れんで、学校に訪ねてきて僕の授業料を代わりに納めてくれたりもした。登下校の時に僕に目を留めると店へ呼び入れ、両親がいなくても一生懸命に勉強しなさいと励ましてくれた。

さらに二週間が過ぎても、父からは連絡一つなかった。母は朝食を作ってお膳を板の間に持ち込むだけで、祖母とは一緒に食事をするわけでもなく、台所のかまどで離れて食べていた。嫁姑の間でお互いに話すこともないので、向き合って座り食事をするのは窮屈だった。母は人付き合いが下手で不愛想な性格なので、いつも口をつぐんだまま過ごした。祖母は浮気をした息子のせいで嫁に合わせる顔がなく、万事に控え目だった。それで、朝食を食べ終わると町に出かけてゆき、夕方頃になると家へ戻ってくるという生活だった。叔母は、急いで郵便局に出勤して行った。大昌小学校を卒業した叔母は、父を見習って実に字が上手で郵便局に職員として就職したのだ。幼い姉は家族たちの気配を察してか大人しく元気がなかったので、家の中はまるで薄氷を踏むようだった。母は皿洗いと洗濯をざっと済ませると、薄暗い家を守っていることに息が詰まった。嫁ぎ先を間違ってしまったのだと思うと、こんな不幸せな自分の人生が悲しかった。そして窒息しそうな家の中の雰囲気が嫌で、薪を集めに出かけた。薄暗い家の中から逃げ出して、山道を歩きながら青い空を見るだけでも呼吸がはるかに楽になった。野山にはあらゆる春の花が咲き乱れ、落葉樹も新しい葉を伸ばす四月の節気だった。母は三日に一度、僕をおぶったまま薪を集めては運んだ。鎌・麻袋・熊手・縄紐を揃えて、僕をおぶって家を出た。中央山中腹の急な小道を遠回りして、四キロくらい行くと荷渓里に出た。その途中にある五秋谷《オチュゴル》には、祖父が生前手に入れた八畦ほどの小さな畑があって、成さんの家から小作料をもらっていた。秋の穫り入れ時期には、その畑で作った精麦・小麦・トウキビ・大豆なんかを背負子にくくって、小作料として家に持ってきたものだった。母は荷渓里の裏山一帯の尾根を歩き回って、松の落ち葉と枯れ枝を集めて運んだ。

第七章

嫁としての生活の大変さを語るのに、「口の利けない三年」という言葉があるが、嫁入りしていつの間にか七年目を迎えた母は、「いつまでもこんな苦労をしながら、自分一人だけで悩み苦しむことなどできない」と思った。夫が死んだとか、病気で床に伏しているのならともかく、生きているのにもかかわらず本妻として人間扱いされないような侮辱を受けるのが悲しかった。「同病相憐れむ」というように、周りに同じような立場の女性がいれば、お互いに心を打ち明け合って気を紛らわすこともできただろうが、そんな人もいなかった。考えれば考えるほど自分の境遇が悔しく恨めしくて、心の中で燃え盛る火の塊はまるで溶岩が噴き上がるようだった。しかし、それを外に噴出することもできずにもだえ苦しんでいた。夫はすでに息子の出生届を出したので、離婚されることはないだろうとでも思っているのだろうか。もうこれ以上夫を待つことはできないという思いから、焼き餅まで焼くようになっていた。それでも、嫁ぎ先でこんな悩みを相談できるのは義妹（叔母）だった。母は、「赤ん坊がある程度大きくなったから電車に乗っても大丈夫だし、ついでに生まれた赤ん坊も見せに釜山《プサン》へ行ってこよう」と叔母にせがんだ。父の釜山での住所がわかったので、叔母の郵便局の仕事が休みの日曜日に釜山西面《ソミョン》西大新洞《ソデシンドン》にある別宅を探しに行こうと言ったのだ。その時のことを叔母はこう語った。「いやあ、あの時は本当に大変だったのさ。お前のかあさんの性格ったらお前もよくよく知ってるだろ。気まじめな人が一度腹を立てたら、火も水も何のそのだよ。体もでかいしさ。いきり立って私を急き立てて、釜山にあるお前の父さんの家を探しに行こうって毎日せがまれてんのに、それをどうやって断ることができるのさ。私が一緒に行かないんなら自分一人でも行くって言うんだよ。釜山でお前の父さんかあの女にでも会ったら、ものすごい喧嘩になるはずだからね。それで私が付いていったのさ」

　五月下旬の日曜日、母は姉を祖母に預け、僕を背負って叔母と一緒に釜山行きの朝の電車に乗った。山に薪を集めに行く時には、僕はいつも母の背中に背負われていたが、この日、生まれてからわずか二か月余りで、僕は初めて汽車に乗ったのだ。そのこと自体は記憶にはないのだが、それは紛れもない事実だ。電車に乗ったことを覚えていないだけでなく、その後数年間にわたる僕の行動、出会った人、見聞きしたものもやはり記憶にないのは当然であろう。だから、父に会った前後の全てのことは叔母から聞き、姉もやはり家族から聞いたことを僕に伝えたのだ。僕は当時の現実を参考にして、そこに小説的な想像を加え、「現場」をもっともらしく再構成しているだけである。振り返ってみると、母は自尊心を傷つけられたのか、その時の釜山行きについては僕が成人した後にも一言も言わなかった。祖母もやはり父のことについて何も言うべき言葉がなかったのか、その時のことを聞かれても「考えるだけでもうんざりするってのに、何で聞くんだ」と言いながらタバコの吸い殻にマッチの火を点けた。電車が翰林《ハルリム》亭《ジョン》駅と洛東《ナクドン》駅を過ぎ、洛東江《ナクドンガン》に架かった鉄橋を渡った。鉄がぶつかる音に驚いたのか、母の懐に抱かれていた僕が声を振り絞るかのように泣き出した。母が向きを変えて座って乳を含ませても、その瞬間少し静かになるだけで、電車が鉄橋を渡ってかなり時間が経ったにも拘わらず、人と目が合うと僕は再び泣き出した。そして、顔が黄色くなり乳を吐き出した僕は、叔母が抱きかかえてあやしても泣き止まなかった。「荷渓里《ハゲリ》に薪を集めに行った時にはこんなに泣かなかったのにさ、この子は車酔いのうえに人見知りまでするようだね」と母が言った。電車が京釜線と繋がる三浪津《サムナンジン》駅を過ぎて洛東江に沿って下り、勿禁《ムルグム》駅に到着すると、ようやく僕は泣き疲れて寝てしまった。「お前は赤ん坊の時からどういうわけかひどく人見知りしたんだよ。人が抱っこしようとしてもびっくりして泣くもんで、市が立つ日にはお前を背負って市場にも連れて行けなかったね。市場に集まった人たちを見るととんでもなく泣いたんだからさ。人がたくさん集まる映画館みたいなとこにも連れてゆけなかったし、五歳になる頃までは本当にひどい人見知りだったからね。これから学校になんかちゃんと通えんだろうかって心配だったよ。村の人たちは、ちょっと変わった子供だってびっくりしてたけどさ、母さんから見ても全くその通りだったよ」赤ん坊の時から変わっていた僕は、成長してますます臆病な性格になり、ちょっとしたことにも涙を見せて、泣き虫と言われていた。

　母と叔母は住所が書かれた紙切れを頼りに、四月中旬の暖かい日差しが降り注ぐ釜山駅に到着した。駅の広場に出ると背広や国民服姿の男性、洋装やモンペ姿の女性、子供たちがたくさん目についた。皆進永《チニョン》市場の人たちの服装とは違っていた。電線が絡み合った電信柱が高く聳え、車と人力車も見えた。駅の広場に「鬼畜米英」と書かれた大きな垂れ幕が掲げられていた。叔母はその文字を読むことができたが、字を知らない母は気にも留めなかった。新道に出てみると、ズボンとチョゴリにチョッキを着た成人男性たちが、群れを成して早足で歩いていた。引率者の兵士は銃を担ぎ、軍刀を下げた巡査が列の外で呼子を吹き鳴らしながら「速く歩け！」と促した。「あの若者たちはみんな忠清道《チュンチョンド》から連れてきたそうだ」「埠頭に行って軍艦に乗るそうだ」「そしたら南洋戦線にはいつごろ到着するって？」「船だけでも半月はかかるらしいね。急いで出発するから、デッキで銃を撃つ練習をするそうだよ」と、道沿いに立っていた人たちが隊列を見ながら、何か知ったかぶりをして話し合っていた。母が彼らをぼんやりと見ていると、「義姉さん、早く行きましょう！　最近は田舎の娘までもあんな風に引っ張って、どこかに連れて行くそうですよ」軍刀を下げた巡査を見て恐れをなした叔母が母を急かすと、道の人混みの中に紛れ込んだ。叔母は一四歳だった。髪の毛を一つにまとめて編んで、赤いデンギ［お下げの髪の先に付ける布］を付けていたので、誰が見ても若い娘だった。「ねえ、西大新洞にはどうやって行けばいいか聞いておくれ」母は叔母を連れてきてよかったと思った。学校教育を受けられなかった母は、釜山という都会に出てみると本当に田舎の女性そのものだった。それに比べて、叔母は小学校を出て、田舎ではあっても職場勤めをしていたので、建物の軒にかかった立て看板の漢字も読めるし、日本語も堪能だった。そんな叔母が傍にいてくれて本当に頼もしかった。釜山西面西大新洞一帯は、東莱《トンネ》温泉とともに植民地時代に入って開発が進められたため、大通りには二階建ての日本式家屋が軒を連ね、着物姿に下駄や草履を履いた日本人で溢れていた。大通りから外れたところにある小道には、藁葺きの家ではなくブリキ屋根の家が隙間なくぎっしりと並んで、路地も込み入っている。道を行く人に住所を聞いて、二人は蒔薬山《シヤクサン》と九徳山《クドクサン》側の坂道を上った。叔母は、道端でまな板のような板を椅子代わりにして座り、雑談をしている老人に道を尋ね、教えられた通りに行ってみた。しかし、そこに住んでいる人たちは自分の家の住所すら知らなかった。駅の広場を出た時からまた泣き出していた僕は、それ以上泣く力すらなく、息をするのがやっとだった。郵便配達人にでも会えればいいのだが、帽子をかぶって大きなカバンを担いだ郵便配達人の姿は見えなかった。昼頃になると、母は人気の少ない奥まった小道の階段に座って僕に乳を与えながら、家で作ってきた海苔巻きで腹ごしらえをした。午後になり、再び家探しを始める頃から、母は父に会ったらどんな言葉を切り出そうかとずっと考えていた。「いつまでそうやって別に所帯を構えているつもりなんですか。家にはずっと戻ってこないつもりですか。思ってることを全部正直に話してくださいよ。あんたの本当の気持ちをどうしても聞かなきゃならないんですよ」母は本心では父にこんな言葉をぶつけたかったのだが、胸が詰まって何も言えずにただ声をあげて泣き出しそうだった。夫婦の縁を結んでから七年もの月日が過ぎたが、これまで二人で腹を割って話したことはなかったし、夫の口から温かい言葉を聞いたこともなかった。父は、自分がきちんと教育を受けてきたため、教養のない母を軽視していたのか、最初からあまり話をしなかった。男性には外での仕事があるように、母も女性としての仕事に没頭した。父が客間で本を読んでいる時、母は外で家事をしていた。「妾」のあの女に会ったなら、星の数ほどいる男のうちで、どうしてよりによって妻子持ちの男と一緒に暮らしているのかと、髪の毛を摑んで振り回してでもやれば少しは気も晴れるだろうが、しかし、母は父の前でそんな乱暴なこともできそうになかった。

　午後二時近くになって、やっと父と彼女が住んでいる家を探し当てた。蒔薬山麓の坂道から小道に抜けると、その奥まったところにある藁葺きの家だった。閉ざされた門の隙間からのぞいて見ると、狭い庭の向こうに瓦葺の母屋があり、離れには道に面して明かり窓があった。門には閂《かんぬき》が掛かっていたので、叔母は「誰かいらっしゃいませんか」と人を呼んだ。進永ですら門のない家が多く、たとえあっても門までは掛けていないが、都会はこそ泥と乞食が多いためか、やはり違うと思った。かなり時間が経って、門ではなく道沿いにある明かり窓が開き、うら若い女性が顔を半分ぐらい出すと「誰をお探しですか」と尋ねた。叔母は、垢ぬけたショートカットのその女性が、鉄下《チョルハ》の塾で会った「黒んぼ」だとわかったようだった。彼女の方も叔母を見た瞬間の驚く様子から、誰が訪ねて来たのか察したようだった。叔母は父の名前を名乗りながら、「進永の家から来ました」と告げた。母もまた彼女には初めて会ったのだが、直感で誰なのかすぐわかった。彼女も、叔母の後ろで僕を背負って立っている母のことがわかったようで、浅黒い顔が恐ろしさの余り真っ青になった。「兄さんは家にいるんですか」と叔母が尋ねた。「おりませんが、ちょっとお入りください」彼女の顔が明かり窓から消えた。門を開けてくれた彼女は小柄で、白いブラウスに膝が隠れる丈の西洋式プリーツスカートを履いていた。琥珀で飾ったチョゴリに簪《かんざし》を差した地味な母とは対照的で、また同じ女性なのに体格が全く違っていた。母は、小柄な者同士が似合いの仲睦まじい関係になったのだと思った。「どうしても兄さんに会わなきゃならないから、来るまで待たせてもらいます」叔母が彼女に言った。彼女は手で口を塞ぎながら嘔吐《えず》いて、体を横に向けた。母は少しふっくらとした彼女の腰を見て、妊娠していることがわかった。まるで胸に鉄の塊が落ちるような衝撃に、一瞬目の前が真っ暗になった。母は彼女と会う前までは、髪の毛を摑んで振り回しながら、決死の覚悟でけりを付けようと思っていたのだが、子を孕んでいる姿を見ると気が抜けてしまった。手を出そうにも出しようがないほど小さな女性が妊娠までしているのだ。髪の毛を摑んで振り回してやろうなどという気持ちはすっかり消えてしまった。その門屋には台所のようなものはなく、縁側の片隅に戸棚が置かれ、食膳にはお膳掛けが掛かっていた。炭火を焚いてご飯を作っているのか、七輪に置かれた小さな鍋が目についた。縁側には洗い桶の中に茶碗がいくつか転がっていて、何でもきちんと片づけることを習慣にしている母にとっては、この女性がどれだけ無精なのかが見て取れた。自分が居候同然に嫁入り生活をしているとすれば、この女性は浮き草のように浮ついた生活をしているのだろうと思った。母は帰りたいとも思ったが、せっかくここまで来たのだし、父のことを聞いてから帰ることにした。いや、父に必ず会わなければならなかった。「義姉さん、入りましょう」叔母がぼうっと立っている母に向かって言った。母は叔母の後について門屋の部屋に入り、まず部屋の中を見回した。幸いにも子供のいないがらんとした部屋だった。男女が釜山に行方をくらましてから二年目になるので、すでに子供が生まれたのではないかと疑っていた。しかし、子供は生まれてはいないが、今現在身ごもっていることは確実だった。部屋の中は、まるでままごとをしているような暮らしぶりだった。どの家の門屋でも同じだろうが、四人が横になればもう隙間もないような部屋には、上部だけに扉のある箪笥とその上に置かれた布団、壁にかかっている男女の服数着、部屋の片隅に置かれた本、化粧台一つが所帯道具の全てだった。

　部屋に座るや三人はお互いの様子を窺うだけで、誰も話を切り出さなかった。彼女はドアの前で膝を立てて座り、スカートに顔を埋めて肩を震わせながらすすり泣きをした。母はいつものようにいかめしい表情のまま何も言わずに彼女を眺めていた。ちょっと何とか言えと言わんばかりの顔をした叔母は、母の様子を窺った。長い沈黙が続いた。やがて彼女が濡れた目で顔を上げると小声で言った。「私はとんでもない罪を犯しました。何と申し上げればいいのか、言葉が見つかりません……」叔母は、兄がいつ戻ってくるのかと訊いた。すると「家には戻らない日が多いので、今晩も戻ってくるかどうかわかりません」と答えた。母はこの女が気まずい雰囲気から逃れ、二人を帰らせるために嘘をついているのだと思った。「この子の父親に会ってから帰るからね。そのつもりでいなさいよ」母が初めて口に出した言葉だった。その言葉に、彼女は決して嘘ではないと言うように真顔になって「今晩戻ってくればいいんですが、いつもほとんどいないんです。釜山だけでなく馬山《マサン》にもよく行くようです。先日は十日間も家に帰ってこなかったんですが、友達に会いにソウルに行ってきたと言ってました」そう答えた。そして、彼女は「せっかく遠くまで来ていただいたんですから、何か少しでもおもてなししなければ」と言いながら外に出かけていった。彼女が出かけてしまうと、母が叔母に「妊娠したんだよ」と言った。「妊娠したって？　私にはわからんけど。義姉さんは気づいてたんですか」叔母は驚いた。「三、四か月にはなってるよ。つわりがひどくて何も食べられないからあんなに痩せちまったのさ。子供までできちまって、これから一体どうすりゃいいんだか……」母は隣に寝かせていた僕を見下ろしながらため息をついた。

時間がとめどなく流れた。「進永行きの最終電車にでも乗らないと、明日郵便局には出勤できないのに」叔母が焦り始めた。母は「明日一日ぐらいは欠勤したっていいだろう。私は今日この子の父親に会って何とかけりを付けなきゃなんないんだよ」と話した。どうすることもできず、叔母は何も答えられなかった。西日が窓から入るころ、やっと彼女が戻ってきたのか外から足音がした。水を飲みに行くと言いながら外に出た叔母が、お膳もなかったのか、もち米の餅とお菓子を皿に盛ったままで部屋の中に差し入れて、自分は入ってこなかった。叔母は、七輪に火を熾して扇子で扇いでいる彼女の横にしゃがみ込んで、あれやこれやと尋ねた。母はただ一人、何も言わずに部屋の中に座って、あれこれと考えを巡らせていた。そして、もう夫のことは諦めて、これからは赤の他人だと思うことにした。これで、家に戻ってくるよう胸ぐらを摑むことも、嫉妬で悩むこともないだろうと思った。全ては自分の運命なのだと受け入れて、息子と娘をしっかり育てながら夫のことは忘れることにした。そう心を決めると気が楽になった。しばらくして、叔母が部屋に入ってくると彼女から聞いた言葉を母に伝えた。「兄さんは埠頭で荷担ぎをして、やっとご飯ぐらいは食べていけてるそうです。他の荷担ぎと一緒に暮らしながら、数日おきに戻ってくるって。やっと戻ってきたかと思うと、着替えてまたすぐにいなくなったりするみたいで。同僚たちを連れてきてはひとしきり密談して、通行禁止になる時間の直前に一緒に出ていったり、たまにはその人たちが泊まってくこともあるそうですよ。秘密で独立運動をする人みたいだとか言ってましたよ。兄さんが今も友達と博打なんかしてんのかって聞いたら、そんなことすんのは見たことないって。そして、泣きながら言うんですよ。あんな人だなんて知らなかった、兄さんに騙されたって。埠頭で荷担ぎするような男と一緒に暮らすなんて、自分の人生がまさかこんなことになるとは夢にも思わなかったってね。実家のお母さんが何回か来たらしいけど、故郷の余来里《ヨレリ》にも噂が広まっちまって、お父さんからは『お前は俺の娘じゃない』って絶縁されて、実家からも追い出されたみたいです。兄さんの何が良くて所帯まで構えたんだか、これからどうやって生きていけばいいかわかんなくて困ってるって……」その話を聞いていた母は叔母の言葉を遮った。「日本まで行って勉強したっていう女が辛い、苦しいって何を大げさに言ってんだか。そんな猿芝居に誰も騙されやしないよ」しかし、夫がどうしようもない人間だと今になってわかったと聞いて、むしろよかったと思った。

叔母は、彼女があれこれおかずをこしらえて準備した食膳を部屋の中から受け取った。麦と安南米を半分ずつ混ぜたご飯だった。焼きアジとナムルのおかずは塩加減が今一つで、豆もやしのスープはニンニクを入れなかったため、塩辛いだけだった。昼食で食べた海苔巻きが物足りなかったのか、叔母は茶碗を空っぽにしたが、母は食べるふりをするだけだった。彼女はつわりのせいか、豆もやしのスープを少し口に入れただけだった。食膳を片づけて戻ってきた後、彼女は門口に座って編み物をし始めた。最終電車を逃したので、明日は必ず明け方の始発の電車に乗らなければならないと騒いでいた叔母は、部屋の中の重い沈黙に嫌気がさしたのだろうか、兄さんを迎えに行くと言いながら外に出かけた。そして、部屋には本妻と妾だけが取り残された。お互いに話したいことが積もり積もっていたので、何から先に切り出せばいいかわからず、お互いに顔色を窺うばかりで口をつぐんでいた。部屋の中が薄暗くなると、彼女が明かりを灯した。母は緊張が解けたせいか、壁に寄りかかったまま目を閉じていた。「大通りまで行ってみたけど、どんなに待っても来ないね」と言いながら叔母が部屋に入ってきた。夜更けになっても父は戻ってこなかった。彼女は編み物をしながら、時折明かり窓へと目をやり耳を傾けた。その様子を見ていた叔母が「兄さんが戻ってきた時は明かり窓を叩くんですか」と訊くと、彼女は肯いた。再び長い沈黙が続いた。通行禁止三〇分前を知らせる予備サイレンの微かな音が丘の上まで聞こえた。「どうやら今日は戻ってこないようです。窮屈でしょうが、ここに泊まってください」彼女が簞笥の上に置かれた布団を敷いた。お客さんが来た時に使うのか、継ぎはぎだらけの布団が重なっていた。彼女は「寝所がむさ苦しくて申し訳ありません。富平洞《プピョンドン》市場の古い布団屋から買ってきたんです」と言い訳した。「昔、私が持っていた時計まで質屋に入れられてしまって」彼女は聞かれもしない話まで付け加えた。そして、叔母を真ん中にして、彼女は門口で丸くなって寝た。母は汚い他人の布団で寝るのが嫌だったので、彼女と叔母が勧めたにもかかわらず、座ったまま夜を明かすと言い張った。母の寝所には僕が横になった。

その日の夜、けっきょく父は帰ってこなかった。母は座ったままで、眠ったような眠らなかったような夜を過ごした。夜明け頃、朝食を作るからと彼女は外に出ていった。叔母は、始発の電車に乗るには我々も早く出ないといけないと言って、布団を片づけると顔を洗いに部屋を出た。母は座ったままじっとしていた。父に直接会うことはできなかったが、彼女には厳しい言葉の一つでも投げつけて、夜が明けたらさっさとこの家から出よう、母は一晩中そう考えていた。洗顔を済ませた叔母が部屋に入ると、彼女が後について入ってきて、叔母に顔を拭く手拭いを渡した。そして、母の前に土下座した。「何と申し上げればいいのかわかりませんが、彼はそのうちにここに戻ってくると思います。その時は必ず進永に立ち寄るように、しかと話しておきます。あの時は一体何に惑わされたのか、私はとんでもない罪を犯してしまいました」と頭を下げて謝った。彼女の言葉は言い繕っているわけではなく、きっと真実なのだろうと母は思った。じっと聞いていた母はもうこれ以上我慢できなくて、決着を付けるかのように言った。「あんたも、これまであの男と十分一緒にいたんだから、どんな人間なのかもうわかったでしょう。だから、いつまでもこんな生活してないで、自分の道を探さなきゃ。まだ若いんだから、何だってできるじゃないか。私の目の黒いうちは絶対離婚なんかしないからね。よく覚えときなさいよ」母は心の中に秘めておいた言葉を吐き出すと、眠りから覚めた僕を背負ってその家を出た。母は、せめて朝ご飯でも食べていってくださいという彼女の願いを聞く素振りも見せず、早く電車の駅に行こうと叔母を急かした。庭に下りた叔母は、縁側に向かう母を何気なく見上げた。叔母は東の空が白んでくる中で、母の目に何かきらりと光るものを見た。「あん時まで何も言わずに我慢してたお前の母さんが、庭に出る時になって声も出さずに泣いてたのさ。自分の身の上を嘆いて泣いてんだか、彼女の運命が気の毒で泣いてんだか、とにかく義姉さんの涙を見たのは、あれが初めてだったね」叔母がその時のことを思い出しながら言った。

　母と叔母が釜山西大新洞から戻って十日が過ぎた時だった。父は自分が死んだら弔ってくれる立場の長男が生まれたので、僕の上着一着と下着を買って進永の自宅に戻ってきた。初夏の暑さが熱波となって押し寄せてくるようなある日の午後だった。その日、母は僕を背負い、薪を集めに荷渓里に行っていて留守だったので、庭で一人で遊んでいた姉が門から入って来た父を見つけたのだ。顔すら忘れてしまうほど長い間会えなかったこともあって、姉は突然入ってきたその人が父だとすぐにはわからなかった。父は驚く姉を見て「お前は挨拶もしないのかい」と一言言った。その言葉を聞いても、姉は喜んで父を迎えることはできなかった。父の格好と言ったら、全くひどいものだったからだ。徴兵される人のように髪を短く刈り、顔は真っ黒に日焼けした上にげっそりと痩せていたので、その姿はまるで病人そのものだった。汚くみすぼらしい国民服に袴衣［夏に男性が履く一重のズボン］のズボンを履いていた。自宅にいた時は外出の際にいつも靴を履いていたが、今はぼろぼろの布の短靴を履いていた。父は姉に「母さんとお前の弟はどこに行ったんだい。ばあさんを探しておいで」と言った。姉は李《イ》仁択《インテク》さんがやっている飲み屋に行って、市場に来た隣近所のばあさんたちと雑談をしていた祖母に「父さんが戻ってきましたよ」と告げた。祖母は一息に市場を横切って、家まで走ってきた。姉は祖母の後を追いかけながら「父さん、まるで乞食みたいになって戻ってきたんですよ」と言った。祖母は門に入って息子を見た瞬間、胸が詰まって敷居に倒れ込んでしまった。「まあ、お前ときたら何て格好なんだ」ぼろけた服装に疲弊した息子の姿を見た祖母はため息をついた。苦労して育てた一人息子なのに、スパッと刈った髪型で、何ともひどいざまだった。父は自分の格好を見下ろしながら「家にずっと帰れなかったんでこんな姿になったんですよ。こういうご時世だから、こんな格好してれば憲兵や巡査たちの目には留まりませんよ。僕の歳がちょうど徴兵に引き抜かれる三〇前じゃないですか」と言い訳した。「李仁択さんの話だと、お前は釜山埠頭で荷担ぎの勘定（計算）の仕事をしてるようだって言ってたけど、本当なのかい」祖母が尋ねた。母は釜山の彼女から聞いた話を祖母に伝えたのだが、その祖母の話を聞いた李仁択さんが父の仕事について、埠頭の荷役の作業場で働く人夫たちの日当計算をしているようだと、もっともらしい推測をしたのだった。父が商業学校出身だからそんな風に考えたのだろう。父はその問いには答えもせず「近いうちに埠頭での生活をやめるつもりです。とりあえず友達に会って、夕方ごろに戻ってきますよ」と言いながら門を出た。

　僕を背負ったまま、まとめてくくった枯れ枝を頭に載せて戻ってきた母は、姉から父が帰ってきたことを聞かされた。姉は郵便局に行って、叔母にも父が戻ってきたことを知らせたのだそうだ。母は縁側の上に置かれている新しい服の包みを見た。それは父が僕に買ってきたプレゼントだった。父が久しぶりに家に帰ってきたので、祖母は常設市場に行って夕飯のおかずをたっぷりと買ってきた。母の台所での仕事が忙しくなった。父は中央山《チュンアンサン》の向う側に日が落ちた頃になって家に戻ってきた。姉と一緒に縁側に横になって遊んでいる僕を見て父は「こいつがそうなのか」と言いながら抱き上げた。驚いた僕はわっと泣き出した。「父さんが抱っこしてんのに泣くなんて」父は僕と目を合わせた。これが僕が初めて父に会った瞬間で、その懐に抱かれたのも初めてだった。僕の泣き声を聞いた母が台所から出てきた。「元気な赤ん坊だな」父が母の方を見て初めてそう言った。その言葉は、常に家にいる「家長」のようで白々しかった。子供が生まれて三か月ぶりに現れて、一体何のご機嫌取りをしているんだと言わんばかりに、母は大声を上げて泣いている僕を「こっちによこしてください」と言いながら父から取りあげた。「この子が生まれてからそろそろ百日になるじゃないか。写真屋に行って写真でも撮っておきなさい。僕も一枚ほしいからね」「写真を持ち歩くってことは、この家にはもう戻ってこないつもりだって意味なのかい？」奥の間から縁側に出た祖母が聞いた。「母さんもまったく。そうやって揚げ足を取るなんて。さて、もう一度抱っこしてみようか」と言いながら母から僕を受け取った。そして、僕を軽々と抱き上げては「高い高い」とあやしていた。そんな父の振る舞いについて母は知らんぷりをしていた。まるで何事もなかったかのような態度を取る父の二面性を、母としてはどのように理解すればよいのか、父の本当の気持ちを知る術はなかった。久しぶりに家族が集まって、縁側で丸い食膳を置いて夕食を食べることになった。市が立つ日でもないのに、祖母は鶏を一羽買ってきて水炊きにし、甘鯛を焼いて、ナムルのおかず数皿も食膳に上がった。父は昔からどんなにいいおかずでも、箸で嫌々つついて食べる癖があった。けっきょく、ご飯の半分を残した。食事中も無口だった。祖母と叔母が父にいろいろなことを尋ねたが、父は返事を渋った。戦時中という非常時だったため、都会の人たちは生活がもっと苦しいこと、そしてこんな状況では死なずに生きていくだけでも大変なことだと話した。父はもちろん、誰も釜山で同棲している彼女については一言も触れなかった。いつまで別に所帯を構えたまま生きていくつもりなのか、本当のところはそれが知りたいのに、聞けば父が怒りだすのではないかと思って誰も言いだせなかった。父が言わない以上、その話を切り出したせいでせっかくの雰囲気が壊れるかと思って、三人の女性は揃って躊躇していた。母は、久しぶりに米粒がまばらに混じった青刈りの麦飯の茶碗を食膳の下に置いて食べながら、一言も発しなかった。先に食事を済ませた父は、許栗《ホユル》さんの家で友達に会う約束をしたと言いながら立ち上がった。家に帰ってきて一時間足らずでまた出かけようとする父の言葉に、姉を含めて四人の女性はぼうっとしたまま父の後ろ姿を見つめるばかりだった。家を出る父に祖母が「今日は帰って来るんだろ？」と尋ねた。父は「戻ってきますよ」と、振り向きもしないで生返事をした。しかし、その日の夜一二時を過ぎても父は戻ってこなかった。母は言葉もろくに交わすことができず、父を逃してしまったわけだ。

　六月下旬、僕は生まれてから百日目を迎えた。母は僕を背負って、郵便局の向かいの二階にある写真屋に行った。「賞品をどっさりとくれるそうだから、郡の優良児選抜大会にこの写真を送るのはいかがでしょう。百日目でこんな大将軍のように丈夫な子なら受賞は確かですよ」僕を裸にして、おちんちんを出したまま椅子にきちんと座らせながら、写真屋の主人はそう言った。その頃、太平洋戦争は拡大の一途をたどるばかりで、日本は「内鮮一体」を掲げて皇民化教育に一層熱を上げた。日の丸の旗を高く掲げて忠誠を誓えるような皇軍の養成が至上の課題で、男の子は帝国の宝物とされ、郡と面単位で優良児選抜大会を開いていたので、こんな話が出たのだ。僕の百日の時の写真を見ると、選抜大会で受賞する資格があるかどうかはわからないが、とにかく健康優良児だった。しかし、母は先に死なれた二人の子供を思い出し、写真屋の話には何も返事をしなかった。父のあの言葉がなかったら、実は僕の百日の写真は撮らなかったはずだ。一歳にもなっていない赤ん坊を自慢しながら見せると厄に遭うという俗説があったからだ。その年の十二月初旬頃、釜山では腹違いの弟が生まれた。僕と同い年の男の子だった。一九四二年が過ぎ行く前、進永に来た父は邑事務所を真っ先に訪れ、腹違いの弟を母の二番目の息子として、僕の名前の下に入るように出生届を出した。家に戻って来た父は、母に向かって「あの子を籍がないままにしておくわけにはいかないから、うちの息子として届けを出したよ。そう承知しておいてくれ」と、事務的な一言を投げた。その言葉を聞いても母は何の返事もしなかった。

第八章

一九四三年四月のことだった。父は相変わらず釜山《プサン》を拠点として生活し、形式的だったのかどうかはわからないが、彼女との同棲は続いていた。彼女が進永《チニョン》の実家に帰れる状況ではなかったため、釜山で父と逃避行同然の同棲生活をしているとも考えられた。その頃、彼女が生活している西大新洞《ソデシンドン》の丘にある門屋は、父が必要な時にだけたまに寄る宿屋としての役割しかなかった。僕がこんな推測をするのは、父と彼女の関係についての理解不足からくる先入観がそうさせているのかもしれない。その時からさかのぼること二年数か月、進永の鉄下《チョルハ》にあった塾が閉鎖されると、二人の男女が釜山に高飛びし同棲生活に入った。父は教育を受けていない母とは離婚し、新教育を受けた彼女と新しい所帯を構えると約束したが、その約束が思った通りにいかず、どっちつかずの状況になった。父はその頃までは、母よりも彼女のほうを望んでいたのは事実だった。面白みに欠ける母とは違い、彼女は愛嬌もあってかわいいし、何よりも教育を受けた女性だった。母と彼女を比べてみれば、父が彼女に心を奪われるのも当然のことだった。しかし、内密の愛情関係というものは、当事者以外には誰も勝手に判断することなどできない。男女間の愛は火傷をするように熱い時もあれば、氷のように冷たくなる場合もあるものだ。正式に結婚した夫婦の間では、愛情が冷めて倦怠期が来ても、「歳月が薬」という言葉があるように、時間が経てばなくなった愛情が回復する場合もある。しかし、浮気の場合、倦怠期が来ればそれが別れるきっかけにもなる。僕の推測では、二人の場合もやはり一時の熱烈な愛がその頃には相当冷えきって、下降期を迎えていたのは間違いないだろう。たぶん父のほうが先に熱が冷めたのだろうが、口車に乗せられて後悔することになる彼女の方も「一瞬の初恋に溺れた」ことが実は錯覚だったと後になって気づいたに違いない。

母は前年の六月、僕を背負って叔母と一緒に釜山にある彼女の家を訪れて以来、父のことについては完全に諦めてもう関心を持たなかった。父は自宅で生活することはなかったので、向き合おうとしてもお互いの愛情にはあまりにも距離があり過ぎた。父からは消息すら聞こえてこなかった。母は、父が自ら進永に戻ってくるのでなければ、家に帰ってきてくれと懇願するため釜山に出かける気はなかった。そんな母に対して、祖母は性根の腐った嫁だと小言を言ったあげく、叔母を頼ってバスに乗ると、自ら釜山へと出向いていった。しかし、舗装されていない砂利道のせいで、バスが走り出した途端に祖母は車酔いで嘔吐した挙げ句に胃液まで吐き出した。それで、途中でバスを降りて釜山行きは諦めてしまった。家に戻って来た祖母はそのせいでひどく苦しみ三日間寝込むほどだった。それから十日後、祖母は今度は車体がそれほど揺れない電車に乗って再び釜山に行った。しかし、またしても車酔いに苦しめられて、彼女の家で寝込んだまま世話になりながら、息子との再会を待っていた。彼女と叔母が埠頭の通りに行って父を探してみたが、誰を捕まえて聞いても最近そんな人は見たことがないという返事しか返ってこなかった。祖母と叔母は、埠頭で荷担ぎの日雇いをしながら生活していると言っていた父の言葉を疑うしかなかった。そんなことがあってから、叔母は父の服と、体に良いという漢方薬を買って、釜山に二回ほど行ってきた。そのうち一度だけは父に会えたが、もう一度は会えずじまいで、無駄足を踏むことになった。そのたびに、彼女は結婚式も挙げることができないままで、生まれたばかりの子供を懐に抱いて涙を流しながら、父に騙されたせいで自分の人生が狂ってしまったと叔母に切々と訴えた。そうした彼女の気持ちにも一理あるので、叔母は「彼女は兄さんのせいでかわいそうな身の上になっちまったでしょう。彼女のこれからが心配で一緒に泣いてあげたんですよ」と、母がいない時を見計らって祖母にひそひそと話した。その言葉を聞いた祖母は、自分の息子をひたすら庇って心配する言葉だけを並べ立てた。「手には土さえ付けたこともなくて、荷物っていえば学校に通う時のカバンしか担いだことがないような弱い体で日雇い生活をするなんて。あんな体でどうやって耐えられるのさ。しかも、家にも帰らないで埠頭の通りにある倉庫みたいなところをあっちこっち回りながら寝るんじゃないか。ご飯を食べるって言ったって、一体どこで温かいご飯を準備して、おかずだってどうやってちゃんと揃えて食べるってのさ」一人息子への心配で心を煩わす日々を送る祖母は、タバコの煙を吐き出しながらため息をついた。

　この前のお正月には、父は祭祀を行うために少しの間実家に戻ってきた。家族には腰にできた傷を見せながら、「こんな怪我をしたんで、もう埠頭での日雇いの生活は止めたんだよ。それで、同級生たちの仕事場を回りながら、臨時で経理の仕事を手伝って何とか生き延びてきたのさ」と言った。父がいう同級生とは、釜山の官公署や中小企業に就職していた馬山《マサン》商業高校の卒業生か、その繋がりで知り合った先輩・後輩たちだった。父が算盤で計算する姿を見た誰かが、その腕前はまさに神技のようだと感心しながら言っていたことがあるので、父はそうした仕事は得意だったようだ。最近釜山ではどんな仕事をしているのかという祖母の問いかけに「魚市場の共同販売場に、競売で買い上げた魚の箱を東京の大型飲食店に納品する会社があって、そこで経理をやってるんですよ」と答えた。韓国に渡ってきた日本人の旧友が、彼の父親が経営していた共同販売場事業を引き継いでいるとのことだった。父はお正月の後にもたまに日帰りで進永の実家に立ち寄った。そのたびに忘れずに姉と僕にプレゼントを買ってきてくれた。姉にはこれから学校に通う時に使う文房具を、僕にはがらがらなどの玩具だった。父は馬山に住んでいる同級生に会いに行くついでに、途中にある進永に少し姿を見せることがあった。故郷の友達に会いに来たり、進永金融組合に用事があって来ることもあった。父は実家に帰ってくると、僕を高く抱き上げ、「こいつ、すくすくと元気に育ってるんじゃないか」そう一言言った。そのたびに父は、俺だってこんなこともできるのさ、と言わんばかりに母の方を見ながら髭面の浅黒い顔に笑みを浮かべた。釜山の彼女が生んだ息子については何も言わなかったが、僕の家族たちは同い年のあの息子も僕と同じように元気に育っているんだろうと思っていた。母は父のそんな二重生活には一言も触れずに、来たら来たで行ったら行ったで無関心だった。ちょっとだけ会って別れる時にも、お互いにまるで「犬が鶏を見る」という言葉のように、他人行儀だった。当時は妾がいて二つの所帯を構えたり、一つ屋根の下で本妻と妾が一緒に住む家も決して多くはないものの、あるにはあった時代だった。父は母と彼女の間でまるで綱渡り芸人のように、どちらも諦めたり捨てたりせずに、地上に落ちることなく綱渡りをし続けていた。いや、父にとって、もはや二人の女性は関心の対象ではなかったのだ。二人の女性に自分が外でやっていることを説明したり、理解させる必要などないかのように、家庭の外、世の中の別のことに夢中になっていた。

　そうこうするうちに、その年の花粉が飛び交っていた春、僕にとって「招かざる客」のはしかがやってきた。父のいない女性ばかりの家庭の中で、僕が初めての誕生日を迎えて家族がワカメスープ［韓国では誕生日にワカメスープを飲む」を飲んだ三月中旬が過ぎ、その翌月のことだった。うららかな日が続いて、ソンダルバウ山の柿畑の上にツツジとサツキが満開になった時期だ。はしかは、二〇歳までに九〇パーセント以上の人がかかるような、一生に一度は誰もが経験する病気なので、はしかが治ると俗語で「自分の義務は果たした」と言ったりもした。一九六五年にワクチンによる予防接種が実施されて以来、はしかは風邪と同じ程度に扱われているが、当時は一～二歳の幼児にとっては命にかかわる病気だった。伝染性が強く、村にはしかがいったん流行すれば、運が悪いと立て続けに葬式を出すようなことにもなった。はしかは夏を除いたどの季節にも発病したが、特に春の四月から六月の間が多かった。そして、やはり僕にもはしかという急性伝染病がやってきたのだ。はいはいをする時期が過ぎ、壁に手をついて立ち上がり、あんよをし始めていた時のことだ。四月のある日から微熱があり、目には粟ほどの目ヤニが出てきた。はしかの始まりだった。目が赤く腫れて結膜炎の症状が現れたのだ。二日が過ぎ、全身がまるで燃え上がるように高熱を発し、ひどい咳と鼻水が出た。そして、横になったままひっきりなしに咳をし、息づかいは荒くなった。肌には「熱花」と言われる水疱と斑点ができ始めた。いわゆる「コットジ」と言われる発疹は顔・首・腕と胴体の上部から始まり、背中・尻・足へと次々に移って行った。熱は四〇度を超し、わずかな水以外はどんな食べ物も喉を通らず、昏睡状態に陥ったり目を覚ましたりを繰り返した。

　母は町内唯一の西洋式の病院である南山病院に僕を背負って駆け込んだ。医者からははしかと診断されたが、これといった治療薬がなかったため、簡単な処置だけを施してもらった。翌日、母は僕を背負って今度は漢方医院に連れていった。漢方薬でのはしかの処方といっても、民間療法を薬にしただけのものだった。母は乾燥させた紅花を漢方薬局で買ってきて冷たい清酒に漬け、千切りにした大根と一緒に食べさせる方法を試した。切羽詰まった母は隣人の経験談に従って、はしかにいいといわれる民間療法をあれこれと試した。下ろし金で生姜をおろしてできた汁に、醤油と砂糖を入れて沸かしたものを混ぜて僕に飲ませた。熟したカボチャを丸ごと煮た粥を作って食べさせてくれたりもした。お見舞いに来た李仁択《イインテク》さんの奥さんは、斑点だらけの僕を見て「葛の根っこを煮詰めてさ、その絞り汁を飲ませてみなよ」と教えてくれた。しかし、一週間が過ぎても僕のはしかが良くなる気配はなかった。僕は高熱で昏睡状態に陥っては、かろうじて目を覚ますという状態を繰り返した。そしてはしかを発病してから十日足らずで、まるで干した明太のように痩せてしまった。その話を聞いた隣人と李仁択さんの奥さんが訪れ、気を失った僕を見下ろしては不憫に思っていた。彼女たちは母に聞こえないように、門を出たところで「どうやら金さんとこは今回もまた息子を亡くしそうだな」「父親がいなくてもちゃんと大きく育ったのに、けっきょくこんなことになっちまって」と言いながら舌打ちをした。祖母や郵便局から帰ってきた叔母、そして幼い姉もほとんど死にかかっている僕を隣で見守っているだけで、他には何もできなかった。熱を下げるのに効果があるという噂を聞いて、葱の白い根元を搗《っ》き砕いて、それを布に包んだもので僕の胸を湿布していた母は、唇を嚙みながらこみ上げてくる悲しみをこらえていた。考えれば考えるほど自分の人生にあきれ果ててしまった。先に死なれた二人の子供の魂は無縁仏になって、今はどこを彷徨っているのだろうか、その悲しみを胸に秘めているだけでも辛くて仕方がないのに、もう一人の息子までがこの世を去ろうとしているのだ。先立たれた娘は死産だったため、顔すら記憶に残っていない。二番目の息子は御七夜の後すぐに亡くしたため、もはやこの子の記憶もおぼろげだった。続いて姉が生まれてから四年ぶりにやっと僕が誕生したのだ。夫の浮気で悲しみに打ちひしがれていた母の胸に、にこにこと笑う姿が喜びを与えたのも束の間だった。僕が百日を迎えた時には写真屋だけでなく、隣人からも面事務所で実施する優良児選抜大会に応募してみるように勧められた。あんなにぽっちゃりとしていた息子が、まるでやせた蛙みたいな姿で死んでいこうとしているのだ。この息子だけは、父親と同じような道を歩まないように、徹底した躾をしていい子に育てようと決心したのに、その夢が水の泡になろうとしていた。「こんなにひどいはしかにかかるなんて、もうだめだろうよ」昼の間に町内に出かけていた祖母が部屋に入ってきて母に声をかけた。母は何も答えなかった。僕をしばらく見下ろしていた祖母は、「我々生きてるもんだけでもちゃんと生きていかなけりゃ。暗くならないうちに早くお粥でも作りな」と言って部屋から出ていった。母がようやく口を開いた。「子供がこんな風に死にかけてるって時に、どこのお粥が喉を通るっていうんですかい」

　僕は夜が明けるまで、ほとんど死にかけては目覚める状態を繰り返した。母は眠ることなく僕の傍に座って、熱が下がり咳が止まるようにと葱の根元を搗き砕いたものを布に包んで僕の胸を湿布した。そして、布を水に濡らして、特に発疹がひどい四肢と胴体を拭いた。それでも窓に白い光が差してくるころには、容体はよくなるどころか、わずかに残っていた気力すらなくなってしまった。夜が明ける前に目を覚ました祖母は、部屋に入ってきて僕を見守りながら母に昨夜の様子を聞くと、どうやら無理だと思ったのか首を横に振り、縁側に出て座った。そして、「息子にも恵まれないうえに、孫にも恵まれないばあさんだ」と言って自分を責めた。叔母も部屋に入ってくると、かすかな息づかいをしている僕を母と一緒に見守った。祖母は縁側に座ってタバコを口に銜《くわ》えた。祖母は祖父が散々苦労したあげく亡くなってからタバコを吸い始めるようになった。体の大きい李仁択さんの奥さんは長柄のキセルで葉タバコを吸っていたのだが、タバコはその名の通り退屈凌ぎに吸う草なので、孤閨を守るような生活にはちょうど良いと言いながら勧めたのだ。祖母も李仁択さんの奥さんのように、最初は長柄のキセルに干した葉タバコを入れて吸っていたが、あまりにもきついので頭がくらくらした。それで値段が高い巻タバコに変えたのだが、いつの間にかそれに慣れてすっかり中毒になってしまった。祖母が吸った紺色のタバコの匂いが、ぼんやりと夜空が白む中でもの寂しく広がった。自分の嫁も運が悪いと思った。前世に何の因果があったのか、家族の少ない家に嫁にきて四人の子供を産んだが、そのうち二人は生まれてすぐに亡くなってしまった。そして、やっと女の子と男の子ができたというのに、このままではまたしても三人目の子供を失う羽目になりそうだった。祖母はこんな全ての禍の原因は、まるで馬のように大きな体の女がこの家に嫁入りしてきたせいだと思っていた。もう力の尽きた状態の母も夜通し繰り返し考えて、ようやく決断を下した。とうとうこの子までも失うことになってしまったと思い、死にかけている息子と縁を切ることにしたのだ。しばらくして、母はぐったりした僕を産着に包んで部屋から出た。「その子を一体どうするつもりなんだい」と祖母が聞いた。「どう考えてももう無理です。これ以上生きる見込みなんてありません。この子を門の外に置いてきます」僕は産着に包まれたまま、門の外の小道にある側溝に捨てられた。慶尚南道《キョンサンナムド》南部地域では、重病にかかりもはや息を引き取りそうな子供は、家の厄まで全て引き受けてあの世に行くようにと、厄払いの服を着せ門の外に置く風習があった。子供が息を引き取る時、あまりにも不憫で、両親は傍で見ていられないという気持ちもあるし、一方では所詮子供は死ぬのだから仮埋葬するという意味も込められていた。そんな形で子供を捨てた後、両親はしきりに門の外を眺め、子供が息を引き取ったとわかると、その遺体を裏山に移し土に埋葬した。そして、その上には土や芝生ではなく、石を置いて目印にした。人が山に登る時、そのような小さな墓石を見つけると、誰々の家で子供が死んでそこに埋められたのだということがわかった。

　まだ太陽は余来里《ヨレリ》錦屏山《クムビョンサン》の上に昇っていなかったが、時間が流れていつの間にか闇は退き、だんだん夜が明けてきた。遠くから鶏の鳴き声が聞こえた。そして、たまに路地を通り過ぎる人々の足音が聞こえた。夜明け頃、共同井戸に水を汲みに出てきた女たちだった。その時、門の内側からひっきりなしに軽い咳をする音がした。一人の女が門の内側をのぞき込んで、「金さんの奥さんはいますか」と母を訪ねてきた。床にぼんやりと座っていた祖母は頭にずきんをかぶったその女を見た。空っぽのトタンの水がめを持った徳同《トクドン》さんが庭に入ってきた。彼女が住んでいたドラン町は、ソンダルバウ山と中央山《チュンアンサン》の間の渓谷にあり、夏の梅雨の時期だけ小川が流れた。その谷を挟んで隙間なく軒を連ねる藁屋に五日市の商人たちが住んでいた。徳同さんは早くに夫を失い、幼い子供三人を育てる未亡人で、中央山の後ろにある荷渓里《ハゲリ》の山村を回りながら薬材・蜂蜜・山菜を採り、進永の朝市で売ってギリギリの生活を続けていた。「金さんとこの息子がはしかに苦しんでるって話を聞いたんだけど、外にあんな風に放り出したところを見ると、ほとんど望みがないんでしょうかね？」徳同さんが祖母に聞いた。「この薬、あの薬って、あれこれ試してみたけどだめなんだよ。もう、どうしようもなくて嫁がああしたのさ」祖母が言った。食事の準備をする気力もなく、台所のかまどに座っていた母が外の話し声を聞いて庭を見た。徳同さんが母に「あんた、もしかしてあの薬は使ってみたかい？」と聞いた。何のことかわからずに、母はぼんやりした表情で徳同さんを見た。「里芋とニンジンを薄く切ってじっくり煮てさ、その汁を飲ませてごらんよ。去年、うちの三男坊もはしかにかかった時、その方法を試してみたら熱が下がって小便もよく出たんだよ」熱が下がって尿がすっきり出れば、発疹の熱がすぐに発散されるという意味だった。母はさまざまな民間療法を試していたが、灯台下暗しで里芋とニンジンのゆで汁はそれまで僕に飲ませたことがなかったのだ。「こんな夜明けじゃ朝市もまだ開いてないし、里芋とニンジンをどこで買えばいいんだろう？」突然、気がついた母は困り果てて尋ねた。「市場で野菜を売ってる明礼《ミョンレ》さんを訪ねてみなよ。明礼さんの家はムェドン通りにあるだろ。市場で売れ残った野菜は家に持っていったはずだからさ」徳同さんの話を聞くと、母は外に出て行き僕を抱えて家に戻ってきた。僕は昏睡状態に陥っていたが、ぜいぜいしながらもかろうじて命の綱だけは握っていた。母は叔母に僕を預けてすぐムェドン通りに走っていった。ムェドン通りはソンダルバウ山の左側の村にあった。昔から無縁墓が多い山里だったため、このような名前が付けられたのだ。母は明礼さんにお願いして、里芋とニンジンを買ってきた。そして、家に戻るとすぐにこれを煮て、その汁を匙で僕の口に入れてくれた。その民間療法のお陰か、あるいは母の献身的な看護のお陰だったのかはわからないが、その日の正午になると僕は長い眠りから覚めたようにそっと目を開けた。そして、その時からゆっくりと熱が下がり始めた。一晩が過ぎると赤く腫れ上がった全身の発疹は黒っぽい紫色になった。はしかは一瞬にして襲いかかってくるが、体から抜けていくのも速かった。翌朝から、僕は徐々に安定して薄い粥がやっと喉を通るようになった。僕ははしかで死ぬ運命ではなかったようで、最後の生死の瀬戸際で自然に回復したのか、あるいは徳同さんが教えてくれた民間療法のお陰ではしかが退散したのか、どうして快くなったのかはわからなかった。しかし、母は徳同さんの助言によって息子が一命を取り留めたのだと思い、徳同さんに僕の養母になってもらえるようにお願いをして承諾を得た。そして、その記念に写真館で記念写真まで撮った。その日以降、母は祭祀や節句の料理はもちろん、家でおいしい食べ物を作ると必ず徳同さんの子供たちも呼んで食べさせ、市場で布を買ってきては、ミシンで子供服まで作ってやった。あの日、もし徳同さんに他の用事があって、夜明けに共同井戸に水を汲みに来なかったら、あるいは井戸に出かけてきても、明け方のほの白い中でお包みに包まれ放り出された僕を見つけてくれなかったら、もし見つけたとしてもその民間療法を母に教えてくれなかったら、僕は夜明けの寒さまでも重なって息絶えていたかもしれない。はしかにひどく苦しんでようやく息を吹き返した僕は、その後二〇歳になるまで病弱でやせ細った体だった。一九六三年の夏、論山《ノンサン》訓練所に入隊した時、身体検査の最終段階で合否を判定していた軍医は言った。「この体では、軍事訓練を受けることができないので、今日のうちに帰宅措置にする」僕は身長が一七六センチだが、体重は四五キロしかなかった。体は痩せているが、何の病気もないと切に頼んだ末に、やっと入隊を許されたほどだった。不合格になってその足で帰郷しても、自宅でただ飯を食うのも難しい立場だった。痩せ細った腰回りが、体重が増えるとともに太くなったのはある程度食べていけるようになった三〇代の半ばに入ってからだった。僕は今でも大食いだ。食事を食べ損なってお腹が空けば、めまいが酷くて何もできず、さらには眠ることもできないのだ。

　そうしてはしかから回復した後、僕は二回ほど死の直前まで行って蘇った経験がある。小学校五年生の時だったろうか。家族と離れて李仁択さんの飲み屋に居候していた時だった。僕が通っていた小学校は、市場から新道に沿って東へ一キロ余り離れた余来里にあった。その年の夏、夏休みを数日後に控えたひどく暑い日だった。学校の帰りに友達が余来池に体を洗いに行こうと言った。市場の周辺に住んでいた子供たちは行こう、行こうと言って、連れ立って出かけた。子供たちは、みんな服を脱いで池に飛び込んだ。僕は臆病な性格だったので泳ぐなんて思いもよらず、体をちょっと濡らす程度で満足していた。ところが泳ぎが上手だった子供たちの、そんなに深くないから池の中で一緒に遊ぼうという誘いに乗って胸の深さまである池の中に入った。すると、水が渦を巻いているところで突然底が深くなり、あっという間に僕の頭が水の中に沈んでしまった。僕がいくら頑張っても、足は地面に届かなかった。一瞬、頭が水の上に浮上した。遠くから驚いた目で僕の姿を見ていた子供たちがぼんやりとかすんで見えたが、再び水の中に沈んだ。その時僕は瞬間的に、人はこうやって死ぬこともあるんだと思った。水に溺れてあっぷあっぷして腕の力が抜け、意識も薄れていった。ところが、意識を完全に失う直前、片足に石のような物が当たる感触が伝わってきた。このおかげで僕の体が前に動いて、僕は精も根も尽き果てた状態で水から這い出した。その時の死に対する鮮明な記憶は、その後長い間消えることはなかった。

　二回目の経験は、高校二年生で腸チフスにかかった時だった。当時、僕はソウルで発刊された新聞の朝刊を、大邱《テグ》郊外にある工場地帯の院垈洞《ウォンデドン》一帯に配達して学費を稼いでいた。その年の秋、ぞくぞくと寒気がして高熱が出た。食欲がなく、ほんの少し食べても消化ができなかった。満足に食事ができないので、早朝に新聞配達をした後で登校するのは非常に大変だった。熱は下がらず、体は日に日に衰弱した。それでも母は薬代さえ惜しんで、風邪で死ぬことはないと言うので自然に治るのを待っていた。十日ほどが過ぎると腹が非常に痛くて大便をするのにも難儀した。長時間便所に座っていても、わずかにウサギの糞程度しか出なかった。いよいよ体の感覚がなくなって膝関節が痛み出した。片足を引きずりながら新聞配達をして登校した日、ついには両足が麻痺して同じクラスの友達が僕をおんぶして家まで送ってくれた。僕は学校にも行けず、新聞配達も辞めてしまった。実家に来た母の従姉が、痩せこけて骨と皮になってぐったりと横になっている僕の姿を見て「おばさん、このままじゃ長男を失うことになるかもしれませんよ。お金がかかっても一度この子を病院に連れていきましょうよ。チン通りにある鄭《チョン》内科が有名らしいんだけど」と言った。針仕事の手を止めた母は横になっている僕を見下ろすと、彼女の言葉通り道の向こうのチン通りにある鄭内科に僕を連れていった。僕を診察した医師は「腸チフスを長く放置していたので、腸が障子紙のように薄くなってしまってもう破れる寸前です。もし来るのが一日遅かったら、おそらく私としても打つ手がなかったでしょう。早く入院させましょう。そうしないと、この子は明日か明後日のうちには死んでしまいますよ」と言った。僕は鄭内科の畳部屋の病室に入院して、初めて点滴注射を打ってもらい、米のとぎ汁を沸騰させた五分粥を食べた。医師は少なくとも一週間の入院が必要だと言ったが、母は入院費を節約するために三日目に僕を強制的に退院させた。家に帰ってくると、その時から徐々に熱が下がり、一週間後には感覚がなかった足も歩けるようになった。発熱で五臓六腑にあった病原菌が全て死んだのか、小柄だった僕の背がいつの間にかキビの茎のようにぐんと伸びて、全校集会の時には列の後ろに並ぶようになった。

第九章

一九四三年の秋、借家暮らしをしていた我が家は、家を買って引っ越しをすることになった。住んでいた家から二〇〇メートルほど離れた共同井戸の横に、ちょうどおあつらえ向きの家が売りに出ていたのだ。その家に目を留めたのは、李《イ》仁択《インテク》さんだった。「金さんの今住んでいる家は家相が悪い。家が道より低い所にあって、家の中が真っ暗なうえに道が西にあるから、門も西向きにするしかない。家は市場の方を向いてるから北向きでしょう。だから昼でも家の中が陰気くさいんですよ。風水を知らない者が家を建てたと見えて、災難続きのようだし。金君は家に帰ってこないし、その息子もはしかでひどい目に遭って、いまだにふらふらしてる。売りに出た井戸の隣の家は、門も東向きで部屋は三つ、おまけに高台に建ってるんで何より家の中が明るくていい。値段も手頃だからこの機会にあの家を買うといいですよ」世事に疎い祖母は、釜山《プサン》で暮らしている息子が戻ってきたら相談しようかと迷っているうちに、その家が他の人の手に渡るかもしれないと不安になって、急いで契約した。家の財布の紐は、母ではなく祖母が握っていたので、市場で裁判官の役割を務めていた李仁択さんの勧めもあって家の買い入れを彼に任せた。祖父が遺産として残したお金は李仁択さんが管理していたが、それも全て使い果たした。

共同井戸の西側に真東向きに建てられたその家こそが、僕の記憶に初めて刻印された「我が家」である。一年中もみ殻の匂いが香ばしい市場の精米所の前を通り抜け、ソンダルバウ山に向かっていくと、南に通じる路地がある。その路地から三〇メートルほどのところに共同井戸があった。周囲が六〜七メートルほどで、大人数でぐるっと取り囲み、つるべで水を汲むことができる大きな井戸だった。うちの家族がその家に引っ越した時、僕はまだ二歳にもなっていなかったので、その当時のことは記憶には残っていない。二年後の八月に韓国が独立して、さらに数年の月日が流れ僕が五〜六歳になる頃、ようやく脳が物事を認識して入力デバイスが作動し保存を開始して、初めて記憶に刻印された家である。一九四七年の春、井戸の横にあったその藁葺きの家で二番目の弟が生まれ、そして僕たち家族が進永《チニョン》を離れソウルに引っ越しをする一九四九年の春まで五年ほど住んでいた。その家は二五坪程度で、日当たりの良い庭まであり、門の横には汲み取り便所があった。南の塀の下には三〜四坪程度の畑と、醤油や味噌などを入れる甕を置く場所があった。その周囲には夏になるとマツバボタン、ケイトウ、オシロイバナ、ホウセンカの花が咲いた。その横に大きな柘榴の木があり、六月上旬には枝に赤い柘榴の花が美しく咲き乱れ、十月初旬には木の枝が曲がるほどの握りこぶし大の果実が鈴なりに実っていた。東向きの高台にある三間の藁葺きの我が家は、右から古い台所、奥の間、客間があり、前方には家族がお膳を囲み座ってご飯を食べるほどの広い板の間があった。奥の間の扉の上にはフランスの画家、ミレーの「落穂拾い」の複製画がかかっていた。以前の落窪の庭がある家にはなかった絵だが、それは父が日本留学時代に手に入れたものだった。その絵の横に、数枚の家族写真が飾られた額縁もかかっていた。僕が生まれて百日目の裸の記念写真はもちろん、父が日本留学時代に仲間たちと学校の前で撮った写真も入っていた。母はそんな風に写真を飾る人ではなかった。父が家にいる時に自分で釘を打って写真の額縁を二つ掛けておいたのだ。父にはそうしたまめで優しい一面もあった。農作業もしていない家に農村風景を描いた絵だって？　とにかく、田舎の家ではあまり見ることのできない絵として僕の記憶に残っている。引っ越しをすると、奥の間には祖母と叔母、そして姉が一緒に寝た。客間には父の本棚、三段箪笥、そして扉の前の明るいところにミシンがあり、僕は母と一緒に寝ていた。

一九四三年十月の特別志願制（学徒兵）に続いて、その翌年の二月には国家総動員法が現員徴用令に強化され、労役に動員された炭鉱の労働者まで無作為に選び出された。国防保安法と治安維持法がより強力に改正された。戦時総力体制だったので予防拘禁制度が施行され、特に思想犯は高等係［日本統治時代、朝鮮人の政治的・思想的活動を監視・弾圧した警察の部署］の刑事から非人道的な拷問を受けた末に死亡する例も多かった。情勢も氷点下のように急冷し、植民地の人々は息を殺したまま日本の警察の監視から逃れるしか方法がなかった。一九四四年になると世界大戦が終盤に差し掛かって、ヨーロッパと東南アジアでは戦闘が激しさを増した。日本の後方基地だった北東アジアの情勢も緊迫した。同年二月初旬、ひどく寒い朝の十時頃だった。ぼそぼそした粟飯を食べ終わると、叔母は郵便局に急ぎ足で出勤した。タバコを一服した祖母は、嫁と向かい合って座っているのが嫌で町へ遊びに行った。姉は理由もなくむずかっている僕をおくるみに包んで背負い、祖母の後について家を出た。「こいつは朝ご飯もちゃんと食べたのに、何の不満があってこんなに泣くんだい？」台所で洗い物を終えた母は、泣いてばかりいる僕を見て小言を言った。家族の話によると、僕は子供の頃から泣き虫だったそうだ。一度泣き始めると、泣き疲れて声が枯れるまでしつこく泣いたので、近所の人々は僕に「泣き虫一ちゃん」とあだ名をつけて「あの子は自分が泣き疲れて眠るまで、全然泣き止まないんだ」と言った。母が精米所の女主人から針仕事の注文を受けた女物のチョゴリを作ろうと、水に濡れた手を手拭いで拭いて客間に入る時だった。「失礼しますよ」よく通る声が門から聞こえた。進永駐在所の巡査と私服刑事が門の中に入ってきた。彼らは靴を履いたままで、何の説明もなく奥の間と客間にずかずかと上がり込むと、屋根裏・タンス・棚をくまなく探した。三人の中の一人は、台所から裏庭まで歩き回って軍刀であちこちを引っ掻き回した。母が巡査に「一体何事ですか」と尋ねた。「あんたの旦那が『不逞鮮人』だってことを知らなかったのか？　この女も駐在所に連れて行くべきだな！」朝鮮人の巡査が脅した。客間の父の本棚から、日本語で書かれた本を必死に調べた。日本人の巡査は、文学書籍類の中からマルクスの『資本論』、エンゲルスの『家族・私有財産および国家の起源』、カールカウツキーの『農業問題』、ゴーリキーの『母』を引き抜いた。まるで機密文書でも探しているかのようにしおりまで調べて、文机の引き出しの中にあった何冊かのノートも見つけ出した。ある刑事が簞笥の中から布団を引っ張り出してそのカバーを剝ぎ取り、社会主義関連の本だけを選び出してノートと一緒に布団カバーに包んだ。彼らは母を前に押し立てて駐在所に向かった。金さんの家に巡査が押しかけてきたという隣人の話を伝え聞いて、市場から急いで戻ってきた祖母が巡査一行にばったり出くわした。巡査は、「いやあ、ちょうどよかった。聞きたいことがあってね」と言いながら、祖母も一緒に駐在所へと連行した。駐在所での巡査の尋問があまりに怖くて卒倒する寸前だった祖母は、真夜中になってようやく釈放された。警察としても、緊張のあまり吃って答えることさえできない老婆をこれ以上留置しても意味がなかった。事件の発端は、二日前に釜山港の第一埠頭で船積みの荷担ぎ三人を釜山警察署の特高課（特別高等警察課）が検挙したが、そこに父が入っていたことだった。全部で五人が捜査線上に浮かび上がったが、二人は気配を感じて現場から逃げ去ってしまい三人だけが逮捕された。彼らは文盲の一般的な労働者とは異なり、文字の読み書きができて、さらにある者は日本語にも堪能だった。彼らを検挙した特高課は、それぞれの居住地と故郷の駐在所に証拠資料の収集を依頼した。進永駐在所も上部の訓令を受け、間髪を入れずに実家に踏み込んだところだった。

母を駐在所に連行すると、取り調べを担当した日本人刑事と朝鮮人巡査は協力して鞭打ちから開始した。尋問はその次に続いた。「あんたの旦那が進永の実家にいつ、どんな用事で来て、何て言ってたんだい。ありのままに言え」と厳しく追及した。「私は何もわかんないんですよ。あの人は、そん時は釜山に住んでたから、正月に祭祀のために日帰りで来た後は顔さえ見てませんよ。正月に来た時も、別に何も言ってなかったし、外で何をやってんのか一つも教えてくれなかったんですよ」「嘘をつくんじゃない。あんたの旦那が外でやってることを洗いざらい白状しろ」と再び鞭打ちを開始した。母としても父が外で何をしているのか知らなかったので、わからないと言うしかなかった。隣の部屋には父の友人である許栗《ホユル》さんも連れてこられて鞭打ちを受けているようで、彼の悲鳴が響き渡っていた。進永金融組合からも帳簿が押収され組合長も連行された。郵便局で働く叔母も捕まった。他の人々は疑わしい点が見つからず翌日に釈放されたが、母は父のせいで三日の間駐在所で散々な目に遭った。当時の駐在所の巡査と憲兵がどんなに怖かったかと言うと「駐在所にちょっと来てくれ」という言葉を聞いただけで、恐ろしくてズボンに糞を漏らすという話があったほどだ。もし、「思想問題」に引っ掛かってしまったら、その罠から抜け出すことができなかった。いつか母がその時のことを思い出しながら身震いをしていた。「そりゃあもう、息つく暇もないくらいに容赦なく鞭で打たれてさ。数分間失神しちまうと水を浴びせられて起こされてさ、また棒で殴られてね。父さんの行動について一から十まで聞かれて、ありのままに吐けってさ……」父の浮気が母の心にわだかまりを残したうえに思想問題まで重なって、母は二重の責め苦を負ったわけだ。

　駐在所に連行されて三日目、夕暮れ時になって母は自分で体を支えることもできないような状態で解放された。ろくに歩くこともできないほど鞭で打たれたので、駐在所の正門を出た瞬間、新道に座り込んでしまった。結っていた髪はすっかり乱れ、顔はあざだらけだった。刺縫いしたチョゴリと綿のチマは、水責めによって肌にぺったりとくっついていた。母に気づいた通りすがりの市場の人が家に駆けつけて、金さんの奥さんが駐在所から釈放されたと教えてくれた。叔母は郵便局から帰ってきて、ぐったりと横になっていた祖母を世話していたが、その話を聞くと家を飛び出し、母を駐在所から抱き抱えて家まで連れてきた。体の弱い祖母は駐在所で拷問を受けた後遺症に加え、父が釜山の警察署に連行されたショックで床に伏してしまったので、奥の間と客間で寝込んでいる病人が二人になってしまった。叔母が李仁択さんを訪ねて一体どうすればいいのかと泣きついた。「家の中を隅から隅までひっくり返して本棚の本まで持っていったなんて。金さんが釜山で天皇不敬罪に当たるぐらいの大きな罪を犯して、警察署で拷問を受けたのは間違いない。最近の言葉でいう思想犯ってやつだな」李仁択さんの結論だった。彼は叔母に「釜山に行ってお前の兄さんがなんで警察署に捕まったのか、いきさつをまず調べてみな。急にお金が必要になるかもしれんから、ある程度は持って行かなきゃならんだろう」と助言してくれた。母は駐在所での鞭打ちのせいで体を動かすこともできない状態だったので、釜山まで行くのは難しかった。祖母は、昨年釜山に行く道中、車酔いでえらい目に遭ったし、父の問題に関しては何の役にも立てないだろう。何よりも警察署に出入りすること自体をひどく怖がった。仕方なく叔母が郵便局に欠勤届を出して、朝の始発の列車に乗って急いで釜山に向かった。本町通りにある釜山警察署に行く前に、まず西大新洞《ソデシンドン》の彼女の家に立ち寄った。一歳になったばかりの息子を抱いてとても不安でたまらなかった彼女は、叔母を見た途端号泣しながら言った。数日前、刑事が突然押しかけてきて家捜しすると、自分も赤ん坊を抱いたまま警察署に連行されて、一晩中鞭打ちと尋問を受けた後に釈放されたそうだ。そして、昨日も警察署に出向いたが、夫が重罪を犯した思想犯であるため面会はできないとのことだった。「刑務所に移って、裁判を待つ間にはおそらく面会できるかもしれませんが、今は行っても無駄足になります。警察署には留置場がたくさんあって、どこの留置場にいるのかもわかりません」彼女はそう言った。叔母は「お金を持ってきたんで、兄さんに渡したいんですよ。一緒に蓮山洞《ヨンサンドン》の釜山警察署に行きませんか」「私はもうこの子の父親には愛想が尽きてしまいました。この子と私が生きる道を探さなきゃなりません。面会に行くつもりはありません」彼女はきっぱりと断った。叔母は何とか助けてほしいとひたすら頼み込むと、彼女は仕方なく赤ん坊を背負って付いてきた。警察署正門の前に着くと、歩哨に立っていた巡査が二人の行く手を阻んだ。彼女が父の出身地と名前を言ったところで、巡査にはわかるはずもなかった。「ここに逮捕されて来る奴らは一人二人じゃないんだよ。そいつがどこのどいつで、名前が何だなんてどうやって全部わかるんだ」巡査のぶっきらぼうな返事を聞くと、これ以上言い張ったところで馬の耳に念仏だった。他に聞くところもなく、二人は寒さに凍った足をガタガタさせるばかりだった。叔母は父に渡す領置金を彼女に任せ、馬山《マサン》行きの最終バスに乗って進永に帰ってきた。

父は釜山警察署の取調室で、二十日に渡って取り調べを受けた。父を含む彼らには、港湾労働者たちに不穏な思想を吹き込む目的で偽装就業して、「恒心会」という秘密読書会を作ったことに犯罪の嫌疑がかかったのだ。一九三〇年代に元山《ウォンサン》と咸興《ハムン》の工場労働者と港湾労働者を対象に組織された「太平洋労働組合」というものがあった。釜山警察署の特高課は、不逞鮮人数名が朝鮮半島と日本を結ぶ第一関門である釜山に移動して、その再建を図ったという結論を下したのだ。父は偽装就業だけでなく、地方金融組合の公金横領罪まで追加された。過去に勤務していた進永邑金融組合の金を引き出し、港湾労働者の思想教育に使用するガリ版教材を作るのに充てたというのだ。仲間五人のうち、不逞の輩三人を検挙して関係機関で厳重に取り調べ中であるという記事が、慶尚南道《キョンサンナムド》の警察官報の隅に掲載された。父をはじめとする三人は、社会主義（マルクス・レーニン主義、またはＭ－Ｌ主義）を信奉する不逞の思想犯として目を付けられ、治安維持法違反で警察署を経て起訴送致された。

僕の腹違いの弟を背負って警察署の前をうろうろしていた彼女は、歩哨に立っていた巡査を通じて父が警察署の留置場から釜山刑務所に移送されたことを知った。東大新洞《トンデシンドン》にある刑務所の面会室を訪ねた彼女が、父への面会申請書を提出すると面会許可が降りた。格子の中で向かい合った父の顔はやせ細っていた。父は彼女に「今は警察署の留置場を出たので、取り調べを受けることはないから体は大丈夫だよ。進永の実家にそう伝えてくれ」と頼んだ。彼女は、あちこちに血が固まったかさぶたの痕がある父を見て、何も言わずに目をそむけた。その凄惨な姿は、拷問の激しさを物語っていた。特高課の拷問のやり方はひどいものだった。棒でめった打ちにして、三〜四日寝かせないのは当たり前で、七星板《チルソンパン》（拷問する時に使われた刑具）に寝かせて縛り上げ、顔に手拭いをかぶせた後水を飲ませる、裸にして太い綱に逆吊りにして鞭で打つ、手足を縛り付けて、丸太に挟んで鶏の丸焼きのように回す、足指や性器に電線を接続した電気拷問、爪の下に針を差し込む、など残酷極まりないものだった。面会を終えて出てきた彼女は、進永郵便局の叔母に電報を打ちその話を知らせた。祖母は、牢獄に封じ込められた息子にとても会うことなどできないと、面会に行くのをためらった。拷問の鞭打ちのせいで寝込んでいた母は、ようやく体を動かせるようになり、僕を背負って釜山行きのバスに乗った。「仕方ないさ。憎かろうが可愛いかろうがお前らの父さんじゃないか。刑務所で臭い飯を食って一体どうしてんのか、一度顔でも見とかないと……」後でたまたまその時の話が出ると、母は愛と憎しみが入り乱れていたのか、きちんとした話ができなかった。

夫婦げんかは犬も食わぬと言う。死ぬの生きるのと大げんかしても、何日か過ぎれば顔を見合わせて同じお膳で食事をして子も作る。面会に行く時の母の心境は、自分が進永駐在所で受けたのと同じように、父もそのくらいの拷問を受けるべきだという憎悪の念と、一方では監獄暮らしへの同情とが複雑に入り交じったものだった。母は釜山西大新洞の彼女の家を訪ねて一晩そこに泊まり、翌朝彼女と一緒に釜山刑務所へ面会に行った。彼女は行きたくなかったが、母が面会申請手続きはおろか、文字も読めなかったので、しぶしぶ従いていったのだ。母はチマチョゴリ姿で、おだんごに結っていた髪にかんざしを挿し、彼女は洋服姿に垢ぬけたショートカットだった。二人の女が一人の男をめぐって、一年違いで男の子を産んだわけで、二人して赤ん坊を背負っていった。「刑務所で父さんに面会しただろ。母さんよりも大変な目に遭ったんだろうかね。顔色もそりゃあひどかったよ。自分が犯した罪の大きさに気づいたんだか、母さんたちに合わせる顔がなかったんだか、背負ってた二人の赤ん坊だけをちらっと見てさ、何も言わなかったね。看守が横に立って監視はしてたけど、父さんも自分がしでかしたことだから何も言えなかったんだろうよ。ばあさんは大丈夫かって、自分の母親のことだけ心配してさ。面会も終わる頃になって、ようやく家族に迷惑かけてすまないって言ったのさ。そん時、母さんは思ったんだよ。三歳の子供じゃあるまいし、家族に心配かけるようなことを何ですんのかね？　家族のために埠頭に出て仕事してたんなら、同情もできるってのにさ」この話は、父に対する母の当時の感情そのものだった。その時にも、母は父がどんな仕事をして不逞の輩になったのかもわからないまま、金融組合の金を勝手に引き出して使うという罪を犯したとだけ理解していた。父が社会主義運動をしていたという事実を知ったのは、父が獄中生活を始めてからだった。社会主義運動という言葉を聞いても、それが国家や社会をどのように変えようということなのか、詳しくは知らなかった。

当時の田舎の人々は、この事件について「彼は他の人が行けない、レベルの高い学校に通って学んだけど、けっきょくはとんでもない思想犯になっちまったね」とか「思想に狂って自ら苦難を招いたなんて」と口々に言った。韓国の社会主義、つまり共産主義運動は、一九一七年にロシアのレーニンなどが主導したボルシェビキ革命の成功後、その影響を受けて始まった。そして、一九一九年三・一独立運動の後、ロシア極東イルクーツク高麗人会と沿海州一帯の高麗人組織、上海臨時政府の一部の要人によって研究会と団体が作られ始めた。それが、一九二〇年代の初めから密かに国内で広まり、植民地の知識人たちの関心を引き寄せた。共産主義を志向した政治的な朝鮮人団体は、一九二〇年代に第一次、第二次、第三次にわたり組織されたが、外部の圧力で瓦解し、再建するたびに日本の抜本塞源の取り締まりと弾圧という試練に耐えなければならなかった。このような受難の中でも、地下で命脈を保っている間、新しい左派活動家を着実に育成し、彼らの中には不屈の精神で献身した安光泉《アングァンチョン》（一八九七〜？）がいた。彼は金海《キメ》進永出身で、第三次朝鮮共産党大会（一九二六）で責任秘書に選出された。左派運動は、一九三〇年代になって赤色農民組合と赤色労働組合を中心に民族解放運動という目標の下、皇道軍国主義を志向した日本への抵抗勢力として成長した。初期の熱血共産主義者として活動していた具然欽《クヨンフム》（一八八三〜一九三七）は、自身の回顧録で一九二六年に発表された『朝鮮共産党宣言書』を引用して、共産主義者の根本的な課業と具体的な任務を整理し、「朝鮮の共産主義者は、日本帝国主義の圧迫の下で朝鮮を必ず解放させることを当面の根本的な課業とする。そのため、朝鮮の共産主義者は全ての反日の力を集結して『民族唯一戦線』を結成し、日本に対する正確な攻撃の準備と打撃を与えなければならない」[1]と述べた。具然欽の宣言からもわかるように、日本帝国主義体制下に置かれた現情勢への正確な認識から出発して、共産主義運動の方針を提示した代表的な闘争事例は、一九三〇年代前半の「太平洋労働組合事件」と一九三〇年代後半の「京城コムグループ（京城コミュニストグループ）」の活動を挙げることができる。日本の弾圧が深刻だったので、朝鮮人の大部分が死んだように息を殺して生きている間、その二つの事件だけが植民地三六年の間に明確な足跡を残した。日本の弾圧によって、国内の右派も左派も大部分が投獄・転向・死亡、あるいは海外に居住せざるを得ない時だった。極少数の右翼の志士は、家に閉じこもり志操を守ったが、共産主義活動家たちはどんな苦難にも屈服せず民族解放闘争とプロレタリア革命を二大闘争課題にして、一九四五年の独立の日まで志操を守った。京城コムグループは一九三九年から一九四一年まで反戦闘争、反戦民族統一戦線戦術を行いながら、決定的な時期に武装蜂起することを目指し、地下党の結束拡張を図ったが、けっきょく、会員一〇〇人のほとんどが検挙された。しかし、彼らは過酷な弾圧にもかかわらず転向を拒否し、民族解放戦線隊列として最後まで生き残り、解放後の朝鮮共産党組織の母体となった。主要人物は朴憲永《パクコニョン》、李載裕《イジェユ》、李舟河《イジュハ》、金三龍《キムサムニョン》、李承燁《イスンヨプ》、李鉉相《イヒョンサン》、李観述《イグァンスル》、李順今《イスングム》、金台俊《キムテジュン》等である。彼らは皆、朝鮮戦争の前後に処刑あるいは獄死・戦死した。

当時のことを考えてみると、裕福な家に生まれた甘えん坊の一人息子であり、外見も性格面も柔弱な学者のような父が、どの瞬間にどんなことに惹かれて共産主義運動に深く足を踏み入れてしまったのか、私はその動機を推し量ることができなかった。いくら鈍い人でも、たった一つしかない自分の命の尊さは先験的に知っているはずなのに、それが命をかけるほど危険なことだとよく知りながら「思想問題」に足を踏み入れたのには、明らかにそうするだけの理由があるはずだ。私は父の心の中までは理解できないので、左派活動家が残した手記や口述資料を読んで漠然と推測するしかない。植民地の知識人たちがこのような道を選択するしかなかった動機を書いたものも目に付く。哲学者柳承完《リュスンワン》は自身の著書で[2]「日本は東アジアで唯一資本主義的な近代化に成功し、朝鮮を植民地化した。二〇世紀初期、日本が朝鮮に強制的に実施した近代化の実体は、植民地の近代化だった。これにより当時の朝鮮の知識人は、伝統的な思想を固守すると近代的な世界文明から淘汰され、資本主義的な近代化論を受容すると植民地に転落して民族の主体性を失うという矛盾した状況に直面した。朝鮮の知識人たちは、自然と近代化への新たな道を模索するようになった。このような状況の中で起こったロシア革命は、社会主義というものに人々の目を向けさせるきっかけを作った。そして中国の社会主義運動の勃興と日本の社会主義者たちの朝鮮独立支持などは、社会主義について一層訴えかける力となった」と記述した。当時の植民地の知識人たちは、共産主義・社会主義・無政府主義という新しい思想体系に惑わされて、他のどんな道よりもその道を目指すことが自分たちの正道だと信じている人が多かった。他の見解として、朴憲永が一九四九年四月に発表した「朝鮮共産党二一周年の記念日に際して」に示すように「三・一運動以後のいわゆる社会運動というものは、労働者・農民・青年運動がその中心を構成し、その指導理念は外見上は共産主義思想と言える。しかし、その本質において、私たちがその時点で日本に反抗する第一の目的は民族解放であり、第二に土地問題の解決と労働者・農民の解放を叫ぶことだった。つまり、それは民主主義の課業を内容とした反帝国主義、反封建闘争だった。[3]」

父も三千万の同胞が日本の奴隷状態から解放されて、上下尊卑の別がある封建的な階級社会を撤廃し、平等に暮らす大同世界を夢見たのだろうか？　そうだったのかもしれない。父も帝国主義支配打倒を通して、絶望に陥った朝鮮民衆の解放という目標を達成するために茨の道を歩んだのだろう。そこには個人的な利益や家族に対する責任感など眼中になかった。父は植民地下の共産主義運動に身を捧げた者として名を残した人物ではなかった。一九四三年の京城コムグループ事件で一五〇人余りが拘束され、五六人が裁判にかけられたが、そこに父の名前はなかった。『北朝鮮人名辞典』や『韓国社会主義運動人名辞典』の片隅にもその名は載っておらず、植民地下と解放空間に存在した大小の共産主義団体や組織をくまなく探しても、そのどこにも組織員として参加したという痕跡を見つけることはできなかった。

地下で暗躍しながら闘争したと見えて、父も他の左派活動家のように本名のほかに仮名・ニックネーム・雅号を作って、必要に応じて使い分けていたはずなのだが、家族の中で父の仮名や異名を知っていたり、覚えている者はいなかった。『金《キム》鍾《ジョン》泰《テ》先生いらっしゃいますか?』って言いながら訪ねてきた人はいたっけね」叔母はそう言っていたが、そんな名前でも父を紙面から見つけ出すことはできなかった。解放の前後に身命を投げ打って、その任務に奔走し消えて行った社会主義運動家は父一人だけではない。そよ風にも波打つ野の草のように、多くの人たちがいただろう。父がそうした運動をしている間は、自分の活動についての一切を家族に話すことはなかった。実のところ、女性ばかりの家族の中で、父が祖母・母・叔母に朝鮮独立の正当性と社会主義運動の必要性を説明したところで、これを理解して立派なことだと後押しする洞察力や見識がある者はいなかったのだ。

当時は、警察署特高課の内偵の過程で一旦思想犯として目を付けられると、検察に送致される前まで執拗に思想転向を強要された。「転向」というものはいつの時代でも同じだが、権力を握った者が反対派や抵抗する者を自分の勢力側に誘い込むために使った心理戦術である。植民地時代末の転向制度は、一九四〇年の創氏改名の実施とかみ合わさって広く活用された。創氏改名制度は一九三九年十一月、日本の氏名制度を基に翌年二月から朝鮮人に対して日本式の名前に変更するように法律として制定された。朝鮮総督府は創氏改名をしない者の子供たちには学校への入学を許可せず、査察や尾行をしたり、労務徴用の優先対象者にしたり、配給対象から除外するなど様々な社会的制裁を加えた。すると先祖から引き継いだ姓をむやみに変えることは到底できないと頑強に耐える儒学者たちは、旧世代として最初から対象外に置かれ、創氏改名に反対する民族主義者たちが水面上に突出するようになった。その中で日本の施策に割合に協力的だった右翼に反して、社会主義者たちは命がけで創氏制度と皇国植民化政策に反対したため、日本の官憲の目に付くようになった。日本は社会主義者たちを治安維持法で支配する一方、民族改良主義者を扇動して、大人しい一般民衆と対立させ民族分裂を助長させた。特高課はそのような社会主義者を選び出して拘束し、裁判の手続きを経て判決を下しては、社会と隔離して刑務所に長期間留置するぞと脅迫した。そして釈放を条件にして、転向するようにと説得した。日本は思想犯を転向者、準転向者、非転向者に分類してその基準を細分化した。転向者は「革命思想を捨てて一切の社会運動から離脱することを誓い、将来、合法的な社会運動に進出する者、あるいは革命思想を捨てるが、合法的な社会運動に対する態度が未定である者」と限定した。準転向者は「自身が持っていた革命思想が揺らぎ、将来、これを捨てる可能性がある者、あるいは革命思想は捨てずに、将来、一切の社会運動から離脱することを誓った者」と区分した。「朝鮮思想犯予防拘禁令（一九四一）」は非転向者を社会から隔離、収容するために作られた法だった。

釜山警察署の特別高等警察課は、父とその仲間たちに思想を転向するように説得してみたがこれに応じなかったので、残酷な拷問を加え始めた。父がもし転向していたら、警察署で執行猶予程度の軽い刑罰を受けて釈放された可能性もあったのだろうが、転向を拒否したため裁判を通じて懲役刑の判決を受けた。初期の共産主義運動に献身し、朝鮮共産党第二次執行部の責任秘書を務めた慶尚南道晋州《チンジュ》出身の姜達永《カンタルヨン》（一八八七～一九四二）は、一九二六年六・一〇万歳運動の準備作業中に警察に検挙され、あらゆる拷問を受けて四回の自殺まで試みながらも決して転向しなかった。彼は六年間の獄中生活の後に出獄したが、拷問の後遺症で精神疾患を患い、その闘病中に祖国の独立を見ることもなく死亡した。慶尚北《キョンサンブク》道《ト》の安東《アンドン》出身で朝鮮共産党の初代責任秘書を務めた金済鳳《キムジェボン》（一八九〇～一九四四）も、一九二五年の第一次朝鮮共産党事件で検挙された。そして、警察のあくどい拷問にも転向を拒否し、一九二八年に懲役六年の判決を受け出獄後に拷問の後遺症で死亡した。京城トロイカの責任者だった李載裕（一九〇五〜一九四四）は、一九三六年に警察の職務質問により逮捕され六年の実刑判決を受けたが、転向を拒否したまま獄中闘争中の一九四四年に清州《チョンジュ》予防拘禁所で拷問の後遺症により死亡した。姜達永、金済鳳、李載裕の件は氷山の一角に過ぎず、このような事例はあまたあることだった。偽装転向した事例は、京城コムグループを組織し、独立後は朝共（朝鮮人民共和国）の中央委員を務めた李観述（一九〇二〜一九五〇）がいる。慶尚南道の蔚山《ウルサン》出身である彼は、一九三三年に治安維持法違反で京城地方裁判所の予審に付されたが、今まで信じていた思想から転向すると誓うふりをして偽装転向した後に保釈になった。次に、朴憲永に続いて南労党（南朝鮮労働党）ナンバー二の地位に上り、共産党の治下でソウル市臨時人民委員会の委員長を務めた李承燁（一九〇五〜一九五三）は、一九二八年に検挙された。その後、何度も検挙と服役を繰り返し、一九四〇年に再び検挙されると思想転向を宣言して釈放されたが、それは偽装宣言で京城コムグループに加わった。一九三〇年から一九三五年までの転向者の総数は二千一三七人に上ったが、そのうち二二一人が逆転向の道を歩んだ。

父は、僕が二歳になった年の四月下旬に釜山地方裁判所の一審の公判で二年六か月の求刑を受けた。他の二人は二年の求刑で、父よりも短かった。釜山地方裁判所での裁判は日付を間違って伝えられたので、家族は誰も傍聴できなかった。それから半月後に、裁判所で判決公判がある旨の文書が進永の家に届けられ、母と叔母が釜山へと向かった。日本語がわかる李仁択さんも傍聴したいと言うので、一緒に行くことになった。裁判前日の午後に列車便で釜山に向かい、母と叔母は彼女の家に泊まって、李仁択さんは裁判所がある蓮堤洞《ヨンジェドン》付近の旅館に宿泊した。翌朝一〇時三〇分に裁判が開かれ、午後には日本人の裁判官により判決が下された。父を含む仲間三人は「思想犯保護観察法」に抵触した非転向者に分類され、検事の求刑通り父は二年六か月の実刑を言い渡された。他の二人も二年の懲役刑の判決が下った。父には治安維持法違反、金融組合の融資文書偽造・詐欺・横領の罪が追加された。釜山裁判所で父の裁判を傍聴してきた李仁択さんが、心配していた市場の隣人たちに裁判の過程を聞かせてくれた。「裁判なんてもんは初めて見たけど、本当に見る価値があったね。活動写真でも敵わないさ。ぶっとい縄で縛られた、囚人服を着た三人を前の席に座らせてさ。法服を着た検事って奴が、三人が犯した罪について一つひとつ問いただすってわけさ。裁判官は一番高い席に座って、じっと眼をつぶってんだ。下の席に座った書記がその言葉を一つ残らず書いてさ。それで金君はと言えば、今までそんな人間だと思わんかったけど、あの頑固な姿はとにかく凄かったよ。どんだけひもじい目に遭わされて袋叩きにされたんだか、骨と皮がくっついちまってさ。いつもはきちんと挨拶する真面目な堅物なのに、すっかり別の人間になっちまったなあ。体は小さいけど冷静で大胆なんだよ。こんなこと言っていいんだかどうなんだかわからんけど、みんなを信用して言うんだぞ。金君と他の二人が内鮮一体［日本と朝鮮は一体であること］の皇道主義を否定して、埠頭の労働者たちに朝鮮人は天皇の臣民じゃないって教えたじゃないか。検事のくどくどした小言が終わるとやっと金君が話すんだけど、話が上手くて淀みないもんで、むしろ金君が裁判官みたいだったよ。法廷で、天皇に対してそりゃ失礼な言葉がすらすらと出て来てさ。難しい日本語なもんで私が良く聞き取れない時は、横にいる人が小さい声でおおまかに通訳してくれたのさ。普段はえらく恥ずかしがる堅物が、裁判になるとぱっと人が変わってな。ところで、進永金融組合の融資の件については、借りた金だと言い張って一歩も譲らなかったよ」李仁択さんがそう話してくれた。公共の場所では朝鮮語を使うことが禁止されていた時期だが、そんな雑談までは取り締まりが行われていなかったので幸いだった。

父が釜山刑務所に入ってから四か月が過ぎた一九四四年八月に「女子挺身隊勤労令」が公布された。

満一二歳以上、四〇歳未満で配偶者のいない女性たちが動員され、ほとんどは軍需工場に配属された。女子挺身隊慶南《キョンナム》班が五月九日に日本の富山県にある鋼材工場に動員されたのをはじめとして、六月八日に慶北《キョンブク》班、七月六日には京畿《キョンギ》班が続けて動員された。挺身隊は創設当時の約束とは違って、女子挺身隊員と妓生《キーセン》たちが引き抜かれ、慰安婦として戦闘地区に投入された。そのため、まだ一三、一四歳でも結婚相手を探して嫁がせ挺身隊の選抜から逃れようと、全国津々浦々に時ならぬ結婚ブームが巻き起こった。叔母は年頃の一七歳になり、挺身隊に該当する年齢だった。祖母は、叔母が郵便局に勤めて月給をもらってくることに満足していたが、この時ばかりは叔母を嫁に出さなくては、と焦っていた。当時のことを後に叔母はこう言っていた。「あちこちの村で娘のいる家はもう大騒ぎだったよ。相手がどんな男だとか家系がどうだとか、そんなこと調べる余裕がどこにあるもんかい。旦那になる男が五体満足で、兵隊に引き抜かれていく立場でなきゃ急いで結婚させたのさ。ばあさんが仲人を立てて、いくつか結婚話を探したんだ。家の中で娘は私一人だし、体が弱いうえに畑仕事も大してできないじゃないか。食事さえろくに作ったこともなく育っただろ。だから大家族に嫁いで暮らすなんて無理な話で、相手を探すのがそりゃ大変でさ。その年、秋の穫り入れが終わる頃になって、ようやくいい花婿候補が見つかったんだよ。野原の向こうにほんのり明るく見える池羅里《チナリ》の尹《ユン》さんとこの次男坊さ。水利組合の書記だけあって国民服を着ててね。市場にやってきたその人をいっぺん見て、そのまま決めたのさ。見かけがこざっぱりしてて、しっかりした人に見えたんだよ。李仁択さんも、あの次男坊は利口で堅実だから嫁子供に苦労はさせないだろうって言うんで、いい人だろうって思ったのさ」花婿候補の尹さんは、進永の大昌《テチャン》小学校と馬山のどこだったか中学課程専修学校に通ったので、進永水利組合に就職できたという二一歳の青年だった。母の言葉通り、彼は「物事をわきまえていて申し分のない人」だった。進永平野に広がる世帯の七～八割は零細小作農だったが、尹さんの家は自分の土地も持っていた半自作農で、家柄が立派な中農なので、尹さんと彼の兄は学校に通うことができたのだ。また、尹さんもやはり徴兵の該当者だったが、日本の東京に留学中だった一番上の兄が学徒兵に引き抜かれ南洋戦線に行ったので、次男は入隊を保留されている状態だった。何よりも嫁ぎ先で暮らすのではなく、夫の職場である水利組合近くの社宅で新婚生活を送れるというのが叔母にとっては好都合だった。家族の少ない家庭でのびのびと育ち、職もあって、父の影響で読書好きな少女だった叔母は、片田舎に引きこもって大家族の嫁として仕えながら埋もれたくはなかったのだ。学徒兵として引き抜かれた長男は、南洋に発つ前に急いで結婚式を挙げたので、嫁は池羅里の本家に入り、義理の両親、小姑、小舅たちに仕えながら暮らし始めたところだった。「四柱単子が来て、正月が過ぎて、婚礼を立春に執り行うことが決まると、花婿との顔合わせも兼ねて兄さんに面会しに行ったんだよ。父親のいない家では兄さんが父親代わりだからね。当然顔合わせをして、結婚の許しをもらわなきゃいけないだろ。兄さんって言っても年が一三歳も離れてたからね。私には父親みたいなもんだったよ。年末なんでものすごく寒かったけど、格子の前でくりくりの坊主頭に囚人服を着た兄さんと向かい合って立つと、涙が溢れるばかりで言葉なんかまるっきり出てこないんだ。花婿が自己紹介すると兄さんはこくりとうなずいて、母さんが一人になるんだから嫁に行っても時々会いに行けって。私の旦那には、妹はまだ幼くて世の中のことに疎いからお互いに労わりながら暮らすようにってさ。看守が面会時間は終わりだって言うと、兄さんがふいに西大新洞には行ってないのかって聞いてきたんだよ。行くたびに向こうは別に嬉しそうでもないから、今回は進永から直接来たって言うと、わかったってたった一言だけだったね。私の推測だと、彼女が面会に来ないもんで、二人の間に隙間ができたんじゃないかって思ったんだけど、まあ特別聞きはしなかったよ」叔母が叔父と一緒に、釜山の刑務所で父と面会した時のことをそう話してくれた。男の浮気心なんて、せいぜい四〜五年が関の山だという言葉がある。お互い新しい相手に心を奪われて何も見えなくなり、あなたが死んだら私は生きていけないなどと言っていた男女も、そのくらいの歳月が過ぎると今自分がどこに立っているのかと自分や辺りを見回して、正気を取り戻すようになるのだ。お互いの短所が見え始めて愛情も冷め、倦怠期がやって来るのにそのくらいの年数がかかるものなのだろう。父と彼女は一九四〇年に塾で出会ったので、まさにそれぐらいの時期に当てはまってはいた。

　叔母は一九四五年の年が明けて啓蟄が過ぎると、伝統に則った結婚式を挙げた。叔母はか細い体に顔は面長、額は丸く鼻筋がすっと通り、祖母に似て美しい容姿だった。叔母は花婿の家に行って戻るとすぐに、町から二キロ離れたムルトン通りにある水利組合の社宅一間を借りて、新所帯での暮らしを始めた。ムルトン通りは、水利組合だけでなく迫間農場主の邸宅があり、農監・農場の作男たちが集まって住んでいた。そこは植民地時代初期に野原の中に造成され、五〇世帯ほどが暮らす日本人の多い村だった。洛東江《ナクドンガン》の水を引き込んだ水路は、まるで碁盤の目のように絡み合って全天候農地を作り出し、それが周囲に広がっていた。ムルトン通りから北に向かい可述里《カスルリ》を経由して六キロ進むと洛東江が現れ、川を渡ると守山里《スサンニ》だった。叔母が嫁に行ったので、家族は祖母と母、姉と僕だけになってしまった。ぺちゃくちゃとしゃべったり騒いだり、また声をあげて笑う者も誰もいないので、家の中はいつも静まり返っていた。一九四五年六月（新学期）に姉は大昌小学校に入学した。自分が学べなかった悔しさに胸を痛めていた母は、自分で縫ったチマチョゴリを姉に着せて入学式に連れていった。姉が学校に行ってしまうと僕は家の中で退屈して、門の前に座って姉が帰ってくるのを待ちわびていた。「姉ちゃんを待ってるからって、そんなちっちゃい子が外に座ってんのかい。市場に行けば、同じ年頃の兄ちゃんたちが棒切れを飛ばして遊んでるから、見に行くかい？」共同井戸に行く道を通る村の人たちが声をかけてきたが、幼い頃から並外れて恥ずかしがり屋の僕は、人の中に入って行くことができなかった。祖母が町に出かけ、母までも薪を取りに荷渓里《ハゲリ》に行ってしまうと、三歳の僕が一人で留守番をすることになった。幼い頃から家の中の不思議な寂寥感に怖さを感じて育ったせいか、僕は大きくなっても臆病だった。姉の話では、姉が学校から帰ってくると、僕は一人で庭に出て黄金虫や蟻と遊んでいるような子供だったらしい。お腹が空いて食べたのか、口元には土や蟻が付いていたと。そして、姉の姿を見つけるとうれしさの余り大声で泣き始めたそうだ。「市場に行けば、同じ年頃の子たちもいっぱいいるってのに、その中には混ざれなくていつも独りぼっちで家で遊んでるんじゃないか。腹も空いて退屈だからって、土とか蟻まで拾って食べてさ。そのうちに一人でいるのが怖くなってめそめそ泣いてるなんて。そんなんでお前は将来一人前になれんのかね」母と祖母はそう言って僕を叱った。僕は、三～四歳の頃から人がたくさん集まる所に行くのが嫌いで、祖母が町に行く時も一緒に行かなかったし、恥ずかしくて村の同じ年頃の子供たちに付いていくこともできず、一人でいる時は柘榴の木の下で蟻・黄金虫・蜘蛛と遊んでいた。

　外の世界は戦争の終盤に向かって突っ走り、息が詰まるようだった。市場周辺を見ても、「鬼畜米英の飛行機」の攻撃に備えるため、家ごとに前庭や裏庭に防空壕を作った。消防署は拡声器を通して、一日中日本皇軍の勝利を願う軍歌を流していた。消防署と隣り合わせの支署では、消防署の軍歌の合間合間にスピーカーで、フィリピン諸島・ボルネオ・ジャワ・ニューギニア諸島で日本軍が依然として勝利の勢いに乗って一気に追い込み、戦果を上げていると宣伝した。少年航空兵神風特攻隊の玉砕を感激の口調で伝えるラジオ放送も流れたりした。前方の山よりもっと大きく雄大な連合艦隊の武勇談や自賛が甚だしかった。父は相変わらず釜山刑務所で服役していた。ある夏の日、母が僕を連れて父の面会に行った。春物の服を何着か風呂敷に包んで、西大新洞の彼女の家には立ち寄らず、直接釜山刑務所に向かった。「父さんのかさかさに乾いて顎が突き出たその顔が、ネズミの子みたいにちっちゃく見えたよ。何かの修験道でも修めたんだか、くりくりの坊主頭で私をぼんやり眺めてね。顔がただただ無表情でさ。その時、ちょっと可哀相に見えたんだよ。家でもしゃべんない人だけど、他に話すこともないのか特に何も言わなかったね。だから私が先にしゃべったのさ。この間引っ越した井戸の前の家は明るくていいよって。お義母さんも元気だし、嫁に行った義妹はムルトン通りで新婚生活してるし、ヒヤ（姉）はちゃんと学校に通ってるって。そうしたら、ただうなずいてたよ。領置金だか何だか金をちょっと納めたって言ったら、家に金もないのに何でそんな金持って来たんだってとがめられてさ。家から遠いんだし、これからは面会に来なくていいって言うんだ。あの女も面会に来なかったのかね。今も西大新洞にそのまま住んでるんだかどうだかわからんって独り言を言ったのさ」父のそんな独り言を聞いて、母は父と彼女が切れたのだとおぼろげにわかったのだろう。

　父と叔母までいなくなった僕たちの家は穏やかだった。畑仕事をする田畑はなく、かと言って市の日に何の商売をするわけでもなく、祖母や母がどこかの家で手間仕事をすることもなかったので、収入が全くなかった。戦時中で全ての人が苦しい思いをしながら一日一日を乗り切っていた。僕の家の生活も邑事務所からの配給に頼りきりで、貧しさを受け入れなければならなかった。一日二食を雑穀米とお粥で済ませたのだと後日母が言っていた。祖父が他界して十年が過ぎ、残してくれた遺産は父が食い潰して、また家を買うのに使ってしまったため底をついた。家の中に病人はいなかったので、大人の女二人、子供二人が一日二食を食べるといったところで、大した量は必要なかった。それでも飢えて座り込むことはできなかったので、祖母は李仁択さんと相談して、苦し紛れの策で五秋谷《オチュゴル》にあったわずかばかりの畑まで処分すると、そのお金を李仁択さんに預けた。そして急にお金が入り用になった五日市の商売人たちに融通してやっては、その利子で食糧を買った。そんな暮らしなので、とにかく父が釈放される日だけを待ちわびる状態だったが、その日まではまだ長い月日を過ごさなければならなかった。たとえ父が刑期を終えて出所したところで、ようやく心を入れ替えて仕事に就き、僕たちの生活をやりくりしてくれるかどうかなどわかるはずもなかった。母は、町で針仕事を見つけてきてはミシンで縫い上げ、姉の授業料に充てた。燃料は山に薪を採りに行き、裏庭では畑を作った。母は洗濯と家の掃き掃除、拭き掃除に没頭することで、耐え難いほどの辛い時間を紛らせた。祖母のものぐさは母のかいがいしさで相殺され、家の中はいつも鏡のようにぴかぴかだった。町内では監視を必要とする「不逞な朝鮮人」の家として目を付けられ、時々巡査が家を覗き込んでは何か言いがかりをつけようと母をあれこれと詰問したりもした。そんな日には、母は支署で受けた拷問の記憶が蘇り、恐ろしさに体が震えた。「母さんは少しでも気を紛らわそうとしてたのか、針仕事をしながらよく低い声で歌を口ずさんでたっけ。なんでそんなに悲しい声だったんだか、ばあさんがさ、しくしく泣くような声で歌うのやめろって、母さんに文句つけてたけど、私はなんでだか母さんの歌が心地良かったのさ。家には父さんが買って置いてた蓄音機があってさ、眠れない夜にはそいつで音を小さくして歌を聞いたもんだったよ」後で姉はそう言っていた。母が歌ったのは「故郷草」「荒城の跡」「垣根の下に咲いた鳳仙花」のような、当時の流行歌だった。

1 辛珠柏「一九三〇年代国内社会主義者達の民族解放運動論」（『歴史批評』、一九九〇年春号）
2 柳承完「朴憲永時代の思想家達」（『理念型社会主義』、ソンイン、二〇一〇）
3 前掲書、再引用

第十章

一九四五年八月十五日は韓国が独立した日だ。しかし、この日も独立したとは知らないままで過ごした人々が多かった。十五日の午前、ソウル市内のあちこちに「本日正午、重大放送、一億国民必聴」と書かれた壁新聞が張り出されていたが、それを注意深く読んだ人は少なかった。一二時、放送で流れている日本の天皇の話は何のことなのかよくわからないし、ラジオを持っている家も少なかった。その八月十五日、沸き上がるような暑さの真昼に、韓国は三六年に及ぶ日本帝国の圧政を振り切り、ついに独立の日を迎えた。太平洋戦争の戦況については、日本が不利な立場にあるというひそひそ話が進永《チニョン》の市場に集まった大人たちの間でもささやかれてはいたが、ある日突然、米・英という西洋人の国に大日本帝国が降伏するだろうなどと予測した人は誰もいなかった。八月十五日の正午頃から、その知らせは風の便りにひっそりと聞こえてきた。しかし、進永の市場で「朝鮮（大韓）独立万歳」を叫んだ者はいなかった。もし、そんなことをすれば、すぐさま捕まって駐在所に引っ立てられるだろう。上の市から一〇〇メートルくらい離れた駐在所の前には、相変わらず銃剣をぶら下げた日本人の巡査が監視に立っていた。消防署から拡声器で流し続けていた軍歌はもう聞こえなかった。「進永の市場にはラジオ持ってる家なんかないから、放送があったって言ってもそれを聞いた人はいなかったんだよ。市場からちょこっと出て大地主の家にでも行けば、ラジオがあるだろうがね。邑事務所とか消防署みたいな役所にいる小間使いの男の子が知ってたり、ラジオ持ってる日本人たちが集まってこそこそ話すのを聞いて、それが伝わったみたいだ。天皇が今日で戦争を止めるって発表したってさ。みんなそんな話をどっかから聞いたって、天皇が本当にそんなこと言ったのかって疑っただろうしさ」

　僕は独立したその日のことを覚えていない。それは市場の大人たちのようにその知らせの真意がわからなかったからではなく、その時分前後の記憶が何一つ残っていないからだ。生まれて三年五か月の子供が、八・一五独立の日を覚えているはずがない。我々国民は、総じて独立を「青天の霹靂」として記憶しているほど、大日本帝国が突然滅びたことに本当に驚いた。天の下の神、昭和天皇が降伏した理由はと言えば、アメリカが八月六日に広島、その三日後には長崎に原子爆弾という途轍もない威力の爆弾を投下したためだという事実さえ朝鮮半島の朝鮮人たちは知らないまま、日本の天皇が降伏したという知らせに接したのだった。広島は一発の原爆投下によって七万人が即死し、長崎もまた原爆一発で一〇万人以上が犠牲になった。それでも日本が降伏せずに抵抗すれば、次は昭和天皇が暮らす御所のある東京を狙って、原子爆弾が投下されるかもしれないという切迫した状況だった。去る五月にヒトラーのドイツが無条件降伏したというヨーロッパの状況さえも、知っている人はほんのわずかだった。八月十五日の知らせについて、違う見解を示した二人の文章が目に留まった。白凡金九《ペクポムキムグ》（一八七六〜一九四九）は、中国の西安で独立の知らせを聞くや「この戦争で我々は何も貢献できなかったので、この先国際間での発言権が弱いだろう」と暗い見通しを述べていた。苦労して養成した光復軍の国内進入を目前にした時だったので、気落ちしたというよりは独立した弱小国に食って掛かる列強帝国の再侵略を懸念してのことだった。咸錫憲《ハムソコン》（一九〇一〜一九八九）は、八・一五独立を「盗っ人のようにやって来た」と表現した。それは、盗っ人のようにやって来たその独立を盗んでいこうとする人が多いことに憤慨しての言葉だった。二人の指導者のそうした見解の問題点は、大韓民国が独立したという知らせに接した当初ではなく、ずっと後になって記述されたことにある。つまり、第二次世界大戦の勝利を目前にして、カイロ会談（ルーズベルト・チャーチル・蔣介石、一九四三年十一月）、ヤルタ会談（ルーズベルト・チャーチル・スターリン、一九四五年二月）とポツダム会談（トルーマン・チャーチル・蔣介石、一九四五年七月）を通して、ソ連とアメリカが勝手に朝鮮半島を三八度線で二分して分割統治することを密約した。それを見抜くような識見を持っていた人が一体何人いたのだろうか。満洲軍管轄地域（関東軍第三四軍団が管轄した咸鏡道《ハムギョンド》と平安道《ピョンアンド》）はソ連が、日本軍が管轄した南方のその他の地域はアメリカが分割統治すると密約を交わした時、彼らは我々民族の意見なんかに耳を傾ける必要がなかったのだ。

　進永では八月十六日、まだ薄暗い夜明けから共同井戸に集まった女性たちの口伝えで、日本が敗亡して朝鮮が独立したという嘘か真かはっきりしない噂が広まっていった。夜が明けると朝っぱらから人々が市場に集まってきた。昨日聞いた、ただの噂のような話の真偽を確かめるためだった。九時を過ぎて十時になると、五日市でもないのに広場はまるで市が立ったように人々で溢れ返った。彼らはもう少し正確な情報を持っている人の話を聞こうと、群れになって歩き回った。前日にラジオ放送を通じて、日本の天皇が無条件降伏したのは間違いないと市場に住む小学校の朴《パク》先生が言った。他にもそう話す人が続々と現れ、人々のざわめきは大きくなっていった。誰かの口から初めて飛び出した「やっぱりそうだ、しめた、いいぞ！」という歓喜の声に続いて、そこにいた人々が円になって肩を組み、踊りを踊った。その時、ようやく市場に集まった人々の間に相次いで掛け声が起こった。「朝鮮にめでたいことが起こった！」と叫びながら両腕を上げて走る人、「朝鮮独立万々歳だ！」と喜びの余り踊り出す人、「日本人の奴らめ、出て行きやがれ！」と大声を張り上げる老人もいた。木綿に太極旗を描き、竿に吊るして振る若者も現れた。

進永邑内と進永平野地帯に散らばって住んでいた日本人たちが日本へ帰ろうとする隊列は、九月中旬まで続いた。平野地帯に定着した農夫の家族たちだった。隣近所の朝鮮人と仲が悪かった日本人は、仕返しを恐れて真っ先に荷物をまとめた。ある日本人の家では、朝鮮人たちが押しかけ、家のあらゆる家財道具を壊して主人に土下座をさせ、今まで犯してきた罪を自白しろと脅しをかけたりもした。一方、朝鮮人と隔てなく近所付き合いをして来た日本人の一家は、余裕を持って売り払う物と隣近所にあげる物、そして捨てる物を分別して、綺麗に後片付けをした。朝鮮人たちは、そんな彼らに対して嫌な思いをさせることはなかったのだ。「悲しい思いをさせられたこの恨みを晴らしてやろう」という人が出てくると「あの優しい人たちが我々にどんな悪いことをしたかね」と言い聞かせて、それを制止する長老もいた。叔母の夫がこう言っていた。「迫間が進永平野の農地をほとんど買い占めて、とんでもなくでかい農場を経営すると、本土からやって来た日本人が進永平野に定着して迫間農場の小作農になったのさ。日本の各県毎に朝鮮半島にやってきて、農業に就く農民には定着金をあてがって移住政策を推進した結果さ。貧しい暮らしをしてた純朴な農民たちが、そりゃあたくさん玄界灘を渡って来たもんだった。迫間農場はその日本人たちの小作条件を朝鮮人よりも有利にして、小作料を五割五割にしてやったのさ。だけど植民地末期になって、朝鮮人の金持ち七人に迫間農場の所有権が移ると、平野地帯に定住してた日本人の小作農も卸値で渡すしかなくてな。小作条件も朝鮮人たちとすっかり同じになってさ。それでもあの人たちは別に不満も言わなかったんだ。こんなこと言ったら世間の人様に悪く言われるかもしれんけど、日本人の正直さは認めるべきだ。僕は水利組合に勤めてたから、秋の収穫を控えた時期に小作料を決めるのに稲の出来を調べに行くと、監督官の僕たちを『さあさあ、どうぞ』って言いながら気さくに迎えてくれてな。一年間の穫れ高を計算するその姿勢と言ったら、いやあ、あんなにまで正直にできるもんじゃないね。あの人たちは、稲束をごまかして数えるなんてことがなかったのさ。皆が皆そうじゃなかったけど、隣近所とも仲良く付き合ってさ、恨まれるなんてこともなくて。だから日本が戦争に負けてあの人たちが国に帰る時も、別れを惜しんで静かに送り出したのさ。中には大国の臣民のふりして、朝鮮人のちょっとした粗を探して駐在所に言い付ける奴らもいたことはいたけどな」

　釜山《プサン》刑務所に入っていた父も、八月十五日の午後になって看守を通じて降伏の知らせを聞いた。日本が敗亡したその日の午後、ソウル市内の憲兵隊及び警察署の留置所に収監されていた政治犯のごく一部だけが釈放された。十六日には学生と青年等、五千人余りがソウルの徽文《フィムン》中学校の運動場に集まり、朝鮮建国準備委員会（建準）委員長、呂運亨《ヨウニョン》（一八八六〜一九四七）の朝鮮独立を知らせる演説を聞くこととなった。その日、全国の各刑務所から政治犯と経済犯のほとんどが、翌十七日には全国各地の残りの政治・経済犯全員が釈放された。釜山刑務所で獄中生活をしていた父とその仲間も、十六日の正午に刑務所の正門を後にした。釜山市内は、通りに飛び出して来た人々の万歳の歓声が、暑さに色褪せた空を突き刺した。釜山刑務所の正門は、釈放される人を出迎えようとたくさんの家族たちでごった返していたが、父を含め一緒に刑務所を出た三人には、迎えに来てくれる家族が誰もいなかった。第一埠頭の読書会である恒心会の会員数名が出迎えただけだった。進永にいる家族は誰一人として、そして西大《ソデ》新洞《シンドン》の彼女も迎えには来なかった。独立の日から三日が過ぎると、許栗《ホユル》さんが家にやって来て「金君はまだ戻ってこないんですか。思想犯として服役してたんだからすぐに釈放されたはずだけど……」と首をかしげながら心配そうに言った。「あの人が刑務所を出たんなら、当然自分の母親を訪ねてまず実家に戻るだろうから、それを待ってるところなんです」と母が答えた。しかし、一日二日が過ぎても父は進永の家には現れず、祖母だけが気を揉んでいた。祖母は、母が釜山刑務所に父を迎えに行かなかったことに対して、薄情な嫁だと言ってふて腐れていた。母は何一つ言い返さなかった。父が刑務所にいた一年余りは、ただ生活に追われるだけで気を揉むことはなかったのだが、今に父が戻ってきたら、またどんな波風が立つのかと思うと心配だった。

そして一週間が過ぎた。待てど暮らせど父は進永の実家には姿を見せなかった。父の帰りをひたすらに待ち侘びる祖母は、三歳の僕を連れて釜山から来る汽車の時間に合わせ、駅に、バスの停留所にと出かけうつろな日々を送っていた。進永平野に散らばって住んでいた日本人たちが日本に帰ることになり、駅の広場やバスの停留所はいつも混雑していたが、その中にも父の姿はなかった。ムルトン通りの水利組合の社宅に住んでいた叔父は、自転車でほぼ一日おきに町内へ出張で出てきた。そのついでに僕の家にも足を運んでくれたが、父の消息は全く分からなかった。叔父は池羅里《チナリ》の実家にもしばしば立ち寄って、南洋に出征した兄の引き揚げの知らせについても調べてみたが、それもまた無駄足を踏むことになった。気が気ではない叔母は、進永の五日市の日に買い物がてら実家へとやってきた。叔母は初めての子を身ごもって、お腹がふっくらしていた。祖母が婿には言えない苦しい胸の内を叔母にぶちまけた。「なあ、尹《ユン》さんに何とかちょっと時間を作ってもらって、一度釜山へ行くように言ってくれや。刑務所にいた人たちは釈放されて皆出てきたって話なのに、お前の兄貴は一体どうなったんだ？　西大新洞のあの家に行きゃあ間違いなく行方がわかるだろうから、尹さんを一度行かせてくれや。私はもう心配で心配で、首をくくるところだよ。余来里《ヨレリ》のあの子の家にも行ってみたんだけどな。釜山に住んでる娘がどうしてるかなんて知らないってさ。あの家じゃ、娘なんてはなっからいないもん扱いだ」叔母は父を捜しに出かけたいと思ってはいたが、身ごもった体で車に乗ると思うと心配が先に立ち、叔父に自分の代わりに釜山へ行ってくれるように頼んだ。独立の日を迎えて、進永水利組合も組合長をはじめとする日本人職員たちの引き揚げによって業務が麻痺し、出勤しても仕事が滞る状態だった。それでも叔父は父を捜しに釜山へと向かった。独立した途端に以前の秩序がめちゃくちゃになり、汽車もバスも定刻にはやってこないので、町内に乗り物が入ってくるとその車内はいつもすし詰め状態だった。バスに何とか乗り込み釜山へ向かった叔父は、まず最初に西大新洞の彼女の家を訪ねた。門屋は空っぽだった。家主の奥さんの話では、そこに住んでいた新妻が引っ越してからすでに三～四か月が経っていて、どこに行ったのかわからないとのことだった。「じゃあ、独立してから金さんは来ませんでしたか」と聞くと、「独立して三日目にやってきたよ。そして彼女はどうしたのかって聞くんで、どこに引っ越したのかはわからないねって答えたんだよ」。叔父はその足で釜山埠頭へと出向き、父の行方を辿って捜したが、半日でその足取りを追うのは難しかった。釜山埠頭の通りは、帰国する日本人と帰省する朝鮮人でごった返していた。その日の夕方、叔父は父の行方もわからないまま、馬山《マサン》へ行く貨物列車の後ろの車両に乗り込んで進永へと戻ってきてしまった。

　仲間二人と一緒に刑務所を出た父は、そのまま釜山埠頭の通りへ行き、以前恒心会の集会場所として使っていた漁業倉庫の地下室を訪れた。家族との対面を後回しにするほど、もっと急を要することに父は心を奪われていたのだ。漁業倉庫の建物は三階が空いていて、父たちは事務室の一間を占有してそこで寝泊りすることに決めた。恒心会に関わっていた同志をつてに連絡し、三日ぶりに意志を同じくする二〇人余りの仲間を糾合して、朝鮮の独立に際して我々はまず何をすべきなのかを討議した。何よりも独立後の国内外の情勢について把握することが急務だった。国内外の放送を通じて世界列強の動きに注目する一方で、ソウルの政治圏の情報入手が急がれた。二十二日、父はソウルの情勢把握を兼ねて、馬山出身の先輩、金炯善《キムヒョンソン》（一九〇四～一九五〇）に挨拶がてら上京することにした。彼は一九三三年、朝鮮共産党再建のために反日の檄文を配布しているところを日本の警察に逮捕された。その後、八年の刑の判決を受けて麻浦《マポ》刑務所に収監された後、祖国が独立すると出獄することができた。妹の命時《ミョンシ》、弟の炯潤《ヒョンユン》まで、三兄弟全員が地下の社会主義運動家で、父と彼ら兄弟は馬山時代に交遊があった。父は、釜山刑務所から一緒に釈放された鄭泰文《チョンテムン》と共に上京した。鄭は宝城《ポソン》専門法文学部出身なので、ソウルに顔なじみの者がいた。ソウルにやって来た二人は、その時やっと八・一五戦後独立政局の状況をある程度肌で感じ取ることができた。

朝鮮の政務総監、遠藤から国内の治安権を引き継いだ呂運亨は、桂洞《ケドン》某所で安在鴻《アンジェホン》らと会合を開き、独立直前に自身が地下に組織した「建国同盟」を母体に「建国準備委員会（建準）」を発足させた。建準は臨時部署を設け、全国に支部を組織することに取り掛かった。そして、日本の天皇が降伏したという知らせに接すると、鄭柏《チョンベク》・李英《イヨン》らは十六日の夜明けにソウル派共産主義者五〇余人を集め、長安《チャンアン》ビルディングで朝鮮共産党を結成した（長安派朝鮮共産党）。十七日には全南光州《チョンナムクアンジュ》白運洞《ペグンドン》にある煉瓦工場に潜伏中だった朴憲永《パクコニョン》（一九〇〇～一九五五）が上京した。十八日には、優美館で朝鮮共産党青年同盟（共青）が結成された。二十日、朴憲永は自分を支持していた同志、金三龍《キムサムニョン》・李観述《イグアンスル》・李鉉相《イヒョンサン》・李順今《イスングム》らと協議して、楽園洞《ナグォンドン》の安仲《アンジュン》ビルディングで長安派を排除した後、朝鮮共産党再建委員会（再建派朝鮮共産党）を結成した。彼らは朴憲永を中心として、植民地時代末の京城コミュニストグループを再建するという趣旨を明かし、後日、南朝鮮労働党創党の実践綱領となった、かの有名な「八月テーゼ」を発表した。十八日にソ連軍が清津《チョンジン》・羅津《ナジン》に上陸すると、余勢を駆って北朝鮮全地域を占領し、二十一日には平壌《ピョンヤン》に進駐した。二十一日にホッジ中将の指揮下にある米軍が朝鮮に上陸するというビラが、米軍機によってソウルに撒き散らされた。左翼人士と中道左派人士が独立政局を主導する間、右翼人士も志を同じくする同調者の糾合に乗り出した。彼らは、海外派の金九をはじめとする上海臨時政府の要人らと、ハワイに滞在していた李承晩《イスンマン》（一八七五～一九六五）の帰還を心待ちにしていた。独立を迎えた政治界は、どちら側に付こうとも論争で泥沼の状態にならざるを得ない状況だった。父は再建派共産党の発足に関与していた金炯善兄弟と会って、朝鮮の現時局に共産主義運動が進むべき道と、それに伴う当面の課題について教示を受けた。その後、ソウルの政局情報を収集して釜山へ戻って来たのは二十八日だった。父は上京の途中で、退渓路《テゲロ》四街にある永進《ヨンジン》工業社（忠武路《チュンムロ》第一病院の現在地）に立ち寄った。永進工業社は日本人が経営する中小企業で、発電機・変圧器・モーター等を取り扱っていたが、大昌《テチャン》小学校の同期生で荷渓里《ハゲリ》出身の鄭珍沢《チョンジンテク》さんは日本語が話せたので、総務部長としてそこに勤務していた。鄭珍沢さんが父を迎えて「永進工業社を無償で引き継ぐ幸運を手に入れたんだよ」とうれしそうに話した。そして、「釜山での地方党組織に使ってくれ」と少なからぬ援助金を渡しながら、「そのうち会社が安定したら、両親に会いがてら故郷へ錦を飾るよ」と言った。

　父と鄭泰文が釜山に戻ってくるとすぐに、同志たちの前でソウル出張の報告会が開かれた。鄭泰文が報告者として前に出た。「……鄭柏と李英の前歴を問い詰めてみれば転向者じゃないですか。共産主義運動から手を引いて、一体どれだけの間日本に媚びへつらってきたのか。それが今頃になって独立政局を主導しようだなんて、そんなことがまかり通ると思いますか」と憤慨した。彼は、朝鮮共産主義の正統性は、植民地時代末まで転向を拒否して革命戦線で戦ってきた再建派にあると言った。そして、朝鮮共産党青年同盟（共青）に続いて組織される予定の労働組合全国評議会（全評）、全国農民組合総連盟（全農）、全国婦女総同盟（婦総）、朝鮮文化団体総連盟（文総）が再建派の下部組織になるであろうと述べた。父は事前に鄭泰文と口裏を合わせていたので、彼の発言を後ろの席でただ聞いていた。彼らは三日間に及んだ討議の末に、再建派朝鮮共産党の傘下に入り、慶尚南道《キョンサンナムド》支部を結成しようとした。しかし、一九二〇年代初めから地方の共産主義運動に乗り出すのに辛苦をなめた四〇～五〇代の先輩たちがいるので、彼らとの摩擦を避けることにした。年が若く力のある強い青少年たちで共青を組織して、独立政局の主導権を掌握しなければならないという趣旨の下、朝鮮共産党青年同盟慶尚南道支部を結成することに合意した。父が三〇歳、発起に立ち会った同志たちは、二〇代後半から三〇代前半だった。組織部・宣伝教養部・調査情報部・単位地域部等、各部署の臨時責任者を決め、郡単位の地方組織結成にも着手した。

　ソウルと釜山を行き来して東奔西走していた父が、その合間を見て進永の実家に釈放後初めてやって来たのは九月初めのことだった。処暑を過ぎ白露を目の前にした季節だというのに、まだ暑さは衰えなかった。思想犯として投獄され、一年余りの刑務所暮らしの末に独立の日を迎えて釈放された父は、愛国の志士だとか独立の闘士としての待遇を受けるに値する人なのに、進永への帰郷は静かなものだった。九月に入ってようやく汽車が通常運行体制になった日の午後、本何冊かを入れた皮の鞄を下げて父が進永駅に到着した。しかし、迎えに出た者は一人もいなかった。父は誰にも連絡しなかったのだ。内気な人間のように、父は自分自身をさらけ出すのをいつも照れくさがった。どんな場面でも、後ろの席でひっそりと目立たない隅っこを探すような大人しい性格だった。祖母は、独立の三日後から一日も欠かさずに駅やバスの停留所に出て父を待ち構えていたが、毎回無駄骨に終わり、その頃には迎えに出ることにも疲れ果てていた。そして、父がまた彼女を連れてどこかに逃げたのかと思い、いずれ時が来れば家族に会いに来るだろうと言いながら、気が抜けたようにぼんやりと待っていた。父は駅の広場を通り抜け、国道の端の郵便局を眺めた。叔母が結婚する前に勤めていた所だった。道端にまな板のような椅子を取り出して座り、団扇で扇いでいた酒問屋の旦那が、新しくできた広い通りを渡って来る父を見つけた。旦那は「おい、刑務所に入ってた金先生じゃねえか」と驚いた。父は麦藁帽子をちょっと持ち上げて会釈しながら「やっと故郷に戻ってきました」と答えた。「さあさあ、早く家に行ってみな。あんたの母さん、毎日駅に迎えに出てさ、首を長くしてあんたの帰りを待ってたんだよ」父は市場の方へと上がっていった。市場を通り過ぎる何人かが、父を見て「金先生が帰ってきた！」と言って大喜びした。父が戻ってきたという噂は、その人たちを通して町中に広がるに違いなかった。

開いていた門から父が庭へ入ると、柘榴の木の下で貝殻に鳳仙花の花びらを入れてままごと遊びをしていた姉が真っ先に父を見つけた。姉はその人が父であろうと思った。しかし、長い間呼ぶこともできずにいた「父さん」という言葉がすぐには口から出てこなかった。僕は姉の横で泥んこ遊びをしながら、姉の視線を追った。「母さん、父さんだよ！」姉が、板の間で苧麻《からむし》のチョゴリとチマを砧打ちしていた母を呼んだ。母はきょとんとした表情で父を見つめるだけで、一言も発しなかった。裸足のまま庭に飛び出るどころか、身じろぎもせずにただ目をぱちくりさせていた。「ばあさんに教えなきゃ」姉は祖母に知らせようと、李仁沢《イインテク》さんの奥さんがやっている飲み屋に向かって一目散に駆けていった。父は腰にぶら下げた手拭いで顔の汗を拭き、沓脱石《くつぬぎいし》に上がって板の間に腰かけた。そして、母に向かって最初に言った言葉は「えらく暑いなあ。冷たい水を一杯くれんか」だった。父は、まるで農夫が朝に畑仕事に出かけ、一仕事終えて家に戻ってきたかのように、それをこともなげに言った。母が台所に入っていった。

「いやあ、大きくなったなあ」僕は柘榴の木の下に立ち尽くしたまま、この人は誰なのだろうと指しゃぶりをしながら、見知らぬ人をじろじろ眺めていた。そんな僕に父が初めてかけた言葉だった。目が落ちくぼんで、髭面の浅黒い痩せこけたその男の人を初めて見たばかりの僕には、彼が一体誰なのかわかるはずもなかった。父が僕を呼んだ。「父さんだよ。お前の父さんなんだよ。こっちにおいで」僕はそこから一歩も動かなかった。母が父に水を手渡すと僕を呼んだ。「父さんに挨拶しなきゃだめだろ」母の言葉を聞いても、僕は挨拶をしなかった。「いい家を手に入れたな」と父が家の中を見回している間に、姉と祖母があたふたと門から入ってきた。祖母は父の姿を見た途端、わっと泣き出した。後に続いて、李仁択さんと奥さんがやってきた。「お前、生きて戻ってきたんだな。誰が何て言ったって、お前は進永が生んだ大人物だ」李仁択さんは父を大喜びで迎えた。「お陰様で無事に出てきました」父は庭で跪き、李仁択さんに向かって丁寧にお辞儀をすると、奥さんがしきりに頭を揺らしながら、袖で涙を拭った。彼らは隣近所という間柄を超えて、家族同然だった。

明くる日、父が家に戻ってきたという噂が町中に知れ渡り、ムルトン通りの叔母と叔父が飛んできた。結婚式の時に会えなかったので、叔母の嫁ぎ先の祖父母が鶏二羽を土産に持ってきた。その他にも父に会いに来る人々が列を作っていた。幼なじみの許栗《ホユル》さんが訪ねてきたし、他の地方へ出た後、独立した故郷に戻ってきていた金参事の息子の金永坤《キムヨンゴン》さん、姜翰亀《カンハング》さん、成尚永《ソンサンヨン》さんも釈放を祝おうと土産の包みを持って訪れた。彼らは父を慰労するために、九月に新装開店した料理屋の日星閣《イルソンガク》で夕食の席を設けた。久しぶりに再会した友人たちは、以前と変わらず和気あいあいとした雰囲気の中で様々な話に花を咲かせた。父は主に聞き役だった。金永坤さんと姜翰亀さんは大地主の家の息子で、植民地時代から金遣いの荒い遊び人だった。彼らは、独立政局において農業政策の重要な懸案事項として浮かび上がった農地問題が、どのように解決されるのかについて議論した。沈黙していた父は「大地主が所有している土地は、自作が可能な部分だけを残して国家所有になるはずだ」と言った。そして、北朝鮮がすでに革命的改革として土地問題を真っ先に取り上げ、土地の国有化を推進していると付け加えた。彼らは、韓国も今のように地主が大きな土地を所有し続けることはできないだろうという点で考えが一致していた。そのうちこの国に左派系の政府ができれば、家の土地が小作人に分配されるのは明らかなので、農地を持っていたところで役には立たないということなのだ。永坤さんは、購入者が見つかり次第、土地を分割して安値で売り払うのが賢明だと父親を説得していたところだった。彼は、独立した新しいこの国を素材に映画を作りたくて、家の金をせびり取ろうと思案していた。父は釜山で組織している共青について話した。「進永にもすぐに共青の支部を作らなきゃならんから、皆の力を貸してくれ」と頼んだ。「青年たちを集めて、下の市の劇場でまず発起会を開こう。その方面に志のある学校の先生がいるのさ。大昌小学校の朴先生と相談してみるよ」劇場を建てた金持ちの姜さんの息子、翰亀さんがそう言った。「九月に入ったってのに何でこんなに蒸し蒸しするんだか。それでなくても、明後日は馬金山《マグムサン》温泉に水遊びにでも行こうと思ってたところなんだ。お前も一緒に行こう。刑務所暮らししてたせいかね。お前の格好ったらひどいもんだ。温泉に行って溜まった垢を落としてゆっくり休んでこようや」金永坤さんが日本酒の入った小さなコップを父に渡しながら言った。温泉場の長門《チャンムン》旅館に、タクシーを呼んでくれと昨日頼んでおいたのだった。馬金山温泉は、植民地時代初期に日本人が開発した昌原郡北面南江《チャンウォングンプンミョンナムガン》の河口にあり、馬山にいる日本人の家族たちが足繁く通う、各種娯楽施設と料理屋が備わったところだった。父は一緒に行くことにした。温泉場で釜山の共青の運営資金を援助してくれるように皆に頼んでみるつもりだった。彼らは夜が更けるまで、独立朝鮮の未来と故郷の発展のために自分たちが何をすべきなのか、様々な意見を交わした。

父が進永に留まっていた一〇日の間、副町長をはじめとして臨時支署主任、治安隊隊長、進永学徒隊隊長も父に会いにやってきた。彼らは父に「これから故郷の発展のために大仕事を引き受けてくれ」と頼んだ。父は「当分の間釜山でやらなければならないことがあるので、進永にはあまりいられないかもしれません」と丁重に断った。食糧や卵の藁苞に朝鮮人参といった土産を持ってくる人もいて、母を面食らわせた。「母さん、学校の先生も言ってたんだけど、父さんが有名な人だって本当なの？　愛国者だって言うんだけど」姉の問いに「何でこんなことになっちまってんのか、母さんにも訳がわかんないのさ」と母は上ずった声で答えた。それだけではなかった。進永の五日市には、町の周囲の平野地帯や裏山を越えて、荷渓里の方の人々までが父に会うためにやってきた。その中には、植民地時代の末に父が運営していた塾で学んだ人がたくさんいた。父は、すでに町中で独立の闘士としての待遇を受けていた。姉は、学校から帰ってくると母に向かって「今日も道で誰かに会ったんだけどさ、お前の父さんはそりゃあすごい人なんだって褒めてくれたんだよ」と自慢げに言った。しかし、父は過ぎたことを称賛されても「私が何か褒められるようなことでもしたんですか。お恥ずかしい限りです」と言って体をかがめて「牢屋でちょっと休んできました」と簡単に答えた。ひっそりとしていた家の中が、父の出現によって途端に賑やかになり、祖母と母は訪ねてくる客をもてなすのに忙しくなった。ある日の夕方、余来里の彼女の母親が父に会いにやってきた。その日、父はたまたま家で本を読んでいた。彼女の母親は「うちの娘を一体どこに隠したんだい」と父に詰め寄った。父は「刑務所に入ってる人間がどうやって彼女を隠せるんですか。私も彼女がどこへ引っ越したのかわからないんですよ」と答えた。台所から出て来た母は、父たちが部屋で話しているのを垣根のところで立ち聞きしていたが、彼女の母親が帰った後にも何の素振りも見せなかった。父も彼女については何も話すことがないのか黙っていた。その日以降、彼女の家から誰も訪ねてこなかった。父は家で一〇日間を過ごし、釜山へと発った。母に向かって「おそらく釜山で仕事をすることになりそうだから、しばらくはこの家で暮らせないと思う。だけど、進永でもやらなきゃならんことがあるから、ここの青年会の会員たちと話し合いがある時には戻ってくるよ」と言った。母と僕たち姉弟は共同井戸の前で父を見送ったが、祖母は駅まで父にくっ付いて行き「五日市のたびにでもいいから、家に戻ってきておくれ」と何度も繰り返し頼んだ。

第十一章

独立政局を迎え、韓国では多くの政治・社会団体が雨後の竹の子のように現われた。一日で新たな団体三〜四つができるほどだった。政治・社会団体のうち、社会のあらゆる層に実質的な影響を与えられるものといえば、やはり若手による政治勢力だった。独立直後、若手が中心になった治安維持運動の中央組織は、建国治安隊から始まった。呂運亨《ヨウニョン》は独立した翌日、直ちに治安隊を結成した。そして、市内の中学教員、専門学校の学生代表を集めて建国治安隊を結成し、三千万の同胞に対して治安維持運動に協力してくれるよう促した。建国治安隊は左右の理念にこだわらず思想的には自由だったが、後に登場した青年団体はそれぞれが目指す政治的な路線によって左翼と右翼に分かれた。左翼青年団体の組織は三回にわたって改変が行われた。ソウル市だけでも学兵同盟・朝鮮勤労青年同盟・駱山青年同盟・中央青年同盟など、四四に至る多くの左翼系列の青年団体を網羅し、朝鮮共産主義青年同盟（共青、一九四五年八月十八日）へと統合されるような形で発足した。共青は、朴憲永《パクコニョン》が「八月テーゼ」で主張した青年運動拡散に基づいて労働青年と農民青年が中心になり、最終的にはプロレタリアの解放闘争を革命的に推し進めていくことを運動の目的とした。一九四五年九月六日、朝鮮人民共和国（人共）がその樹立を宣布するや、共青は人共への絶対的支持、勤労大衆の解放、親日派と民族反逆者の撲滅を行動綱領として掲げた。独立初期、左翼の性格を持つ代表的な青年団体として、朝鮮青年総同盟（青総）が結成された。一九四五年十二月十一日から十三日まで天道教大講堂で開催された結成大会には、全国一三の道、二〇の市、・九三の郡を合わせて南北朝鮮から来た総代議員六〇二人が出席した。全国的な加盟細胞団体二千三四〇か所、団体員七二万三千四〇五人を率いる大きな大会だった。青総は「進歩的な民主主義」という民族統一戦線を構築することを主張し、金日成《キムイルソン》の革命路線を反映した人民民主主義を目指した。左翼の勢力は呂運亨を中心とした穏健左翼と、朴憲永を中心とした急進左翼に二分された。穏健左翼は大衆を中心とし、愛国的資本家と地主を含めた幅広い人民戦線的な団結を目指したのに対して、急進左翼は無産階級を中心として階級的な性格を目指した。

右翼青年団体は、独立直後には人民委員会と左翼青年たちの機敏な組織に圧倒され右往左往したが、米軍が南朝鮮に進駐すると（一九四五年九月八日）やがて活動を開始した。人共の組閣（一九四五年九月十一日）が発表された後、朝鮮学徒隊は人共支持派と反対派に分裂対立し、人共反対派の留学生たちは朝鮮学徒隊を退会すると、新たに朝鮮留学生同盟を組織した。この団体は全国各道単位に支部を設け、独立後の反共的・反革命的な性格を明らかにした最初の青年右翼団体になった。もう一つの系列として、東京にいる留学生たちが中心になり高麗青年党を発起した（一九四五年九月九日）。そして、右翼政治団体韓民党（韓国民主党、一九四五年九月十六日）の結成により、その援護のもとで左翼の勢力に対抗し始めた。韓民党は青年たちで構成された「別動隊」を組織し、各地域で左翼の性格を持つ人民委員会・青年会・保安署・全農（全国農民組合総連盟）・全評（全国労働者組合評議会）を襲撃した。そして、李《イ》承晩《スンマン》の帰国（一九四五年十月十六日）、金九《キムグ》の帰国（一九四五年十一月二十三日）に合わせて、臨時政府を建国の母体とし、建準と人共の勢力に対抗した強力な組織として、朝鮮建国青年会（一九四五年九月二十九日）が新たに結成された。

父は家族を進永《チニョン》にほったらかしにしたまま、釜山《プサン》を活動の本拠地とし、慶尚南道《キョンサンナムド》地域の共青組織の拡大に協力した。慶尚南道共青での父の肩書は、党の教育方針に従って理論を分かり易く説いた教科書を作り、幹部の教育を担当する指導委員だった。父は一線に出て陣頭指揮を執るような性格ではなかったため、自ら指導委員の職を願い出たのだった。指導委員という職務は、正式な組織には入っておらず、共青慶南《キョンナム》支部副委員長のレベルにあたるものだった。共青慶南は各地域の郡単位まで拡大し、面単位・里単位まで細胞組織が根付いていた。建準支部と人民委員会がすでに結成を完了したり、下部まで細胞を拡大していたため、共青はそれに名前を連ねるだけで簡単に組織を拡大できた。それにより、すでに里単位まで組織を整えていた全農の青少年部会員を吸収することができたのだ。社会主義政策は社会の貧困層と疎外階層を真っ先に配慮するものだが、韓国の場合、全国の人口の八割を農民が占め、さらにそのうちの八割を占める小作農こそが絶対的な貧困層だった。植民地時代からの残存勢力を暴き出して掃討し、民族反逆者の土地を没収して貧農に無償で分配し、農民の最低生活を国家が保障するという全農と共青の共通した主張に若い貧農層が強く呼応したのだ。父は共青慶南支部の他、馬山市《マサンシ》・金海《キメ》郡《グン》・昌原郡《チャンウォングン》・密陽郡《ミリャングン》の郡単位の組織に直接関与していたので、現地指導のためによく出張した。馬山市は父が商業学校を卒業した都市で、その他は父の出生地である進永邑を囲んでいる地域だった。進永邑は地方交通の中心地であり駅と国道があるので、平野のあらゆる産物が集まっていた。地主と執事たちの家があり、町中の小作農はそこで働いていた。それで自然と父が進永に来ることが多くなった。父は邑の人民委員会・各種青年団体・全農支部と、植民地時代に塾に関与していた若手たちの協力のもとで、進永劇場で慶南共青進永支部の結団式を行った。その結団式は近くの町にも知れ渡り、進永劇場の二階にまで溢れるほど多くの人が集まった。まもなく行われる予定の土地改革を通して、自分の田んぼを分配してもらえるかもしれないという期待に膨らんだ小作農たちが三一人以上集まった。入場できなかった人たちは、劇場の前庭で拡声器を通して、劇場の中で行われている結団式の模様を聞いた。共青委員長には、雪倉《ソルチャン》里《ニ》出身の許奎東《ホギュドン》が選ばれた。彼は壇上に立つと挨拶の言葉の中で、独立朝鮮における当面の課題、農村社会での共青の必要性と役割について訴えた。共青の会員たちは父にも何か一言でも話すようにと勧めたが、父は後ろの席で式を見ているだけだった。共青進永支部は、植民地時代にバス停近くで私設金融業を営みながら、農民たちに高利貸しをしていた富士商事の二階建ての建物を事務所として使用した。そして、朝鮮共産党組織の拡大に伴い、里の単位まで細胞組織を拡大していった。共青教育は毎週一回、会員たちの家の部屋に集まり、一時間半にわたって行われた。『ソ連党史』『解放闘争史』『人民闘争史』、朴憲永の「八月テーゼ」と政綱政策の解説が主な内容だった。父は一か月のうち二〇日を釜山で、残りの一〇日を進永で生活し、進永の隣接地域を巡りながら共青幹部に会い、教科書を渡し、懇談を行った。父が進永に戻ってきた時は、父に会うために共同井戸の前の我が家を訪ねてくる人が多かった。彼らは、近隣地域の共青組織に関与する若者たち、地域運動について父に教えを請うために訪れる青年たちで、僕の家に集まっては、国内外の政治の現実、農村の諸問題について議論を戦わせた。それで、昼間の部屋の中は常にタバコの煙が立ち込めていて、母と祖母は客をもてなすのに忙しかった。日が暮れれば、今度は故郷の友達が父を放っては置かなかった。父はお酒が好きではなかったが、彼らは町中の料理屋に集まり、お酒を酌み交わしながら独立の感激に浸っていた。

父が釜山から実家に戻ってくる時、夏には母がミシンで作った苧や麻布の半袖の開襟シャツに、つばの大きなパナマ帽子という姿だった。他の季節には、国民服や背広姿に中折れ帽子をかぶっていた。父が家に帰る時に手ぶらで来ることはなかった。祖母にはタバコ一箱二箱を、母には服や裁縫道具を、姉と僕には食べ物が土産だった。駅前で蒸し餅数枚を買ってきて、家族みんなでその餅を囲んで食べたりした。ある時はゼニスラジオを持ってきた。家の中からラジオの音が聞こえると、共同井戸に集まっていた女たちはその音が物珍しくて、僕の家の中を覗いたりした。父はたくさんの本も持ち込んで、部屋で夜が更けるまで読んでいた。文机に座り込んで、共青支部の幹部を教育するための教材を作ることもあった。植民地時代末期、刑務所にいた時に、釈放されたらきちんと家長の役割を果たそうと反省したようで、朝起きると奥の間に入っていって祖母に挨拶をした。母とは家のことについて事務的ではあるものの、一応会話を交わしてはいた。姉が床で腹這いになって先生から出された宿題をする時には、隣で分かり易く説明をしてやる優しい姿も見られた。当時の小学校の生徒たちは、左胸に名刺サイズの名札を付けていたが、その名札には学校、学年と組、名前が記されていた。字が読める人はその名札を見るだけで、その子がどこの学校で何年生の誰なのかがわかった。父は名刺サイズに厚紙を切り取り、そこに布を当てて、筆で姉の名前を書いて名札を作ってくれた。「父さん、先生が私の名札を見て、誰に書いてもらったのかって聞いたんですよ。それで、父さんに筆で書いてもらったって答えたら、先生に『金先生の字がこんなに達筆だなんて知らなかった』って褒められたんですよ。父さんは先生じゃないのに、学校の先生たちがみんな父さんを先生って呼んでるからすごく嬉しくって」姉は父にそんな風に自慢話をしたりした。祖父が進永消防隊長から引退した後、邑事務所の隣で代書所を開くほど達筆だったので、父と叔母もやはり字は上手だった。

一九四五年の秋、その当時のエピソードを母から聞いたことがある。「ある日、お前の父さんが石鹸で泡を立ててさ、縁側の柱にかかってた鏡の前で髭を剃ってたんだよ。その時、何を思ったのかわからんけど、縁側で遊んでるお前を膝の上に寝かせて、髭を剃ってやろうって剃刀を当てるじゃないか。母さんが見るに見かねて、髭もない赤ちゃんに何するつもりなんだって言ったんだよ。そしたら、赤ちゃんの時に眉毛を度々剃ってやると、その後に真っ黒な眉毛が生えるってさ。何だか危ないとは思ったけど、それ以上何か言ったら、ああだこうだって言い返されそうだからね、そのまま放って置いたのさ。しばらくして台所から出てみたら、父さんが庭を突っ切って門の外へと消えちまったんだよ。お前は大声で泣いてるしさ。お前の眉毛を見たら、耳のところまで血が流れてたのさ。剃刀で眉のところを切っちまって、父さんときたら怖くなったのか、そのまま逃げてったのさ。母さんが血を拭いて、急いで味噌を持って来てお前に塗ってやったんだよ。そしたら、やっと父さんがどこから持って来たんだか、赤チンの瓶を持って門から入ってきてさ。かなり勉強して『先生』ってまで言われてた父さんが、そんな突拍子もないことをする時代もあったんだよ」そのエピソードから考えるに、父は祖国独立のために身を投じる毅然としたところもあったが、一方では町内の平凡な夫でもあったのだろう。いずれにせよ母としては、独立後の一時はまるで真冬の酷寒の末に暖かい春の日差しが降り注ぐように、父を完全に家庭へと取り戻せた幸せな時だったのだろう。「生きてればこんな日も来るんだなあって思ったのさ。この母さんが急に進永邑で『有志のご夫人』『奥様』って言われるようになったんだからね。隣近所からは相変わらず『金さん』って呼ばれてたけど、お前の父さんを訪ねてくる知らない人たちは、みんな母さんを『先生の奥様』『奥方様』って呼んだんだよ。姉ちゃんの学校でも父兄の代表に選ばれたからって、保護者会か何かによく呼ばれたんだよ。でも、学校に呼ばれて仕方なく行ったって、母さんは何も知らないんだからね。一人でぽつねんとしてるしかなかったのさ。字も読めない母さんがいきなりそんな扱いを受けるなんてさ……」普段は口数の少なかった母が、その当時のことを思い出して話す時は声が少し震えていた。依然として夫婦の間では仲睦まじい会話はなかったが、母は台所で一人で微笑んだり、憂いの気持ちもすっかり晴れたのか、歌を口ずさんだりしていたのだろう。父が釜山西大新洞《ソデシンドン》の彼女との関係も完全に整理したように見えたので、独立と共に夫を完全に取り戻した喜びに溢れていたのだ。結婚式を挙げて以来、一〇年ぶりに母に訪れた幸せな時期だった。

一九四五年八月の独立以後、その年は左派であれ右派であれ、お互いにあら探しはせずに、独立の感激の中で肩を組み混乱を乗り越えてゆくかのように見えた。しかし、十二月二十八日、第二次世界大戦の戦後問題を解決するために、アメリカ・イギリス・ソ連の外相がモスクワに集まり会議を開いて、そこで朝鮮半島の問題が議題となった。その結果、朝鮮はアメリカ・イギリス・ソ連・中国の四か国が、朝鮮民主主義の政府が樹立されるまで最長五年間の信託統治を行うことが決定された。その話が伝えられた一九四六年の新年早々から国中はひっくり返ってしまった。一月二日、韓国の共産党が信託統治支持の声明を発表するや、翌日には左翼系民戦（民族戦線）が信託統治の支持大会を開催した。すると、右翼の臨政（臨時政府）系はすぐさま信託統治に反対する声明を発表した。信託統治を支持する側、そして信託統治に反対する側共に、連日鍾路《チョンノ》の通りを回りながら街頭デモを行った。そして、左翼と右翼はそれぞれ別々に政治団体を結成した。二月八日には大韓独立促成国民会が発足し、総裁に李承晩、副総裁に金九、金奎植《キムギュシク》が就任した。同じ日に北朝鮮には北朝鮮臨時人民委員会が発足し、その委員長として金日成、副委員長として金科奉《キムドゥボン》が選ばれた。遊撃隊出身の若い金日成は、ソ連系と親中派の延安系を抑えて、ソ連占領軍である二五軍団の力を利用して権力を掌握した。二月十四日、南朝鮮占領軍総司令官であるホッジ中将の最高諮問機関として南朝鮮民主議院（議長に李承晩）が発足すると、翌日、左翼の陣営は、民主主義民族戦線（議長団に呂運亨・朴憲永・許憲《ホホン》・金元鳳《キムウォンボン》・白南薫《ペクナムン》）を発足させた。金日成が独裁体制を構築しつつあった北朝鮮とは違い、韓国の政局は右翼と左翼の激戦場となり、一寸先は闇の状態だった。米軍政は占領地の民心が動揺するのではないかと懸念し、左傾化の取り締まりを緩めたため、独立政局は思想と表現の自由が比較的保障されていた。右翼側の急先鋒に立った海外組の李承晩、右翼寄りの臨時政府主席出身の金九、左翼寄りの呂運亨、左翼側の中心勢力を掌握した朴憲永、この四人の指導者が韓国の政治、つまり民心の主導権を握ろうとして己の勢力拡大に腐心した。したがって、独立政局の初期には左翼も前面に出て、政党と政治団体を組織することができたので、ある程度は政治的な活動が保障されていた。

　四月二十二日、共青は全国の各市道郡の代表二九五人が参加する中、ソウル侍天教講堂で全国大会を開いた。そこで、民主主義民族戦線中央委員であり、朝共の中心人物である金三龍《キムサムニョン》（一九〇八〜一九五〇）の提案により、青年層を広く抱き込むために共青を朝鮮民主青年同盟（民青）として改編することを決議した（一九四六年四月二十五日〜二十六日）。父は共青慶南支部の代表団の一員としてこの大会に参加した。そして、上京したついでに、朝鮮文化団体総連盟傘下の演劇同盟による「人民の祖国を建設しよう」という啓蒙劇を観覧したりした。五月になり、米軍政は新たに結成された民青を不穏分子とみなし、行政命令第二号により解散命令を下した。米軍政所属のＣＩＣ（米二四軍団所属防諜部隊）は、韓国の左翼勢力の動静を監視していたが、その報告書によると、韓国全域の民青会員の数が八二万六千九四〇人で、全体の支部数は一万七千六七一か所として把握していた。右翼青年団体は離合集散を重ねた末、四月九日、鍾路ＹＷＣＡ講堂で若手三〇〇人を集め、大韓民主青年同盟（大韓民青）を結成すると、名誉会長に李承晩・金九・金奎植を推した。一九四六年八月初旬には、独立一周年の記念日を控えてソウルの民青本部が全国大会を招集した。そこで父も釜山の民青幹部たちと一緒に上京した。二日にわたる全体会議において、地方分会と班組織の拡大、管内中等学校における教養講座の奨励及び校内細胞の運営方法、党勢報告及び自家活動批判、盟費納付の現況報告、八・一五行事の指針の報告が行われた。釜山に帰る前、地方の幹部たちはソウル婦女総同盟の傘下で運営されていた芸能隊の寸劇を観覧した。そして、芸能隊の地方巡回公演の時、まず最初に釜山で公演をしてくれるように要請し、承諾を得た。民青学生啓蒙団のボランティア隊もちょうど夏休みを利用して、小規模のグループで全国各地を回る予定があり、婦女総同盟芸能隊も地方公演を計画していた。婦女総同盟の女子盟員たちは機関紙『婦女朝鮮』を刊行し、全国的な大衆啓蒙運動を繰り広げ、社会主義アジプロ（宣伝扇動）に熱をあげた。

　父は釜山に滞在しながら八・一五独立一周年記念式を終え、ようやく帰ってきた。二〇日以上も進永の実家を空けていたことになる。父は馬山と釜山を運行するバス便で、朝方にやっと進永に戻ってきたが、その後すぐに共青と全農の事務室に寄り、友人に会って夕飯まで済ませてから帰宅した。翌朝、父は祖母と一緒に朝食を食べながら「釜山で行われたソウル婦女総同盟芸能隊の演劇公演が大変な人気なんです。だから、進永でも青年同志たちにああいう演劇公演のうねりを引き起こしたいんですよ」と言った。父はその日の朝から部屋の文机に座り込み、何の原稿なのか、物書きを始めた。母には、「三日間は大事な原稿を書かなきゃならんから、誰かが僕を訪ねてきても、忙しくて時間が取れないって追い返してくれよ」と頼んだ。書き始めると父は全く外出をしなかった。父が家に戻ってきてから二日が過ぎた時だった。夕方頃、幼馴染みの許栗《ホユル》さんがやってきた。母は幼馴染みまでこのまま追い返すことはできないと思い「あの人、昨日の朝から何だか大事な原稿を書いてるみたいなんですよ」と話した。許栗さんは「ちょっとだけ金君の顔を見てから帰ります」と言いながら、部屋のドアを開けた。「残暑がこんなにひどいってのに、一体何の原稿を書いてんだ。みんなで日成閣《イルソンガク》で一杯やるんだけど、お前も呼んでこいって大騒ぎしてるもんでな」「今日はどうしても無理なんだ。重要な大詰めの場面を書いてるんで、今止めるとせっかくの構想が飛んで行っちまうさ。もう一日あれば終わるんだ」「いったい何の原稿なんだ」「進永劇場で公演する寸劇だよ。民青の子たちに練習させて舞台に上げる予定なんだ。寸劇の練習を通して若い者たちの協同心を養うってことも兼ねてさ。真の社会主義の理想国家を建設するためには、文化芸術の宣伝活動を通して、人民の勤労意欲を鼓吹し、その苦労をねぎらってやらなきゃならんのだ」と付け加えた。婦女総同盟芸能隊の公演を見た後、父は釜山民青の建物の倉庫を改造して作った講義室で慶南民青も芸能隊を作り、各地方で公演する計画を立てた。そこで、とりあえず進永支部から芸能隊を作ることにし、進永の実家に戻ってくるとすぐに寸劇の台本を書き始めたのだ。父は植民地時代に東京に留学し、その時に文章を書いて「文名」を認められたことがあった。ソウル婦女総同盟芸能隊は「独立朝鮮における婦女子の役割」という題の女性弁論大会、革命歌謡重唱団と独唱競演、女性団員が男性に扮する寸劇で巡回公演を行っていた。そして釜山で第一次地方公演が行われた。寸劇の中の一場面として、ホッジ中将役を演じた女性同盟員が「どうして人民たちがご飯を食べられなくて死にそうだと騒いでいるのかわかりません。私たちはご飯は口にしなくても、パンだけでこんなにでっぷりしてるじゃないですか。パンにどれだけ栄養があるのか、朝鮮の人民は知らないようですね」とたどたどしい朝鮮語を真似て砧みたいなパンを振り回すと、その場面で観客たちは爆笑した。父は約束通り、家に戻ってから三日目に寸劇の台本を完成させ、民青事務室に持っていくと、地域の幹部たちに台本を渡した。そして、それを数部謄写し、才能のありそうな人を集めて芸能隊を作り、練習をさせ、寸劇の前後には歌謡と弁論、一発芸などの余興も入れるようにと指導した。大方の準備を終えた後、父は友人たちと一緒に夕食を摂った。友人たちは父に、「蒸し暑い部屋の中に閉じこもって、必死に原稿を作ってたんだろう。その苦労をねぎらって、夏が過ぎる前に水遊びでもしようや」と誘った。涼しい潮風を浴びながら刺身でも思う存分食べようか、冷たい小川に足を浸して犬肉でも食べようか、と意見が分かれていた。「どうせ同じ値段ならば良い物を選べ」という諺に倣って、晋州《チンジュ》の遊女を連れて南江《ナムガン》で船遊びでもすることに決めた。「そういえば、晋州の遊女と遊んでから数年が経っちまったよな。植民地時代にはお金がたくさんあったって、あんなふうに遊べるような時代でもなかったからな」父親が脳卒中で倒れた後、跡を継いで大地主になった金永坤《キムヨンゴン》さんが最後に結論を出した。彼は進永平野に散らばっていた土地を小作人に売って処分している最中で、金箱にはいつも紙幣が積まれている状態だった。地主の家の出身だった父の友人たちは、植民地時代の真っ只中にも南部地域では絶世の美女が集まるという晋州の遊郭にこっそり遠征していたのだった。八月下旬、末伏《マルボク》を過ぎたばかりにもかかわらず、まるで梅雨の後のように残暑が猛威を振るっていた。

　父は町中の幼馴染み五人と一緒に晋州に水遊びに行くといって出かけ、六日ぶりに帰宅した。その日の夕方頃だった。驚いたことに帰って来たのは父一人ではなかった。後ろには華奢な繻子のチマチョゴリで着飾った女性、そしてバス停で雇った日雇いの荷担ぎの者も、行李ほど大きな皮の鞄を背負って庭に入ってきたのだ。荷担ぎは荷物を下ろして父からお金をもらうと、門の外へと姿を消した。駅から市場を横切ってやってくる時、貴婦人姿の女性がよほど珍しかったのか、子供たちまでがぞろぞろと後を付いてきて、門の中を窺っていた。「安心してお入りなさい」父が後ろを振り向きながら彼女に一言言った。彼女は白粉と頬紅をつけ、唇は鮮やかな赤唐辛子の色で、束髪に玉の簪を刺した髪形がひときわ目立っていた。台所から出てきた母はもちろん、縁側でお手玉遊びをしていた姉も、その横に座っていた僕も、彼女を見て驚いた。祖母は叔母が長男を生んだので、その世話のためムルトン通りにある叔母の水利組合の社宅に行っていて留守だった。「共青の会員たちが町の劇場で公演する時の女優にしようと思って連れてきたんだよ。町中には居場所がないから、うちに泊まらせるよ」父は彼女を家に連れてきたのは当然のことだとでもいうように母に言った。父のその口ぶりがあまりにも自然で、母は開いた口が塞がらなかった。家が豊かで、大きな邸宅を構えるような家主なら、若い遊女を妾として迎え、世話をする女中も置いて、まるで「金枝玉葉」のように大事にするという話を聞いたことはあるが、今の僕の家の状況ではとてもそんなことはできなかった。しかし、進永劇場で公演する女優を連れてきたと言われれば、母としては嫉妬をしている場合ではなかった。その日から奥の間は彼女が泊まることになり、母と僕は祖母と姉が使う茶の間に追いやられた。夫の今までの行動をよくよく知っている母には、彼女が本当に女優なのか、実は妾として連れてきた遊びの女なのか釈然としなかった。

　晋州から来た彼女に初めて会った時のことを、姉は次のように振り返った。「私が小学校二年生の時だから、一九四六年の夏休みが終わったばかりだったと思うけど。あの時は、警察がうちを監視してなかったから、父さんが家にいても大丈夫な時代だったんだよ。あの年の夏、父さんが許栗さんたちと晋州に遊びに行ってさ、あの晋州の遊女を一緒に連れてきたんだ。町の劇場で公演をするんで、そこに出す女優だって母さんに言ってたけど、本当は女優になれるような女の人じゃなかったね。あっという間に父さんに惚れてさ、晋州から父さんにくっ付いてきたんだよ。だけど、私が初めて会った時は、あの遊女はそりゃあ綺麗でさ、当時、町でもあまりお目にかかれないような美人だったね。額が半月みたいに丸くて、涼しげな瞳に、すっと高い鼻がまるで人形みたいだったよ。髪を分けないで、後ろで一つに束ねてさ」晋州から来た遊女は、奥の間を独り占めしていた。彼女が大きな鞄に入れてきた普段着を取り出して着替えると、父は「共青事務室に行くのに何で着替えるんだい」と聞いた。彼女は「今日は疲れたから休みたいです」と答えた。すると、父は「じゃ、一人で共青事務室に行ってくるよ」と言って家を出た。父は日が暮れても戻らなかった。母は、「父さんにご飯食べるように言っておいで」と、姉を共青事務室へお使いに行かせた。一人で戻って来た姉の話によると、「晩ご飯は外で食べて帰るから、みんなで先に食べてなさい」とのことだった。「父さんは、兄さんや姉さんたちが一生懸命に演劇の練習してるのを見てました。中学校の女の先生もいましたよ」一方、奥の間に入り込んだ彼女は、日が暮れるまで身動きをする気配もなかった。母は仕方なく、つけで食べ物を買ってきて奥の間の前に置き、彼女に食事をするようにと姉に伝えさせた。姉が部屋のドアを開けると、彼女は本を読んでいるところで、食膳を見て部屋の中に持っていった。しばらくして、彼女は空の食膳を縁側に出した。その日の夜、叔母の家に行った祖母が三日振りに戻ってきたが、父は何が忙しかったのか、自宅には帰ってこなかった。彼女は、夜の間に門の横にある便所に行ってきたようで、翌朝になっても外に出てこなかった。祖母は朝食のお膳を奥の間に運びながら、彼女にそっと声をかけた。年齢はいくつで、どこの人で、どうして子供までいるうちの息子に出会ったのかと尋ねた。「私は二六歳です。晋州の遊郭で息子さんに出会いました」こんな質問をされるとわかっていたかのように、彼女は落ち着いて答えた。祖母は、出会ってすぐに親しくなったのかと聞くと、その言葉には返事がなかった。「うちの息子には妻と子供がいるってことも知らないでここまで付いてきたのかい」祖母がこっそりと聞いた。「知ってはいたんですが、遊女の運命というのはもともとこんなもんじゃないでしょうか。私もあそこから出る年齢になったし、息子さんのお友達がお金を払って身受けしてくれたんですもの。どうせ奥さんがいる方なので、こちらの家に長居はしません。息子さんの話では、劇場で何か演劇をするので、そこに出てほしいって言われて……」彼女の言葉に祖母はこれ以上聞くこともなかった。後でまた話をしようと言って、祖母は部屋から出てきた。その日の夕方、父は奥の間で彼女と一緒に夕飯を食べ、一緒に寝た。彼女は、昼間は便所に行く時以外は部屋の外に出なかったが、みんなが寝静まった後に便所へ行ったり、盥《たらい》に水を汲んで顔と首を洗ったりしていた。

翌日、彼女は学校の授業を終えて家に帰ってきた姉を呼び「外はどうしてこんなに騒がしいんだい」と尋ねた。市が立つ日なので、商売人の叫び声と市場での騒ぎが家の中まで聞こえていたのだ。姉は、「今日は五日市の日だからですよ」と答えた。彼女は、普段着の木綿のチョゴリ姿で姉を連れて市場に出かけた。そして、食事代ぐらいは払いたいと考えたのか、米一升と赤甘鯛一尾、そしておまるを一つ買って持ってきた。姉と僕の分として、もち米で作った餅も買ってきた。その後から彼女は、父以外の家の大人とは話をせず、部屋のドアをこっそりと開けては「もしもし、ちょっとこっちに」と言いながら姉を呼んで、色々とお使いを頼んだ。奥の間からは、蓄音機の音楽の音とラジオの音が流れてくることもあった。彼女が奥の間に泊まってから五日目のことだった。父の大声が外まで聞こえた。「演劇に出られないって言うのか。あんなにちゃんと約束したのに、何のためにここまで来たんだ」彼女は口をつぐんだまま、うんともすんとも答えなかった。彼女は寸劇の出演には興味がないようだった。母は、彼女がこの家を出て行かずにこのままずっと暮らし続けるのなら、時を見て「ここは部屋が二つしかないんだから、女二人が一緒に住むのは大変なんで、別に所帯を構えて住んだほうがいいよ」と言うつもりだった。

九月四日、朝鮮共産党・朝鮮人民党・南朝鮮新民党が合党し、南朝鮮労働党（南労党）として党名を確定した。これに驚いた米軍政は、左翼系新聞三紙を閉刊させ、朴憲永をはじめとする共産党指導者の逮捕に乗り出した。警察の捜査網が迫ってくると、朴憲永は身辺に危険を感じ、二十九日にはドイツのベルリン大学出身の腹心、李康国《イガングク》（一九〇六～五五）と共に政治活動をするのに安全な三八度線の北側に渡ろうと考えた。そしてソウルを出発し、十月六日になってやっと平壌《ピョンヤン》に到着した。一方では植民地時代に元山《ウォンサン》赤色労組運動を指導した南労党中央委員李舟河《イチュハ》（一九〇五～五〇）が検挙された。朴憲永の越北は、彼が南労党指導部と相談し、深思熟考の末に下した結論だった。活動の舞台を北へと移すしかなかった必然性を勘案しても、現場を離れて北に行くしかなかった逃避的な越北が、後日南労党が受ける悲劇を予告する前兆となることなど誰も予想することができなかった。検挙と収監生活を覚悟しても、自分の基盤である韓国に身を置いてこそ、自分を慕う同志たちにとっては無言の力となっただろう。一九四五年十一月、先駆会という団体が独立の後に実施した初の世論調査によると「朝鮮をリードするに値する良心的な指導者は誰か」という質問に、呂運亨・李承晩・金九に続き、朴憲永が四番目の指導者として選ばれた。朴憲永は北朝鮮の海州《ヘジュ》に定着するや、金日成と肩を並べるために南労党の勢力拡大に集中するしかなかった。彼は南労党の政治路線に同調していた各界の主要人物の越北を勧めた。科学者同盟の会員をはじめとする左派知識人たち、芸術家同盟所属の芸術家たちが北朝鮮への入北隊列に参加した。去る五月には、南北の境界線である三八度線から無許可での越境が禁止されてはいたものの、開城《ケソン》の近くをはじめ、三八度線全域にわたって、ブローカーを通じた民間人たちの無断越北と越南は可能だった。

　南労党が地方組織の体制づくりに着手した際、父の名前が中央にも知られ、南労党慶南道党責任指導員の席に就くようになった。責任指導員とは、道党の副委員長のレベルだった。それから民青慶南支部指導委員、さらに南労党の責任指導員にまで就くようになると、父は進永の実家よりも釜山にいる日が増えた。父の宿所は定まっておらず、僕たち家族は父が釜山のどこで生活しているかすら知らなかった。そうやって、父は一か月のうち一週間も実家に帰らないというのに、奥の間に籠っている彼女は、そこがまるで自分の家であるかのように厚かましく居座っていた。九月も中旬になった頃、朝夕には涼しい風が吹き始めた。しかし、昼間には奥の間のドアは開かなかった。母は奥の間に目が行くたびにいつもため息をついた。釜山西大新洞で息子を生んで暮らしていた彼女は、遠く離れたまま別に所帯を構えていたので、顔を合わせずに済んだ。しかし、今は同じ屋根の下で別の女に奥の間を明け渡し、自分は追い出されて姑と同じ部屋を使うことになるなんて。胸が真っ黒に焼け焦げてしまうような、そんな思いをするしかなかったのだ。母は祖母に「お願いですから、あの遊女を追い出すようにあなたの息子に一言言ってください」と懇願した。祖母は、息子がやっていることだから、自分はあれやこれやと口出しできないと言って、一人息子の肩を持つだけだった。祖母は李仁択《イインテク》さんの店に行って時間をつぶすことはしなくなった。代わりに、生まれたばかりの外孫の世話をするという口実で、ムルトン通りの叔母の家に行き、そこで三日か四日ぐらい過ごして家に戻ってきた。母は李仁択さんの奥さんを訪ねて「こんな時、一体どうすりゃいいんですかね」と相談した。すると、奥さんは長柄のキセルを吸いながら、体格のいい人らしい、大胆な言葉ばかりを並べ立てた。「あんたの旦那の浮気癖は、一回二回じゃないだろうに。あの狐みたいな遊女は無理に追い出さなくても、そのうち自分で出て行くはずだからさ、あんたは子供たちの将来を考えて、じっと我慢するんだよ。あの遊女の人相を見ると、妾の生活はそう長くは続かないようだね。男からこれ以上吸い取るものがなくなったら、自分から離れてゆくだろうよ」と答えた。母は父の友人の家も訪ねて「どうかうちの夫にあの遊女と別れるように話してくれませんか」と懇願した。僕が成人した後にも、母が針仕事をしている時にその時の話が出ると、母の愚痴が溢れ出した。「市場の女たちが井戸に水を汲みに来るたびに、うちに寄るんだよ。それで、まだあの遊女に奥の間を奪われたままで同じ釜の飯を食ってんのかいって聞いてくるんだ。そのたびに顔を上げられないくらい恥ずかしくってさ、まさに地獄の生活ってのはあのことだよ。植民地時代は、はじめっから諦めてたんだけどさ。独立してそういう心配なしに暮らせるかなと思ったけど、神様が焼きもちでも焼いたんだか、今度は妾を家にまで連れてきてさ……」それに母は夏になってからは生理が止まり、妊娠したことを感じていた。僕を妊娠した時は釜山西大新洞の彼女のせいで気苦労が絶えなかったのだが、そこから四年が経って再び妊娠した時は、晋州から来た遊女が母を苦しませていたのだ。

　秋夕《チュソク》を控えた九月下旬になると、進永劇場の軒に「迫間農場農民勝戦譜」という寸劇の立看板がかかった。進永邑の民青団員の弁論大会、釜山市民青から選ばれて来た青少年たちの独唱と重唱、男女が舞台に出て面白い言葉を交わす漫談、そして演劇の公演が行われるという噂が周辺に知れ渡った。この時の寸劇は、父が作った台本によるものだった。一九三一年と翌年にわたり、迫間農場小作争議で繰り広げられた、進永平野の小作農たちによる粘り強い小作争議の闘争を描いた内容で、四〇分ほどの長さだった。小作人の女性たちを率いた勤友会会長の役を、進永中学校の女性教員が務めた。栄養失調の末に餓死した息子を抱えて、厳冬の中、デモの先頭に立つ大詰めの場面では、彼女の真に迫る演技に場内の人々は涙を流していた。本来その役は、父が晋州から連れて来た遊女に任せるはずだったが、本人が強く断ったため、共青会員だった中学校の家庭科の先生が務めた。三日間にわたって行われた民青団員たちの公演は、連日満員の盛況となり、近隣の昌原郡大山面《テサンミョン》、金海市進礼面《チルレミョン》の農民たちも集まってきた。公演の後援金は共青への募金という形で集められたので、進永市場周辺で暮らしている老若男女も列をなして入場し、その公演を見ることができた。共青が地域発展のために良い仕事をしていると評判になり人気が高くなると、それに伴って父の名声も上がった。複雑な女性関係が問題ではあったものの、それでも父は進永の青年たちにとってアイドルのような存在だった。「金先生は、見た目は礼儀正しい紳士なんだけど、女がスカートさえ履いてれば、かぶってた猫を真っ先に脱ぎ捨てるからな。『図り難きは人の心』って言葉の通りだ。そりゃ『英雄色を好む』ってもんだ」市場の老人たちは父についてこう噂した。名の知れた革命家や政治家をはじめ、知識人も女色を好まないのは稀なもので、そうなると、父もやはり同じ範疇に入った。彼らは生涯一人の女性と暮らすという戒律は無視し、他の女性と関係を結ぶことは、自分の仕事に必要なものだとでもいうように、人の目などまるで気にしなかった。

母は、皆に人気のある進永劇場の公演は観なかった。夫がその公演に積極的に関与しているということだけでも、近所の人と一緒にゆっくりと観る気がしなかった。昼もドアが閉まった奥の間を見るだけで、腹が立って仕事が手に付かなかった。彼女の部屋に朝晩入れる食膳は、いつも綺麗に平らげられていた。彼女は五日市が立つ日以外、昼間はほとんど外出をしなかった。彼女がやっていることといえば、いつ家に戻ってくるかわからない父の帰宅を待つだけだった。祖母は三日に一度ずつ買い物をして、叔母の家に出かけた。姉も学校に行ってしまうと、母はまるでお寺のようになった家を守っているのが嫌でたまらなかった。日ごとにお腹は膨らんできた。食欲もなくなり、息をするとまるで喉に棘が刺さったようだった。奥の間と茶の間の掃除に洗濯はもちろん、台所の壁に取り付けた食器棚までほこり一つなく拭けば、その後は何もすることがなかった。日が長い夏の午後三時、四時頃には「母さんとハンオル学校を建てるのを見に行こうや」と言いながら僕を連れて出かけた。劇場の前にある下の市場を抜けると新道に出て、踏切を渡れば五日市の日のみ開かれる牛市があり、その周りには数軒の家が散らばっていた。その村の横に中学校の校舎が建てられているところだった。土煉瓦に藁ぶき屋根の教室二棟が完成していたが、教室を増やそうと昼も夜も校長先生が自ら出てきて、土煉瓦を作っている真っ最中だった。ハンオル中学校は去る九月の初めに教室一つとテント一つで開校した。土煉瓦は一枚一枚手で直接作り、それを積み上げて教室を作った。中学校を建てた人物は、郷土教育の先駆者として知られた姜《カン》成甲《ソンガプ》(一九二三〜五〇)牧師だった。彼は進永出身ではなく、慶南宜寧郡《ウィリョングン》出身で、今年の夏に進永に住み始めた二三歳の若い牧師だった。彼は明け方の星が消えて行く前に簡易テントで目覚めると祈りを捧げて朝を迎え、それから土煉瓦作りを始めた。粘土を背負子で運んできて藁を混ぜ、木製の四角枠に土を入れ、土煉瓦を一枚一枚丁寧に作り出した。朝食を済ませた後、再び仕事を始めると、町の青年たちがやってきて姜牧師の作業を手伝った。ボランティアの中には町の共青会員もいた。姜牧師は家に父を訪ねてきて、共青会員を送ってくれたことに感謝した。彼は延禧《ヨニ》専門学校と日本の同志社大学神学部を卒業した後、独立直後には釜山大学にしばらく在職したが、農民運動と農民教育に献身することを決め、辞職した。そして、進永に定着するや近くの村を回りながら、独立した祖国をしっかりと立て直すためには何よりも青年学徒たちへの教育が必要であるとし、勤労奨学生の名目で学費免除を掲げ学生を集めた、立志伝的な郷土教育者だった。九月中旬になり、教室二棟が完成した。昼間クラスの学生数が二五人、昼は家の農作業を手伝わなければならないので、夜間主コースに登録した学生の数が三〇人を越えた。そのため、教室の増築が必要になり、放課後には学生たちが自ら土煉瓦作りに乗り出した。姜牧師の献身的な姿勢と教育に対する熱意、勤勉で謙虚な人柄は町中に知られ、彼を尊敬して慕う人が増えた。定職がなく進永市場周辺でのらくらしながら賭博にはまった者や、毎日のように酒に酔っている飲んだくれ、そしてよた者たちに対して「聖人君子は本の中にだけいるもんじゃない。お願いだからハンオル学校を作った姜牧師を見習いなさい」という言葉が持てはやされたりした。

　十月中旬になると、日差しの気持ち良い晴れた日が続いた。綿雲を浮かべた空は青々とし、そよ風の中を赤とんぼの群れが飛んでいた。進永平野の稲穂も、稲の重みで頭を下げた。黄色く色が変わり始めた稲が風に揺れた。「奥さん、こんにちは。金先生はお元気でしょうか」ズボンの裾をまくりあげたまま裸足で粘土を練っていた姜牧師が、麦藁帽子を上げて母に挨拶した。「あの人、最近釜山によく出かけてるんで、進永にはなかなか戻ってこないんですよ」母の言葉は事実だった。「あ、あの噂聞きましたか。先月末に全国の労働者たちが一斉にストライキを起こしましたが、釜山も大変だったらしいですよ。釜山の鉄道労働組合員、港湾労働組合員、運輸労働組合員たちが一斉にストライキをして、米軍部隊が鎮圧に乗り出したんで、死傷者が多数発生したそうです。最近、新聞に連日大きく報道されてますよ」姜牧師は父がやっていることを知っていたため、そのストライキに父が関与しなかったのかと心配になり、遠回しに聞いてみたのだった。九月二十四日、左翼系朝鮮労働組合全国評議会（全評）傘下の鉄道労組が昼食提供、月給制実施、食糧配給を条件にストライキを先導した。「そんなこと初めて聞きました。鉄道ならここにも汽車の駅がありますけど……」母は姜牧師の話がよく理解できなかった。「鉄道労組がストライキをしたんで、昨日は馬山―釜山の間の汽車が止まったまま動きませんでした。汽車に乗るのに進永駅に来た人たちは、汽車が来ないんでバス停に押しかけてましたよ」母は姜牧師の話には別に興味がなかったのか、話題を逸らした。「今日も牧師様が土煉瓦を作るのを見に来ました。市場では噂がすごく広まってて有名なんですよ」母はお腹の中に子供さえいなければ、一肌脱いで姜牧師の仕事を手伝いたかった。気ばかり揉ませる夫のことを考えると、姜牧師のような真面目な男性が羨ましかった。イエスを信じればあのようになるのだろうかと思ったりもした。青年の一団が荷籠で土を運び、二人の青年がゴムの靴を脱いでシャベルを持って出てきた。他の青年は、持って来た藁を押し切りで切った。ボランティアで働くハンオル学校夜間主の学生たちだった。母は木陰に座って、玉のような汗を流しながら働く彼らを眺めては、土遊びに夢中になっている僕に一言言った。「まだ子供だからよくわからんかもしれんけど、お前もあの兄さんたちがやってることをよく見ときなさい。早く大人になって、お前もあんな風に真面目な人にならなけりゃ。怠け者はどうやったって使いものになんないのさ」

九月下旬、南労党の傘下にあったそれぞれの職盟指導部は、労働者が積極的に参加するであろうと判断し、全評の全国総ストライキを進めた。北朝鮮の海州に定着した朴憲永による全国労働者ストライキの承認があったのはもちろんのことである。総ストライキは、全国の主要都市で同時多発的に行われた。ソウル市党の指針を受けた慶南支部も、職盟に所属した精鋭党員を最大限に活用した。責任指導員である父もやはり釜山に留まったまま指針を下し、彼らを督励するのに忙しかった。一九八〇年代後半、ある経路を通して、父の主な履歴と死去までの経緯を簡単にではあるが知らせてくれた方がいた。朝鮮戦争直後から父と親しく過ごした方（便宜上S氏[1]にしておこう）によると、父はこんな性格だったらしい。「僕が知っている金さんは、普段は寡黙で言動が慎重なんだけど、どんなことでも任せられたらことに臨む態度が情熱的で、緻密で、決断力があった。正しいと思ったことは、胸の中に秘めておけない性格だった」S氏が父に会った経緯は次の通りだった。

朝鮮戦争が勃発して人民軍がソウルを占領すると、李承燁《イスンヨプ》を委員長とするソウル指導部が構成された。その時、対南事業を指導する北朝鮮側の実務陣もソウルに到着した。僕もその実務陣の一員としてソウルに来たが、その時初めて金鍾杓《キムジョンピョ》さんに会った。当時、金さんはソウル市党財政経理部副部長を務めていた。その後、朴憲永事件の渦中で数回会い、一九五四年の春に対南連絡部が再編される時には、金さんが連絡部指導員として任命されて来た。僕は一九五三年に連絡部指導員として異動して来ていた。それから一九五五年二月まで、一緒に生活しながら深い付き合いをしていた。金さんは僕より一〇歳ほど年上だった。

ある五日市の朝のことだった。奥の間を占領していた彼女が朝食を済ませた後で食膳を下げると、華やかなよそ行きの韓服で着飾り、大きな鞄を引きながら縁側に出た。彼女は市場に行って荷担ぎを呼び、その鞄を背負い子に載せた。そして、ちょうど学校に行こうとしていた姉を見て「奥さんに、ちょっと会いたいって言ってきておくれ」と言った。祖母はその日も叔母の家に行ってから二日目で、まだ戻ってきていなかった。母が縁側に出ると、彼女は「旦那様が何事で忙しいのか、ここには全然いらっしゃらないから私は帰ります」と言いながら跪いて、丁寧に挨拶した。「これまで大変ご迷惑をおかけし、奥様にもご心配をおかけして、大変申し訳ございません。『一夜に万里の長城を築く［付き合いは短くても情は深い］』という諺があるように、私が旦那様にお会いした日、一目惚れしてこのような状況になりました。でも、もう私は心を入れ替えましたので、広いお心でご理解くださいますようお願い申し上げます」彼女の言葉はまるで立て板に水だった。あまりにも急な話で、母は何の返事もできなかった。彼女が垣根のあたりに至ったところで母が尋ねた。「行くって、どこに行くつもりですか。行くあてでもあるんですか」母は彼女が父と何か約束があって、釜山に行くのではないかと思ったのだ。「私は山清《サンチョン》智《チ》異山《リサン》の麓で生まれ、一一歳の時に晋州の遊郭に売られました。それから歌舞と礼節を学んで、この歳になるまで一回しか故郷の地を踏んだことがありません。もう歳も取りましたし、故郷に帰って、年老いた両親の世話をしながら暮らそうかと思います」彼女は庭を出ようとしたところで石榴の木を眺めた。皮は破れ、赤い玉を出している石榴が鈴なりになり、枝は垂れ下がっていた。「まあ、綺麗な石榴だこと。いくつかもらって行こう」と言いながら、石榴が三つぶら下がった枝を折った。彼女はその枝を持って、背負子を背負った荷担ぎの後に続いて門を出た。彼女たちの姿が消えると、母の横に立っていた僕は急に大声で泣きだした。「あの女の人がいなくなっちまって、お前も寂しいんだろう？」と母が言った。彼女は僕を呼ぶと、坊主頭を撫でながらよく餅や飴玉、煎餅なんかをくれた。その味を覚えていた僕は、もはやそんな食べ物がもらえなくなるので悲しくなったのだ。彼女が家を出てしばらくすると、市場の米商人が米一升と精麦一升を背負子に背負ってやってきた。米商人は「ある金持ちの奥さんが『穀物の代金』って言いながらお金を差し出してさ。『これまで大変お世話になったんで、井戸の前の金先生のお宅に届けてほしい』ってね」と話した。それから約二週間後、父が家に戻ってきた。しかし、もうその時には奥の間に居候していた彼女の姿はもちろんなかった。それでも、父は彼女の行方を聞かなかったし、母も特に聞かれないので彼女が故郷に帰ったという話もしなかった。祖母がこれまでの事情を父に話すと、父はそうやって終わる関係なのだと思ったのか、何も答えなかった。

1　どのようなルートだったのかわからないが、安全企画部（現、国家情報院）に嘱託で勤務中のSさんが父の話を伝えてくれた。

第十二章

一九四六年三月一日、三・一独立運動記念行事を右翼側はソウル運動場で、左翼側は南山で別々に行った。市民たちは自分の政治的な信念によって、ソウル運動場に行くか、南山に行くかに分かれた。行事が終わり街頭行進に入ると、両側の行進隊列は南大門《ナムデムン》でぶつかり合った。地方の小都市でも、同じように二か所に分かれて行事が開かれた。小正月を迎え、田舎では旧来の風習通りに村の裏山で一年の厄払いの行事が行われた。竹を高く立て、そこに松の枝を折ってぶら下げると薪を山のように積み、狼煙を上げるのだが、それもまた右翼側と左翼側に分かれて、それぞれ異なる山の頂で薪の山を作った。そうやって分かれることによって、ある者は左翼、ある者は右翼という白黒が付けられ、後日行われた左翼狩りの手掛かりにもなった。その年の五月十五日、アメリカの軍政庁公報局は、朝鮮共産党が資金繰りを目的に、朝鮮銀行券一千三〇〇万ウォンを偽造したという疑いを掴んだ。そして、朝鮮共産党の幹部検挙令を下し、党宣伝部長李観述《イグァンスル》をはじめ、一四人を検挙した。この事件により、米軍政の共産党宥和政策に終止符が打たれた。特に李観述は、植民地時代から妹の李順今《イスングム》（一九一二～？）と共にあらゆる逆境を乗り越えながら、社会主義運動に全力を尽くして来た人物だった。また、京城コムグループのメンバーで朴憲永《パクコニョン》の一級参謀だったため、彼の検挙は間もなく訪れる韓国共産主義運動の厳しい道のりを予告するものとなった（李観述は、無期懲役を言い渡され大田《テジョン》刑務所で服役したが、朝鮮戦争が勃発するや他の左翼犯たちと共に処刑された）。

その年の十月一日、まるで火山の下に眠っていた真っ赤なマグマが噴き出すかのように「大邱《テグ》十・一事件」が起きた。道庁に押しかけた貧民たちが米をよこせと要求したことが発端だったが、左翼勢力がデモを主導することによって、事件が大きく広がり、ついには独立後初めて発生した左・右翼の大々的な衝突へと拡大した。この事件が起きた直接のきっかけは、三月になって、米軍政が大邱市内への米穀の不法運搬を禁止し、配給以外は米穀の自由売買まで禁止した事だった。米軍政の夏穀収集令に伴う配給制の実施により、米穀の搬入と売買が禁止されると、配給がきちんと行われなくなり、市内の貧民は飢えに飢えたあげく、老弱な者が相次いで栄養失調により死亡する事態にまで至った。とうとう市民たちが道庁に押しかけ、もはや飢え死にする寸前だと泣き叫びながら米を要求したのだ。五月になると、まさに泣きっ面に蜂でコレラまで大流行し、市内は米穀の搬入と、市民の他地域への出入りまで制限された。十月一日午後一時頃になると、大邱駅前で運輸・金属・化学労働組合を中心とする同盟ストライキ団五〇〇余名がストライキに突入し、さらに一般市民もそこに加わった。二日には、大邱市内にある各大学の学生二千余人がデモに参加した。警察に続き、米軍までがその鎮圧に乗り出すと、デモ隊はどんどん膨れ上がった。怒ったデモ隊は、警備が緩んでいた市内警察署を破壊して放火し、暴力デモは暴動へと広がり、市外にまで拡大していった。米軍政の食糧政策失敗、食糧難、そしてますます苦しくなる生活、勢力を増した親日派、南労党傘下の職盟による総ストライキがこの事態を引き起こしたのだ。十月三日以後、暴動は大邱市だけでなく慶尚北道《キョンサンブクト》全域に拡大し、農民たちの宿願だった土地改革への要求が「秋収蜂起」に発展した。慶尚北道から三南地域までを襲った暴動は、翌年三月に入り警察と米軍の鎮圧作戦の末にようやく全国が平静を取り戻した。この事件には、三〇〇万人あまりの群衆が参加し、死者は三〇〇余人、そして三千六〇〇余人が行方不明になった。公式的な統計資料によると一万五千人が検挙されている。

「大邱十・一事件」が「秋収蜂起」に発展した釜山《プサン》市は、デモ隊が市内を襲い始めると、軍警と米軍が鎮圧に乗り出し、十月七日にはソウルの「ストライキ委員会」からやって来た七人と鉄道ストライキの主導者が検挙された。九日には流血衝突が発生し、群衆と警察二四人が死亡した。釜山市役所が襲撃されると、すぐに米軍の戦術部隊が投入された。馬山《マサン》市では、十月六日と七日の間に行われた群衆デモで多数の死傷者が発生し、米軍が鎮圧に乗り出した。七日には六千人が市内でデモを繰り広げた。警察の発砲により学生三人が死亡するや、デモ隊が警察署と支署を襲撃し、武器を取り上げた。すぐさま米軍の国防警備隊海兵隊が出動したが、この過程でデモ隊一二人が死亡し、五〇余人が検挙された。「秋収蜂起」で被害を受けたのは、地域住民の恨みを買った警察官、植民地時代に親日の先頭に立っていた官吏出身や富豪、小作人を酷く搾取した地主たちで、倉庫に穀物を積み重ねて暮らしていた家には、破壊と放火が相次いだ。社会学者丁《チョン》海《ヘ》亀《グ》が著した『十月人民抗争研究』（ヨルム社、一九八八）では、社会各界の見解が次のようにまとめられている。

（一）ホッジ中将の見解

南朝鮮に居住していない外部の煽動者が引き起こした事件で、朝鮮国家の敵である煽動者たちが、同胞たちに対し犯罪ともいえる凶行に及んだ破裂的な行動だった。

（二）李承晩《イスンマン》の見解

売国奴たちの扇動により、殺人・放火・強奪など非人道的な行動が誘発され、全国的な大混乱へと広がり、北朝鮮に朝鮮全土を隷属させようとするものだった。

（三）社会労働党及び左右合作派の見解

軍政の政策が間違っていたことに人民抗争の原因があったが、かと言って暴力という手段まで使って混乱を引き起こすこともまた正しくないとし、「両是双非論」を下した。

（四）対話派の見解

大衆から前衛を孤立させる……幼い子供のような扇動であり、朝鮮共産党幹部派の明らかな過誤であると指摘した。

（五）朴憲永の見解

人民の生活が困窮し、餓死寸前の状態に苦しんでいる中で、米軍政と親日派等の反動派による武力強圧政策は、人民たちの怒りを引き起こした。また、北朝鮮での民主改革の実施に大きな影響を与え、大衆闘争へと発展した。

このように左右翼の評価が相反しているだけに、この事件はこの後一九五〇年の朝鮮戦争が起こるまで、韓国の政治秩序に大きな影響を及ぼした。

植民地時代の一九三〇年代初めに起きた迫間農場小作争議からもわかるように、進永《チニョン》地域は全農・青年会・少年同盟・女性たちによって組織された槿友会が、お互いに協力し合いながら団結していた。そして、夏休みの時期にはソウルと釜山市で高等教育を受けた学生たちが、農村奉仕団を組織し進永平野の村を回りながら、教育から疎外された青少年たちの向学心を鼓吹したお陰で、道内のどの地域より民度が高かった。独立後は植民地時代の組織を受け継ぎ、里ごとに農民組合と青年会が活動した。呂運亨《ヨウニョン》の建国準備委員会が政治活動を始め、それが地方組織にまで拡大すると、慶尚南道《キョンサンナムド》でも金海郡《キメグン》が真っ先に応えて支部を作り、進永でも建準支部が生まれた。それに続いて、左翼団体の共青支部が組織され、活動を始めた。南労党が党名をかけて地方組織にまで拡大すると、進永でもその支部ができた。左翼の色合いがどの郡より強かった進永邑では「大邱十・一事件」が大邱と近い密陽《ミリャン》を経て進永にまで及ぶと、各団体が平野地帯に住んでいる小作人たちのこれまで積もりに積もった不満を刺激し、秋収蜂起デモを扇動した。それでなくても、農民たちは土地改革が遅れていることによる慢性的な飢えに苦しんでいた時だったので、「独立なんかしても日帝時代より良くなったことなんか何もない」と言いながら、せっかちな者からどんどんデモに乗り出した。憤慨した若い小作農たちが後に続くと群衆心理が働き、より多くの人がデモに集まった。進永邑にはどの地域よりも地主がたくさん居住していたため、農民たちのデモの対象は彼らの地主勢力だった。十月八日の午後、南労党支部と共青・全農の連絡網を通じて、他の地方で蜂起が起こったという知らせが町に届いた。そして、四方約四キロにある本山里《ポンサンニ》・雪倉里《ソルチャンニ》・長《チャン》登里《ドゥンニ》・内龍里《ネリヨンニ》・新龍里《シニョンニ》・荷渓里《ハゲリ》の農民数百人が憤慨し、角材・鍬・熊手鍬・棒・竹槍を手に町中に集まって来た。彼らはまず進永支署を襲撃した。市場のよた者ややくざたちもデモ隊に加わった。巡査たちは、怒った農民の群れが支署を目がけて押し寄せてくるという情報を事前に把握し、いち早く逃げた。支署の窓はことごとく割られ、器物は全て壊されて、武器庫は奪取された。夜になり、デモ隊の顔が闇に紛れてわからなくなると、彼らの行動は一層激しさを増し、松明を持った者たちが支署に火を付けた。支署の建物が炎に包まれた。理性を失い、憤った群衆は支署長の私邸はもちろん、警察官の家にまで押しかけた。そのうち一〇〇人余りの農民は、そこから二キロほど離れた地主の家が集まっているムルトン通りに駆けつけた。柳の木が立ち並んだ新路にデモ隊の松明の行列がずらっと続いた。彼らが放った火で地主の家が焼き払われると、その炎の光の中に、収穫の時期に入った田んぼの黄色い稲が映し出された。倉庫が荒らされ、デモ隊の行く手を阻もうとした地主の家の下人と、隣で暮らしていた執事たちがデモ隊に殴られ、恐れおののいて逃げ出した。逃げ遅れた地主の家族のうち、老人二人が炎に包まれて死亡し、多数の重傷者が発生した。「地主より憎い奴が執事」という言葉があるように、彼らの家も火に焼かれ、逃げ遅れた家族たちは皆袋叩きに遭った。多くの農地を所有していたにもかかわらず、小作人たちにそれほど恨みを買わなかった金持ちの金さんと姜さん、地方官吏の金さんの家も同じように被害に遭った。父の友人たちで、季節ごとに山や川に遊びに出かけた姜翰亀《カンハング》さんは、裏庭にある竹藪の中に隠れ、やっとのことで禍から免れた。金永坤《キムヨンゴン》さんはちょうどソウルに出張中だったため、自宅にはいなかった。十日には完全武装した米軍の一個中隊規模の兵士がトラックで町に入り空砲弾を撃つと、デモはやっと落ち着いた。翌日、米軍CIC要員六名がジープに乗って到着し、そこに常駐しながら真相究明に着手した。警察とCICによる被害調査の結果、進永邑だけでも死者が五人に負傷者が三〇人を越え、六人が重体だった。慶尚道地域の秋収蜂起は、十一月中旬を過ぎ、霜が下りる頃になって辛うじて鎮圧された。銃剣を前面に押し立てた警察と米軍によって抑え込まれたのだ。そして寒さが押し寄せてくる頃になると、村の警察と青年防衛隊を動員して、デモに加わった者たちを捜し始めた。

「大邱十・一事件」を契機に、左翼側の政治団体が背後で唆した民衆暴動に驚いた米軍政は、右翼側の先鋒となった李承晩の存在を高く評価するようになった。そして、右翼側の政治団体も左翼勢力のあぶり出しに積極的に乗り出した。保守右翼を前面に掲げ、地主勢力を強く支えていた韓国民主党（韓民党）

が、秋収蜂起の教訓により勢力を伸ばし結束を固めた。九月十二日には、右翼の青年団体を統合して結成した大韓独立青年団が李承晩の支持により頭角を現し、各地方の支部を構築していった。十月十三日には、植民地時代の満洲独立軍出身、李範奭《イボムソク》を団長とする朝鮮民族青年団（族青）が結成され、右翼勢力を支持した。西北青年団が結成されるまでの経緯を辿るには、北朝鮮から故郷を離れて越南した人々の話へと遡るのだが、八・一五の独立以降十一月までの三か月の間に北朝鮮から韓国に流入した越南人の数は四三万二千余人に達した。ソ連と満洲地域から渡ってきた移住民五〇万人を含めると、一六〇万人以上が韓国に流入した。越南した青年たちは、最初は野宿と物乞いで道を彷徨っていたが、次第に組織化していった。十一月三十日に結成した西北青年団（西青）は、強力な「対共戦線」の前衛隊として活躍した。西青組織は郷土別・地方別に組織され、郡と面単位にまで支部を置き、李承晩勢力と地域警察の庇護のもとに政治的な勢力を形成しながら、韓国社会での定着の基盤を築いた。そして、左翼剔抉特攻隊を組織すると、地方まで出張に出て「パルゲンイ［共産主義者を軽蔑して言う語］打倒」を前面に打ち出し、無差別な暴力行使をも辞さなかった。

一九四七年になると、警察は昨年の秋収蜂起に加担していた者の捜索に続き、左翼の取り締まりにも本格的に乗り出して、二月十八日には南労党の党員五七人を違法集会を開いたという容疑で検挙した。漢江の氷が溶ける三月になると、桜の便りの北上とともに「大邱十・一事件」の影響は完全に落ち着き、「左翼暴徒」の捜索と検挙が本格化した。武装した警察と、腕章を付けた青防（青年防衛隊）・西青隊員たちが三三五五集まって、都心の隅々、田舎村の小道を回りながら、デモの狼藉に加わった者を探し始めた。米軍政当局は、必要な情報を提供する一方で、傍観する姿勢を取っていた。デモには直接加わっていなくても、普段の言動が荒っぽかったり、右翼と米軍政を批判した者たちは検挙された。「パルゲンイ」と「サバサバ［日本語の「サバを読む」から由来した言葉で、裏で不正行為を企てる時に用いられた］」という言葉が都会、田舎の別なく流行語になってしまった。村の飲み会の時、マッコリを飲みながら面白半分に「お前は左、俺は右」と言い合って舌戦を交わした間であっても「遠くの親戚より近くの他人」という言葉のままにお互いに助け合いながら、祭事の食べ物も分け合って暮らしていたのだ。それが今では敵同士となり、お互いに相手から密告されるのではないかと疑心暗鬼になっていた。デモとは関係なく、個人的な感情によってだけでも簡単に密告することができた。植民地時代進んで親日の先頭に立っていた者までが意気込んで「こうなったらパルゲンイたちを完全に掃討しなきゃならん」と気勢を上げた。デモに加わった者や、時局を批判した者たちはいきなり重罪人にされるので、彼らは息を殺して密かに行動するようになった。自身が手配されていることに気づいた者は、山に隠れ住んだり、他の地域へと逃げなければならなかった。山の奥へ隠れても、田んぼを掘り起こす方法を知らなかったため、もうそれ以上生の松ぼっくりを食べられなくなると、夜には小さな村に降りてきて食べ物を乞った。都会のほうに逃げた者は、野宿しながら物乞いをしたり、荷担ぎをしたりして命を繋いだ。世の中は日増しに殺伐としていった。一方、秋収蜂起を通して、農民たちの暴動を目撃した小心者たちも批判をぶちまけた。「左翼の人たちってのは本当に怖かったね。手当たり次第に物を壊したり、松明で火を付けたり、やりたい放題だったのさ。いくら群衆心理とはいえど、普段は優しかった人たちがどうしてあんなふうに変わるもんかね。暴動で国を覆して、平等な世の中を作りたいなんてさ、本当に恐ろしいご時世だよ」その日暮らしでやっと生きている都会の貧民や、食うや食わずの貧しい小作農でも、集団デモのような物理的な行動にはすぐに出られない人もいるものだ。もともと善良な市民や村人のほとんどは小心者だ。持って生まれた運命でそれを肩に背負うしかないと考え、どうにか命を繋いできても、小動物一匹すら殺す勇気のない人が意外に多い。そういう人はデモ・

暴動・放火が恐ろしくて、自分の家族だけを必死に守りながら、怯えたまま集団の行動を見ているだけだった。彼らにとっては、共産主義を支持する者たちの実際の姿があんなものなのかと警戒心を抱くような契機にもなった。そうなると、ある人にとっては右翼が恐怖の対象になったが、ある人にとっては左翼もまた恐怖の対象になった。

　一九四七年に入っても、進永邑にある南労党支部事務室と民青事務室は看板を下ろさなかった。鉄工所の息子で馬山の私立中学校出身の民青進永支部会長閔永喆《ミンヨンチョル》が、昨年秋収蜂起の火付け役として検挙された。そして、略式裁判で実刑二年六か月を宣告され釜山刑務所に移ると、副会長が会長職を受け継ぎ、支部を運営するようになった。彼は都光旭《トグァンウク》という人物で、大阪の製鉄工場へ徴用として連れて行かれた後、独立すると故郷に戻ってきた者だった。新たに会長を引き受けた彼は、昨年の秋収蜂起がある程度の成果を収め、腐敗した右翼勢力に警鐘を鳴らしたと判断し、村ごとに細胞拡大と基本教育学習を充実させるようにした。全農も健在のままで、南朝鮮過度立法議院による土地改革の推進過程に注目していた。昨年の秋に大変な目に遭った国民会議進永支部は、今年の春は邑事務所の横にあるタバコ転売所の建物を使いながら、官庁と警察の支援のもとで左翼勢力に立ち向かって活発な活動を繰り広げた。彼らは官庁と支署、駐屯していた米軍と地主勢力から心強い後援を受けていた。青年防衛隊の隊員たちはバス停近くに事務室を置き、腰には棒、左腕には「青防」と書かれた腕章を着け、近隣の村を回りながら昨年のデモに加わった者たちを探し続けた。独立後の村には、三八度線を越えて越南した者たちが流れ込み、一九四七年になると西北青年団（西青）が警察に代わって時局事犯たちを扱う業務のために、鉄《チョル》下《ハ》の米倉一棟に事務室を構えた。彼らもやはり組を編成して近くの村を回りながら、デモに加わった者を探し出すために聞き込み捜査をし、人々の言葉尻を捕らえては村内の米倉へと連行して来た。米倉の仕切りの内側は連行した者の拷問室として使用され、西青の方が支署より怖いという噂が立つほどだった。彼らは連行者を倉庫に閉じ込めて、食事も与えずに鞭で打ち、どれだけデモに参加したのか問いただそうと責め立てた。裏金（サバサバ）を使わなければ、いつ釈放されるのか知る由もないという噂が広がっていたので、彼らの家族が釈放を哀願しながら、厳しい寒さをものともせずに米倉の前で陣を張って待っているのが実情だった。

　秋収蜂起以来、進永の実家へ父の足が遠のいたのは、釜山で南労党と民青の事業に携わり忙しかったためだ。一九四七年、年が明けて父が久しぶりに進永に戻った時、友人の許栗《ホユル》さんが昨年秋収蜂起以後の村の雰囲気について、こう言い聞かせた。「君も気を付けなきゃならんよ。昨年秋のデモ以後、君に目を付けてる右翼側の人間が多いんだ。村に来ても、南労党の人間や民青の若い者たちには接触するなよ。どんな理由だろうとケチを付けて、支署やら西青やら青防やらが駆け付けてくるさ。実家にだけ立ち寄ったらすぐに帰りなよ。君の奥さんの話を聞くと、どうやら妊娠してるみたいだけど。ごたごたは妊婦にも良くないんだからな」そんな話を聞いても、父は村の状況ぐらいはとっくに知ってるよ、というふうに失笑するだけで、特に反応もしなかった。父は「忠告してくれたことはありがたいけど、自分のことは自分で判断するよ」と答えた。父が李仁択《イインテク》さんの家に新年の挨拶に行った時も、体に気を付けろと許栗さんが言っていたのと同じような話を聞いた。父はせっかく村に寄ったついでに、友達の姜翰亀さんにも会った。彼は秋収蜂起の時、松明と棒を携えて家に押し寄せた農民のデモ隊に驚き、その危機から逃れるために裏庭へと抜け出した。しかし、小川を飛び越えようとして足を骨折し、思うように動けなかった。そのデモにひどく怯えたようで、口調が乱暴だった。「よく考えてみろよ。俺が小作人たちに何をしたって言うんだ。地主の中では一番安い小作料でさ、四対六できちんと分けて農業をさせてやったんじゃねえか。それに秋収の後には間作をするとか、稲葉は全て小作人たちのものにしてやったんだぜ。他の地主よりこっちのほうが小作人たちにとっては条件が良かったのさ。姜さんの農地を小作するのが夢だなんて噂も広がったんだよ。それなのに俺の家の倉に火を点けるなんて。穀物の俵を盗み出したうえに、体の不自由なばあさんまで茶の間から引きずり出して袋叩きにしたんだからな。けっきょく、ばあさんはそれ以来体調を崩しちまって、去年の冬に亡くなったのさ。自分たちも両親の面倒見ながら暮らしてるってのに、まったく恩知らずのくそ野郎どもめ」姜翰亀さんの言葉に父が静かに答えた。「君の気持ちはわかるよ。だけど、そんなに悪く考えるなって。『一寸の虫にも五分の魂』って言葉があるだろう。小作人たちがあれほど生活に苦しんでたからこそ、命をかけてデモに乗り出したんじゃないか。去年の秋収蜂起は、いずれは起こるべきこと……」姜翰亀さんが父の言葉を遮った。「お前も釜山で起きた暴動の現場を見たじゃないか。俺も新聞で読んださ。あんな修羅場を経験したのに、お前まで本格的にあいつらの肩を持つなんてな。お前がどんな思想を持ってんのか俺はよく知ってるし、俺も一時はボルシェビキ党の理論に同調したこともあったけど、今はその正体をはっきり見たのさ。俺はそっちからは完全に手を引こうって決心したんだ。ソウルから帰ってきた永坤も、家の中がめちゃくちゃになったのを見て、十・一暴動の批判者になって背を向けたんだからな。お前とは当分会わないことにするよ。とりあえず俺も生きていかなきゃならんしな。左翼側に立って扇動する人間とはもう付き合えないね」姜翰亀さんの言葉は決然としていた。父もその言葉には譲らずに立ち向かった。「心配するな。去年九月の労働者大ストライキと、十月の大邱人民抗争に続いて、農村の秋収蜂起を経て、我々の勢力はもっと強く団結したんだ。一言付け加えるなら、統一するその日まで人民大衆は全ての資本勢力と闘争することになるだろう。君の怒りが収まる頃にまた会おう」そう言い残し父は去っていった。

その後、父の周辺にいた人たちの懸念が現実となった。大晦日のことだった。父は、独立後には主に釜山にいたが、節句と祖父の祭事は欠かしたことがなかったので、祖母と母は当然正月に合わせて父が実家に帰ってくるものだと思い、晴れ着の用意やら供え物の準備やらに忙しかった。父は夕方遅く通勤列車に乗って家に帰ってきた。祭事の時に使う日本酒一本と、祖母と母の白いゴム靴、姉の運動靴と僕の黒いゴム靴一足を土産に買ってきてくれた。チョッキ姿の父が流しで顔を洗い終えた時だった。「金先生、お久しぶりです。正月には家に戻ってくるだろうと思ってましたよ」ピストルをぶら下げた支署長が、カルビン銃を担いだ巡査を伴って庭に入ってきた。父は彼らを眺めた。「支署までちょっと同行してもらえませんかね」支署長が言った。「支署？　どうしてですか」父が渋い表情で尋ねた。支署長は縁側に座り、父が買って来た棒飴をしゃぶっている僕を眺めた。「あのおちびさんが、正月に祭主になればちょうどいいだろう。とにかく金先生は一緒に行きましょう。ちょっと聞きたいことがあるんですよ」支署長が横に立っていた巡査に合図すると、巡査が父の腕を掴んだ。「手錠をはめて出ると村では恥ずかしいことになりますよ。大人しく付いてきなさい」巡査がそう言った。進永駅改札口の職員、そしてバス停の切符売り場の人に、正月で父が故郷に戻ってくるはずなので、列車から降りる父を見かけたらすぐ支署に知らせるようにと事前に言っておいたようだった。それで、父が進永に帰ってきたことを支署ではすでに把握していたのだ。父は「とりあえず服でも着ましょう」と答え、チョッキに国民服の上着を着た。そして、そのまま支署へと連行されていった。「そんなことはもういいから、あんたも早く支署に付いていきな。食べ物は私がこしらえるからさ。何で連れて行かれたのかもわかんなくてどうすんだい」祖母が震えながら母に言った。釜の蓋にチヂミを作っていた母は、前掛けを外して、大きくなったお腹をものともせず家を出た。しかし、その日の夜、母も家に戻ってはこなかった。祖母は李仁択さんを訪ねて、いったい何事で息子夫婦が支署に連行されたのか調べてほしいと頼んだ。支署長はもちろん、巡査たちも、五日市の日には李仁択さんがやっている飲み屋によく来る常連だった。李仁択さんは彼らと顔なじみだったので、祖母の頼みを聞いて支署へ向かった。祖母はとうてい支署の中には入れず、哨所の前の新道でじっと待っていた。しばらく経って、李仁択さんが暗い表情で支署から出て来た。「事が簡単に収まりそうにないんですよ。去年の秋収蜂起の時にデモに加わって捕まった民青の子のうち、主謀者五人が釜山刑務所で服役中なんですがね。そのうちの一人の手紙が検閲にかかったようです。そこに金先生に伝えてほしいって内容があったんだけど……」「うちの息子の名前が手紙に書かれてたってことですかい」「それが問題になっちまって、金海署のほうから進永支署に調査するようにって命令が下ったみたいですね。しばらくは大変になりそうですな」「じゃあ、何で嫁は返してくれないんですかね」「金先生が若い者たちを後ろでそそのかしたことを知りながら、それを支署に知らせなかったとか、何かとにかくそういうことらしいです」父は言うまでもなく、母も夜中の一二時を過ぎても家には戻ってこなかった。錦屏山《クムビョンサン》の上に朝日が昇り、元旦の日の祭事は祖母と幼い僕たち姉弟が行うしかなかった。祖母は、ご先祖様に顔向けができないと言いながら、どうか息子と嫁が無事に家に帰ってきますようにと手を合わせて祈った。

　翌日、父と母が支署に連れて行かれたという噂が町中に広まった。真っ先に民青の会員たちが支署に押しかけた。金先生を連行した理由が知りたいと言って、支署長との面談を願い出た。支署長は李仁択さんに話したことをそのまま伝えた。事実関係を調査中であるが、調査が終われば金海警察署に釈放を申し立てるか、金海警察署のほうに渡すかを決めるということだった。民青の会員たちは支署長の説明を聞くと、それ以上は何も言えなかった。翌日は進永五日市の日だった。村に入ってきた商人を通して、父と母が支署に拘束されているという話が村の近隣にも広まった。民青の会員たちはことを理解できそうな人たちを尋ね、金先生は郷土教育者として植民地時代から町中の鉄下で塾を開いたこと、釜山で埠頭の労働者を相手に勉強会を開き、監獄にまで入った独立闘士であること、こんな「愛国之士」を民主警察が捕まえて監禁しているということはまったく理屈に合わないという内容で署名運動を始めた。印鑑がなかったり、文字が書けない人には、指紋で捺印をしてもらった。両親が支署に連行されてから四日目のことだった。姉が勉強を終え学校から家へ帰ってきても、父と母はまだ戻ってきていなかった。それで、夕方頃に祖母が姉を支署に行かせた。支署の前にはたくさんの人が垂れ幕を掲げてひしめき合っていた。「罪のない金先生を速やかに釈放せよ」「金先生と奥様を金海警察署に渡すな」「昨日の夜、金海警察署に移されたっていうのは事実なのか」哨所の前に出た一人の青年が叫ぶと、集まっていた人たちが拳を振り挙げながら復唱した。そこには、大昌《テチャン》小学校の先生二人と進永中学校の先生三人も混じっていた。そのうち、女性の先生は二人だった。姉が祖母にその様子を伝えると、祖母は小走りで支署へと向かった。舎堂洞《サダンドン》で暮らしていた一九八〇年代初め頃、祖母が腹を立てながらこんな話をした。「あの時のことを考えるとさ、今でも胸が震えるんだ。お前の父さんと母さんを助け出そうって、村の若い者たちがみんな支署の前に集まってきて、金先生を早く釈放してくれって、拳を振り挙げながら大声で叫ぶんだ。それでも支署ではビクともしなかったんだよ。後で支署長が出てきたと思ったら、昨日の晩に金海警察署に移されたって言うじゃないか。お前の母さんまで一緒にさ」昨夜二人が金海警察署に移されたという支署長の言葉を聞いた民青の会長都光旭君が「とても信じられないので、留置場を直接確認させてください」と言った。支署長は「俺の言葉が信じられないのか。後に付いてこい」と怒りながら先頭に立った。都君と会員数人が支署長の後に付いていった。支署の別棟にある留置場を見回ったが、雑犯数人が蹲って座っているだけで、父と母の姿はなかった。父はどれだけ拷問されたのか満身瘡痍の状態で、母は妊娠中なので少し殴られたぐらいで済んだが、昨夜トラックの後部座席に乗せられて金海警察署に移されたのだった。翌日、都君と会員数人がバスに乗って金海に行き、警察署に進永邑民が署名した陳情書を提出し、善処を願った。巡回裁判官による裁判の結果、父と母は布告令二号違反で拘留二十日の刑に処せられた。巡回裁判官は、民青進永支部が提出した邑民の陳情書を考慮したのかどうかはわからないが、当時としては一年以上の懲役を宣告するのが普通である中、軽犯罪とされたのは不幸中の幸いだった。父には一九四六年の秋収蜂起を煽動した罪が、母には不告知罪が適用された。二人は二〇日間拘留され、ようやく自由の身になって進永の実家に戻ってきた。

第十三章

人生の中で存在した「事実」と、起きた「出来事」が記憶に保存され、思い出になる年齢は何歳からだろうか。人によって多少の差はあるだろうが、僕の場合は五歳の時からではないかと思う。僕は一九四二年三月生まれなので、五歳になったのは一九四七年だ。その年のいくつかの記憶は、繋がらない断片的な記憶として残っている。一九四八年四月の済州島《チェジュド》四・三事件を分析した権貴淑《クォングィスク》は『記憶の政治』の中で「記憶は個人的であり主観的だ。記憶は一個人の脳の中にある記憶体系によって形成され変化する。自身が経験したこと、想像したこと、聞いたこと等を保存し、再整理し、回顧し、他の人々と分かち合ったりする。個人的で主観的に見えるが、この過程は社会で共有される言語として構造化され、時空間という概念によって形成され、文化的価値に影響を受ける」と述べた。

僕にとっての生まれて初めての記憶には、共同井戸の隣で庭に石榴の木、そこにぽつんと建っている三間の瓦屋根の家が深く刻み込まれた。おかしなことに最初の記憶として残っているのは、僕が門の横にある便所で大便をする場面なのだ。春だった。金海《キメ》警察署での拘留が解かれ、自由の身になった父が進永《チニョン》の家に戻っていた時だった。父は板の間に座って本なのか新聞なのかを読んでいた。母と祖母は家の中に姿が見えず、姉は学校に行ったのだろうか、やはりいなかった。旧式の便所で、僕は板の扉を開けたまま大便をしていた。「あの子は便所の扉を閉めると怖いからって、必ず開けたままでウンチをするんだよ、まったく」いつもそう言われていた。大便をし終わった僕は、お尻を拭いてくれと母を呼んだ。その歳になっても、僕は大便をした後にちり紙を使って自分でお尻を拭けなくて、母を呼んでは拭いてくれと言っていたようだ。板の間にどっしりと腰を下ろして本なのか新聞なのかを読んでいた父が「もうそんなに大きくなったんだから、お前が自分で拭かなけりゃ。いつまでウンチをするたびにそうやって母さんを呼ぶつもりだ」と僕を叱った場面が記憶に残っている。「そこにかかってるちり紙を破って、ちゃんと自分で拭きなさい。それくらいできるだろう」便所の中には、父が読んだ古い雑誌の一枚一枚が針金で括られてぶらさがっていた。父がそう言ったにもかかわらず僕は母を呼び続けていたが、母は家にいなかったのでとうとう現れなかった。だからと言って、父が母の代わりにお尻を拭いてくれることはなかった。僕は待ち切れずに、すすり泣きながらちり紙を破り取って、ざっと自分のお尻を拭いた。よくぞ手に大便が付かなかったものだ。

　二番目の記憶は、弟が生まれた日の夜だった。弟は一九四七年四月生まれで、春の夜のことだった。寝耳に母の悲鳴を聞いた。母の息む声があまりにも大きかったので、僕は眠りから覚めてしまい、目をこすりながら体を起こして座った。母がまさに出産するところで、祖母が横に座って赤ん坊を取り上げようとしていた。祖母と母はそんな切羽詰まった状況だったので、僕が目を覚まして座っていることには気づかなかった。しばらくして、お腹の赤ん坊が母の体からこの世へと出てきた。祖母が赤ん坊を抱き上げて、母の横にある白いお包みに寝かせた。男の子がうぶ声を上げた。たった今生まれたばかりの赤ん坊を見て僕はびっくりした。その赤ん坊の頭が枕のように長かったのだ。どうして枕や大根みたいにあんなに頭が長いのか、僕は不思議で仕方なかった。きっと、母が普通の人間とは違うおかしな赤ん坊を産んだのだと思った。その時、僕が目を覚ましたことにようやく気づいた祖母が、「お前は何でちゃんと寝てないんだ」と僕を横目で睨み付けた。その言葉に、僕は寝床に戻って横になり寝る振りをしたが、さっき見た枕のように長くておかしな赤ん坊の頭のことが気になって仕方なかった。次の日の朝、目を覚ました僕は、まず母の隣のお包みに包まれた赤ん坊の頭の様子を探った。眠っていた赤ん坊の頭はもう普通になっていた。昨日の夜に見た、あの枕や大根のように長い頭は僕の見間違いだったのかもしれない。それでも、僕は成人してからも、母が赤ん坊を産んだ日の夜に見たその場面が忘れられなかった。僕が生まれた時のように、その日も父はまた釜山に行って家にはいなかった。

一九四七年のはっきりと残っている記憶としては、その二つ以外には思い浮かばない。五歳になった子供が、日差しの明るい庭で低くひらひらと舞う蝶を捕まえようと駆け回っても、捕まりそうで捕まらないように、記憶の糸口は幻想のように目の前でひらひらするだけだ。いや、もう一つあった。五歳か六歳の時だっただろうか。味噌鍋や味噌スープの中に浮かんでいる味噌の塊のことだ。味噌鍋や味噌スープが食卓に上ると、僕は匙で味噌の塊だけをすくって食べた。小豆の粒くらいのその塊を、牛肉だと言いながらおいしいと食べた記憶が残っている。それで母は味噌鍋や味噌スープを作る時、一〜二匙分ぐらいの味噌は潰して溶かさずにそのままにしておいてくれた。匙で味噌の塊をすくい出せないと、僕は牛肉がないと言って泣いたそうだ。一九四七年の記憶はそこで終わりだ。相変わらず人見知りで、人がたくさん集まる市の日には市場に出かけることを嫌がり、誰かが僕の頭を撫でてくれようものなら手で振り払った。同じ年頃の友達と付き合うことができなかった僕は、姉が学校へ行ってしまうと、家で一人で泥んこ遊びをしたり、父が買ってくれた絵本を見て遊んだ。姉が学校の授業を終えて戻ってくると、その後ろをちょろちょろと付きまとってばかりいた。姉が友達とお手玉遊びをすれば、後ろで見ていた。「お前はお前で、同じ年頃の子たちと遊びなよ」と姉が僕を引き離すと、家に戻ってひたすら絵本ばかり見ていた。家で犬や鶏でも飼っていたなら友達だと思って遊ぶのだが、我が家は猫や犬はもちろん、農家ではなかったので家畜を飼ったこともなかった。だから、僕の小説には余談でも家畜はあまり登場しない。

一九四八年の一月八日、国連朝鮮委員会（ＵＮＴＣＯＫ）が韓国に到着した。韓国の米軍政がアメリカ国務省へ移管され、国連朝委が業務を開始した。一月二十五日に国連朝委が南朝鮮だけの単独選挙を決議するや否や、これに反対する金九《キムグ》は、南・北朝鮮共に米軍とソ連軍が撤収した後に南北協議を通した総選挙を実施すべきだと主張した。朝鮮半島の全ての共産系列団体も南朝鮮による単独選挙を激しく非難し、二月七日には左翼勢力が「二・七救国闘争」を宣言して、入山闘争を決定した。金南植《キムナムシク》は、彼の著書『南労党研究』で「当時、南労党の地方の党組織は完全に非合法体制に傾いていたので、道党委員会の規模を縮小する代わりに道内を二〜三の地域に分割して地区ブロックを作り、一つのブロックがいくつかの郡を指揮するようにした。それで、野山隊（遊撃隊またはゲリラ）という武装部隊を組織・運営する機構として、道党では野山隊道司令部を設置し、司令官は道党の副委員長が兼務した。そして、各地区ブロックでは野山隊地区司令部を、各市・郡党では〇〇野山隊を置くという三段階組織として構成された」と述べていた。共産主義を信奉する若手たちは、地方遊撃隊として、または道党の指示によって五台山《オデサン》地域、太白山《テベクサン》から普賢山《ポヒョンサン》に至る太白山脈の山裾の地域、智異山《チリサン》と繋がる白雲山《ペグンサン》・徳裕山《トギュサン》地域等に入山し、パルチザン闘争に乗り出した。野山隊の入山者は、ほとんどが一九四六年の秋収蜂起の際に先頭に立った南労党・全農・民青に関与していた者たちだったが、多くの左翼の学生たちも入山の隊列に加わった。党の指示であれ、本人の意思であれ、そうやって山に入った左翼のことを世間の人々は、野山隊・パルチザン・遊撃隊・山人・パルゲンイ・共匪《コンビ》・暴徒と呼んだ。入山者の大部分は、朝鮮半島の腐敗した社会現状に対して反感を抱き、子供の代まで続きそうな深刻な貧困に憤慨し、身分・階級・財産の差別などない平等な社会を目指すという左翼の論理に同調した。そこで、南朝鮮の単独選挙反対という名分が自発的な入山の道を選択させたのだ。他方では、実のところ党の入山指令によってやむを得ず、また警察と極右勢力に目を付けられたため、もはや故郷で耐え忍ぶことができずに入山を選ぶ者たちもいた。都市に住んでいた学歴のある知識人左翼と、地方で影響力を持つ左翼には、その身分を維持しながら野山隊を後方から支援せよという党の指示があった。四月三日には、済州島で民衆がひどい抑圧・収奪と南労党弾圧に抵抗した「済州島四・三事件」が勃発した。米軍と国防警備隊の兵力、警察の強硬一辺倒の鎮圧により、済州島全人口の一〇%に当たる三万名ほどが犠牲になるという大惨事が起こった。その犠牲者の中には、子供や老人、病人が多数含まれていた。道内にある村の七七%が焦土と化し、罹災した人々は一〇万名に上った。

　北朝鮮の海州《ヘジュ》に南労党本部を構えた朴憲永《パクコニョン》は「南朝鮮単独選挙を決死の覚悟で反対する闘争を目標として蜂起し、入山闘争せよ」という指令を出した。それを受けて、「二・七救国闘争」の一つの方法として南労党が決定した野山隊闘争こそが、左翼を一般大衆とはっきりと分離するきっかけとなり、南朝鮮左翼勢力の没落をもたらす一つの契機になったのだ。南朝鮮の左翼勢力は、なぜ冒険とも言える野山隊闘争を選択したのだろう。一九三四年十月、蔣介石の国民軍に敗北し追われるようになった毛沢東の紅軍八万名。彼らが幾重にも連なる連峰大雪山と広々とした大草原を、不屈の意思で越えた九千六〇〇キロメートルの長い道のりの勝利。それをこの土地でも再現しようと下した決定なのか？　悪戦苦闘の末に一年をかけて沿岸にたどり着いた最後の紅軍の数は七千名に過ぎなかった。しかし、通り過ぎてきた地域ごとに土地の分配を通じて農民を解放させ、政治改革を実現した「水魚の交わり」を自分たちの現実の世界に実現しようという入山は、南労党の現実離れした甘い夢ではなかったのだろうか。さもなくば、ユーゴスラビアのチトーでナチスドイツ軍に対抗したパルチザン人民解放軍の最後の勝利が、この土地でも実現できるという妄想の下に入山を推し進めたのだろうか。しかし、我々の土地は、国民軍の追跡を撒くことができる広い大陸を国土として所有してはおらず、ナチスドイツと張り合って国家を守るという確固たる民族主義の名分を持つユーゴスラビアでもなかった。

　地方の野山隊の場合、入山初期には春がそこまで近づいていたので、山中での生活は辛くはなかった。また、集落の人々に被害を与えず、山裾の村とも協力、意思疎通が容易で、補給品の調達には苦労しなかった。彼らは山の砦の解放区で夜毎のろしを上げ、「人民解放歌」等、自分たちの歌を声の限りに歌って団結を揺るぎないものにした。警備が手薄な山村の支署と面事務所を襲撃して武器と補給品を調達し、山間の道路を通る穀物車両や荷車に奇襲攻撃をかけ食糧を確保して、ただ生きることに必死だった。五台山地区と太白山から普賢山に続く山間地域や、智異山へと向かった野山隊の規模は数百から千名単位で、山岳が主ではあったが広範囲に彼らの解放区を設定した。そして、近隣の郡単位の警察署まで攻撃して、奪い取った武器で武装し穀物を調達して備蓄する等、難攻不落の城塞を築いていた。北朝鮮の海州市海運洞《ヘウンドン》第一印刷所に構えた南労党の指導拠点と随時連絡を取って新たな指令を受け、精神武装のための教育にも忠実だった。『ソ連党史』『解放闘争史』『人民闘争史』を学習教材として取り上げ、決定的な時期に備えて実践を彷彿させる軍事訓練と遊撃戦術、ゲリラ訓練を受けた。そのため数十名規模の警察兵力くらいでは彼らを攻撃するのはおろか、近づくことさえ容易ではなかった。国連朝委は、北朝鮮に入ることを拒絶されると、南朝鮮だけが単独選挙を実施することに決め、五月十日に南朝鮮の単独国会議員選挙を実施した。選挙と前後して、南朝鮮の野山隊による地方選挙事務所襲撃が一三四回、官公署襲撃三一一回、テロ六一二件、そしてこれらによる死者が二〇二名に上り、南朝鮮の社会に混乱を引き起こした。

その年の六月五日、左翼勢力の蠢動を抑えるという趣旨の下、米軍政が民青を強制解散させると、民青は直ちに朝鮮民主愛国青年同盟（民愛青）として三度目の改編過程を経ることとなった（同年五月、ＣＩＣが米軍政に提出した報告書によると、当時登録された民青の会員数は七八万一千二三九名だった）。民愛青は八月に中央拡大委員会を開催し、今後の組織拡大強化のため、八・一五独立二周年記念日までに会員数二〇〇万名突破を決意し、訓練された組織員を各道に派遣することを決定した。父は、依然として民愛青慶南《キョンナム》支部で副委員長級の指導委員の職にあった。民愛青の「民愛青歌」は、詩人であり当時のプロレタリア文学の理論家だった林和《イムファ》（一九〇八〜五三）が越北直前に作詞した。六月下旬には、北朝鮮の海州で開かれた南朝鮮人民代表者会議に、中央及び地方の民愛青幹部陣が大挙して参加した。総勢一千二名が三八度線を越え、越北したわけだ。父も南朝鮮代表団に加わり、海州に行ったり来たりしていたのだろうか。いろいろな資料を調べてはみたが、確認することはできなかった。越北者のうち、相当数の代表者は大会が終わっても南には戻らず、そのまま北で南労党朴憲永の支援団として残留した。共青会員として越北した若手たちは、南朝鮮の野山隊と合流してゲリラ闘争に乗り出すべく江東《カンドン》政治学院に入学して遊撃訓練を受けた。右翼勢力による大量検挙の嵐によって、南朝鮮の左派知識人、一部中道系知識人のほとんども一九四八年の南朝鮮人民代表者会議の前後に越北した。林和の越北は、一九四八年十一月だった。北朝鮮で南朝鮮の南労党を指導していた朴憲永は、その頃「朝共（朝鮮共産党）の影響を受けている南朝鮮の大衆的な統一戦線勢力は、全国で四〇〇万名に達する」と断言した。これは全人口の六分の一に該当する数字で、多少誇張されてはいただろうが南労党の勢力が強大だったという点だけは事実である。朴憲永が南朝鮮の現場にいなくてもそう主張できた根拠には、彼が南朝鮮の左翼勢力を主導していた一九四五年十一月、「共産党員と共青勢力が一万五千名、全評五〇万名、全農三〇〇万名、青年団体については独立した組織が準備中だったが、すでに組織された人員は七〇万名と推定される」と把握していたことが挙げられる。検察公安部や捜査当局が左翼の組織体系を把握し、弾圧の手綱を締め始めたのがその頃からだった。六月四日、文化人総連盟が米軍政レルヒ長官に対して、検挙された文化人一万二千名の釈放を陳情したことを見ても、多数の文化・芸術従事者たちが左翼という名前によって拘留状態にあったのだ。七月十九日には、独立後に民族統一戦線の先頭で人民の一グループを率いていた穏健左派指導者、呂運亨《ヨウニョン》が警察の幇助の下、極右の青年に暗殺された。八月十二日には、南労党委員長に選出された（一九四五年十二月）許憲《ホホン》（一八八四～一九五一）等、左翼系要員一二〇名が検挙されるという受難を経験した。しかし、その時も南労党の地方組織と民愛青・全評・全農・婦女同盟等の左翼勢力は地下に潜んではいたものの、その根は堅固だった。

　右翼勢力も国家の秩序を揺るがす左翼に警察力を動員して強く対処し、政治日程を強行した。国会が開会すると七月二十日に李承晩《イスンマン》を大統領に選出し、八月十五日の独立三周年には大韓民国政府樹立を内外に宣布した。市場経済資本主義の信奉者であり極右反共主義者である李承晩は、内閣の人選を終えると国防警備隊を増員してアメリカに武器の支援を要請し、日本統治下で高位職にあった警察を登用して、左翼勢力を制圧する反共の旗手となった。一九四七年、アメリカのトルーマン大統領の特使として訪韓したウェデマイヤーを団長とする使節団は、当時の韓国社会の実体を把握するために、住民たちから建議案を手紙の形で受け取った。無記名で届けられた一通の手紙は「親日派と、公益や道徳などは度外視して自己の利益のみを図る悪質な資本主義、無分別な個人主義的態度によって、職場等は運営不能の状態に直面し、失業者は洪水のように道に溢れ出して物乞い生活をするようなことになっている」と訴えていた。また、別の手紙には「腕章を付けた青年五〇名がトラックでやってきて、有無を言わせず殴りかかってきました。理由はビラを貼ったからだということでした。その後、彼らは田畑で働いていた農夫を皆トラックに乗せて、留置場にぶち込んだのです。私たち農民は、一体どうやって生きていけばいいのですか？」と書かれてあり、右翼青年団のテロと、これに協力する警察を批判していた。こうした内容は、ソウル大学国史学科修士課程に通っていた鄭武容《チョンムヨン》が、二〇〇六年にアメリカの国立文書記録管理庁（ＮＡＲＡ）の資料から発見した。北朝鮮もまた、独自に北朝鮮労働党を結成して朝鮮人民軍を創設すると（一九四七年二月二十二日）、一九四八年四月二十九日に憲法を制定し、八月二十五日には最高人民会議の代議員選挙を実施した。そして、九月九日には朝鮮民主主義人民共和国が成立し、分断国家となった。

　韓国では、「済州島四・三事件」の鎮圧軍として出動した第一四連隊の一部兵力が離脱して、十月二十日に「麗水《ヨス》・順天《スンチョン》国軍反乱事件」を引き起こした。四・三事件は島という特殊な地域で発生したが、麗・順事件は武装した韓国軍により発生した反乱事件で、麗水と順天地域を通り越して隣接郡にまで影響を及ぼし、地方の左翼も呼応したために民間人の被害もまた大きかった。この事件は、二十七日、反乱軍が支配していた順天を韓国軍が奪還することで一週間ぶりに沈静化したが、一部反乱軍と地方左翼一千名が智異山へ身を潜め、野山隊と合流した。麗・順事件は暴動の期間が短かったにもかかわらず、反乱軍死者八二一名、捕虜二千八六〇名、政府軍死者一四一名、行方不明者二六三名、民間人死者が千余名にのぼった。軍隊内で引き起こされたこの反乱事件をきっかけに、李承晩は大々的な粛軍作業に取り掛かり、軍内部の左翼勢力のみならず、反李承晩勢力を抜本塞源で排除した。全軍の五%に達する四千七四九名が粛清され、そのうち二千名以上が銃殺刑に処された。一九四八年十一月十一日、少領朴《パク》正《チョン》熙《ヒ》も南労党のスパイとして逮捕されたが、軍部内の南労党党員名簿を捜査当局に提供することで命拾いした。この粛軍過程を見ると、軍内部だけでなく社会の各界各層で南労党のスパイが幅広く活動していたことがわかる。北朝鮮の海州やソウルの南労党幹部陣も、この事件を「誤った判断により引き起こされた偶発的な蜂起」だと非難し、左翼の没落を促すことにもなった。

　数十名単位の小規模な地方の野山隊には、秋が過ぎ冬が近づくと、骨身に沁みる山中の寒さと共に命の危機もまた忍び寄ってきた。まず、民衆の心が野山隊に背を向けた。入山者たちの絶え間ないテロ攻撃と、済州島四・三事件、麗水・順天事件による殺戮の惨状を目のあたりにしたり、風の便りにその殺伐とした状況を聞くと、人々は左翼・右翼の権力闘争に恐怖を感じ、極左そしてまた極右に一定の距離を置き始めた。野山隊は補給品の調達が難しくなると、自分たちが生き延びるために荒っぽい略奪者へと姿を変えた。村へ向かい、祖国統一のために闘争している野山隊を支援してくれと頼んだり、集落の人とうまくいかなくなれば、食糧であれ家畜であれ、こそ泥を通り越して強制的に奪い取ったりした。勢いを増す完全武装の国境討伐隊も、地方の野山隊には脅威を感じる存在として浮上した。みすぼらしい民間服に、非武装隊員がほとんどの野山隊のゲリラ戦術は、通信装備を備えた武装軍警の掃討戦に通用するはずもなく、逃亡兵へと転落していった。警察兵力が地方の野山隊を四方から追い詰めると、彼らは竹の下に身を伏せて、のっしのっしと通り過ぎる警察の足音に耳を澄ませながら、息を殺してじっと待たなければならなかった。そうやってひたすら逃げ回っても、狭い国土ではもう逃げ切れる場所などなかった。なぜ自らが大逆罪人になり、山中で寒さに震え、何のために飢えと戦いながら身を潜めているのかと自分自身に尋ねてみても、はっきりとした答えを導き出すことはできなかった。彼らの立場で見れば、人民皆が平等に暮らせる正義の国家を作ろうという言葉に立ち上がったことが罪だと言うのならば、それは罪なのだった。討伐に乗り出した警察にとっては、共産革命で国家を転覆させようとする共産ゲリラの輩は、この土地から掃討されなければならないと考えられていた。武装したいくつかの大隊兵力規模の野山隊がいる太白山脈や智異山等は警察兵力も見くびることはできなかったが、地方の野山隊は警察に追われ、続々と敗北していった。新聞の片隅には、警察による共産ゲリラ討伐の成果が頻繁に載っていた。共産ゲリラ何名射殺、何名拘束、小銃何丁、竹槍何点、水筒・食器・匙何個の果てまで没収したという記事だった。五月二十一日から七月七日の間には、北から浸透した人民遊撃隊三四〇名もまた小白山《ソベクサン》地区で軍や警察に捕まり、一網打尽に検挙された。地方の野山隊が孤軍奮闘しながらも追われるようになると、米軍の軍用機がばら撒いた「投降すれば命だけは助けてやる」という降伏勧告のビラを拾って下山し、自首する者が増えた。山裾の村から立ち上る煙突の煙を見ながら、故郷の村が恋しくても下山できない苦難の歳月の中、十二月一日、左翼理念の行動実践及び活動を禁止するという身の毛もよだつような国家保安法が、植民地時代に作られた治安維持法に替わって公布された。そうして一九四八年は暮れていった。

第十四章

一九四七年は断片的な幾つかの場面しか記憶に残っていないが、一九四八年からは体系的な記憶として僕の中に蓄積され始めた。それは連続した場面として、数々のエピソードが短いあらすじを伴って脳の中に入力されている。その全ての記憶はほとんどが父と関連しているものだ。春も真っ盛りの端境期にさしかかり四月に入ると、六歳になった僕も小学校に入学する年齢となった。町中の市場から約四キロほど離れた余来里《ヨレリ》にある大昌《テチャン》小学校の入学式には、父が連れていってくれた。小学校は馬山《マサン》と釜山《プサン》を繋ぐ新道の端っこにあった。その年の四月までは父の身上に何の不都合もなかったので、町中で顔を隠さずに歩いても大丈夫だった。のどかな日だった。入学式の日、僕は父の手に引かれ、もじもじしながら小学校の運動場へと入った。新道側の塀の中には、一抱えもあるプラタナスがまるで軍人のように一列に立ち並んでいた。校舎は運動場裏手の階段の上にあり、一〇室ほどの教室が連なる一階建ての建物だった。校舎の前には、くすんだ青黒いヒマラヤ杉が建物を覆うように生えていた。その校舎の後ろ側に、前方の棟とすっかり同じ造りの校舎がもう一棟あった。校舎の後ろには、錦屏山《クムビョンサン》の尾根が屏風のように張り巡らされていた。父と僕が運動場に入ると、朝礼台の前方に僕と同じ新入生、そしてその保護者がひしめいていた。男の子たちは坊主頭で、洋服と韓服が混ざり合い、女の子たちは皆、おかっぱ頭に短いチマチョゴリという服装だった。しばらくして、壇上に上がった先生が「新入生の名前を呼び上げるので、大きな声で『はい』と返事をしなさい」と言った。先生が子供たちの名前を呼び始めた。そして、ついに僕の番になった。しかし、僕は緊張のあまりすぐに返事をすることができなかった。心臓がひどくどきどきして、声が出なかった。「お前の名前を呼んでるじゃないか。早く返事をしなさい」と父が言った。それなのに僕は唇をわなわなさせるばかりで、声を出せなかった。隣にいた父兄や子供たちが僕をちらちら見ていたが、それもまた恥ずかしくてとても返事などできなかった。父がしびれを切らして「ここにいます」と僕の代わりに答えてくれた。小学校の入学式での情けないその場面は、長い間忘れられなかった。父は、僕の名札も姉と同じように布きれを被せて作り、毛筆で学年と名前を書いてくれた。

父が進永《チニョン》界隈からすっかり姿を消してしまうのは、その年の「八・一五大韓民国政府樹立宣布式」の後、北朝鮮の総選挙に合わせて韓国での地下選挙を画策した左翼三七〇名が検挙された、八月二十五日以降ではないかと思う。父が、共産主義者として暗躍している主要人物だと目を付けられ指名手配者になると、家の中はめちゃくちゃになってしまった。警察が、南労党と民愛青の組織に関与した者、全評と全農の先頭に立った者たちの検挙に血眼になっていたのだ。当時、釜山で南労党と民愛青を中心に活動していた組織責任者の肩書及び職位改編の記録を通して、彼らがどのように非合法的な活動をしていたのかをおおよそ推測できる。大検察庁［日本の最高検察庁］の捜査記録によると次の通りだ。

成啓相《ソンゲサン》（筆者が付けた仮名）は、一九四六年十一月中旬頃南労党に入党し、一九四七年一月頃に慶南《キョンナム》商業学校細胞財政責任者に、同年四月頃、慶南商業学校細胞組織責任者に、同年五月頃に慶南商業学校細胞青年責任者に、同年七月頃は民愛青釜山市学生部慶南商業学校実務者、同年十月末頃には南労党釜山市第五地区党学生課慶南商業学校の実務者に、同年十一月初旬頃には釜山高女・南鮮《ナムソン》高女・実践《シルチョン》高女の三つの学校の組織実務者に、同年十二月初旬頃には南労党釜山市第五地区党学生課責任者に、同年十二月二十日頃、南労党組織部実務者大新洞《テシンドン》地区担当に、一九四八年一月二日頃には、南労党釜山市党組織部職場実務者に、一九四九年五月九日頃、民愛青慶南道委員会書記部員、同年五月二十日頃、民愛青馬山市組織責任者、同年七月初旬頃、晋州《チンジュ》市民愛青研修教育責任者兼宣伝責任者、同年八月初旬頃、民愛青慶南道委員会組織責任者にそれぞれ任命された者として……[1]

右は警察が成啓相を検挙して、取り調べの過程で明らかになった組織責任者の異動事項だ。大検察庁で発行した『左翼事件実録』の面々を見ると、彼らの活動について次のように要約整理することができる。民愛青の各支部最低単位の小グループは、毎週一回非常線を利用して党員を招集し、教育に当たった。党員が招集されると、小グループの実務者が開会を宣言して個別に点呼を行った後、祖国統一と愛国烈士に向けて黙祷を捧げた。続いて党の綱領と規約の朗読、情勢報告等を行った後、上層部からの指示を党員に伝達し討議を経て、実行の可否を決定した。その次に党勢報告を通して釜山市では五万名の党員確保を決意し、自身の活動に対する自己批判報告、各自の意見希望書提出で小グループ会議は終わった。党員は、常に上層部の指令を熟知し、謄写した教材を読みふけった後、五ウォンずつの盟費を納付した。党員になると周囲の人々に民愛青への支持を内密に宣伝し、会合の時には各ブロックの宣伝活動の状況を報告して、指揮命令系統の確立に力を注いだ。民愛青が行っていた闘争というものは、労働者と農民の生活を守り、彼らの生活を向上させるために、労働者・農民による民主化の開化を目指すことであった。そのために、アメリカ帝国主義の反動勢力を制圧するための闘争と、ゲリラ地区闘争を支援するのに重点を置いた。財政問題については党員から盟費を徴収し、特殊財政の募金を確保するために裕福な者を探し出し、協力を要請しなければならないと強調した。

僕は、一九七三年『月刊文学』一月号に短編小説「暗闇の魂」を発表した。一九四八年の晩秋、我が家が直面していた実際の状況を描いた作品だった。日が暮れると暗闇が灰のように覆いかぶさってくる、当時の暗い記憶が僕の脳裡を満たし始めた六歳からのことが小説の素材となっている。父は夏から進永には現れなかった。金海《キメ》警察署情報課から支署へ、進永出身で釜山を拠点に活動している父に対する指名手配が通達されたからだ。奥の間、板の間に掛かっていた、小さな写真がぎっしりとはめ込まれた家族写真の額縁が取り外された。その写真の中に父の姿があったからだ。警察は昼だろうが夜だろうがお構いなしに突然押しかけて来ると、奥の間や客間に銃口を向けながら靴のままでずかずかと上がり込んで、裏庭までくまなく調べた。彼らは、夜中でも父が現れたら捕まえようと見張りをしながら、垣根を越えて突然踏み込んで家の中をめちゃくちゃにした。それでも父を見つけることができなければ、銃床で家族たちの胸を突きながら、父がいつやって来ていつ出て行ったのか言えと脅しをかけた。普段から臆病な祖母は、警察がしょっちゅうやって来るので、ムルトン通りの叔母の家へすっかり身を隠した。僕はその時のことを「暗闇の魂」でこう書いた。

夜が深まって眠りについた時だった。垣根を越えて入って来たのだろうか、二人の巡査が部屋の中に上がり込んできた。彼らは靴を履いたままだった。巡査たちが、仰天して起き上がった母の胸元に銃口を突き付けて大声を張り上げた。「趙民世《チョウミンセ》はどこに行ったんだ。この部屋にいるのを見たんだがな。おい、一体どこに行ったって聞いてるんだ。このあま、旦那をどこに隠しやがった」巡査は母の胸ぐらを掴み、怒鳴り散らした。もう一人の巡査が母の腰を蹴飛ばした。呼び笛の音が家の周りのあちこちで聞こえた。大勢の巡査たちが家の中を隅々まで調べ上げたが、とうとう父を捕まえることはできなかった。その夜、父は家に戻らなかった。巡査たちは、とばっちりを受けた母だけを交番へ連れていった。母の長い髪を引っ張りながら巡査たちが出ていくと、僕たちきょうだいは急に押し寄せて来た恐怖に抱き合った。

　そうやって逃げ回っていた父は、ついに守山《スサン》の五日市で警察の職務質問に掛かり、検挙された。その年の初秋の日暮れ頃だった。洛東江《ナクドンガン》の川沿いの村、守山里から進永までは八キロの距離だった。父が進永ではなく守山の市場で検挙されたのは、自分が指名手配され逃亡中の身で、進永駅やバスの停留所では顔が知られているので、そこで下車するのを避けたからだ。昨年末に検挙された時も、進永駅に下車するや否や支署に通報が入ったのだった。父は、釜山からソウル行きの列車に乗り密陽《ミリャン》駅で降りると、南労党と共青関係の人士に会い、そこで一泊した。朝早くに密陽から出発した父は、徒歩で約一五キロの守山里へと向かい、そこで共青の仕事をしている同志と会った。ちょうどその日は守山の五日市の日だった。久しぶりに進永へと帰るので、市場で家族に土産を買っているところを職務質問されてしまったのだ。父は縄で縛られたまま、守山支署から進永支署へ引き渡された。巡査が家へと押しかけてきて、母と祖母を連行して行った。父の身元確認と、父がいつ家に戻って、また出て行ったのかを問い質すためだった。祖母はその日の夜中一二時頃に、赤ん坊を抱えた母は次の日の朝に支署から解放された。支署から出て来た祖母は李仁択《イインテク》さんの元を訪ねて、父が釈放される方法はないものかと訴えた。李仁択さんは舌打ちをしながら首を傾げた。「金君が左翼の事件に関わったのは、もう二回目だからね。こりゃあ、ただごとじゃないんですよ。聞いたところじゃ、最近は共産主義者の問題に関わり合えば、裁判長が平均で五～六年の実刑を言い渡すって話だけど……」祖母は、父が隣の部屋の取調室で「自分はこんな支署程度の所で取り扱われるような人物ではない。いっそのこと釜山本署に引き渡せ」と言っていたと李仁択さんに話した。「釜山警察署で取り調べを受けたいって言うんなら、それは黙秘権とか何とかってやつですか？　そんなんで黙っちまったんで、李巡査はあっけに取られてね。その場で殺すこともできないもんで……」祖母がぶつぶつ言うのを聞きながら、考えに耽っていた李仁択さんが名案を思いついた。「ちょっとばかり金が要るんだけど、ばあさんはまとまった金はないんですか」「助ける方法さえあるんならば、借金でもして金をこしらえるしかないでしょうよ。金が要るんなら、あんたが何とかしてくれませんかね。私が下着を売ってでも返しますから。袖の下が通らない訳がない世の中だって聞いたんですよ」祖母の言葉に、李仁択さんは「そんなら、明日の朝に私が釜山へ行ってみますよ」と言った。

　明くる日、李仁択さんはコートを身にまとい、杖を振り回しながら朝の列車で釜山へと向かった。進永出身の鄭永達《チョンヨンダル》さんがＣＩＣ釜山出張所に通訳官として勤務しているので、彼に会いに行くところだった。三〇代半ばの鄭さんは、町中から進永平野を過ぎて六キロ離れた洛東江の川沿いの村、佳洞里《カドンニ》の出身だが、家が貧しくて少年時代に家出し、日本の東京へ向かった。彼は食堂の使い走りをしながら、忙しい中でも独学で英語の辞書を丸暗記するほど熱心に勉強して、しっかりと英語を身に付けた。祖国の独立後すぐに帰国した彼は、米軍政が実施した英語通訳官試験に合格し、ＣＩＣ釜山出張所に勤務していた。鄭さんが李仁択さんと知り合ったのは、偶然のことだった。佳洞里の住民たちもまた進永市場で買い物をしていたので、少年だった鄭さんも両親の後にくっ付いて、市場で売る雑穀や野菜類を背負っては、よく進永市場に出て来たものだった。ある日、彼は李仁択さんがやっている飲み屋の寝床で、李仁択さんが隣近所の人たちを相手に東北アジアの情勢について話すのを聞きかじるようになり、深い感銘を受けた。「日本が旭日昇天の勢いだって時に中国は内乱でごたごたしちまってさ。朝鮮は国運が落日を迎えて、明日のことすらわからない運命だよ」と李仁択さんが力説していた。幼い頃から聡明だった鄭さんは、市場へやって来るたびに李仁択さんに挨拶をして、世の中の気になることについて尋ねるようになった。鄭さんが青雲の志を抱いて日本へと旅立つことになるのは、李仁択さんの影響が大きかった。もちろん鄭さんが日本に向かう時は、李仁択さんが旅費の足しにするようにと、いくらかのお金を援助してやったりもした。鄭さんが東京に渡ってから一二年が過ぎ、祖国が独立の日を迎えた。彼は妻子を連れて帰国の途に就き、進永駅に到着するとその足で最初に李仁択さんを訪ね、膝を折り曲げて座り深々と頭を下げた。米軍部隊に就職した彼は、故郷へ向かうたびに進永の町中を通るので、必ず李仁択さんに挨拶しに行った。米軍が運転するジープに乗って市場に現れると、李仁択さんにアメリカ製の缶詰や、いろいろな食糧が入った軍用のバッグを渡すこともあった。

　釜山に到着すると、李仁択さんは鄭さんが渡してくれたＣＩＣ釜山出張所の住所を手に彼を訪ねた。釜山の米軍部隊の面会所で軍服に身を包んだ彼に会うや、李仁択さんは、支署に拘禁されている自分の養子である父を助け出さなければならないので、力を貸してほしいと言った。「そうなんですか？　そういった問題なら、私が話してみますよ」鄭さんの返事はいとも簡単だった。李仁択さんは、鄭さんに準備して来たお金を渡し「どこの世の中にただってことがあるかい。進永支署にこのお金でちょっと頼んでみてくれ」「お金は必要ありませんよ。私が一言話せば、支署長だって何一つできませんからね。ＣＩＣと言えば、飛ぶ鳥も落とす勢いだって聞いたことありませんか。昼ご飯を食べたら、早速進永に出かけましょう。ジープと身元引受証は私が準備します。拘束されている方の履歴なんかを簡単にメモしてください」そう鄭さんが言った。その日の午後、鄭さんは米軍の下士官が運転するジープで、李仁択さんと一緒に進永へとやって来た。彼は李仁択さんに、「家で待っていてください」と言うと、米軍を後ろに引き連れて拳銃を腰にぶら下げ、堂々とした足取りで交番へ入って行った。彼は、署長室で支署の主任と一人で面会した。「米軍のＣＩＣが、主に釜山で暗躍していた金鍾杓《キムジョンピョ》を検挙すべく指名手配中だったが、密陽の守山支署で捕まったという報告を受けた。それで、守山に連絡をしたところ、金鍾杓を故郷の支署へ移送したとのことで、こちらに来た。身元引受証を書くので、金鍾杓を私たちに引き渡してくれ。彼の調査は、今後は釜山のＣＩＣで行い、拘束送致の可否を決定する」鄭さんがもっともらしく言い繕った。彼は、支署の主任と面談して二〇分も経たないうちに身元引受証を書き、手錠をかけたままの父が引き渡された。そして父をジープに乗せると、素早く釜山へと出発した。鄭さんは釜山で父を解放し、「この先当分の間は、進永に足を踏み入れてはなりません。くれぐれも体には気をつけてください」と念を押すことを忘れなかった。その後、父が再び進永に現れることはなかった。僕はそうした内情を後になって叔父から聞いた。

その年の秋も終わりに近づき、稲刈りが真っ最中の農繁期だった。二人の巡査が家に押しかけてきたかと思うと、有無を言わせず母を引っ張っていった。祖母は、突然家に上がり込んでくる巡査が恐ろしくて、かなり前からムルトン通りの叔母の家に行ったたままだった。体の弱い叔母が二番目の子供を身ごもったので、祖母が台所仕事を手伝わなければならない、というのが表向きの理由だった。姉はまだ赤ん坊の弟をおんぶして、支署の前で母が出て来るのを首を長くして待っていた。家に残された僕は、暗闇が深くなると怖くてたまらず、一人で留守番をすることができなかった。柘榴の木のくしゃくしゃした葉っぱが、まるでざんばら髪の亡霊のようだった。門の横の便所にも、ほうきのお化けが隠れているかもしれなかった。夕飯も食べられなくてお腹がぺこぺこなのに、母はもちろん、姉までも帰ってこなかった。板の間に腰を下ろしていた僕は、誰もいない家にもう我慢ができなくて、ついに門の外へ出た。共同の井戸では、おばさんたちがつるべで水を汲んでいた。僕をちらっと見た隣の魚屋のおばさんが、横で水汲みをしていたおばさんに向かって「金さんの奥さんが支署に連れて行かれたもんで、あの子もおっかなくて一人じゃ家にいられないんだろうよ。かあさんを捜しに行くみたいだな」と言った。僕は、その言葉にまた恥ずかしさが込みあげ顔が火照ってきたので、急いで小道へと抜け市場へ行った。市場の端っこには礼拝堂があって、そのすぐ先にある広い道路の辺りが支署だった。赤ん坊をおぶった姉が、支署の守衛所の前で母が出てくるのを待っていた。僕は、監視に立っている巡査を見て怖気づいた。姉が巡査に向かって訴えた。「赤ん坊がお乳も吸えなくて、死にかけてんですよ。母さんがこの子にお乳をあげられるようにしてくださいよ」姉がひたすら哀願しても、巡査は聞く素振りさえ見せなかった。僕は、立っている巡査から五歩くらい離れた所で姉を呼び、べそをかきながら言った。「姉ちゃん、家ん中が真っ暗で、もの凄くおっかなくて、一人じゃ留守番なんてできないよ」「そんなら、李仁択さんの店に行ってな。ちょっとしたら、姉ちゃんも行くからさ」僕は姉の言う通りに、李仁択さんがやっている飲み屋に行った。奥さんは、涙を拭いながら入ってきた僕を見て、僕が夕飯を食べていないとわかると味噌汁にご飯を入れてくれた。李仁択さんの飲み屋では、いつも市場の飲んだくれたちにコップ酒で焼酎を売るのだが、その時に大根の葉や茎を干した物を入れた味噌汁に腸詰めも入れて出していた。その晩、夜中の一二時近くになって、ようやく姉が李仁択さんの飲み屋にやってきた。赤ん坊は、まるで萎れた白菜の葉っぱみたいになって、姉の背中で眠っていた。「なんてこったい、赤ん坊がお乳ももらえないまま放ったらかしにされて、だらんと伸びちまってるじゃないか。すぐに七輪に炭火を起こして、重湯でもこしらえて食べさせるさ。お前も赤ん坊の面倒見んのに、どんなにか腹が減っただろうよ。ほら、クッパでも食べな」優しい奥さんが、頭を震わせながら言った。七輪の炭火が強く燃えるようにと団扇で扇いでいた奥さんに、姉が今にも泣き出しそうな顔で、支署の裏にある倉庫の方で母の悲鳴が聞こえたと話した。奥の間から板の間へと出て来た李仁択さんが「金君が釜山のＣＩＣから解放されて、釜山で大手を振って歩き回ってるってどうやってかわかったもんで、旦那がいつ家に来て、いつ出てったのかって、ひどく責め立てられたんだろうよ」と言った。「お前のばあさんは娘の家に行ったままだし、この子たちがこんなに腹を空かしちまってさ。いいかげん、ひどい取り調べもこんくらいにして、もう家に返してやらなきゃなんないのに。一体どうすりゃいいもんだか」奥さんが支署の方へ視線を向けながらため息をついた。その晩午前零時を回って、ようやく姉と僕は誰もいない真っ暗な家へと戻ってきた。庭に入ると、暗闇の中に立っているざんばら髪の柘榴の木が尚一層怖かった。僕たち姉弟は、奥の間に入っていった。姉がむずかる赤ん坊を寝かせて、マッチを探すと明かりを点けた。「暗闇の魂」で、僕はこの場面をこんな風に書いた。

> 僕たち姉弟は、急に押し寄せてきた不安に抱き締め合った。……粉仙《プンソン》と僕は抱き合ったまま、一晩中声を殺してむせび泣いた。泣くことさえもできなかったら、粉仙と僕は気を失っていただろう。鼻水と涙がごちゃ混ぜになったまま、窓が明るくなるまで夜通し泣き続けたその夜の恐ろしさは、残酷なほどだった。

明くる日の朝の光景は、今でもはっきりと記憶に残っている。姉は、学校の授業をさぼってはいけないと、朝食も食べずに本を包んだ風呂敷を持って庭へと出ていった。「母さんが今日は支署から帰ってくるだろうから、ちゃんと留守番してな。お前は一年生だから、一日くらいは学校をさぼったっていいんだよ。男の子がなんだって泣き虫なんだい。朝っぱらからそうやって泣いてさ。ちゃんと弟の面倒見てなよ。弟が泣いたら、おんぶしてやればいいからさ」姉はそう言い残して、門の外へと出ていった。僕は、またしてもとめどなく流れてくる涙を拭った。いつもやりたくない勉強や学校なんて、一日くらい休むのは何の問題もなかったのだが、弟の面倒を見ることは本当に大変だった。僕は勉強が嫌いだった。友達と上手に遊ぶことができなかったし、授業時間には先生の話が耳に入ってこなかった。勉強している最中に、他の突飛なことばかり考えていた。例えば、汗をだらだら流しながら、ソンダルバウ山に登ること、自分の身体よりも大きい物をくわえて運ぶ蟻の行列、蜘蛛がお尻の穴から細い糸を出して、菱形の丸みを帯びた巣を作ること、その蜘蛛の巣に引っかかってもがいている、昆虫のパタパタという哀れな羽音……等。板の間に寝かせておいた赤ん坊が泣いても、僕はあやすこともできなくて知らんぷりをした。赤ん坊は長い間泣いていたが、お乳をもらえず誰もおぶってもくれないので、泣き疲れていつの間にか眠り込んでいた。太陽がおでこの高さぐらいに昇った時だった。僕は朝食も食べることができず、板の間の端っこに座って、鼻水も涙もごちゃ混ぜになった姿で泣いていた。その時、市場で馬夫をしている車《チャ》さんが、背板の上にかますがかけてある何かを背負子で担いで、門の中に入ってきた。杖を突いた李仁択さんと奥さんがその後をついてきた。車さんが塀に背負子を立てかけて、支え棒を当てるとかますをめくり上げた。背負子の荷を支える棒に載せた背板に、ぐったりと伸びた母が横たわっていた。血と泥にまみれていたチマチョゴリは、すでにすっかり乾いていた。僕は、母の顔を見て驚いた。髪の毛は絡まり、全身青あざだらけで、パンパンに腫れた顔はもはや別人の姿だった。口はぐしゃぐしゃになって、閉じた目がどこにあるのかさえわからなかった。母のそんな姿が怖くて、僕はがくがくと震えた。車さんと李仁択さんの奥さんが力を合わせて、失神状態の母を奥の間に寝かせた。時々うなり声を上げるだけで、母は死んだように横たわっていた。僕は奥さんの横に膝をついて「母さん！　母さん！」と叫びながら泣いた。血に染まった母の身体が怖くて、とてもその身体にすがりついて泣くことはできなかった。母が支署から釈放されたと聞いたのか、徳同《トクドン》さんがあたふたとやってきた。李仁択さんの奥さんが、頭をしきりに震わせながら徳洞さんに向かって言った。「早くお湯を沸かして、まずお粥を作りなよ」「お湯は沸かせるけど、食べるものが見当たらないんだよ」「どうやら食糧も底をついたみたいだね」奥さんは舌打ちしながら「青あざだらけの身体を拭いてやんなきゃなんないから、お湯を沸かしな」と徳洞さんに言って、母の血にまみれたチョゴリを脱がせた。「お前は、じいさんと一緒に行こう。うちに行って、ご飯を食わなけりゃ」奥の間に入ってきて、赤ん坊を抱いて立っていた李仁択さんが、僕を引っ張りながら言った。僕は李仁択さんの後ろを歩きながら、ちらっと母を見た。支署で一体どれだけ殴られたのか、スカートの中に見えた母のふくらはぎもまた青あざだらけで、パンパンに腫れ上がっていた。母は、その日の午後になってようやく意識が戻った。誰かが連絡を取ったのだろう。祖母は暗闇が下りる頃になって、やっとムルトン通りから家に戻ってきた。その年の冬の間ずっと、母は支署・青防・西青の事務所へと引っ張りまわされ、父を捜し出せと殴られ、ひどい拷問に耐えなければならなかった。母はいつも怯えていた。誰もいないのに不安な眼差しで周囲を窺い、半ば気が触れたような状態で、何時間もぼんやりと座っていることもあった。寝床に入っては悪い夢を見たのか、いきなり悲鳴を上げて、寝ている僕たち兄弟を叩き起こしたりもした。姉と僕が「お腹空いたよ」とせがむと、ようやく食事時になったことに気づき、泣いてぐずっている赤ん坊に大して出もしないお乳をあわてて含ませた。夏場に、たまたま首が大きく開いたランニングシャツを着ていた母の胸元には大きな傷跡が見えた。蟬二匹が止まっているような膨らんだその傷跡は、火で焼けた鏝《こて》を押し付けられた拷問の跡だった。その時分に僕が見た悪夢の一つは、今も忘れることができない。深い眠りに落ちていた真夜中、ふと部屋の中の天井が見えた。その天井は一面ミミズの群れで覆われていた。ミミズたちが重なって絡みつき、くねくねと戦いを繰り広げていた。戦いに敗れたミミズは、頭や尻尾から血を流して床に落ちた。眠っていた僕の顔の上に血を流したミミズが落ちて来ると、僕は驚いてミミズをむしり取ろうと、手で顔を擦りながら大声で叫んだ。奇怪な夢から覚めても僕はしばらくの間動くこともできず、全身は冷や汗でびっしょりだった。大人になってからも、寝床に入るとたまにその時の悪夢が浮かんできて、なかなか寝つけなかった。

　叔母から聞いた話だが、一九四九年に入り旧正月を目の前に控えた一月下旬、荒れ野に冬の風が激しく吹き付けていた日のことだった。ムルトン通りの水利組合の職員社宅は、植民地時代に日本人職員の住居用として建てられた木造の建物だった。朝鮮式家屋の構造ではなく現在のマンションのようなもので、滑車が取り付けてあるガラス窓を押し開けると、家の中に入ることができた。靴を脱ぐ狭い玄関があり、板の間に続いていた。両側に畳敷きの部屋が二部屋、便所は屋外ではなく、室内の後ろ側の隅っこにあった。外は吹き荒れる風の音が聞こえるだけで、人影も途絶えた夜だった。石油の灯火の下で叔父は文机で水税の帳簿をめくっていた。叔母は赤ん坊のおむつを畳み、祖母はざるに入っている豆の鞘をむいていた。こつこつこつ、裏窓のガラスの扉を叩く音がした。風でガラスがガタガタする音ではなかった。誰かが扉を叩いていた。灯火を点けたまま、部屋の中に集まっていた叔父・叔母・祖母が顔を見合わせながら、息を殺して緊張していた。皆、その気配の主が巡査ではないかと思って怯えていた。父を捕まえようと「共産主義者の妹の家」だと言いながら巡査たちがいきなり現れ、家の中を捜し回っては、叔母や叔父をよく支署に連行したものだった。二人目の子供の臨月が近づいてお腹のせり出した叔母は、まだ幼い上の子を抱っこしたまま、叔父に向かって誰なのか早く見てきてくれと目配せした。叔父がガラスの扉の前で、外に向かって誰なのか尋ねた。「俺だ。兄貴だよ」それは父だった。叔父が驚いて鍵を外し、急いで扉を開けた。「母さん、来てるかい」犬の毛の帽子を目深に被り、コートの襟を立てた父がマスクを外しながら尋ねた。叔父が「義母さんはいますから、早く中へ入ってください」と言った。板の間に腰かけた父がバスケットシューズの紐をほどきかけて「すぐに帰るから靴のまま入るよ」と言った。靴を履いたまま奥の間に上がって来た父が、祖母の前に身をかがめて丁寧にお辞儀をすると「ご無沙汰しました」と話を切り出した。擦り膝で近寄り父を抱き締めた祖母がわっと泣き出して「こんな寒さの中、どんだけ辛い思いしたんだか。そんな端っこにいたら冷えっちまうって。こっちに来て、あったかい所に座りな」と言いながら、扉から離れた奥の席を勧めた。

僕がこの小説を書き始める時、叔母と会ってその当時のことを尋ねた。すると、その夜の息詰まるような情景がありありと目に浮かんだのだろうか、叔母の声は震えていた。「家のことについて声をひそめて話をしてる時、兄さんが何回も裏側の窓に目をやるのさ。風が強いもんで、しきりに窓がガタガタ言うんだけど、誰かが盗み聞きでもしてるみたいに兄さんが耳をそばだてるもんで、私が『誰かと一緒に来たんですかい。外で見張りをしてる人でもいるんですかい』って聞いたのさ。兄さんが、どうにも嫌な予感がするって立ち上がって裏窓を開けると、窓枠にひらりと飛び乗ってさ。冷たい風が一気に部屋の中に吹き込んできたんだけど、兄さんが顔も向けずに言ったんだよ。『自分はこれからソウルに行くから、春になったら連絡するよ』って。そして窓を伝って行っちまったんだよ。何かを尋ねる暇なんかなくってさ。話をする余裕もなかったのさ。窓を閉めて、皆でほっと胸を撫でおろして三〜四分くらい経った頃だったよ。誰かが『門を開けろ』って大声でわめきながら、ガラスの扉を壊れるほど蹴飛ばしたんだ。お前の叔父さんがすぐに出ていって門を開けてやると、銃を持った巡査三人が家の中に上がり込んで来たのさ。外の野菜畑と大通りの方からは、呼び笛の音が聞こえてな。『あっちに行ったぞ、捕まえろ！』って叫び声がしてさ。誰かがうちを覗いてて、怪しい奴が現れたって密告したんだか、加述《カスル》支署の巡査たちがうちを取り囲んで押しかけてきたんだ。その日、お前の父さんは捕まんなかったよ。守山の方に逃げたのさ。ムルトン通りの一帯は水利施設がちゃんと整備されてたから、辺り一面が水路だろ。かちんかちんに凍った水路を飛び越えた時に、追ってきた巡査の撃った銃弾が父さんの頬の上から鼻筋をかすめてさ。それで怪我したんだよ。そん時できた傷跡が父さんの顔に残ってんだろう。天が助けてくれたんだか、銃で撃たれても死なないで、よくぞ生きてたってわけさ。しばらくして、連絡を受けた進永支署の巡査たちまで乗り込んで来たもんで、家ん中はごった返しちまって。お前の叔父さんは、夜中にそのまま進永支署に引っ張られていってさ。叔父さんは三日後に西北青年団の米蔵でどんだけひどい拷問を受けたんだか、死にかけたようになって釈放されたんだよ。支署よりも西北青年団の方でもっと惨い仕打ちを受けたのさ」叔母はそう言った。

一九四九年を迎え、その年の冬も終わろうとするある夜、我が家で繰り広げられたその場面を、僕は「暗闇の魂」でこう綴った。

去年の冬のことだった。僕は、母が父に向かって大声でわめき散らし、食って掛かる声を聞いた。夜中におしっこがしたくて目を覚ますと、驚いたことに父が部屋の隅っこに座っているではないか。一体いつ現れたのだろう。髭がぼうぼうと伸びた姿で煙草を吸っていた父は、ぼろぼろになった灰色の上着とズボンに、犬の毛の帽子をかぶり襟巻をしていた。母は父に向かって「子供たちを連れて釜山でもソウルでも行って、そこで暮らしましょう。もうこれ以上支署に呼ばれて鞭で打たれるなんてたくさんだし、人に後ろ指差されながら生きることもご免ですよ」と泣き叫びながら訴えた。父は、戸口の方の様子ばかり気にして、何も言わなかった。僕は、おしっこをしたかったことなどすっかり忘れて、布団の襟元から父を覗き見しながら、耳をそばだてた。怖かった。もうすぐ巡査が押しかけて来そうだった。「交番に自首するなり、遠くに逃げるなり、どっちかにしてくれってことですよ……」

母は支署や右翼団体で受けた拷問ももちろん恐ろしかったが、夜が来るのが本当に怖くて、もうそれ以上進永の家では暮らせなかったと、ぞっとしたように歯をがちがち震わせながらその頃を回想した。祖母でも一緒にいればまだよかったのだろうが、祖母は夜中に押しかけて来る巡査が怖くて、ムルトン通りの叔母の家から戻ってくるのを頑なに嫌がった。祖母と母、嫁姑の間に決定的なひびが入ったのはその頃だった。僕は、祖母と母の間にある埋めることのできない溝を、短編小説「未忘」でこう描いた。

「私がお前のばあさんに、泣く泣くどんだけ頼んだか。『お願いだからどうか家に戻ってきて、私と一緒にいてください』ってさ。だけど、全然聞き入れてくれなかったんだよ。ばあさんは『巡査はそっちばかり行ってると思ってんのかい。こっちも妹の家だからってしょっちゅう来やがって、人の家を散々荒らして行くじゃないか。こっちだってそっちと似たようなもんだ』って、何としても戻るのが嫌だったんだろうよ。そん時のお前のばあさんときたら、化け物にでも憑りつかれたんだか、かあさんの顔を必死で見ないようにしてたっけ。『馬みたいな嫁がこの家にやって来たせいで、元気だったじいさんは死んじまうし、息子まで左翼に狂っちまった』って、村中に触れ回ってな。この家に嫁に来たことが間違いだったのさ。なんだってこんな悲しい巡り合せなんだか……」

僕たち一家は、もうこれ以上進永にいることに耐えきれず、その年の三月、故郷を捨ててソウルへ行くことにした〔Sさんの話によると「金さんがいつからかソウルへ行き、中央民青（民愛青）の副委員長まで務めた」ということだ〕。年が明け、先にソウルへ行って落ち着いた父が、僕たち家族を呼び寄せたのだ。父は、李仁択さん宛てに人づてに手紙を送った。そこには「某月某日に簡単に荷物をまとめて、妻と息子二人を進永駅から釜山行きの列車に乗せてください。そして、三浪津《サムナンジン》駅で朝八時三〇分に停車する釜山発ソウル行きの鈍行列車に乗り換えるようにしてくれれば、自分があらかじめその列車に乗っているので、落ち合うことができます」と書かれていた。李仁択さんは父の手紙の通りに、姉を当分の間、ほとんど叔母の家で暮らしていた祖母に預けることにして、母と僕たち兄弟二人のソウル行きの切符を準備してくれた。進永から出発して三浪津で下車し、釜山からソウル行きの列車に乗り換えられる切符だった。ある日の朝早く、母は竹で編んだ行李を頭がぺちゃんこになるくらいに載せ、おくるみに包んだ赤ん坊をおんぶすると、風呂敷包み二つを持った僕を連れて、逃げるように釜山行きの始発列車に乗り込み進永の土地を離れた。母と僕は三浪津駅でソウル行きの列車に乗り換えると、その列車の中で予定通り父と会うことができた。

僕たち家族三人は、父が取っておいてくれた席に座ることができた。父は、厚ぼったいコートを着て、中折れ帽を深くかぶっていた。いつものように父と母は久しぶりに顔を合わせても、嬉しそうに挨拶を交わすわけでもなく、特に会話もなかった。もしも、釜山駅から出発したその列車に父が乗り合わせていなかったらどうしようと、ひどく緊張してこわばっていた母の表情がようやく緩んだ。席に座ると、母は父に向かって姉のことが心配だと切り出した。「ヒヤはまだ私たちがソウルに行くってことを知らないんですよ。ムルトン通りの叔母さんの家で暮らしながら学校に通ってます。後で家族が自分を置いてソウルに行ったって聞いたら、どんなにか寂しいでしょうよ」「落ち着いたら、すぐに呼び寄せなきゃな」窓の外を眺めていた父がその一言だけ言った。列車が密陽を経由して清道《チョンド》辺りを通る時から、僕は乗り物酔いに苦しんで、トイレを出たり入ったりし始めた。散々吐いたあげく、しまいには胃液まで喉元に上がってきた。僕は次第にへとへとになって窓の外を見る気にもなれず、黄色い顔で座席に埋もれていた。母は、乗客の切符を点検するために駅員が通路を通り過ぎる時も、まるで巡査にでも出くわしたかのように、向かい側に座っていた父の様子を窺いながら戦々恐々としていた。列車が大田《テジョン》駅に停車した時、父が窓の外の売り子から海苔巻きとゆで卵を買ったが、僕はそれをじっと見ているだけで、とても食べることができなかった。

1　大検察庁捜査局編「民愛青慶南道委員会組織事件篇」（『左翼事件実録』第二巻、一九六八）

第十五章

姉と祖母を除いた家族四人がソウル駅に到着した時には、日が暮れて辺りもすっかり暗くなり、夜になっていた。僕は一日中車酔いに苦しめられたせいで、ほぼ失神状態でソウル駅のプラットホームに降り立った。夜明け頃に李《イ》仁択《インテク》さんがやっている飲み屋で、釜に残ったクッパを温めてもらって簡単な腹ごしらえをした後は、一口の水さえも飲まない状態だった。ソウル駅は終点なので、プラットホームは荷物を背負って地方から上京した人々でごった返していた。列車から降りて三月初旬の冷たい夜風を吸い込むと、僕は少し正気を取り戻すことができた。ソウルに到着して最初に驚いたのは、実に不思議なことに三階から市街地が広がっているということだった。くたくたになったまま延々と階段を上ってきたので、また同じだけの階段を降りるのだろうと思ったら、突然目の前に大きな駅の広場が現れた。多くの人々、車と人力車の行列、三〜四階の高い建物とまばゆいほどの電灯の光が僕を圧倒した。頭の上には電線がごちゃごちゃと絡まり、電車が電光を点滅させながらガタガタと動いていた。こんなに大きくてきちんと舗装された広場を見たのは初めてだったし、目の前に広がる都市の風景はまるで別世界だった。父が僕の荷物を持ってくれた。そして、僕は家族を見失ってしまうのではないかと不安で、両親の後ろを必死に追いかけた。駅の広場を抜け出ると、父が「ついてきなさい」と言いながら先頭に立った。弟を背負って服を入れた行李まで頭に載せた母、そして僕は父の後をついていった。小柄な父のすばしっこい足取りよりも、弟を背負って行李まで頭に載せた母の軽い足取りが、僕の目には村の入り口に立っているケヤキのように力強く見えた。その時、初めて感じた「母」という柱こそが、その後長い間にわたって僕たち家族を支えてくれる大きな存在となった。激動の時間を持ち堪えていた壮大な南大門《ナムデムン》が暗闇の中で目に入ってくると、こんなに大きな門もあるのかと思った。僕たちは南大門の裏を回り、暗い退渓路《テゲロ》の道に入った。植民地時代には「昭和通」と呼ばれた退渓路だが、当時はまっすぐに伸びた通りではなかった。所々に空き地が散在していて、道の真ん中には電柱が立っている、水たまりのある泥道だった。通りには低い家が並んでいた。十字路を三〜四か所通りすぎる間、ただひたすら歩くだけで誰も口を開かなかった。

　僕たちが到着したところは、退渓路四街の近くにある墨井洞《ムクチョンドン》で、大通りから離れた静かな路地の奥にある日本式家屋の前だった。独立前は日本人中間層の居住地域で、そこは長いセメント塀が張り巡らされた家だった。父が鉄の門を叩いて、ここが鄭珍択《チョンジンテク》社長の家だと母に言った。鄭珍択さんは父の故郷の友人で、母とも顔見知りだった。鄭さんは馬山《マサン》で苦学して五年制の中学校を卒業し、早くにソウルに出てきて、日本人が経営していた永進《ヨンジン》工業社の書記として就職した。彼は節句や家に慶弔があるたびに、故郷である進永《チニョン》の荷渓里《ハゲリ》に戻ってくると、父をはじめ同級生たちと会った。新しい家が見つかるまで当分の間は鄭社長の家で過ごすことになるだろうと父が母に話した。僕たちが到着した邸宅は、独立する前は永進工業社社長の家だったが、日本人が本国に戻ると会社の朝鮮人の中で職位が高かった鄭珍択さんが会社と社長の家まで受け継いだ。後で母から聞いた話によると、鄭さんはソウルの女性と結婚したが、彼女の実家が東大門《トンデムン》市場で大きな呉服店を営んでいたので、日本に帰郷する社長に少なからぬ金を渡して、会社と家を引き継いだということだった。父は正月頃にソウルにやってきて、鄭社長の経理の仕事を手伝っていた。さらに、昨年五月に北朝鮮から韓国への送電が断たれてしまうと、鄭社長が取り扱っていたモーター類は、全国的に需要が増えて製品がほとんど底をつき、値段も天井知らずに跳ね上がったらしい。

慶尚《キョンサン》道《ド》からのお客さんが列車でやってくるのを待っていたかのように、鄭社長の家族は応接室に集まって、僕たち家族をもてなしてくれた。鄭珍択社長は恰幅《かっぷく》が良く、頭が禿げていて、実際の年齢は三〇代半ばなのに四〇過ぎのような風貌で貫禄があった。少し訛りはあったが、標準語に近いその声は柔らかかった。奥さんはソウルの言葉を使い、髪を後ろに束ねてかんざしを挿していた僕の母とは違って、頭にはくるくるとパーマがかかっていた。顔には白粉を塗っていたのか、色白の金持ちの奥様といった感じがした。鄭社長の家族構成は、僕の姉と同じ年頃の息子、その下に僕と同じぐらいの息子、そしてその下に三〜四歳の娘がいた。「ソウルへ来るのは大変だっただろう」鄭社長の言葉に僕は何も答えることができなかった。「僕、永植《ヨンシク》っていうんだ」僕と同じ年頃の次男が握手を求めてきたが、握手を知らない僕はどうすればいいのかわからなかった。父と違って、母と僕はまるで田舎者同然だった。僕たちがソウルをどう思っているのかが気になったのか、奥さんは母にいろいろな質問をした。長男の正植《ジョンシク》も僕にあれこれ尋ねた。僕は何かぶつぶつ呟くだけで、ろくに答えることもできなかった。一年間進永で学校に通いながら、友達とはちゃんと話もしていた。今の僕は具合が悪いとか恥ずかしいからではなく、実のところ長男のソウルの言葉をきちんと理解することができなかったのだ。「何て言ったの？」と僕が首をかしげながら聞いてみると、その子たちは僕の方言が面白いというように笑った。鄭社長の家族は夕食を先に済ませたということだったので、僕たちの家族だけでお手伝いさんが作ってくれた夕食を食べた。食卓に準備されたご飯を椅子に座って食べるのも新しい経験だった。おかずも二つ三つ程度の田舎の食卓とは異なり、花柄が描かれたきれいな食器に盛られていて種類も多かった。日中ずっとひもじい思いをしていたので、僕は茶碗に山盛りのご飯をあっという間に平らげた。その夜、僕たち四人家族は板の間の床に奥さんが運んでくれた敷き布団を敷き、ふかふかの布団をかけて寝た。旅の疲れからか、熟睡して目を覚ますともう翌朝だった。真っ先に鳥のさえずりが聞こえた。突然ここが進永の家ではないことに気づいた。起き上がって座ると父と母の姿はなく、弟は敷き布団の上で一人で遊んでいた。一面ガラス張りの窓になっている板の間の外は、手入れの良く行き届いた日本庭園だった。緑豊かな木々の上に朝の日差しが降り注いでいた。鳥たちが朝の光を受けて、きらきら光る木々の葉の間を飛び回りながらチュンチュン鳴いた。

　僕たちは二日間、鄭社長の家で用意してくれた食事を食べて、板の間で夜を過ごした。母は申し訳ない気持ちからか、少しも休むことなくお手伝いさんと一緒に洗濯から家の掃除はもちろん、水仕事までこなした。父はソウル初日の夜だけを一緒に過ごしたが、翌日からは顔を見ることもできなかった。「父さんはどこ行ったの？　どうして夜になっても帰ってこないの？」という僕の問いかけに、母は「ソウルでも何か忙しい仕事をしてるみたいだからね」と答えた。何気ない口調だったが、母の顔にはこんないい加減な夫の何を信じてソウルまでついて来たんだろうという後悔と、不安な気持ちがありありと見て取れた。進永にいれば姉と一緒に学校へ行っていただろうに、ソウルに来て僕は学校にも行けなくなった。母が「しばらくは学校に行けないだろうからね。持ってきた本でここで勉強するんだよ。先生が教えてくれなくても、本の文字をノートに書き写してみな。お前が書き写したら、母さんもその文字をそのまんま書いてみるからさ」母は学校に通ったことがなかったので文字の読み書きができない。とにかくハングルだけは必ず学んでみせると、僕に何度も言っていた。

　ソウルに来て三日目の昼、持ってきた本を部屋で読みながら時間を潰している時だった。母は周りの環境に少し慣れたのか、僕に市場へ行こうと言って弟を背負って家を出た。僕は、初めてソウルの街並みを見ることになった。僕たちが最初の日の夕方にソウル駅から歩いてきた退渓路大通りに出て、向かい側の路地に入った。路地をしばらく下ると、舗装された狭い新しい道が出てきた。そこは独立前に日本人が住んでいた忠武路《チュンムロ》だった（植民地時代は本町と呼ばれた）。幅が狭い通りには様々な品物を売る店が並んでいて、通行人も多かった。レコード店では拡声器から流行歌が流れていた。洋品店・クリーニング店・洋服店・理髪店などが次から次へと現れて、目の保養になる場所も多かった。母が西洋タバコとチョコレートなどを売る露天商に「この辺りに市場はありますかね？」と尋ねた。露天商が「少し下ると花園《ファウォン》市場があるよ」と答えた。母はその日花園市場で、家族だけで別に食事ができるようにと、こまごまとした台所用品を買った。米と麦、コンロ、袋に入った炭、手桶・鍋・皿・洗濯板・ほうきを買って、バケツいっぱいに詰め込んで戻ってきた。「いつまでも人様の家に居候しているわけにはいかないし、早く私らもまともな生活をしなけりゃ」と母が言った。その日の夕方から、父を除いた僕たち三人の家族だけで、庭の隅っこでコンロに炭火を熾して別に食事を作って食べた。おかずは鄭社長の家からもらってきた。父からまとまったお金をもらったのか、あるいは鄭社長が生活の足しにしなさいとお金をくれたのかはわからないが、翌日にも母は僕を連れて花園市場に行き、小さな甕と若大根一束、キムチを漬けるための調味料を買った。「鄭社長の迷惑にならないように、せめて若大根のキムチぐらいは自分で漬けて食べなけりゃね」と母は言った。花園市場から少し外れた路地には小学校があった。「いずれお前が通うことになる学校かもしれないよ」と母が学校の運動場を見せてくれた。日光の下で、子供たちがくるくると回る風車のように走り回って遊ぶ姿が羨ましかった。運動場は広かったし、白ペンキが塗られた三階建ての建物は、瓦葺きで平屋の進永の小学校とは比べ物にならなかった。その日の午後に、母は若大根のキムチを漬けて甕に入れた後、鄭社長の家に何か借りたい物でもあったのだろうか、しばらく母屋に行っていた。その間に、弟が小便桶と勘違いして甕におしっこをしてしまった。その時は僕が横にいたのだが、弟を止める暇もなかった。母が戻って来るとすぐに、僕はその出来事を母に言い付けた。母はあまり気にする様子もなく「赤ちゃんのおしっこは薬にもなるんだよ。キムチを捨てるなんて、そんなもったいないことできないさ」と言った。おかずと言ってもそのキムチしかなかったので、僕はご飯のたびに目をつぶって弟の小便キムチを食べたことが今でも記憶に残っている。弟は二歳の誕生日を迎えようとしていたが、お腹が空いた時にぐずぐず泣く以外は、走り回ったり叫んだりのような面倒を起こしたことがなかった。いつも大人しくして静かな子どもで、横にいてもまるで影のようだった。弟の影のようなその姿は、それ以降も変わらなかった。母はよく「あの子の中に爺さんでも入ってんのかね。まったく若年寄りみたいだよ」と文句を言っていた。

　鄭社長の家の板の間で一週間の居候生活を終え、僕たち家族は永進工業社の後ろにある、客車のように長く建てられたトタン葺きの家の一室に引っ越した。部屋は全部で四つだったが、永進工業社で働いていた工場労働者の宿舎として使用していた部屋なので、ほとんど倉庫のようなところだった。母は市場で壁紙を買って来ると、隣の部屋の女性に手伝ってもらって壁と天井をきれいに張り替え、新しい床も張った。古物商で手に入れた中古の食器棚と食卓も用意した。古物商にはひび割れたり壊れたりした器も多かった。しかし、母は「食器だけは他の人が使ってた物は嫌なんだよ。新しいのを買おうね」と言った。潔癖症の母のお陰で、生活するには十分な部屋に変わった。その部屋で新しい生活を始めてから、鄭社長夫妻が頻繁にやってきて、不便だろうが当分の間頑張って生活してくれと労いの言葉をかけてくれた。鄭社長は、父の給料の前払いとしてお金の入った袋を持ってきてくれたり、社長の奥さんもいつも手ぶらではなく、生活に必要な品物をあれこれ買ってきてくれた。永進工業社は、退渓路四街の交差点から東国《トングク》大学の方へ上っていく路地の前の角にあった。正確に言えば、五街側の角には三階の高さの擁壁があり、その次の建物が永進工業社だった。擁壁の上部には西洋式レンガで建てられた宣教師の社宅があった（一〇年も経てば建て替えるのが常のソウルの中心街で、ツタに覆われているその擁壁が、六〇余年を過ぎた今も以前の姿のまま残っているのが不思議だ）。その擁壁に沿って路地を上がると東国大学の正門が現れた。南山《ナムサン》に上る道には、朝鮮民族青年団の団長だった李範奭《イボムソク》の広い日本式家屋もあった。その正門の前では銃を持った警察が警備をしていた。

　永進工業社は、一見平凡な平屋でセメント造りの建物だった。入口のドアを押して入ると玄関があり、左側には事務室や職人たちが待機する部屋が二つ、三つあった。玄関のドアを入ると、小講堂程度の広いスペースがあり、米びつの大きさの数倍にもなる発電機から小型モーターまで、発電設備の機械でいっぱいだった。広々とした空間に三つ、四つの電灯だけがついていて、昼間でも薄暗い大きな倉庫だった。大型発動機とモーター、積み重なった機械の付属品の間を通って奥の方に行くと、植民地時代にアメリカの空襲に備えて防空壕兼用として作ったという地下室に降りる階段があった。倉庫の裏口から出ると、部屋が四つ並んでいる別棟のトタン葺きの家（客車部屋）と繋がっていた。その角部屋に僕たち家族が住んでいた。それは客車のように長く建てられ、四つのうちすでに二つの部屋には二家族がごちゃごちゃと暮らしている、ひどく狭苦しい家だった。空き部屋の一つには、会社の帳簿を入れておくキャビネットがあり、時には見知らぬ男たちがやってきて、一晩泊まっていくこともあった。部屋ごとに台所がなかったので、三家族皆が靴を脱ぐ所の横にある細長い空間に釜をかけた。オンドルの火を入れる時は焚き口になり、その周りがかまどの役割をした。僕たち家族がソウルに来た時はもう冬が過ぎていたので、オンドルの火を入れなくてもよかった。それで、炭火を起こしてコンロで食事を作って食べた。かまどの片側には食器棚を置いて、食器を入れていた。かまどの周辺には光の射し込む所がなかったので、昼でも照明やランプをつけなければ真っ暗だった。僕たちが住んでいた部屋の大きさはせいぜい四坪程度で、扉の向かいに窓があってそこから太陽の光が入ってきた。箪笥がないので棚の上に所帯道具を置いて、母が進永を出て来る時に薄い布団やガラクタを入れて頭に載せて持ってきた箱の上にその布団を畳んで置いた。母は「こんな小さな部屋で家族がごちゃごちゃしてなきゃなんないなんてさ、貧乏な人間がソウルで暮らすのは、とんでもないことだよ」とため息をつきながらも「それでも支署とか巡査の顔色を窺わなくていいからね。進永よりはソウルの方がいいさ」と言った。

残り二つの部屋には、永進工業社で雑用を手伝う従業員の家族と、くず屋の家族が住んでいた。会社の従業員は若い夫婦で、二歳になる赤ん坊がいた。くず屋には二人の子どもがいたが、長女は四歳だったので友達にはなれなかった。両家族の大人たちは、僕を「経理部長の金先生の息子」と呼んで親切にしてくれた。特別な食べ物を作ると、近所同士で分け合って食べた。母もキムチを漬けると皆に配った。客車の四つの部屋には間に通路があり、裏門に抜けると広々とした空き地があった。部屋の窓から眺めると、その空き地がすぐに目に飛び込んできた。空き地の一方には、紙くず・空き瓶・缶・鉄のスクラップなどを積んだ古物商があった。角には古物商の家族が住んでいる小屋があった。空き地を通って行くと、廃品回収のトラックが出入りする金網で作った門があった。門の外は退渓路に繋がる運動場くらいの広い空き地で、近所の子供たちが遊んでいた。僕はそこで子供たちが遊ぶ姿をじっと眺めていたりした。客車の家に住んでいる三家族は、永進工業社の正門ではなく古物商側の門から出入りした。僕は四月になれば二年生に進級するはずだったが、学校にも行けず、姉はおろか一緒に遊ぶ友達もいないので退屈な日々を過ごしていた。一日中ぼんやりと部屋にいることもできず、空き地に出て近所の子供たちがチームに分かれてサッカーや野球をしたり、鬼ごっこ、陣取りをするのを見ていた。姉に会いたかった。幼い弟はまだ話し相手にはならなかった。

　冬の間には灰色で薄暗かった南山の茂みが、青々とつやを帯びて蘇る三月下旬のある日の夕方だった。狭く暗い台所（台所と言うより靴を脱ぐ場所）で、母はコンロで牛肉スープとプゴチム［干しスケトウダラの蒸し物］を作ったりして、今までより丁寧に夕食の準備をした。父が家に戻ってこない日が数日続いたので、どうしたのだろうと思った。母は食事の仕度を終えると、埃が入らないように布をかぶせておいたままにして、それを食べようとも言わなかった。僕は何か祭祀でもある日だと思っていた。母は、家ではほとんど着ない硬い唐木綿のチマチョゴリに着替えると、ようやく僕に「さあ、父さんが帰ってくる日だからソウル駅に迎えにいこう。お前の好きな煎餅を買ってくるかもしれないね。外地に出かけた時は、いつもそんな物買ってきてくれただろ」母の言葉を聞くと、すぐに口の中に生つばが出てきて、煎餅の青海苔の香ばしい海の匂いが鼻先に残った。弟を背負った母は、僕を連れて闇が降りてきた退渓路に出た。通りの家に一つ二つと明かりが灯った。車が走るたびに、白く濁ったほこりが舞い上がる暗い退渓路の道を過ぎて明洞《ミョンドン》の街に入ると、舗装道路になって人の数も多くなった。スーツを着て中折帽を被った紳士、洋服姿で高いヒールを履いたおしゃれな女性、髪を二つに結んだ制服姿の女子中学生たちが三三五五連れ立って、混雑した通りを縫うように歩いていた。尖塔の高い明洞聖堂の前を通り過ぎた。

母はソウルでの生活について僕にあれこれと教えてくれた。ソウルは道路が複雑に絡み合っているので、遠くまで出歩くと道に迷ってしまう。父が何をしている人なのかと誰かに聞かれたら、江原道《カンウォンド》の炭鉱事務所で仕事をしていて、半月に一度だけ家に戻ってくると答えるように。ポケットにはハンカチを入れて持ち歩いて、いつも鼻の下をきれいに拭くこと。怠け者は大人になっても飯にありつけないということ。嘘をつく人は信用を失うものだ等、街の風景から目を離せないでいる僕が聞いていようがいまいが、母はお構いなしに話し続けた。普段は口数の少ない母だったが、子供を前にして一度躾が始まると話が長くなった。明洞の街の洋服店・靴屋・写真館・音楽が流れる楽器店、色とりどりの照明が点灯しているブティック、明るいガラスの内側から、焼きたてのワッフルの香ばしい匂いがする洋菓子店、ふかふかのパンとドーナツ、クルミ菓子が並ぶ大きな窓ガラスのパン屋……初めて見る街の店舗の風景に僕は目を丸くするばかりで、母の話はろくに耳に入らなかった。「ソウルは車が多いから空気も良くないんだよ。外から帰ってくると、いつも鼻が詰まって鼻水も真っ黒になってるだろ。出かける時は必ず口をしっかり閉じて、鼻で息を吸うんだよ」母が一生懸命に話し続ける中で、僕に特別にしっかりと教え込んだその言葉だけは耳に入ってきた。僕はいつも馬鹿みたいに口を半分開く癖があったが、その日その言葉を聞いてからは、出掛けるときには口をしっかりと閉じるようになった。なぜその記憶が残っているのだろうかと考えてみた。母のその忠告は、久しぶりに聞く優しい言葉だった。それがまるで童話の中の出来事のように、初めての明洞での記憶として僕の中に残っているのだろう。

　その日の夜、駅の改札口の前で一時間以上父を待っていた。多くの乗客が駅員に切符を渡して改札口から出てきたが、とうとう父は現われなかった。母は僕に「いくら待っても、父さん今日は来ないみたいだね。さあ、もう家に帰ろう」と言った。「今日の何時に駅に出てこいって言っといて来ないんだからね。お前の姉ちゃんも一緒に連れてくると思ってたのにさ」母は駅の広場を出るとぶつぶつ言った。釜山に行った父から、昨日鄭社長に長距離電話があったようで、鄭社長は父に「何時の列車で来るのか」と聞いた。翌日の夜にも母は夕食の仕度をして、父と一緒に食べようと布をかぶせて待っていたが、けっきょくその日も来なかった。三日後の夜中、ようやく父が帰宅した。「進永に残ってる家族と会ってきたんで遅くなったよ。町中には入らないで、ムルトン通りの妹の家に人を送ってね。それで、母さんとヒヤを呼び出して堤防の下で会ったんだよ。ヒヤには、一生懸命に勉強してれば、秋の学期にはソウルに呼んでやるからって言い聞かせてきたさ。ユン君（叔父）は、僕のせいで支署によく呼び出されて苦労したようでな。水利組合の仕事はもう辞めるつもりだって聞いたよ。ひどい奴らだ……」父は背広の上着を脱いで壁にかけながら、井戸の横にある僕たちの家が売れたと言った。「急にお金が必要になってね。その残りだよ」父が札束を母に渡した。

　四月初めに鄭社長が僕たちの部屋にやってきて、母に僕の学校の編入が決まったと言いながら編入許可書の封筒を手渡した。僕は新学期から永禧《ヨニ》小学校二年生への編入が許可された。母は花園市場の呉服屋に行き、カーキ色の布を買ってきた。ミシンを進永に置いてきたことを残念がっていたが、鄭社長の家でミシンを借りると、僕の上着とズボンを作ってくれた。上着は中学生が着る襟付きの制服のようにこざっぱりとしていた。母は縫製の腕前がよかったので、まるでオーダーメードの服のようだった。鞄や文房具を買い、東大門市場の本屋で新しい本も購入した。その中でも特に色鉛筆がお気に入りだった。新学期のクラス分けで、僕は二年六組の生徒となった。進永の大昌《テチャン》小学校では男子のクラスが二つ、女子のクラスが一つだったが、ここはソウルだからか男子のクラスが七つ、女子のクラスが五つだった。ソウルの学校生活の中で最も大変なのは、先生のソウルの言葉や友達の言葉をすぐに理解できないということだった。早口で喋る友達の言葉がよくわからなくて「何て言ったの？」と首をかしげると、ソウルの子供たちは反対に僕の言葉が理解できなくて「慶尚道の田舎者はやっぱり違うよ」と、きゃっきゃっと笑い転げた。僕は普段からあまりしゃべらない方だったが、独りぼっちになって、家の外ではますます口が重くなった。ソウルの子供たちに囲まれて、僕は徐々に話せなくなった。「まずソウルの言葉から勉強しな。ソウルの言葉を話せなくても、聞けばわかるようになんなきゃ」僕がソウルの言葉をよく理解できなかったので、母は僕が学校に行くたびにそう言った。進永でも学校生活にうまく馴染めず、朝、登校する時間になるとぐずぐずしていたので母によく叱られたが、ソウルに来てその傾向がよりひどくなったのだ。教室でいじめられて、休み時間や放課後には一人で学校に残って校内をぶらついていた。三階の上級生の教室周辺をうろうろしていたある日、校舎の屋上に上がる扉が開いていることがわかった。がらんとした屋上はテニスコートの数倍以上広くて、人の気配もなく一人で時間を過ごすのに最適の場所だった。屋上から眺めると、墨井洞一帯の一戸建て住宅の後ろには南山の松林がすがすがしく、ぐるりと見回すと乙支路《ウルチロ》と鍾路《チョンノ》の後方には祕苑《ピウォン》が見えた。遠く道峰山《トボンサン》まで見渡すことができた。その日以降、僕はよく屋上に上がって手すりにもたれながら、子供たちが蟻の群れのように遊ぶ学校の運動場を見下ろしたり、市内を遠くに眺めながら一人の時間を過ごした。孤独だった。遠く離れた故郷が恋しくて胸がいっぱいになった。市場を抜けると目の前にぱっと広がる故郷の野原の景色が浮かんできた。もう戻ることのできない故郷だった。乙支路に向かう電車の音、花園市場の商人たちの叫び声がかすかに聞こえてきて、僕は現実の世界へと向きを変えると、教室に戻るか母が待つ家に帰らなければならないことにようやく気づくのだった。

　ある土曜日のことだった。学校の勉強を終えると、その日に限って僕は小部屋のような家に帰るのが嫌になり、学校の屋上に上がって運動場と市内を見下ろしながら時を過ごした。一時間ほど経って、そろそろ家に帰ろうと思い屋上から降りようとしたが、屋上の鉄門に鍵がかかっていた。学校の守衛が教室を見回っていた時に屋上の扉が開いているのに気づき、かんぬきを差して閉めてしまったのだ。鉄門をいくら叩いても、誰もドアを開けてくれなかった。たまに運動場を人が通り過ぎても、僕の声が聞こえていないのか、屋上を見上げる人はいなかった。僕はだんだん焦ってきた。手すりの下の隅っこには、群れになって走り回るネズミたちが見えた。もし夜になるまでに屋上から降りることができなければ、背中を丸めて眠る僕にネズミが飛びついて、僕の目玉をえぐって食べるかもしれない、そんな気さえした。僕は隅にうずくまり座って泣いた。喉は渇くしお腹も空いた。時間が流れて、いつの間にか太陽は道峰山の方角に沈み、屋上にも陰ができた。僕は再び立ち上がって、運動場を見下ろしながら助けてくれる人を探した。なぜかその日に限って、運動場で遊ぶ子供たちの姿も見えなかった。さらにどれくらいの時間が過ぎただろうか、校門にチマチョゴリを着た女性が入るのが見えた。よく見ると母だった。学校の勉強が終わった時間なのに僕が家に戻らないので、田舎の子供がソウルの街を歩き回って道に迷ったのではないかと思い、僕を捜して近所を歩き回り、また学校まで来てみたところだった。僕は大声で母を呼んだ。母の耳にだけは息子の声が聞こえるのだろうか。母の視線が屋上に向けられると、手すりの前に立って手を振っている僕を見た。屋上に閉じ込められた僕が救出される瞬間だった。

もう一つの笑えない事件は、五月の中旬、学校の遠足の時に起きた。明日は二年生全体で昌慶宮《チャンギョングン》に遠足に行くので、教科書は持ってこなくていいがお弁当を用意して来るように、と担任の先生が言った。僕はその言葉を聞き取れなかったのか、それとも他のことを考えていたのだろうか。翌朝、いつものように鞄を背負って学校に行った。他の子供たちは皆、遠足用のリュックに食べ物をいっぱい入れて、ある子供は親まで一緒に学校へやってきて、運動場がざわめいていた。低学年はいつも午前中の授業だけで勉強を終えていたので、僕は昼食のお弁当さえ持たずに来てしまった。だからといって、今から家に戻って、母に今日は遠足に行く日だと言うには時間がなかった。母からこっぴどく叱られたり、げんこつで頭を叩かれるはずだった。クラスの子供たちは先生の引率の下、並んで昌慶宮に行った。色々な動物、鳥、そして温室の中に咲いたたくさんの花を初めて見たことまではよかった。でも、子供たちが鞄に入れてきたお菓子や飴をおやつに食べたり、商人から綿菓子・飴・お菓子・キャラメルを買って食べるのに、僕は生つばを飲み込むしかなかった。昼食の時間になり、クラスの子供たちがのり巻きを食べる時、僕はひもじい思いをするしかなかった。誰も僕を誘ってくれなかったので、隅っこに座って泣いていると、通りすがりの先生がぽつんと一人でいる僕を見つけた。そして、僕がお弁当を持ってこなかったことに気づいて、先生たちの昼食の輪に入れてくれた。子供についてきた親たちが、のり巻きに白い飯はもちろん、様々なおかずや果物を先生たちが集まっている席に運んでいたので、食べ物が盛りだくさんだった。のり巻きも普通ののり巻きではなく、炒めた牛肉と錦糸卵まで入ったのり巻きだった。ゆで卵もあった。クルミと朝鮮松の実を入れて作ったヤッカ［小麦粉に蜂蜜または砂糖水を入れてこね、油で揚げてごま油と蜂蜜を塗った菓子］が特においしかった。僕は弁当を持ってこなかったお陰で、先生に混ざって昼食を腹いっぱい食べた。その日の午後遅くに家に帰ると、母は「こんなにうすのろで間抜けな奴が他にいるもんか。お前を長男だからって頼ることなんかできやしないよ」と言いながら、鬱憤晴らしをするかのようにほうきの柄で僕のふくらはぎを叩いた。僕が午前の授業を終えて帰宅すると思っていたのに、時間をはるかに過ぎても帰らないので母が学校に行ったところ、二年生が皆で昌慶宮に遠足に行ったことがわかったのだ。母はいい気味だという調子で「他の子供たちが昼ご飯食べてる時、お前はお腹がぺこぺこだっただろう」と言った。僕は、先生たちと一緒に昼食を腹いっぱい食べたことは言わなかった。ふくらはぎを叩かれたのが悲しくて、もうそのことまでは言いたくなかったのだろう。

　そんな風に、僕のソウルでの生活は田舎者として過ごすしかなかったし、授業時間には先生の話もきちんと聞き取れないので、学ぶ楽しさもなかった。試験を受ければ、六〇点程度が平均点だった。成績はいつも下の方をうろうろしていた。僕の成績は高校を卒業するまであまり変わらなかった。要するに教科の授業にきちんと付いていけないので、勉強に興味がなかった。成績を上げたいという欲を持ったこともなかった。父は、普段から会う機会があまりなかったので、僕の勉強にも無関心だったし、母は言葉で責めたてるだけで、僕に勉強を教えるだけの基礎知識がなかった。一言で言うと、僕は集中力が続かなくて、雑念の多い子供だった。授業時間にも先生の言葉は聞き流して、いつも他のことを考えていた。田舎の市場が恋しかったし、姉にも会いたかった。市場の子供たちが今、この時間に何をしているのか気になった。今は五月だから、市場の後ろにあるソンダルバウ山の甘柿畑には黄色い柿の花が咲いて、市場の辺りまで淡白な柿の花の香りに覆われていることだろう。そんな想像にふけって目を閉じていると、先生の声が遠くからかすかに聞こえた。「そこの後列、慶尚道から来た君、なぜ居眠りしているんだ」先生のこんな叱責が聞こえて、ぱっと目を開けたりした。いまだにクラスの子供たちと仲良く付き合うことができなくて、学校が休みになる日だけを指折り数えて待っていた。

　六月のある日、学校帰りに退渓路のでこぼこ道で砂埃を立てながら走るジープから、拡声器で何か叫ぶ声が聞こえた。「急報、急報です！」拡声器が叫びまくり、ビラを撒いた。僕がビラ一枚を拾うと、通りすがりの大人がちょっと見ようとその紙をさっとひったくった。人々がビラを拾いあげて見ながら、皆でひそひそと話していた。「金九《キムグ》先生が銃で撃たれたらしい」「これからこの国の運命はどうなるんだろう」「独立してから要人の暗殺はもう何度目なんだ」「南北交渉に乗り出す指導者がほとんど消えちまった」「どっちの奴が企んだ陰謀なのか見当がつくな」植民地時代、大韓民国臨時政府の主席職を引き受け、韓国独立党の党首である金九が、六月二十六日正午に京橋荘《キョンギョジャン》の自宅で西北青年団出身の陸軍少尉安《アン》斗熙《ドゥヒ》の銃弾に倒れた。七三歳だった。金九の葬儀は五〇万人の群衆が集まる中、国民葬として行われた。

待ちに待った夏休みになると学校に行かなくてもいいのはよかったが、僕にとっては退屈な日々だった。僕は、部屋にばかり閉じこもって過ごす内気な子どもになるしかなかった。自閉症のように部屋に閉じこもって画用紙に落書きをする僕の姿が哀れだったのか、この子をこのままにしていたら将来どうしようもない大人になると思ったのか、ある日母が鄭珍択社長の次男を家に連れてきた。「永植君、うちの息子ときたら、ソウルに来てからもう四か月が過ぎたってのにまだ田舎者のままでさ、こうやって部屋の隅っこに閉じこもってぼうっとしてばっかりなんだよ。頼むからお前が友達になっておくれ。近所の子供たちにも紹介してさ、一緒に遊んでほしいんだよ。そうすれば、うちの息子も早くソウルの言葉に慣れるんじゃないかい。休みの間だけでも、お前がこの子の家庭教師をしておくれよ」母が胡麻飴を買って来て僕と一緒に食べさせながら、永植に色々と頼み込んだ。その日から永植は威張って、近所の子供たちと一緒に遊ぶ時にも僕を護衛兵のようにして連れていった。僕は、永植の言う通りに後ろを付いていった。永植は自分の家に僕を連れていき、絵本も見せてくれた。近所の子供たちとグループに分かれて面子・ビー玉遊び・かくれんぼをする時には「慶尚道から来たこの子も仲間に入れてあげよう」と、恥ずかしがっている僕を自分のグループに入れてくれた。乙支路から鍾路を経由して、市内を一回りしながら見物もさせてくれた。ここは何をするところで、あそこは何をするところだと説明しながら、永植は僕の兄の役割をしてくれた。

その年の夏、永植の後ろにくっ付いて楽しく遊んだ一番の思い出は、彼が紹介してくれた近所の友達と一緒に、南山《ナムサン》に登って戦争ごっこをしたことだ。グループに分かれてお互いに陣地を作り、森の中に隠れて、敵を先に見つけたら銃声の真似をして声を出す。一五歩以内で相手が捕まれば、捕虜として自分の陣地に連れてくることができる。捕虜をたくさん捕まえた方が勝ち、という遊びだった。グループに分かれて戦争ごっこをする時は、四～五年生の男の子が中心となったが、僕たち低学年も兵士として入れてくれた。永植は、父親がプレゼントに買ってくれた望遠鏡を首にかけて、敵がどこに隠れているか観察しながら敵の陣地にこっそりと近づいたりした。僕はいつも永植の後に付いていた。彼の言う通りに、足音を殺しながら敵に発見されないように芝生の上にうつ伏せで隠れたり、膝歩きで忍び入って、敵が一五歩以内に見えると銃声を出した。捕まえた捕虜は、永植が意気揚々と僕たちの陣地に連れてきた。僕は永植の後にくっ付いて回り、草むらの中でうつ伏せになって息を殺している時、その息詰まるような静けさの中でも、草の間に慌ただしく動き回る蟻の群れや様々な昆虫を見つけては、その小さな音まで聴き取ることができた。森の中を飛び回る鳥のさえずりや、羽ばたく音にも二つの耳をそばだてた。市内ではあまり鳥を見ることができず、故郷で見たたくさんの種類の鳥はどこへ行ったのだろうかと思ったが、全ての鳥が南山に巣を作って生きていることがわかった。一言で言うなら、南山は昆虫や鳥の遊び場だった。戦争ごっこをしながら走り回っていると、僕はよく草の結び目につまずいて転んだ。子供たちは敵がよく現われる地点に、周りの長い草を互いに編んで結び目を作っておいたのだが、逃げる時にその結び目につまずいてよく転んだのだ。僕もそうやって転んでは捕虜になった。戦争のような大きな災いが起こるときは、子供たちが先に何かを感じ取って戦争ごっこに夢中になるというが、一九四九年の夏、小学生たちはひときわ戦争ごっこに明け暮れた。退渓路の空き地でも、石ころを弾丸に見立てて、パチンコで壁に貼った標的に当てる射撃遊びなんかもよくした。僕は永植のお陰でその年の夏を近所の子供たちと過ごすことができて、部屋の中よりも外で遊ぶ回数が多くなった。ソウルの言葉は下手だったが、同年代の子供たちと会話もできるようになり、その子供たちが使う言葉をほとんど理解できるようになった。僕の強い慶尚道訛りのアクセントもはるかに柔らかくなった。永植が僕を呼びに来ない日には、一人で南山の森の道を歩き回って、草むらの下に生きている多くの昆虫を観察するのが楽しかった。木々の間を飛び回りさえずる鳥たちに魅了されて、山の中を彷徨うこともあった。昆虫ではカブトムシ・キリギリス・バッタ、木の枝の間を飛び回る小鳥のヤツガシラ・ツグミに出会えると、嬉しくて追いかけた。ヤマキチョウやキジを追いかけたこともあった。どんな鳥がどんな鳴き声を出すのか知る楽しさもあった。そうやって森の中で昆虫や鳥に夢中になって歩き回ったある日「こんなに薄暗くなってから南山を下って家に戻るなんて、道に迷っちまったらどうするんだ」と母に叱られた。そんな時は決まって「いるのかいないのかわかんないような大人しい弟を見習え」という言葉を聞くことになった。

八月に入り、蒸し暑い日が続くある日の昼頃だった。僕は部屋の中で腹這いになって夏休みの宿題をしていた。母は市場で買ってきたリュックに、麦こがしが入った茶碗を包んで入れて、小さい器と匙まで準備した。父の下着と手拭い、靴下などもリュックに入れた。僕は、誰かがどこかに行くのかと母に尋ねた。母は何も言わず、顔つきもいつもと違って不安そうな表情だった。朝、永進工業社の若い経理の人がうちの部屋に来て、母に何かをささやいた後から、母の顔が暗くなった。母は壁にもたれて座り、お腹の上に手を置いて肩で息をしながら誰かを待っていた。後でわかったことだが、その時母は二人目の弟を妊娠中だった。母は夕食を作ろうともせずにぼんやりしていたが、夕方頃になって外から咳払いが聞こえると扉が開いた。数日ぶりに会う父だった。麦藁帽子をかぶった父が、首にかけた手拭いで汗を拭きながら部屋に入ってきた。真夏だというのに、父は長袖のカーキ色の上着にぴったりしたズボン姿だった。母がいつも言っている通りに江原道の炭鉱から来たような服装で、顔は日焼けして真っ黒だった。理由はわからないが、父は何かとても急いでいた。母が準備しておいたリュックサックをよく確認した後、僕と僕の隣に座っていた弟をちらっと見ると、弟をさっと抱き上げて頬に口づけした。僕には「母さんの言うことをよく聞いて、一生懸命に勉強しなさい」そして母には「一〇日くらいかかるかもしれんが、八月中には戻ってくるよ」と言った。リュックサックを背負って部屋を出る父に、母が震える声で「警備が厳しいっていうから……気を付けてくださいよ」と言った。「道案内してくれる同志も別にいるし、沢山の人が一緒に越えるからね」父はどんな理由のために三八度線を越えて北に行かなければならないのか、母に何の説明もせずに運動靴の紐を結んで家を出ていった。Sさんの言葉通りに、朝鮮民主愛国青年同盟のソウル本部副委員長だった父が誰と会って何をしていたのか、どこで寝泊まりをしていたのかについては、本人が一切言わなかったので家族もその事情を知ることができなかった。Sさんの話によると「金さんは情熱的な性格で、情け深い人だった。誠実で率直な人だった。しかし、思想闘争の過程で冷徹にはなりきれず、他人が受けるべき非難まで金さんがかぶる場合が多かった」その当時は、命をかけて三八度線を行き来したわけだが、父は自分の信念を実現することにはためらいがなかった。「世の中を生きてると虎ほど怖いもんはないけど、お前の父さんはそんなもんは眼中になかったのさ。豆粒みたいにちっちゃな人だったけど、肝っ玉の据わった人だったよ」そう母が言ったように、父は人の顔色を窺ったり、体面なんかを重んずる人ではなかった。そんな夫の性格を何から何まで良く知っていたので、母はいつも内心冷や冷やしていた。そうやって家を出た父が帰ってきたのは、八月も中旬を過ぎたある日の夜中だった。父と一緒に現れた見知らぬ三人は、誰も住んでいない部屋でその夜を過ごした。彼らは越北した後、韓国で地方党を再建するために再び戻ってきた指導委員級だったことが後になってわかった。彼らは、翌日朝食を食べると急いで出ていった。その後から、その部屋には昼夜を問わず人々が集まったり散らばったり、何か密かにことを企んでいるのか、徹夜で議論しては明け方になると一人、二人と暗闇の中に消えていった。

月末に入り、夏休みが終わりゆく頃だった。南山に登って一人で山を彷徨い遊んで、夕方頃にようやく家に帰ると、部屋の前に小さな一足の運動靴があった。扉を開けると、市場にでも行ったのか母と弟の姿は見えず、姉がしょんぼりと一人で座っていた。姉を見た瞬間、いきなり涙があふれ出した。「姉ちゃん！」あまりにも嬉しくて、姉に駆け寄って抱きついた。姉がソウルに来たのだ。姉がすすり泣く僕の肩をぽんぽんと叩きながら、最初に言った言葉は「もう絶対に離れないよ」だった。姉を故郷から連れてきた人は、尹正道《ユンジョンド》さんという叔母の夫の従弟で、当時は檀国《ダングク》大学に通っている大学生だった。尹さんは、大学の休みの前に親戚の家だからと時々うちにも立ち寄り、漢南洞《ハンナムドン》で自炊しながら勉強する彼のために母が漬けておいたキムチやおかずを持っていくこともあった。尹さんは夏休みの間に進永の実家に戻っていたが、秋の学期を控えて、僕の家の頼みで姉を一緒にソウルに連れてきたのだ。秋になると、叔母の家族が祖母を連れてソウルに引っ越してきた。僕たちが住んでいる永進工業社の後ろにある部屋はとても狭苦しいので、祖母と一緒には暮らすことができなかった。それで、叔母の家で世話をすることにして、恵化洞《ヘワドン》の向こうにある三仙橋《サムソンギョ》の川べりに部屋を借りた。叔母一家が突然上京したのにはいろいろな理由があった。第一の理由は、父のせいで支署と西青などに呼び出され、父の居場所を言えとひどい目に遭わされたので、進永に住むことに嫌気が差したのだ。また、成長真っ盛りの子供二人をソウルで勉強させてみたいという思いもあった。都会の文化的な生活に憧れていた叔母の見栄もあったのだろう。叔母の夫は、進永水利組合に就職した年に、農地改良事業の一環として洛東江《ナクドンガン》周辺の河川敷を開発する際に、河川敷約〇・二平方キロメートルを安値で買っておいた。しかし、農地改革の施行を控え政府に返還しなければならない状況になると、河川敷を売却してかなりのお金を手に入れることができた。釜山出張中にムルトン通りを訪ねた父に一家の上京について相談した際に、父から「それならそうしてみたらいいじゃないか」との承諾が下りた。

　叔母一家の上京の記念に、その年の秋、僕の家族と叔母の家族、鄭珍択社長の家族も一緒に、進永出身の皆で昌慶苑に遊びに行ったことがあった。そこで昌慶苑の専属カメラマンが撮ってくれた記念写真が今も残っているが、当時の三家族の特徴がよく現れている。父と鄭珍択社長は背広姿に中折帽を被り、母と叔母は韓服姿、鄭珍択社長の奥さんは洋装で、二人の女性はパーマをかけていたが、母だけがおだんごに結っていた。僕と弟、従兄妹、鄭珍択社長の子供たちが最前列に並んで立ち、大学生の尹正道さんの姿も端に見える。叔母の夫は家族を連れて上京した後、議政府《ウィジョンブ》からソウルに搬入される炭や薪の受け売りをやってみようかと試案しながら店舗を探していた。

第十六章

夏休みが終わると、姉は永禧《ヨニ》小学校五年生に編入した。僕は朝食を食べると、姉と仲良く一緒に登校した。その頃からだった。客車部屋の中で誰も住んでいない部屋は、粗末な身なりの見知らぬ人たちが二日、三日ほど滞在して、また出て行くための宿舎となった。彼らの朝食は、我が家や他の二部屋のおばさんが用意して、代わる代わる運んだ。彼らは夜通し何か会議をしては、朝食を食べると一人ずつ辺りの様子をうかがいながら、古物商側の空き地を経由してこっそり消えた。彼らが永進《ヨンジン》工業社の玄関や空き地側の古物商を隠れ蓑に集まるときは、必ず古物商でがらくたの分類作業をする作業員に見張りをさせて、周辺に監視者がいるかどうかを手信号で知らせるようにした。ある日の夜、客車部屋の空室で何人かと会議をしていた父が僕たちの部屋に来て、仲間たちと大事な話があるので部屋をちょっと空けてくれと言うと、僕たち家族は外に追い出された。そんな時は、たとえそれが夜であっても、しばらくの間母と僕たち兄弟は部屋から出るしかなかった。部屋にやってきた人の中には、永進工業社の従業員やくず屋をしている鍾順《チョンスン》の父親もいた。鍾順の父親は、僕の丸坊主の頭を撫でながら「学校での勉強は一生懸命にやってるのかい」と尋ねた。後から付いてきたある人は、持っていた袋から鯛焼きを取り出して、僕たち兄弟に分けてくれた。僕たちの部屋に集まった数人は、タバコの煙が立ち込める中で会合をしていた。「姉ちゃん、ああやって何の話してるんだい？」僕が姉に尋ねると、姉は「大人がやってる仕事なのに、何で私らにわかるのさ？」と言いながらしらばっくれていた。部屋から追い出された母は、僕たちを連れて古物商の方の縁側に座って待ったり、明るい忠武路《チュンムロ》の街へと出ていっては時間をつぶした。

永進工業社自体がそんな仕事をする人たちの巣窟だとぶつぶつ言っていた母は、会合が終わったかどうか様子を見るのに、僕を使いに出した。「まだ何かひそひそ話し合ってたけど」僕が空き地側にある部屋の窓に近づいて、耳をそばだてて部屋の中の様子を探り、母にそう報告した。「ああ、うんざりするよ。ソウルまで来て、またああやって集まっては何を企んでんだろうね。こんなことしてちゃ、またとんでもない災難が降りかかってくるかもしれないよ」母は進永《チニョン》時代に拷問を受けた悪夢が蘇るのか、初夏なのに体を震わせた。母の心配は日毎に増すばかりだった。「今はちょっと静かにしてましょうよ。そんな運動するんなら、何が何でも外ですべきでしょうよ。何で家にまでそんな人たちを引き込むんですかい」母が父に問いただした。ソウルに引っ越してきて、数か月は静かだった家にまた不安の波が打ち寄せたが、父はいつものように母の小言には特に返事もしなかった。「ソウルでは、真っ昼間に堂々と通りを歩いても大丈夫なんですかね？」母が尋ねると「ソウルで誰が私を調べるんだい？ 身分証を作ったから、検問にかかっても心配ないよ。関係要路に顔が広い鄭珍沢《チョンジンテク》さんのコネが利くからね。子供たちもみんな、ソウルの学校に入れてくれたじゃないか」と父が言った。「もう経理の仕事も辞めたんですかね？」父が昼食を食べない日が多くなると、母が尋ねた。「会計士が別にいるから、僕は月末の決算の帳簿だけ見ればいいんだよ。崔《チェ》君が給料袋をちゃんと決まった日にくれないのか？」父が聞き返した。「三

〜四回はね。ありがたくもらいましたよ」会話はそこで一段落した。頻繁に見知らぬ男が訪ねてきて、金先生が戻ったら伝えてほしいとメモを残していき、夜になれば男たちが集まって部屋でひそひそと話し合うことが多くなると、母は居ても立っても居られなくて、僕と姉を見張りに立たせた。忠武路の交差点の角にある三階建ての建物が民保団《ミンボダン》の中区《チュング》事務所だが、左翼活動をしている人々が捕えられてぼこぼこに殴られたという話を聞いて、母はますます不安になって震えた。「これからはソウルでも暮らせないし、進永に戻ることもできないじゃないか。うちの家族は一体どこで生きてきゃいいんだい」巡査たちが突然部屋に踏み込んで来るのではないかと思うと、母は神経衰弱になり不安な日々を過ごした。町役場の職員が家を訪ねてきて、戸口調査だと言って家族の人数を把握して行った後から、母の心配はより酷くなった。母は父と事前に話を合わせていたのか、町役場の職員に夫は江原道《カンウォンド》寧越《ヨンウォル》にある炭鉱で経理職として働いていると話し、永進工業社の社長は故郷の親戚だと言い繕った。

　秋を急かせる雨がしとしと降る夜だった。その日も客車部屋の空室だけでは足りないようで、父をはじめとする五人がうちの部屋に集まると、母と僕たち兄弟はまたもや空き地に追い出された。古物商の姜《カン》さんの部屋に母と弟が入り、姉と僕は軒下で震えながらしばらく立っていた。姉が僕に「台所へ行って、あの人たちが何を話してんのか盗み聞きしておいで」と言った。「そんなことして、ばれたらどうすんのさ？」「やっぱりお前は泣き虫、弱虫みたいだな」姉が僕の痛いところを突いた。「最近はソウルの子供たちとよく戦争ごっこもしてるよ」「あの人たちは悪い人なんかじゃないよ。私らにも親切だし」実際そうだった。彼らは親切なおじさんだった。もし僕が彼らの話を盗み聞きしてばれたとしても、学校の先生のように罰を与えたりはしそうになかった。姉にけしかけられて、僕は永進工業社の玄関側に回り、機械の付属品が積まれている倉庫を通って家に入った。暗闇の中をこっそり近づいて、食器棚の後ろに身を隠し、うずくまって座った。部屋の扉が閉じていたので、彼らが何を言っているのか聞こえなかった。仕方なく扉の近くまで近付いて耳を傾けた。角部屋に住む鍾順の父の声が聞こえたが、声が小さくて聞き取れなかった。他の人が何か言った。その言葉にまた他の誰かが答えていた。「塀に雑巾を干しておいたんで、それを見て気づいたでしょう」という言葉ははっきり聞こえた。「特別党費を払わなきゃならんし……」「保連加入督励は、やつらの偽装戦術だから格別に……」僕にはこの程度の言葉しか聞き取れなかった。「城東《ソンドン》地区の指導責任者の活動がどうしても……」父の重い声だったが、後の言葉はよく聞こえなかった。僕は胸がものすごくどきどきして、ここにこれ以上とどまっていたら彼らにばれてしまうと思った。姉に父の声を聞いたという話はできるので、僕は急いで空き地に向かって走り抜けた。僕が彼らの断片的な話の内容を理解できないように、僕の話を聞いた姉も一体何の話なのかさっぱりわからなかった。僕たち家族は古物商の姜さんの部屋で過ごして、しばらくして部屋に戻ってみると、彼らはすでにいなくなっていた。姉は、僕が盗み聞きした話を母に伝えた。「いいか、次からは絶対そんなことしたらだめだ。他人の話をこっそり聞くのも悪いんだけども、もしも見つかったらどうするつもりだい。それと、あの人たちがうちに集まってるってことは、絶対に誰にも話したらだめだ」母は姉と僕に何度も繰り返して言った。

　その頃、こんなこともあった。ある日、学校が終わって家に帰ってくると、うちと反対側の角部屋に住んでいる鍾順の母親が、帽子をかぶった二人の青年と口論になっていた。鍾順の母親はくず屋の夫を助けるために、副業として古物の分別作業をしながら小銭を稼いでいた。「おばさんも旦那さんが何をしでかしたか知ってるんだから、保連に加入するのは当然でしょうよ。昨日、お宅の旦那さんが保連事務室に来てね、名簿に拇印を押しましたよ。それでこそ、確かに転向したって証明になるんですからね。

もし保安法に触れるようなことにでもなったら、どんなひどい目に遭うのかわからないんですか？」一人の青年がこん棒を振り回しながら、彼女の鼻先に突きつけた。「そっちに従って付いていったからって、そっち側の人間扱いしないでくださいよ。何日か拘留されたからって拇印を押すんなら、ソウル市民の半分が保連加入者だって言うのかい？　くず屋だからって、差別するんじゃないよ」鍾順の母親は負けじと詰め寄った。「ほほう、去年の秋、夜中に忠武路を回りながら、張り紙を貼ってたって通報があったのを知らないようだな。我々が何の情報もなしに保連加入を勧めるとでも思いますか。全部証拠があるんですよ。我々は証拠主義者ですからね」「とにかく、うちの人が何で拇印を押したのか、私は知りませんよ。おさんどんしてただけで、私には何の罪もありませんからね。だから拇印は押しませんよ」「おばさん、罪がないんだから加入しなきゃならんでしょう。当局の趣旨は、罰を与えようっていうんじゃないからね」僕は、そんな揉めごとを聞いて家に帰ってきた。
麗水《ヨス》・順天《スンチョン》事件がほぼ鎮圧された頃の十月末、国会では内乱法に基づいて国家保安法の起案に入った。

法制司法委員会が作った国家保安法の起案は、国会議員だけでなく、さらに法務部長官と検察総長まで法律上の問題点を指摘した。保守的な傾向の制憲議員の中でも血気に逸る四〇余人は、激しい口調で反対の意見を唱えた。〔……〕「非民主的な帝国主義の残滓」「甚だしくはユダヤ人虐殺のためのヒトラーの法」という非難も浴びせられた。思想は思想として克服すべきで、腕力で食い止めることはできないだとか、こんな悪法で左翼に強圧を加えることは政治力の不足だという声も広がった。一方で、一般刑法でいくらでも処罰できるという意見や、統一を理念とするのならば、このような法の制定は永遠の恨みを残すことになるという嘆きも聞かれた。十一月十六日、金沃周《キムオクジュ》議員は国家保安法の廃止に関する同意案を上程したが、三七対六九で否決されてしまった。〔……〕国家保安法が効力を発揮し始めた後の一年間に、この法の名で逮捕や立件された人の数は、なんと一一万八千六二一人に上る。一九四九年九月から十月の間に一三二の政党と社会団体が解散した。[1]

国家保安法は、十二月一日に公布された。国民保導連盟は、国家保安法に基づいて「左翼思想に染まった人々を思想転向させ、彼らを保護し導く」という名目の下に作られた団体だった。しかし実際には、国民の思想を国家が統制するために、李承晩《イスンマン》政権が作った反共団体である。よく「保導連盟」あるいは略して「保連」と呼んだ。一九四九年六月五日、保連が組織され、金孝錫《キムヒョソク》内務部長官、権承烈《クォンスンヨル》法務部長官、申性模《シンソンモ》国防部長官、金翼鎮《キムイクジン》検察総長、金俊淵《キムジュニョン》国会議員、呉制道《オジェド》検事、鮮于《ソヌ》宗源《ジョンウォン》検事、金泰善《キムテソン》警察局長等、右翼人士たちが主導的な役割を担った。保連は植民地時代の一九三七年、思想犯（特に朝鮮人の独立運動）を統制する目的で作られた「時局対応全鮮思想報国連盟」という機構にその根を置き、李承晩が左翼勢力を剔抉《てっけつ》するための手段として復活させた団体だった。一九四九年六月六日付『朝鮮日報』の記事には「六月五日一〇時、ソウル市公館での保連結成宣布大会では、一時の過ちで左翼系の各政党や団体に加担した人々が大挙離脱して、左翼系と戦うことを内外に宣言した」と書かれていた。保連は内務部長官を総裁とした中央本部が発足すると、検察と警察幹部が下部の指導委員長と指導委員を務めた。保連の組織を実際に管理総括していた部署は運営協議会で、ソウル地検の公安検事、ソウル市の警察局をはじめ、ソウル地検管轄の各警察署の対共捜査員によって運営された。保連を初めて組織し、その管理に主導的な役割を果たした鮮于宗源は、二〇〇五年六月、『釜山日報』の金起進《キムギジン》記者とのインタビューで「保導連盟を最初に組織する時は、正直なところ僕も共産主義というものが何なのか知らなかった。知らないままで始めたのだ。その時は誰もがそうだった。自分の名前すら書けない人がほとんどだった時代である」と語った。一九四九年九月、全国で最初にソウル市連盟が組織され、その後、内務部・法務部・大韓青年団等の主導により、道・市・郡・邑・面単位の支部が相次いで組織された。慶尚《キョンサン》南道《ナムド》では十一月二十日、道連盟の結成宣布大会に続き、十二月七日には馬山《マサン》、十四日には固城《コソン》、二十四日には釜山《プサン》等へと広がりを見せた。一九四九年、その年が暮れゆく前には郡単位の組織作業もほとんど完了し、加入者の受付が始まった。保連が全国的に組織を整えると、中央本部は保連の加入者を確保しようと南労党転向宣伝週間を実施したり、転向自首者による啓蒙講演会を開くなど、左翼系勢力に対して陰に陽に圧力を加え始めた。独立直後から社会の全分野にわたって、様々な職盟と同盟、左傾政治団体や親睦団体等の組織に関与していた人々がその対象だった。彼らは概して生業に従事し、表面上はわからないように二重生活をしていたので、これを探り出して玉石を選り分けるのには公安当局も大変苦労した。「保連に加入すると、過去に持っていた左翼思想から転向したことの証明になるので処罰を受けない」という名目で罠をかけて抱き込み、懐柔、脅迫を行った。転向者として保連に加入した人々には、南労党の党員や共産主義者だけでなく、穏健左派も多数含まれていた。

一九四九年十一月を左翼勢力の自首期間に設定して、十一月三十日をその締め切りにした結果、転向者の数は全国で約四万人に達した。その中には、梁柱東《ヤンジュドン》（国語学者）、鄭人沢《チョンインテク》（文学家同盟）、金龍渙《キムヨンファン》（漫画家）、愼幕《シンマク》（音楽家同盟）、金起林《キムギリム》（詩人）、白鉄《ペクチョル》（文学評論家）等、文化芸術界の関係者が多かった。朴基杓《パクギピョ》（民主主義民族戦線議長）、元長吉《ウォンジャンギル》、金益魯《キムインノ》、金仲基《キムジュンギ》等、国会フラクション事件に関与していた国会議員と鄭栢《チョンベク》（勤労人民党中央委員）等の左翼系の大物も多数含まれていた。十一月末を基準としてソウル地域の自首者の状況を見ると、南労党が四千三二四人で最も多く、その他、民族統一愛国青年会一千七六八人、民主学生連盟一千九五九人、女性同盟一五〇人、文学家同盟九四人、音楽家同盟一〇人、演劇家同盟二四人、映画同盟八人、科学者同盟一二人、朝鮮労働組合全国評議会二千二七二人、全国農民組合総連盟五七八人、出版労働組合二九六人、保健連盟八人、勤労人民党二三四人、人民党一八人、人民委員会四一四人等だったと報道された。ソウルだけでもこのような数字だったが、独立後に左翼活動をしたり、同調はしたが自首していない者、警察が自首者として選別できなかった者たちの数は、はるかに多かっただろう。越北したという噂が流れた詩人鄭芝溶《チョンジヨン》も、十一月に文人としては初めて自首して、保連の盟員となった。その他、文学者として鄭人沢（詩人）、宋完淳《ソンワンスン》（文学家）、楊美林《ヤンミリム》（文学家）、崔秉和《チェビョンファ》（文学家）、厳興燮《オムフンソプ》（文学家）、朴露児《パクノア》（劇作家）等がいる。一度盟員に登録されると、自分の知り合いの中で加盟対象になる人物を連れて来て加入させるという加盟運動を展開して、自首期間内に加入した者については、決して処断しないことを約束した。新聞広告欄には、自首・転向による左翼系政党の離党声明が連日掲載された。左翼系大物の鄭栢は、一九四九年十月、統一戦線工作のために北朝鮮からソウルに潜入したが、十一月に警察に検挙されると転向して、翌年三月一日の保導連盟大会で名誉幹事長に選ばれた。自首と転向者が続出する中、一か月間の自首期間が終了すると、慶尚南道では五千人を超え、中でも南労党と民愛青の加入者が多かった。その後は検察と警察、国民保導連盟本部等が大々的に左翼の検挙に乗り出した。十二月三日付『朝鮮日報』は、ソウル地域の左翼検挙状況を発表し、「南労党系の根絶に総力戦……初日に三八〇人を検挙し、罪の軽重に応じて処罰することとし、この根絶作戦はしばらく続くだろう」と報じた。制憲国会第二六回定期会の議事録には、国会の本会議に出席した法務部次官金甲洙《キムガプス》が「自首期間が終了した後、一か月間に三千人の左翼容疑者を逮捕した」と答弁したと記録されている。一九五〇年二月十一日、第一一回国会本会議では、国会議員たちから保連組織及び運営に関する緊急質問を受けると、金法務部次官は「ソウル市の盟員は一万四千人だ」と述べた。金次官の発言があった少し後には、ソウル・京畿《キョンギ》地域だけで三万五千人になるというソウル地方検察長の発表もあった。学界では、全国の盟員数が一九五〇年初めに三〇万人に増えた後、六月二十五日、朝鮮戦争が勃発する直前には三三万人にまで増加したと認識している。朝鮮戦争勃発直前の六月五日には保連一周年を迎え、ソウル市本部では二万人の盟員が集まる中で記念式が行われた。この席で呉制道常任委員長は「保連は転向所ではない。愛国活動の実践所だ」という要旨の開会の辞に続いて、白《ペク》性郁《ソンウク》内務部長官は盟員に「大韓民国に忠誠を尽くそう」と祝辞を述べた。

　慶尚南道の金海《キメ》郡《グン》進永邑は、道内のどの地域よりも左翼系の活動が活発だった。独立直後、地方にまで組織された人民委員会に加入した者、農村運動の一環として農民組合に加入した者、南労党と民青を通じて地域の啓発に乗り出した者、一九四六年、秋の収穫暴動の際にデモ隊に加わった者たちが加入の対象になった。その結果、保導連盟の加入指針が通達されると、支署と義勇警察隊、町長をはじめとする公務員、国民会支部の幹部、防衛隊隊員が積極的に加入に乗り出した。各村を回って過去に左翼活動の前歴がある者を突き止め、保連への加入を懐柔して脅迫したあげく、一五〇人を盟員に加入させた。警察署に一度でも捕まったことがある者は、保連に強制的に加入させられた。疑いがありながらしらを切る住民には、保連に加入すれば何の害を受けることもないと説得したり、兄の左翼活動の身代わりで弟が加入する場合もあった。もし、僕たち家族が一九四九年の春に夜逃げ同然でソウルへ引っ越していなければ、その年の秋に父はもちろん、母までが当局から保連加入をけしかけられ、少なからぬ苦しみにあえいでいただろう。

　韓国政府が都市・農村にわたって左翼事犯の捜索検挙、軍警の地方ゲリラ（パルチザン）討伐、保導連盟の設置運営等、国として総力を挙げて治安の確保に血眼になっている時、北朝鮮もまた韓国の李承晩政府の打倒を目指し、統一戦線の強化に必死になっていた。南朝鮮解放戦争の準備と開戦には、何よりもスターリンの同意と支援が必要だったため、北朝鮮の最高権力者である金日成《キムイルソン》は副首相兼外務部長官の朴憲永《パクコニョン》等六人の公式随行員を帯同して、一九四九年三月三日、列車でモスクワに到着した。彼らは「つつけばすぐに割れる風船のような南朝鮮」を武力で攻撃しようと提案した。その提案にスターリンは、時期が適切ではないと留保的な態度を示したが、当時甕津《オンジン》半島付近での南北の局地戦を鑑みて、南側の武力攻撃に対してのみ北側が軍事的な報復をすることに同意した。ソ連と北朝鮮は経済・文化協定を結び、六つの歩兵師団と三つの機械化部隊、飛行機一五〇台の援助を内容とする軍事秘密協定を締結した。金日成は帰国すると、朝鮮人民軍政治保衛局長の金一《キムイル》を中国大陸を統一した中国共産党に派遣し、毛沢東・周恩来・人民解放軍総司令官の朱徳に南侵計画を説明して支援の確約を受けた。そして中国共産党との秘密協定を通じて、中国軍に参加していた約五万人の朝鮮人を人民軍に編入させ、軍事力を強化した。折しも韓国に駐留していた米軍が、軍事顧問団五〇〇人だけを残して撤退した。金日成は北朝鮮の全権を確実に掌握するために、六月二十四日、「朝鮮労働党」と「南朝鮮労働党」を一つにまとめて「朝鮮労働党」として船出させ、自らが朝鮮民主主義人民共和国の首相と朝鮮労働党委員長となり、全権を掌握した。続いて六月二十五日から二十八日にかけて、平壌《ピョンヤン》の牡丹峰《モランボン》劇場で南北の七一の政党と社会団体の代表七〇四人が集まった中で「祖国統一民主主義戦線（祖国戦線）」を発足させた。結成大会では「米帝を追い出し、李承晩傀儡の徒党を倒して国土完整を成し遂げよう」という「祖国戦線綱領」と「朝鮮全体の民主主義政党社会団体に、そして朝鮮の全人民に」送る宣言が採択された。続いて七月からは、韓国での武装遊撃戦術が新たな段階に移った。遊撃戦を強化しなければならないというスターリンとの約束に基づいて、金日成が南朝鮮でのパルチザン闘争に積極的に賛同したので、韓国各地で展開していた散発的な遊撃闘争がより組織的、大規模化され、「人民遊撃隊」として編成された。五台山《オデサン》地区を第一兵団、智異山《チリサン》地区を第二兵団、太白山《テベクサン》地区を第三兵団とし、彼らに対する訓令を北の朴憲永一派が無線を使って、または直接指導員を南に送って指導した。金日成は、対南政治工作を韓国の事情に詳しい朴憲永と李承燁《イスンヨプ》に託したのである。金日成の徹底した統制下にあった朴憲永は、自身の支持基盤である韓国での解放闘争に勝利してこそ「金日成の食客」という立場から逃れられるので、韓国での武装遊撃闘争の督励に死力を尽くした。李承燁は、韓国で武装遊撃闘争を繰り広げる人民遊撃隊の養成機関として、江東政治塾を自ら運営した。江東政治塾は、一九四八年一月、平安南道《ピョンアンナムド》の江東郡勝湖面《カンドングンスンホミョン》に設立された軍事教育機関で、入校生は韓国から北朝鮮に渡って来た者たちで構成されており、三か月の軍事短期クラスと、政治工作要員を養成する六か月の政治クラスに分かれていた。彼らは政治教育と遊撃戦術訓練を受け「人民遊撃隊」という名前が付けられた。遊撃隊員は対南連絡所を経由して、中東部の山岳地域や東海岸を通じて韓国に入り込み、地方の遊撃隊（パルチザン）と力を合わせてゲリラ作戦を行った。江東政治塾は、一九五〇年に朝鮮戦争が勃発すると閉鎖された。

　金正日の前妻であり、金正男《キムジョンナム》の生母である成蕙琳《ソンヘリム》の姉、成蕙琅《ソンヘラン》が書いた自伝『藤の家』で、江東政治塾について次のように描いている。

　母（金源珠《キムウォンジュ》）が伝えてくれた話は印象深かった。南朝鮮の全域にうようよしていた、かの有名なパルチザン支隊長と軍事委員たち、核となる遊撃隊員たちは、ほとんどが江東塾の出身者だった。名前を聞くだけで胸がいっぱいになる、あの山岳のような人たち。李鉉相《イヒョンサン》・金智会《キムジヘ》・金達三《キムダルサム》・南到釜《ナムドブ》・安哲《アンチョル》・元《ウォン》錫山《ソクサン》・崔進明《チェジンミョン》・朴致祐《パクチウ》、また誰、また誰。彼らは皆ここから巣立ち、そしてみんな死んだ。〔……〕その当時、塾で使っていた「山へいく」、この言葉に込められた情緒をどのように説明できるのだろう。反米、救国のために戦って死のう。彼らは自分の命を民族と国家のために捧げる覚悟で陶酔していた。自分個人のことは全て捨てて。愛も、望みも、どんな名誉や利益も、瞬間の安らぎも、彼らとは縁のないものだった。「山へいく」、死のロマンを意味しているこの言葉は、その時の江東の人にだけ通じる素晴らしい言葉だった。〔……〕愛国心・自己犠牲・同志愛・無産階級の革命・崇高な使命感を同じく持ち、彼らは互いによく似ていた。

李承燁の指令によって、一九四九年九月に江東政治塾出身の五〇〇余人で朝鮮人民遊撃隊第一兵団が編成された。独立後、全国青年同盟総委員長だった普成《ポソン》専門学校出身の李昊済《イホジェ》を兵団長、京城《キョンソン》帝国大学の哲学科出身で社会批評家兼ジャーナリストとして活動し、越北して江東政治塾で政治学を講義していた朴致祐を政治委員として、勝湖《スンホ》駅から列車で襄陽《ヤンヤン》に送った。彼らが三八度線を突破する時は、人民軍の支援を受けた。人民軍が韓国軍と交戦を繰り広げている間に、彼らは他のルートを通じて夜にだけ行軍した末に、五台山と太白山を越えた。また、一九四九年六月には遊撃隊四〇〇人が、七月には二〇〇人が江東政治塾から教育を受けて南下し、五台山地区に送られた。八月には、金達三を司令官とした約三〇〇人が安東《アンドン》・盈徳《ヨンドク》の境界線に送られた。九月には、李昊済の指揮により第一兵団が太白山に入ったのに続いて、十一月六日には一〇〇余人の遊撃隊が船に乗って、慶尚北道《キョンサンブクト》の沿岸地域へ上陸した。一九五〇年三月二十四日と二十六日には、襄陽・楊口《ヤング》・麟蹄《インジェ》付近で待機中だった遊撃隊の金尚浩《キムサンホ》・金武現《キムムヒョン》部隊の約七〇〇〇人を送った。一〇回にわたり南へと向かった武装遊撃隊員の数は、合計二千三四五人に上った。一方、一九四九年末から北朝鮮では江東政治塾とは別に、咸鏡北道《ハムギョンブクト》会寧《ヘリョン》の第三軍官学校を金日成直属の北朝鮮労働党系が設置・運営し、南下する予定の遊撃隊を別途に養成し始めた。これらの遊撃隊は、地方遊撃隊と一緒に山岳地方の面と邑、郡単位の支署を攻撃して、奥地に解放区を設置するなど一定の成果を上げたが、その影響力は微々たるものだった。一九四九年四月から十一月までの左翼が発表した戦果は、年間動員数三七万六千四〇一人、交戦回数六千七六八回、射殺一万一〇三人、各種武器略奪四千二六〇点だった。軍警討伐隊は、遊撃隊と住民との連携を途絶えさせるために、遊撃活動地域である山間地帯に居住する農家を多数移住させたが、智異山討伐戦闘の地域だけでも相当数に達した。これについて、現場を離れ北にいた李承燁は「祖国統一のための南の人民遊撃闘争」（『勤労者』第一号、一九五〇年一月十五日）という檄文で「……李承晩の一味が各所の山間集落を破壊・放火し、そこに住む農民たちを強制追放するのは、実のところ農民と遊撃隊の連絡を断絶させようという悪あがきから出たことだろうが、行けば行くほど遊撃隊を援護する情熱と愛情は高まっている」と誇張して宣伝した。

この時期にロバート・R・シモンズやブルース・カミングス等の修正主義学者たちは、韓国ではすでに内戦が始まったと主張し、北朝鮮の全面的な武力南侵で朝鮮戦争が始まったことを否定した。しかし、北朝鮮側が占領した山岳地帯の解放区以外では一般民衆の呼応が弱く、人口が密集している平野地帯の解放区の確保には失敗し、ゲリラ作戦を行ったものの討伐軍に追われ、生き残るのに必死だった。その上、南に渡った江東政治塾出身の武装遊撃隊にとって、彼らのロマンに満ちた情熱と祖国統一の意志とは異なり、現実の状況はそんな生易しいものではなかった。そこで武装遊撃隊は三つの兵団と各地方の遊撃隊とが合流し、「牙城攻撃」という名前で、官公署が密集した都市の警察署と軍の駐屯地に正面から攻撃を仕掛けた。失敗と犠牲を前提とした自爆行為であり、一種の突撃戦、あるいは決死の戦いだった。牙城攻撃の代表的な事例は、以下の通りである。九月十六日、智異山に拠点を置く第二兵団（総責任者、李鉉相）の遊撃隊二五〇人が順天と求礼《クレ》につながる国道を遮断し、鄭宰粛《チョンジェスク》の指揮により四〇人が光陽《クァンヤン》警察署を包囲した。また、朴鍾和《パクジョンファ》が率いる六〇人が西小学校に駐屯していた第一五連隊を奇襲攻撃し、六〇〇人を射殺または負傷させ、七〇〇人を捕虜にする戦果を上げた。その他、京畿道一帯を除く全国各地で、小規模遊撃隊による牙城攻撃が広がった。慶尚北道の永川《ヨンチョン》と聞慶《ムンギョン》、釜山に隣接した東《トン》萊《ネ》、慶尚南道の居昌《コチャン》と陜川《ハプチョン》、慶尚北道の迎日《ヨンイル》と大邱《テグ》近郊の達城《タルソン》、全羅南道《チョルラナムド》の順天と羅州《ナジュ》の村役場、警察署、軍部隊が遊撃隊の正面攻撃を受けた。特に智異山を中心に、全羅道・慶尚道・忠清道《チュンチョンド》に出没するパルチザンによって、民間人も甚だしい被害を被った。すると、九月二十二日には国防部長官、内務部長官、陸軍参謀総長が会談を行い、組織的な討伐作戦に乗り出すことを決議し、十月から十二月一日まで智異山一帯を中心に戦闘攻勢と宣撫工作を並行して、軍警合同殲滅作戦を繰り広げた。その年の冬には、太白山脈一帯でも軍警合同冬季大討伐殲滅作戦を始めた。南派した主力部隊は討伐部隊に動きを摑まれ、交戦の末にほぼ全滅するという受難に遭った。彼らのロマンチックな革命成就への夢は、厳しい現実の前に空しく崩れたのだ。彼らを武装させ、死地の遊撃戦闘に送り出した金日成や南労党の指揮部は、南朝鮮の武力革命成就という蜃気楼に惑わされたまま、冷静に現実を認識する力が足りなかったことを露呈した。彼らは三八度線の突破までは成功したが、討伐軍との交戦の末に衆寡敵せずで追われる身となった。第一軍団の政治委員朴致祐も、太白山で韓国軍と交戦中に戦死した。南労党のソウル指導部では、一九四九年二月に文化工作隊という名称で、京城帝大出身の国文学者で南労党の文化部長金台俊《キムテジュン》、詩人兪鎮午《ユジノ》、その他音楽家と映画人数人を智異山地区に派遣したことがあった。しかし、わずか一か月の山中生活に耐えられず、下山する途中で民保団（住民自警組織）に捕まった兪鎮午は、法廷陳述で「パルチザン隊員は頼る所もなく、寒さと飢えに疲れ果てて戦意も失っていた」と述べた。彼らは皆、死刑宣告を受けて刑務所に収監され、金台俊はその年の十一月に京畿道水色《スセク》の軍処刑場で他の左翼事犯と一緒に処刑され、残りの文化工作隊員たちも朝鮮戦争の直後に全員処刑された。

一九四九年から一九五〇年にかけてのその年の冬、山中遊撃隊は寒さと飢えと討伐軍に追われる三重苦の中、どうにか命だけは繋いでいた。九月の総攻勢による牙城攻撃は、限られた地域で成果を出しただけで、韓国社会全般には影響を及ぼさなかった。それとは対照的に、討伐軍の冬季大作戦には一定の成果が表れた。一九五〇年に入り、山中生活にこれ以上耐えられない遊撃隊は投降したり、保導連盟等を通じて自首する者が増えた。投降者や自首者、検挙された者が潜伏中の仲間を密告するなど、内部でも仲間割れが起きていた。しかし、北の海州《ヘジュ》に拠点を置く南労党の指揮部は、パルチザン遊撃闘争を引き続き督励し「地方遊撃隊の進攻に人民が呼応、決起している」という、韓国の実際の事情とは隔たりがある大げさな扇動を行った。一方、李承晩政府は全国民レベルでの北伐運動を展開した。一九四九年六月三十日、越南して来た四五〇万人の代表をソウル運動場へ強制的に集め「防衛強化北朝鮮人総決起大会」を開催し、七月一日にはソウルと地方各地の労働者・農民が参加する中「祖国統一防衛強化労働者・農民総決起大会」を開いた。十二月三日には国防力を確実にしようと、公債発行に関する全国民の協力を要請する談話を発表した。常備軍一〇万人、予備軍二〇万人を準備する方針だった。対外的には、アメリカに武器援助を呼びかけ、一千万ドルの軍事援助計画が承認された。一九五〇年一月二十六日には、米韓相互防衛援助協定を締結した。しかし、本格的な戦争の準備に総力を傾けていた北朝鮮に比べ、韓国は軍事力が劣勢に置かれていたが、国防部長官の申性模は「陸軍が水も漏らさぬ三八度線の防衛をしており、大統領の北進命令さえ下れば、昼食は平壌で食べ、夕食は新義州《シニジュ》で食べることができる」と李承晩の前で大言壮語を吐いた。北との軍事的な対決について李承晩に媚びへつらった発言をしながら、その裏では人民の上に君臨していた一部の軍と警察の暴走により、戦争勃発以前にはすでに善良な市民を含む多数の民間人が、左翼暴徒という名の下に虐殺されていた。

韓国の軍警が大々的な討伐に乗り出す一方、保導連盟の自首期間が十一月末で終わると、隠れた左翼の検挙と左翼分子ないし容疑者の虐殺が全国各地で行われた。許万鎬《ホマノ》（慶北大学教授）は『韓国日報』二〇〇〇年五月十五日付の記事で「一九六一年三月二十一日に大邱上仁洞《サンインドン》で発見された学生の白骨化した遺体、同年三月二十六日に大邱地域の被虐殺者遺族会が松峴洞《ソンヒョンドン》大徳山《テドクサン》で発見した数百の亡骸は、一九四九年十二月頃から一九五〇年二月末頃の間に虐殺されたものと推定される。その中には一六歳の少女や六〇代の老婦人もいた。大田《テジョン》西区《ソグ》屯山《トゥンサン》地区、当時の簡易飛行場跡でも、麗水・順天反乱事件に関連した学生と見られる多くの青年が、軍人たちの蛮行によって犠牲となった」と述べている。朴憲永は一九四九年八月十五日の独立四周年記念式で「李承晩は、独立後四年間で九万三千余人の人民を虐殺し、一五万四千人を投獄した」と非難した。彼の相次ぐ李承晩非難声明発表の裏には、韓国の南労党に対して、李承晩政府を暴力革命で転覆せよと無謀な扇動をするしか方法がなかった、北朝鮮での窮屈な自身の立場を弁明する意味もあった。彼は越北を選択し、金日成の下で世話になっている立場だったため、韓国での社会主義建設を平和的に達成することは難しく、武力統一しか道はないという金日成の策略に同調しなければならない運命だったのだ。統一問題に関する彼の立場は、それほどまでに選択の幅が狭かった。しかし、韓国の社会主義運動家たちは、自分に訪れる試練にひるまず耐え、植民地時代から受け継いできた初心を守り続けた。作家朴鍍《パクト》がアメリカの国立文書記録保管庁（ＮＡＲＡ）で入手した戦争記録写真集「消せないイメージ」（ヌンビッ、二〇〇五）には、一九五〇年四月十四日、ソウル近郊で韓国軍憲兵隊長監督の下に処刑された左翼事犯三九人の処刑現場の写真が掲載されていた。そこには約二〇〇人の韓国人士と、陸軍武官を含む六人のアメリカ軍将校も立ち合っていた。処刑現場で胸に銃口の的をぶら下げて、椅子に縛られたまま処刑される瞬間を撮影した記録写真の下に、陸軍武官中領ボブ・エドワードは次のような説明をつけた。「犠牲者たちは共産主義の歌を歌い、処刑が始まると北朝鮮の指導者万歳を叫んだ。彼らは銃殺執行官を淡々とした様子で見つめ、勇敢に死んでいった」

1　車炳直「国家保安法と公安政権の暴力」（『二十世紀韓国の野蛮』、イルピッ、二〇〇一）

第十七章

一九五〇年に入って、韓国の地下南労党は砂の塔が崩壊するように没落し始めた。冬が過ぎ、各部・党部はもちろん、地方党の組織が崩れ、三月にはついに韓国の南労党を率いた総責任者である金三龍《キムサムニョン》と軍事副責任者の李舟河《イジュハ》が警察に逮捕された。捜査網をかわして潜伏しながら地下南労党を率いた金三龍・李舟河の検挙により、南労党は結党三年で最後の砦が陥落することになったのだ。四月になってからは、南労党のナンバー三で、機関誌『労力人民』の総責任者と編集を務めた鄭泰植《チョンテシク》等、一〇人余りの幹部も逮捕された。植民地下の京城コムグループの組織部と労組部を担当し、南労党のナンバー・ツゥだった金三龍、一九二〇〜三〇年代に元山《ウォンサン》地域の赤色労組運動を率いた李舟河、京城帝大出身の理論家である鄭泰植、この三人組が一網打尽にされ、南労党は韓国でその最後を迎えた。

一九五〇年の新年が明けると、まるでネズミでも出入りするかのように僕たちの家を頻繁に訪れていた見知らぬ人たちの姿がぷっつりと途絶えた。それまでは、四つの部屋のうちで誰も住んでない空室に一日、二日泊まっていくことがあったのに、示し合わせたかのように彼らは現われなくなった。各部屋の女性たちは、永進《ヨンジン》工業社が捜査当局に目を付けられているようだとささやき合っていた。永進工業社の後ろにある古物商に怪しい人物が出入りしていると近所の誰かが通報したので、彼らの行き来が途絶えたのだと噂をしていた。女性たちが自分の夫に「なぜ急にあの人たちが来なくなってしまったのか」とその理由を尋ねても、夫たちはうんともすんとも答えなかった。あるいは、監視がこれまで以上に厳しくなったので、出入りする場所を他の所に移したと言った（呉制道《オジェド》検事の『思想検事の手記』に、左翼の地下組織の隠れ家として、永進工業社に注目したという一節が出てくる）。部屋の人たちは一日一日をはらはらしながら過ごし、特に言葉や行動に気を付けなければと、お互いに目配せして確認し合った。母は、姉と僕に特に口を慎むよう注意した。そんな最中でも父は数日に一度くらいは家に戻り、そのまま泊まっていくこともあった。姉の話だと、ある日は新刊の月刊誌『文芸』を持ってきたのを見たらしい。他の部屋に住んでいる夫たちの身にも、特に何事も起きなかった。永進工業社は依然としてしっかり運営されていた。僕は、中折れ帽を時々かぶって、黒いコートを着た鄭社長が工業社にしょっちゅう出入りする姿を見かけた。鄭社長は僕を見るたびに、「頑張って勉強するんだよ」と言葉をかけてくれた。今思えば、鄭珍択《チョンジンテク》社長こそがカメレオンのように左と右に二股をかける、変身巧みな事業家だったのだ。当時、彼の妻の実家は警察の要職にコネがあり、彼本人は南労党に後援金を出していた地下の財政担当員だった。

　冬が過ぎ、春が訪れる季節の三月になると、父の帰宅の足が遠のいた。その頃、母は出産を控え、お腹が山のように大きく突き出ていた。三仙橋《サムソンギョ》側に住んでいた叔母は父と相談することでもあるのか、数日おきに墨井洞《ムクチョンドン》の僕たちの家を訪ねてきて夜遅くまで父の帰りを待っていたが、けっきょく父と会うことはできなかった。祖母は車酔いを怖がって、僕たちの家には二回来ただけで、一日、二日泊まるとすぐに叔母の家に戻っていった。父の外での仕事に不安を感じていた祖母は「孫の面倒を見なけりゃなんないんだよ」と言い訳した。父がソウルに来た今もなお、密かに同じ仕事をしていると母から聞かされたのだ。叔母は僕の家に来るたびに、兄さんだけを信じて子供たちまで連れて上京したのは失敗だったと嘆き、ソウルでの生活が大変だと愚痴を並べ立てて帰っていった。叔母の夫は、通りに炭と薪を売る店を出したのだが、商才がないのか儲けも少なく、卸業者に預けた前金まで踏み倒され、冬が過ぎて店を畳んだ。その後は適当な仕事にも就けないまま、持ってきたお金を使い果たしていた。

父からの連絡が途絶えて一〇日が過ぎると、母は居ても立っても居られなくなった。部屋の家族たちも、南労党が完全に崩壊していつ警察が踏み込んでくるかもわからないので、一日一日が針のむしろに座っているようだとひそひそ声で話し合った。母は食欲さえわかないのか、全く何も口にしなかった。姉が「そうやって何も食べないでいたら、赤ん坊だって産めやしないよ」と大人のような口調で言うと、本をくくって学校に行く準備をした。すっかりやつれ果てて青白い顔をした母は何も答えなかった。そして、ぼんやりと望夫石のように座りながら、何か悪い夢でも思い出したのか体を震わせた。母はともすれば幼い僕たちに訳もなく腹を立てた。夜もなかなか眠れない日が続いた。ある日の夕方、母は鄭社長の家から帰ってくると、姉を捕まえて「鄭社長も父さんがどこにいるんだか知らないってさ。最後に顔を見てから、もう一〇日も過ぎたらしいよ。永植《ヨンシク》の母さんの話だと、鄭社長に聞いてみたら地方に身を隠してんじゃないかってさ」と言った。四月に入っても父の行方はわからなかった。部屋に住んでいる女性たちが、金先生の身に何かあったようだと話していた。母は彼女たちの言葉を、くず屋や永進工業社の従業員である自分の夫は無事でよかった、という意味に受け取った。その時から、母もまた父の身に何かが起こったと感じていた。父が浮気をしたのなら、元々そんな人間だから仕方がないと思うのだろうが、今回は「思想問題」だという予感に、ますます心配が膨れ上がった。そして壁にもたれて、大きくなったお腹だけを見下ろしながら一日を過ごした。心配のあまり何も手につかない母に代わって、姉が台所仕事や洗濯をしていた。

母が僕と上の弟を産んだ日もそうだったように、春満開の四月中旬に二番目の弟が生まれた日にも、やはり父はいなかった。姉と僕が四つ違い、僕と上の弟は五つ違い、そして上の弟と二番目の弟は三つ違いだった。体だけは丈夫な母がそんな風にぽつりぽつりと子供を産んだのは、父が家に戻っていた時にだけ母が妊娠したということなのだ。父の浮気癖が峠を越して、家の雰囲気がまずまず穏やかな時だった。二番目の弟が生まれたその日、学校から午前の授業を終えて家に帰ると、母の陣痛が始まっていた。赤ん坊を取り上げるために部屋に来ていた鍾順《チョンスン》の母親が僕を見つけると、うめき声を上げる母を怯えた顔で呆然と見ていた弟に向かって「ほら、兄ちゃんが帰ってきたから、一緒に外で遊んでおいで」と言った。僕が弟を連れて部屋を出ると、鍾順の母親は「陣痛が長くていつ赤ん坊が出てくんのかわかんないから、夕方まで外で遊んでおいで。晩ご飯の時間になったら戻ってくんだよ」と言った。僕は昼食も食べないまま、弟の手を握って南山に登った。松の木の間に桃色のツツジの花がいっぱいに咲いていた。食べても空腹は満たされないとわかっていたが、田舎でそうしていたようにツツジの花を摘んで食べた。南山で花の間を縫うように走り、蝶と鳥の群れを追いかけているうちに、いつの間にか日が傾いていた。僕にちょろちょろ付きまとっていた弟は、草むらにつまずいてよく転んだ。小学校に入学した後もしょっちゅう転んでいたので、僕はしばらく弟の膝の関節や足の骨に異常があるのではないかと思っていたほどだった。山で走り回って遊んでいると、ひどくお腹が空いた。弟の手をひいてよろよろと家に帰ってくると、姉が古物商の井戸端でポンプで水を汲み上げて米を洗っていた。姉は「さっき、弟が産まれたんだよ」と言った。末っ子となった二番目の弟は、生まれた時から体が丈夫ではなかった。

五月十七日、金三龍・李舟河・鄭泰植の特別裁判が開かれたという公判内容が、新聞に大きく掲載された日の前後だったと思う。夕暮れ頃、叔父が息急き切って家にやってきた。ちょうど夕食を済ませたところで、姉と僕は腹這いになって宿題をしていた。二番目の弟に乳を飲ませていた母が、急いで上着をひっかけながら叔父を迎えた。扉を閉めても、叔父は周りで聞いている者がいないか、しばらく警戒するような目つきをしたかと思うと、青天の霹靂とも言えるような話をし始めた。「義兄さんが西大門《ソデムン》刑務所にいるらしいんですよ。未決囚として捕まって、ずっと尋問されてるそうなんですけど、捕まってから、ずいぶんと時間が経ってるみたいですね」「鄭社長も知らないって言ってたのに、どこでそんな話を聞いたんだい」「鄭社長が知らないはずがないでしょうよ。みんな同じ穴の貉だ。あの人も何かやましいことがあるもんで、知ってるくせに知らないふりしてとぼけてんですよ。僕も義兄さんに会うために、足を棒にしてあちこち聞き回ってね。それでようやく消息がわかったんですよ」叔父の話によると、父の同志で、進永《チニョン》時代に民青へ関与していた青年数人がソウルにやってきたのだが、そのうちソウル駅前で背負子で物売りをしている青年から、父が他の仲間三人と一緒にソウル市警の特殊捜査課に逮捕されたと聞いたということだった。「捜査官が、義兄さんと一緒に民愛青に関与した者について、一つ残らず白状しろって責め立てて、きっとひどい拷問を受けてるはずですよ」乳を飲んでいた二番目の弟がしきりにむずかって泣いていたが、母の耳にはその泣き声が聞こえるはずもなかった。「尹《ユン》さん、それが本当なら、どうにか生きて出てこられる方法はないのかい？」母が鼻をすすり上げながら聞いた。「そうですね。こんなご時世だからね。裁判を受けることになるでしょうよ。どうやらしばらくは、簡単に釈放されるのは……」叔父の落胆した言葉を聞くと「あの人は、自分が狂ってやったことだからそれでいいだろうけどね、私らはちっちゃい子供四人も抱えてさ、この知らない土地でどうやって生きてきゃいいんだか……」母は血の気のない唇で力なく呟いた。母の胸で泣き続けている弟を見るに見かねた姉は、母からおくるみを受け取ると、背中に赤ん坊を負ぶって外へ出ていった。叔父は「乙支路《ウルチロ》三街にある印刷所の庶務の仕事を調べてやるって義兄さんが言ってたんだけど、もうそんな見込みもなくなりましたよ。私は、家族を連れてどうやってでも進永に戻んなきゃなんないと思います。義兄さんとそのことについて相談したかったんですがね。もう面会もできませんからね。えらく運が悪くてああなったもんで、いつになったら出てこられんのかもわかりませんよ。警察が共産主義者の種子は根絶やしにしてやるって、ほうきで掃くみたいにみんな逮捕してんですから。義兄さんだけじゃないですよ。もう韓国ではそんな活動なんか、はなっからできなくなりましたよ。お義母さんも、私がそんな話をするとすっかり怖がってね、ろくに眠れないんですよ。早く進永に戻ろうって、毎日せがまれてね」と言った。父が何をして、どこで、どうやって検挙されたのか、僕たち家族は今もなおわからないままだ。父は自分の家族が墨井洞に住んでいることを決して口にしなかったので、僕たちは無事でいることができた。父が家族の居場所についてどうやって言い逃れできたのか、警察が民愛青の関係者を調べるのに神経を使っていたので、その部分が抜け落ちてしまったのだろうか。僕たちはそれを知る術もなかった。

　六月の初め、叔父たち一家はついにソウルでの暮らしを整理した。我が家に来て挨拶をした後、家族を連れて再び進永に戻ってしまったのだ。後日、僕は叔母にその時のことについて「戦争が起きるかもしれないから、ソウルから故郷に戻れとでも父さんに言われたんですか」と尋ねた。「西大門刑務所に入ってる人にどうやって会うんだい。重罪人だからって面会もできないのにさ。あの時故郷に戻ったのはさ、今考えてみても全て運だよ、運。私の運命にも、その程度の運はあったみたいだね。あの寒いソウルの冬の中で借家暮らししてみるとさ、なんだかソウルってとこに愛想が尽きちまってね。朝起きると、部屋の隅っこに置いた飲み水がかちかちに凍ってってさ。農繁期の真っ最中には、どういうわけかものすごく故郷に帰りたくなってね。急いで荷造りしてソウルから引き揚げたんで、共産党の治下にあるソウルで暮らさなくてもよくなったのさ」叔母はそう答えた。

韓国の地下南労党を率いたソウル指導部の三人が検挙されると、北にいた朴憲永《パクコニョン》をはじめ過去の南労党系は、一筋に信じた南の支持基盤を完全に失い、決定的な打撃を受けた。朴憲永は、内輪もめに陥ったまま、お互いがお互いに疑心暗鬼になり密告し合う韓国南労党の現状報告を受けた。そして、信じていた同志の密告により、金三龍・李舟河が捕まった経緯を知ると（その報告さえ真実が隠蔽された）北に留まったまま彼らを救う方法を多角的に模索した。まず初めに、五月二十四日、祖国戦線中央委員会の名で、韓国政府が彼らを拷問・処断できないように声明書を発表した。「共和国南半部の愛国的指導者と愛国的人士たちに対する、李承晩一派の野獣的な虐殺と迫害に関して」という長いタイトルの三項目から成る声明書で、速戦即決の拙速な処刑を強烈に非難する脅迫的な内容だった。しかし韓国政府は、建国後第二回目の国会議員を選出する「五・三〇選挙」を控えていたので、北の祖国戦線が発表した声明書を気にかける余裕はなく、提案を聞くふりさえしなかった。李承晩政府は、五月二十日、李文源《イムノオン》等、若手議員三人の拘束をはじめとして、計一五人の国会議員を検挙し、裁判にかけた。彼らは反民族行為処罰法と農地改革法の制定に主導的な役割を果たした若手議員たちで、地方自治法の即刻実施、国家保安法の制定に反対、米軍の撤収も主張した。いわゆる「国会議員フラクション事件」だ。しかし、五月三十日の国会議員選挙の結果、李承晩に批判的だった中道派民族主義者たちが多数当選し、極右反共を目指していた李承晩の政治勢力に打撃を与えた。李承晩は自身の反対勢力をスパイ事件に関与させたり、投獄しながら弾圧したが、それでも釜山《プサン》で出馬した張建相《チャンゴンサン》等の獄中当選者が出たり、南北交渉派民族主義者である趙素昂《チョソアン》が、米軍政警務局長出身の趙炳玉《チョビョンオク》を破り、全国最多得票で当選したりした。全議席二七〇席のうち、李承晩を支持していた大韓国民党が二四議席しか獲得できなかったのに対して、無所属の立候補者が一二六議席を獲得したのだ。韓国の民心が李承晩政府に背を向けた証拠だった。

北の祖国戦線は、韓国側の反応がないので「平和的統一推進提議要請文」を発表した。そして、北朝鮮の全地域に群衆集会を開き「八・一五独立五周年を南北の人民が統一して記念すべきだ」と宣言した。祖国戦線は、拡大中央委員会で採択された「平和統一要請文」を韓国の各政党・社会団体・各界の人士に伝えようと、六月十日の午前一〇時に三八度線の境界地点にある礪峴《ヨヒョン》駅に人を送った。その一方で、平壌放送を通して祖国戦線の名前で、北に軟禁中の曺晩植《チョマンシク》と、韓国に拘禁されている金三龍・李舟河を交換しようと提案した。李承晩はこの提案を十六日に受け入れ、十八日、平壌放送は二十日正午から午後四時までの間に、礪峴駅で彼らを交換しようという返答を韓国に送った。ソウル放送は、二十六日午後二時きっかりに、三八度線以南一キロ地点へ曺晩植父子を無事に連れてくれば、金三龍・李舟河を北に引き渡すと最後通告した。こうやって金三龍・李舟河の救出作戦において、まずそちらが先に引き渡せ、引き渡せばこちらも渡す、と南北がお互いにけんか腰でやり合う間に、六月二十五日の午前四時、北朝鮮はこれまで密かに準備してきた武力南侵により、全面的な戦争を引き起こした。朝鮮戦争に関する学術論文を数多く発表している政治学者朴明林《パクミョンニム》は、朝鮮戦争の勃発について『朝鮮戦争の勃発と起源Ⅰ』の中で、ソ連のスターリンがどのような経緯で金日成《キムイルソン》の提案した韓国侵略戦争を承認したのかについて、ソ連の外務省極東課長を務めたトカチェンコの証言を紹介した。

金日成は、一九五〇年三月二十日から四月二十五日までモスクワを訪問した。ある記録によると、スターリンの同意は最終的に一九五〇年三月のソ連共産党政治局会議においてだったという。政治局会議で議論した末、スターリンは金日成に最終的に青信号を送った。一九四九年から続いた粘り強い金日成の説得にもかかわらず、同意をしなかったことはもちろん、韓国に対するアメリカの政策と同じく、むしろ南と北の衝突を抑制しようとする立場だったことを考慮すれば、スターリンのこの同意は、ポリシーを正反対に転換したものだった。戦争直前に金日成が秘密裏にスターリンに会ったという事実は、朝鮮戦争の原因を究明するのに、長い間封印された秘密を解き明かす一つの決定的な鍵となった。ウェザービスが発見したソ連共産党の秘密文書によると、一九五〇年三、四月に金日成と朴憲永はソ連でスターリンに会い、開戦問題を協議した。

スターリンの承諾を得た金日成は、得意満面の面持ちでソ連から帰国し、五月十三日に朴憲永と一緒に中国の北京に入り、毛沢東との会談を開始した。彼は毛沢東に、ソ連のスターリンが開戦に同意したが、最終的な決定は中国の毛沢東との協議を通じて行われるべきだと発言したことを喚起させた。金日成のその発言について、中国側は事実かどうかを確認するために電文を通してスターリンの意中をうかがう手順を踏み、スターリンの同意が事実であることを認めた。けっきょく、中国も北朝鮮の計画にようやく同意する結論を下した。韓国の李承晩政権が民心を失うほど不安要因が多かった点とは対照的に、北の金日成政権は比較的早く安定していった。一九四九年には、工業生産力が八・一五独立以前の一九四四年より二〇パーセントも向上し、農業生産も同時期より一・四倍増加して、国民総生産は独立前に比べて二倍にも上昇した。このような安定をもとにソ連の軍事武器支援に支えられ、人民軍の戦力は続々と補強された。何よりも中国共産軍との秘密協定で、中共軍に参加していた五万人に及ぶ朝鮮人を人民軍に編入させたので、彼らが人民軍の核心戦力になり軍事力が強化された。戦争直前の人民軍が約一五万人程度だったことを考慮すれば、人民軍の戦力の約三分の一近くが、戦闘経験豊富で老練な朝鮮義勇軍の出身だったわけだ。この好機を逃してはと、韓国を武力で共産化しようという野心に燃えていた若い金日成に、朴憲永は次のように断言した。「戦争開始とともに、南朝鮮では地下にいる二〇万人の南労党員が一斉に蜂起するでしょう。そうなれば、戦争は瞬く間に終わるはずです」こう言って南朝鮮解放戦争をそそのかした。疑り深い金日成は、朴憲永の言葉を一〇〇パーセント信じることはできなかったが、自分も韓国の情勢については、複数の経路を通じて独自の情報を入手していたので、その言葉に頷いた。彼は、もし戦争が始まっても、アメリカは直接参戦はしないだろうと考えた。万が一、アメリカが参戦を決定したとしても、その時期を秤にかける間に統一戦争を終わらせることができるという確信に満ちていた。それについては、朴明林が『朝鮮戦争の勃発と起源Ⅰ』で発表した推論にも説得力がある。

> 現実的に南労党系列の積極的な支援がなければ、金日成単独で戦争を決行するのは難しかった。南労党系列が反対したならば、スターリンとの最終合意を前後して南労党系列出身の左派が、一九五〇年の春から大挙して南に渡り始めたこともまた説明がつかない。彼らのほとんどが南労党出身だった。ゲリラたちも同様だった。南労党の出身者は、戦争が成功すれば自分たちの故郷と過去の拠点に戻れるだろうという期待も大きかった。活動拠点への帰還と故郷への帰巣本能は、革命に対する意志や情熱よりさらに重要なものだった。韓国出身の多くの革命家は、活動の拠点を離れて集団で越北してから数年が過ぎており、彼らのうち北朝鮮のヘゲモニーブロックに加担した少数を除いては、多くは権力ブロックの外側で孤立していた。

「五・三〇選挙」の結果が物語っているように、李承晩政府に背を向けた韓国の民心も、北朝鮮による解放戦争を熱烈に歓迎してくれるだろうという期待感、これについても金日成と朴憲永の思惑が一致した。

「共和国の警備隊は敵の進攻を撃退せよ」という命令が人民軍司令部から通達されたのは、二十五日の夜明けだった。攻撃開始を知らせる命令は、電話・無線・信号弾・銃砲射撃の四つの方法が使用された。突撃開始は緑色の信号弾の発射、電話では「永川《ヨンチョン》」、無線では「二二四」の暗号が使用され、コードネームは「暴風」だった。朝鮮戦争における北朝鮮の三八度線全面侵攻について、ソ連の外交文書には次のように記されている。

> 作戦は六月二十五日早朝に開始。第一段階作戦は、甕津《オンジン》半島で局地戦の形で開始後、主な攻撃ラインは西海岸に沿って南に移動。第二段階作戦は、ソウルと漢江《ハンガン》を掌握。同時に東部戦線で春川《チュンチョン》と江陵《カンヌン》を解放。これにより南朝鮮軍の主力は、ソウル一円で包囲され壊滅。最後の第三段階作戦では、他の地域の解放。敵の残余勢力を掃討し、重要な人口密集地域と港を占領。

北朝鮮の歴史書『朝鮮通史』は、厳然たる歴史的な真実である北朝鮮の戦争挑発を否認し、次のように人民を欺いている。

> アメリカ帝国主義者の指示の下、李承晩逆徒は一九五〇年六月二十五日未明に共和国北半部に対する武力侵攻を開始した。平和的な建設と平和的な祖国統一のための朝鮮人民の事業は中断された。朝鮮労働党と共和国政府の指導の下に、朝鮮の人民は手に武器を握り、祖国の自由と独立のための栄誉ある祖国解放戦争に決起した。

第十八章

　最初は甕津《オンジン》半島の方から響いていた銃声が三八度線全域にまで拡大した。北朝鮮が全面戦争を開始したという知らせが届いた六月二十五日の午前も、相変わらず焼けるような真夏の日差しが照り付けていた。京畿道《キョンギド》一帯では、いまだに田植えができないほどひどい日照り続きだった。三八度線から戦争の知らせが届いても、よくある局地戦だろうと考え、ソウル市内はいつもと同じように平穏だった。その日は日曜日だった。前線部隊の軍人の中には休暇でソウルに出てきた者もいた。ソウル運動場では全国学生野球大会が開かれていた。その日の午後になると、拡声器を取り付けたジープから、休暇で出てきた兵士たちは急いで帰隊するようにと促す放送が流れた。トラックに乗った軍人たちが、声高に軍歌を歌いながら議政府《ウィジョンブ》の方に走り去る姿が見えた。市内の中学に通う上級生の女子生徒たちは、家々を一軒一軒回りながら食糧になりそうなものを集め、学校の運動場で待機していたトラックに乗って、議政府の戦線の方へと向かった。集めた米でご飯を炊いて、戦闘に出る兵士たちに握り飯を作ってやるのだと言った。二十六日の朝、その日も姉と僕は学校に行った。学制が変わり当時は六月から新学期だったので、僕は三年生、姉は六年生に進級したばかりだった。人民軍が汶山《ムンサン》と東豆川《トンドゥチョン》の方へ押し寄せてくるとか、韓国軍が北朝鮮軍を破って海州《ヘジュ》を奪還したとか、しばらくの間は戦況が入り乱れていた。ひどく曇った空に雨がぱらつき始め、その日の夜から鈍い砲音が鳴り響いた。風呂敷包みを担いだ避難民たちが北村《プクチョン》の方面からやってきて、大通りを埋め尽くしながら通り過ぎた。ソ連製ヤーク機一台が昌慶苑《チャンギョンウォン》の方から現われ、退渓路《テゲロ》四街の交差点に向かって低空飛行で接近すると、永進《ヨンジン》工業社の斜め向かいに爆弾一つを落として消えていった。二階建ての家が爆撃を受け、その家の家族数人が死んだという話が広まった。戦争中に僕が見た唯一の北朝鮮の戦闘機だった。李承晩《イスンマン》はソウル死守を決意し人々を安心させたが、自身は二十七日の午後、密かに大田《テジョン》へと避難した。

二十七日にも姉と僕は学校に行ったが、学校全体は午前中だけ授業を行った。姉は五月末に卒業記念の修学旅行で仁川《インチョン》に行った。その時、月尾島《ウォルミド》で撮った写真をもらってきて、母と僕に自慢したりした。永進工業社の隣には擁壁があり、その上は宣教師の社宅だった。そこで暮らしていたアメリカ人の家族が荷物をまとめ、ジープに乗って避難していくのを見た。政府の官吏と高級将校、軍人や警察の家族、金持ちの家も急いで市内を抜け出した。午後になると、弥阿里《ミアリ》の方から聞こえる砲音がさらに近づいて来た。客車部屋の人たちは誰が提案したのか、とりあえず必要な物、大切な物を永進工業社地下の防空壕に移し始めた。モーターやその付属品等、様々な物を片づけ、かますや蘆の敷物を敷いて、地下の防空壕で夜を過ごす準備をした。地下の防空壕には部屋の三家族と、鄭《チョン》社長の家族、そして古物商の家族が合流した。しかし、大人の男性は古物商の夫だけで、皆どこで夜を過ごしているのか誰も姿が見えず、女性と子供たちだけが残っていた。ひどいカビの匂いが立ち込め、湿気の多いその防空壕で、各家族はかますや蘆の敷物を敷いて座り、外の動静に耳を傾けた。灯火を目がけてコオロギが姉の顔に跳ねたので、姉がわあっと悲鳴をあげた。深夜になると、人民軍がソウルの四大門付近にまで進入したのか、灼熱の砲音と銃声が地下のセメントの壁を崩すかのように激しく聞こえた。地下の防空壕の上には、大型発電機・変圧器・モーターが積み重なっていたため、もし砲弾でも落ちて天井が崩れれば、みんな下敷きになって即死するところだった。二十八日の午前二時三〇分、韓国軍が漢江《ハンガン》の橋を爆破したため、避難する人々の足が奪われた。外の砲音と銃声で、子供以外は誰も眠れなかった。大人たちは横になることもできず、うずくまったまま夜を過ごしていた。浅い眠りに入った僕が、壁を打つ砲音に驚いて目を覚ますと、大人たちは表情一つ変えずに外の動静に耳を傾けていた。大人たちは目を半分ぐらい閉じたまま、この戦争の結果がどのようになるのだろうかと思案している様子だった。客車部屋の男性たちがあんなにも願っていた南朝鮮の解放というものは、果たして実現されるのだろうかという期待に浮き立つ心を、必死で抑えているのかもしれなかった。母もやはり言葉にこそ出さなかったが、末の弟をお包みに包んで抱きかかえたまま、西大門《ソデムン》刑務所に収監されている父が、この戦争でどうなるのだろうかと考えていたに違いない。

　二十八日の明け方になると、砲音と銃声がまばらになった。僕は小便をしようと両手をズボンのチャックに当てて、地下の防空壕から外に出た。二日間降り続いた雨はいつの間にか止み、夜が白々と明けていた。闇の中を手探りしながら、永進工業社の玄関のドアを押し開け、顔をそっと出した。薄暗い夜明けにもかかわらず、避難民たちが道路の向う側にある建物の下にぴったりとくっ付いて、奨忠壇《チャンチュンダン》峠の方に足音を忍ばせながら歩いていた。その時、いきなり強い風音を立てながら、目の前を何かがさっとかすめていった。瞬間、僕はそれが銃弾であると直感した。あの時のひやりとした記憶は今もなお鮮明に残っている。僕は交差点の方に行ってみようと思ったが、玄関のところで足を止めた。乙支路《ウルチロ》の方から立て続けに銃声が聞こえたからだ。僕は素早く地下室に戻った。地下室で明植《ミョンシク》と永植《ヨンシク》にたった今外で見たことをこそこそと小声で伝えた。明植は「朝ご飯を食べたら、一緒に乙支路に行ってみよう」と言った。夜が明けると、防空壕で夜を過ごした各家族は皆朝ご飯を炊こうと外へ出た。「共和国が僕たちを解放させた！　万歳！」鍾順《チョンスン》の母が明るい外に出て、大声で「人民共和国万歳！」と叫んだ。「ほら、金先生もすぐ西大門刑務所から出て来るはずですよ」隣の部屋の新妻が母を見て嬉しそうに言った。「この男たちは、みんなどこで夜を明かしたんだろう」古物商のおじさんがぶつぶつ言いながら空地に出た。南山《ナムサン》の方から断続的に銃声が響き、乙支路の方からは歓声が沸いた。永植は、朝食を食べるために家族と一緒に自宅へ帰った。部屋に戻って来た母は、チマチョゴリに着替えて「さあ、西大門刑務所に行ってみよう」と言うと、末の弟を背負って姉と一緒に家を出た。「どこにも行かないで、部屋で大人しく待ってるんだよ」という母の言い付けで、僕とすぐ下の弟が留守番をした。母がいなくなると、もしもみんな戻ってこなかったらどうしようと不安になり、僕はわっと泣き出した。僕が泣いているにもかかわらず、弟は何も言わずに僕をじっと見つめるだけだった。しばらく泣いていると、ねんねこに末の弟を背負った母と姉が帰ってきた。激しい銃声に行く手を阻まれ、戦車は砲を撃ちながら走っているので、日新《イルシン》小学校の前で動けなくなったようだった。

　昨日の夕方に炊いておいたご飯を少しばかり食べている時、永植が空き地側の窓を叩きながら僕を呼んだ。早く外に出たかったが、母から部屋の中でじっとしていろと言われてむずむずしていたところだった。ちょうど母が隣の部屋に行っているのをいいことに、僕はすぐに空地へと抜け出した。永植と大通りに出てみると、乙支路の方では人々ががやがやと騒がしく、拍手をする音が聞こえた。乙支路四街の方に向う道沿いの小さな店が砲弾を受け、めちゃめちゃになってしまった。飴や菓子などが道端に散らばっていた。僕はそれらをかき集めて、ポケットに入れた。乙支路四街交差点にある民保団《ミンボダン》の建物の近くを通りかかった時、金物屋の前に韓国軍の死体がうつ伏せになっていた。血まみれの死体を初めて見た僕はぎょっとした。乙支路の歩道は、人民軍のパレードを見ようと出てきた人々が長蛇の列をなしていた。「共和国万歳！　人民軍万歳！」と叫ぶ声と、拍手の音が街中を覆っていた。永植と僕は人々の間を縫って前の方に出た。草木で覆いカモフラージュした戦車の開いたハッチから上半身を突き出した兵士、地響きを立てる戦車のキャタピラーの音、星が描かれた人共旗を高々と掲げ、トラックに引かれる砲台の威容は、まるで凱旋将軍のようだった。続いて二人乗りのバイクの隊列、そのバイクの上で、眼鏡付きの帽子を被った兵士が手を振る凛々しい姿、その後ろには軽機関銃を担いだ人民軍の隊列が続いた。肩に担いだ長銃が膝下までくる少年兵も混ざっていた。いつの間にか、隠しておいた人共旗を持ってきて振る人も現われた。僕たちのように、まだ一〇歳にもならない分別のつかない子供たちには、なぜ同胞同士で戦争を通して相手を制圧しなければならないのか、人民軍が夜通し銃を撃ちまくりながらソウルに入ってくる間、あんなに勇敢だと言われていた韓国軍は、どうして反撃すらできずに敗退してしまったのか、何もかもが全くわからなかった。とにかく、人民軍のソウル市内パレードは、実に驚くべき光景だった。おしっこを漏らすほど引き付けられる見せ物だった。三〇分ほど見ているうちに、母が僕を探しているだろうと思って永植と一緒に家に帰った。

二十七日の午後一一時頃、ソウル市内に初めて進駐したのは人民軍第三師団第九連隊だった。まず、金三龍《キムサムニョン》と李舟河《イジュハ》を救出するために先発隊がその部隊に付いて入り、最初に西大門刑務所を襲撃した。しかし、刑務所の中を隈なく探し回っても、金三龍と李舟河の姿は見えなかった。刑務所を空ける前に、まだ刑期が残っていた左翼事犯を一か所に集め急いで処刑したのだが、その死体の中からも金三龍と李舟河を探し出すことはできなかった。実は、刑務所当局は二十七日の未明、南労党の首魁であるこの二人を別々に引っ張り出し、南山の入口にある南山憲兵隊に連れていった。そして、裏口の外にある森の中で処刑したのだった。二十六日の夜、延臣川《ヨンシンネ》にある谷でも無数の銃声が聞こえたという住民の証言があった。「成始伯《ソンシベク》事件」により検挙され、西大門刑務所に収監されていた大物スパイ、成始伯をはじめとする左翼囚人、一千二〇〇余人がそこで処刑されたのだ。二十八日未明、人民軍第四師団第五連隊がソウル大学病院を襲撃し、韓国軍患者、一五〇人を寝床に横たわっているそのままの状態で射殺した。戦争勃発に伴い、人民軍と韓国軍双方による虐殺は、もはやその始まりに過ぎなかった。

　二十九日の正午、ソウル市庁の広場では「人民軍ソウル解放歓迎式」が盛大に開かれた。広場は、歓迎を兼ねて見物に来たソウル市民と人民軍で埋め尽くされていた。凱旋将軍となり、ソウルにやって来た李承燁《イスンヨプ》は、六月二十六日、平壌《ピョンヤン》放送を通じて「全ての朝鮮人民を……向けて」との副題が付いた「全ての力は戦争の勝利のために」を金日成《キムイルソン》に代わって読み上げた。特に「共和国南半部の男女パルチザンたちは、遊撃闘争をさらに猛烈に、さらに勇敢に展開し、人民大衆を広く網羅して、解放区を創設、または拡大するべきです。パルチザンたちは、後方で敵を攻撃・掃討し、敵の参謀部を襲撃し、鉄道・道路・橋梁・電線・電話回線などを切断・破壊し、あらゆる手段を利用して敵の前線と後方との連絡を絶ち切り、至る所で反逆者たちを処断し、人民の政権機関である人民委員会を復旧し、人民軍隊の作戦に積極的に協力しなければなりません」と熱弁を振るった。これは韓国の遊撃隊、そして地下南労党による不屈の闘争と蜂起を煽動することになった一節だった。ソウル市内は、大通りに集まった人でごった返していた。皆が新しい世の中に出会ったことへの期待と戸惑いで浮き足立っていた。共産主義社会は配給制だそうだが、生活必需品を売る市場は立つのだろうか、韓国のお金は使っても良いのだろうか、共産主義社会は宗教をアヘンとみなして入信させせないようにするらしいが、寺と教会、カトリック教会はそのままになるのだろうか……等々、様々な新しい制度が気になるのは当然のことだった。すでに「自治隊」と書かれた赤い腕章を着けた青年たちが、どこから奪ったのか長銃をかけて街を闊歩していた。

　母は苛立ち焦って、末の弟を背負ったまま永進工業社の前と古物商の庭を行ったり来たりしながら、父の帰りを待っていた。二十九日の正午のことだった。拷問の後遺症なのだろうか、不自然な歩き方の父が古物商の庭に入ってきた。「父さんだ！」僕は驚いて大声で叫んだ。ところが、父の姿はとても見ていられないほどひどいものだった。垢がひどく染み付いた木綿のズボンを履き、体は骨と皮ばかりに痩せこけていた。驚いた母は、弟を抱いたまま体をがくがくと震わせて父を迎えた。母は父に会ってもぽっかりと口を開けただけで、何も言えなかった。姉も、がりがりに痩せた小さな父の姿があまりにも痛ましくて、何かを言おうとしても言葉が出てこなかった。「西大門から来たんだ」父はそれしか言わなかった（後で聞いた話だが、父はとんでもなく恐ろしい拷問を受けても、家族の居場所について、そして同じ活動をして来た同僚についても一切白状しなかったそうだ）。

　父は西大門刑務所の未決監に閉じ込められていたので、二十六日の午前〇時から二十七日未明の間に執行された、西大門刑務所の左翼事犯処刑の対象にはならず、千載一遇の機会を得て生き残ったのだ。父は生き残った他の左翼事犯と一緒に、監獄の鉄門を破って突入して来た韓国出身の人民軍先発隊を迎える喜びを味わえたのである。西大門刑務所では、すぐさま臨時「審査委員会」が組織された。父は、韓国の捜査機関による南労党掃討作戦で検挙を免れて潜伏していた南労党の幹部陣と共に、西大門刑務所の左翼系囚人を選別する作業を担当した。これは一般の犯罪者と左翼事犯を区別する作業だった。「四千人を越える我々の仲間を釈放させてきたんだ」そう話す父の疲弊した顔には、うっすらと笑みが漂っていた。その日の昼から、やつれてみすぼらしい木綿服姿に坊主刈りの人たちが、二〇人以上も僕の家に三三五五訪ねてきた。花束を持ってきた人もいた。彼らは西大門刑務所から釈放された左翼事犯たちだった。男たちは部屋に入ってくると、父の前に跪いてお辞儀をした。そして「私たちを助けてくださってありがとうございます」と感泣した。鄭社長もやってきた。「我々はついに生き残ったぞ！」鄭社長が父の肩を抱きながら叫んだ。ソウル市人民委員会は、七月一日付けで南朝鮮の解放区を総括する業務を始めたが、父は城東《ソンドン》区域臨時人民委員会の委員長に任命された。父は任命状を受け取ると、不自由な体を引きずりながら、白菜畑の多い往十里《ワンシムニ》に出向いた。母には「当分の間、子供たちの面倒をしっかり見てくれ。家には時々戻ってくるから」という短い言葉を残した。

　開戦三日後の六月二十八日、ソウルを占領した人民軍は六月末までの三日間、漢江を渡って南進はせずに事態の推移を見守っていた。金日成がなぜ三日間も人民軍の足をソウルに留まらせたのかについては、戦争初期最大のミステリーである。金日成の計画では、最初から韓国の政治・経済・文化の心臓部であるソウルを占領することだけが目標だったのか。ソウルさえ占領すれば、李承晩が白旗を振りながら降参するとでも考えたのだろうか。短期戦でソウルを占領した後、有利な条件の中で南北間での駆け引きをするつもりだったのか。ソウルの占領のみで戦争を終えるべきか、あるいは韓国全土を完全に占領するまで、手綱を緩めずに追い込むべきかについては、ソ連と中国の追加承認が必要だったためだろうか。もしくは、韓国の地下二〇万南労党員と、韓国に散在している遊撃隊（パルチザン）が人民軍のソウル占領に呼応して、全国各地で民衆蜂起を起こすと確信していたのだろうか。金日成はソウルを占領した後、待機状態で三日間動かなかったが、その間、韓国からは彼が期待していた何ものも得ることはできなかった。李承晩が降参したり、急遽休戦を提案して南北協議にしがみつくこともなかった。また、韓国の地下南労党員は期待とは裏腹に、民衆蜂起どころか息さえも殺していた。遊撃隊の活動は、解放区から離れられず、都市の占領は考えることすらできなかった。戦争二〇日前に、北朝鮮から韓国の各市道にあらかじめ浸透させた政治工作員も地下に潜伏したままで、何の活動事項も報告しなかった。解放戦争勃発の知らせにも、人民の反応は意外に鈍かった。韓国の人々は、戦争を通しての完全な祖国統一を歓迎することはおろか、一部は後退する国軍に従って避難するのに汲々として、解放区に残った者はまるで死んだように閉じこもっていた。祖国解放の守護神として「英明なる我が指導者金日成将軍」を韓国の人民が絶対的に支持・呼応してくれるだろうと信じていた金日成は、自分の勘違いを朴憲永《パクコニョン》の口車に乗ったせいだと考え、憤慨した（休戦による戦争の一時停止後、金日成は朴憲永をアメリカのスパイだと攻撃して「我々は朴憲永の言葉に騙された。南労党の二〇万人は言うまでもなく、釜《プ》山《サン》で千人がストライキを起こしても、アメリカの奴らは近寄れなかったはずだ」と彼の判断の過りを非難した）。人民軍が三日間ソウルに留まった際、韓国軍は初期の混乱を再整備する貴重な時間を稼いだ。何より金日成を驚かせたのは、戦争が勃発してから二日後の二十七日に、予想に反してアメリカが韓国を支援するため、すぐに朝鮮戦争への参戦を決定したということである。その日、国連安保理は韓国への軍事支援を決議した。人民軍がソウルを占領してから三日間、韓国のどこにも民衆蜂起が始まったという情報はなく、それどころか米軍が参戦するという知らせを聞いた金日成は、全てを朴憲永のせいにばかりはできなかった。戦線は拡大した。そして、人民軍は三十日の午前から漢江を渡り始めた。この日、アメリカのトルーマン大統領は派兵を決定し、上院は本会議で二億二千四〇〇万ドルの援助を可決、通過させた。七月一日には、日本の熊本に駐屯していた米軍兵士たちが釜山に到着した。北朝鮮は、戦争に動員した二四〇余台の戦車部隊に対して、漢江を越えて速かに進撃するよう命令した。そこで、中部戦線の洪川《ホンチョン》側に押し寄せて来た人民軍第二師団と第七師団は、横城《フェンソン》・原州《ウォンジュ》・堤川《チェチョン》方面への南進を諦めた。その代わり、戦力を改めて整備し、抵抗を始めた韓国軍とぶつかり合った人民軍第三師団と第四師団を助けるために西側に迂回し、水原《スウォン》の攻撃に乗り出した。まず、烏山《オサン》の飛行場から占領し、韓国の空軍力を無力化する必要があったからだ。

人民軍第四師団が米陸軍第二四師団第二一連隊第一大隊（部隊長スミス中領の名前に因んでスミス部隊）と遭遇したのは、京幾道烏山竹美嶺《チュンミリョン》付近だった。スミス部隊は、第二次世界大戦にも参戦したことがある経験豊かな特戦隊だったので、人民軍の戦力を過小評価していた。その結果、最初の戦闘で大隊兵力五四〇人中、将校五人、兵士一五〇人が戦死し、七二人が捕虜となるような敗北を喫した。それから戦線は、平沢《ピョンテク》・天安《チョナン》を経て、南に拡大した。開戦初期の人民軍と言えばほとんどが軽装備で、補給品も二～三日分に過ぎなかった。前方の指揮部に配られた韓国の地図も、せいぜい京幾道烏山付近までだった。これからずっと戦争を行うためには、人民軍はまず何よりも軍糧米から確保しなければならなかった。占領地で活動を開始した人民委員会・内務署・保安隊が、各家庭を回りながら食糧を集め始めた。当時の人共時代、ソウルに住んでいた歴史学者金聖七《キムソンチル》は、彼の日記『歴史の前で』の中で、北から来た党幹部の話を引用している。それによると、「……数えきれないほどたくさんの食糧を、現在船便で仁川から輸送中だ。遅くても一週間以内にはソウルの人々に配給することができるだろう。我々は、すでに昨年の段階で南朝鮮に攻め入ることができる実力を備えていた。だが、食糧の準備が不十分だったため、今まで引き延ばしてきたのだ。今や北朝鮮には三年分の食糧が備蓄されている」という怪しげな話で、戦線に送るための軍糧米を集めたそうだ。ソウルの臨時人民委員会委員長李承燁は、朴憲永の指示の下で人民軍占領地での党の再建に着手した。朴憲永は七月初めにソウルに来て、中央庁の後ろにある民家に滞在したが、人々の前には姿を現わさなかった。朴憲永を牽制しなければならなかった金日成は、朴憲永が韓国の人々から熱烈に歓待される様子を直視できなかった。占領地での党の再建は、中央《ソウル》をはじめとして、道・市・郡・面の順で党委員会を先に組織し「ソウル指導部」が韓国の解放区を総括指揮した。ソウル市党の委員長は、独立後、朝鮮共産党ソウル市責任者を務めた、済州島《チェジュド》出身の金応彬《キムウンビン》（一九一四〜?）が担当した。各地域の道党委員長も決まった。ソウル指導部と市党・道党は、人民軍が占領している解放区の人口調査を口実に、反動勢力探し、避難できなかった韓国の有名人士捜し、没収した農地の土地改革を推進した。軍糧米の収集督励と義勇軍志願者の募集も積極的に行った。何よりも、韓国の人々に対して、民族統一を達成するための解放戦争の当為性、そして祖国統一の必要性を洗脳する宣伝・扇動に熱を上げた。その教育には、北からやって来た文化工作隊員たちが教官を務めた。

世の中が変わると、ソウル市内には以前のように自転車と手押し車、牛馬車が再び現われ、大通りを埋めた。北から来た人民軍や、党の人間に対して事前に教育が行われたのか、彼らは人々に尊敬語を使い、身分の上では如何なる不利益も与えないという点を強調した。人々は、アメリカ式の民主主義とは完全に異なるという共産主義の世の中が一体どのようなものかを知りたくて通りに溢れていた。交差点では、制帽を被った女子安全員が呼び笛を鳴らしながら交通指導を行った。新たに市場が立ち「赤い紙」と呼ばれた北朝鮮の紙幣と合わせて、以前の韓国の紙幣も流通した。人々はこれからどうやって生きていくのか心配で、何より食糧の確保に必死だった。市場の穀物はすぐ品切れになった。戦争前には米価が暴騰し、二千ウォンを超すと人々は食べていくのが大変だと喚いたが、人民軍がやって来てからは外地から穀物が入らないのですぐに五千ウォンを超し、いつの間にか一万ウォンでも買えない状況になった。純ハングルで書かれた『朝鮮人民報』と『解放日報』が刊行された。『労働新聞』は純ハングルの横書きだった。「朝鮮人民共和国軍隊、また勝利！」「金日成将軍、スターリン大元帥万歳！」「李承晩傀儡集団相次いで敗退」という戦況を知らせる太い文字が新聞の一面を飾った。

七月三日、家庭連絡網を通して、明日の朝から普段通りに登校するようにとの知らせが届いた。翌日の朝、姉と一緒に学校に行ってみると、避難した子供たちより、避難できなかった子供たちの方が遥かに多かった。全体朝会の時、避難しなかったのか、できなかったのかわからないが、校長先生が出てきていた。校長先生は壇上に上がり「新しい時代を迎え、これからも引き続き勉強する予定なので、少年少女ドンム［相手を親しく呼ぶ時に使う北朝鮮の言葉］たちは毎日ちゃんと学校へ来なさい」と話した。校長先生が幼い生徒たちに初めて使った「ドンム」という言葉はすぐに流行した。「おじさんドンム」「おばさんドンム」先生のことも「先生ドンム」と呼んで、子供たち同士でくすくすと笑った。翌日から女性の先生が礼儀正しく尊敬語を使いながら、生徒たちに「北朝鮮国歌」と「金日成将軍の歌」「パルチザンの歌」「赤旗歌」などの新しい歌を教えた。その先生はとんがった顎でいつも澄まし顔だったので「狐先生」と呼ばれていた。戦争前に布団の中ででもこっそり練習したのか、オルガンの音に合わせて北朝鮮の歌をかなり上手に歌っていた。その頃、家ごとに金日成とスターリンの肖像画が配られ、部屋の壁の真ん中にかけることが義務づけられた。また朝晩には、その肖像画の前で頭を下げて挨拶をしなければならなかった。人共旗を描いてくること、慰問品収集、人民軍の将兵に手紙を書いてくることが宿題として出された。学校が軍に徴発されると、生徒たちはクラス単位に分かれて授業を受けた。三年生は空っぽの教会の、以前礼拝が行われていた講堂を教室として利用した。街の至る所に掲示板が立てられ、北朝鮮の新聞と新しい知らせ、そして「英勇なる人民軍、七月十日、保寧《ポリョン》・鳥致院《チョチウォン》・忠州《チュンジュ》・丹陽《タニャン》・蔚珍《ウルチン》占領、連戦連勝！」といった戦況の地図が貼り出された。交差点のアーチ型の凱旋門には松の枝がかけられ、板には紙で作った花が飾られて、その真ん中に金日成とスターリンの肖像画が掲げられた。毎日その下で楽隊を動員した職業同盟員・青年同盟員・女性同盟員たちが列をなして、統一戦争への勝利とスローガンを叫びながら行進した。ぎらぎら照りつける炎天下で、赤い鉢巻きをした大人たちが汗を流しながら市街行進を行うその光景を、僕たちはいつも学校帰りに見ていた。食事を作るために、どこからか串のような木でも拾って来ようと南山に登ると、針金や縄で手足を縛られたまま銃殺された死体に出くわし、驚いたこともあった。しばらくすると、清渓川《チョンゲチョン》のドブに捨てられた死体を食い荒らす太った鼠を見ても、何とも思わなくなっていた。

その頃から、白い星が描かれた米のB－29航空機がソウルの上空にたびたび現われ始めた。その時には防空を知らせるサイレンの音が四方から鳴り響き、交通安全員が呼び笛を吹きながら通行人の避難を促した。人々が建物の中や路地の方に逃げると、街の中は急にがらんとした。人のいない街を目標にして、戦闘機が爆撃を始めた。大人は建物の中に避難したが、子供は怖いもの知らずで軒下に立って飛行機が何台飛んでいるかを数え、どこに爆弾を落とし、機関銃を撃ちまくったか、まるで戦争映画でも見るように興味津々と見物していた。死ぬのが怖いとか恐ろしいなどとも思わず、大人たちの戦争ごっこをむしろ楽しんでいた。死や負傷の恐怖が自分たちとは遥か遠いところにあるとでも言うかのように、砲弾がまるで山羊の糞のように落ちるたびに拍手までした。わずか一〇歳前後の僕たちにとっては、北と南がなぜ激しく争い合っているのか、米軍の飛行機がどうしてこの地に爆弾を落としまくっているのか、よくわからなかった。怖がりな僕は、他の子供たちの後ろに立って、はらはらしながらその光景を見つめていた。砲弾が落ちる時は、その音を聞くまいと耳を塞いだ。同じ年頃の子供たちは、そんな僕の名前の前に「やせっぽち弱虫」、よく泣くから「めそめそ弱虫」とくっ付けて呼んだ。生徒たちは昼食を抜いたにもかかわらず、午後になっても家に帰ることが許されなかった。戦闘機による爆撃で破壊された街を清掃するのに動員されたからだ。そうやってレンガのかけら一つでさえも片づけないと、車や牛馬車が通れなかった。

ソウルの人々は、北朝鮮の内務署・人民委員会・保安隊・監察隊等、各種機関の住民扇動・宣伝を耳にタコができるほど聞いているうちに、徐々に共産主義の体制に順応して行った。しかし、持っている食糧が底を突いてしまうと、ひもじさにだけは耐えられなかった。外地から食糧が搬入されない状況だったため、三食のうち二食は粥になり、持っている食糧がだんだん減ってくると、一日二食にして、そのうち一食は粥で済ませた。粟・小麦粉・精麦・糠・黍などのような雑穀まで底を突くと、夏の長い昼の一食を薄い粥で切り抜けなければならなかった。カボチャを雑穀に混ぜたものや、草粥が主食になった。四大門の中では、真夏にもかかわらず青菜すら手に入れることができなかった。どこにでもよく育つシロツメクサなどの雑草も、油で炒めて食べれば毒性が取り除かれるので下痢をしなかった。それで、市場では荏《え》胡麻《ごま》の油が品薄状態になった。人々はこのまま飢え死にするわけにはいかないので、食糧を求めに外地へ出なければならなかった。最初は、漢江を渡るには渡江証が必要だったため、服や装飾品など家の中の売れそうな物を持って、東北や西北側の高陽《コヤン》・議政府・東豆川・南楊州《ナミャンジュ》に出て食べ物を買ってきた。市内の食糧難が深刻になると当局は渡江を許可したので、人々は漢江を渡って南に下り、すぐ必要な食べ物を手に入れてきた。僕の家も状況は同じだった。七月中旬になり食糧が底を突きそうになると、母は鄭社長の家に行って粟と精麦をそれぞれ二升ずつ借りてきたが、もはやそれすらなくなってしまった。母は「こうなったら、往十里かどっかにいるっていう父さんを捜しに行くしかないだろうさ」と言った。父はそこで臨時人民委員長として現地発令を受け出ていったのだが、それから一〇日が過ぎる間にたった一度、ほんの少しの間家に戻っただけで、その後は全く連絡がなかった。姉が母に言った。「金持ちの鄭社長の家から米を借りてくればいいじゃないの」「この前、米を借りた時にも、永植の母さんの顔つきが険しかったからね。人んちの事情を考える余裕なんてないんだよ。みんな生きてくだけで大変なんだ。食糧を簡単に貸してくれるとこなんて一体どこにあるってのさ。自分の家族を食わせるのも大変なんだからね」そう言いながら母はため息をついた。普段から母は人が嫌がるような顔をすると、二度と同じような行動や話はしなかった。永植の母は、ソウル指導部が本部として使っている市庁に夫が真面目に勤務しているので、少しは安心していたようだ。しかし、自分の親の出身成分「北朝鮮の階層制度」が悪いのでそちらの仕事が忙しいのか、普段から嘉会洞《カフェドン》の実家によく出かけていた。

　父が城東区の臨時人民委員長として赴任してから三日目だったか、一度家に戻ってきた時に事務室の位置について教えてくれた記憶がある。乙支路の通りをまっすぐ行くと、城郭の外には杏堂洞《ヘンダンドン》があり、往十里の手前には交差点があった。そこにある三階建てのレンガ造りの建物に人民委員会があるとのことだった。母は、姉と一緒に今日父を捜しに行こうか、明日行こうかと決めかねていた。その時、赤い腕章を着けた人民服姿の人が、スリークォーターに乗って古物商の庭に現われた。家の食糧が底を突いていることを知っているかのように、運転席の横の椅子には粟と雑穀が一袋ずつ載っていた。腕章を着けた青年は「委員長ドンムからこれを運んでくれと使いを頼まれて持ってきました」と話した。母が「夫はどこで生活してるんですか」と聞くと「人民委員会文化部長の家で寝泊まりしていますが、仕事が山のようにあって目が回るほど忙しいので、一日に三～四時間寝るのがやっとですよ」と青年は答えた。母はその食糧を心から感謝しながら受けとると、隣の二家族と古物商の家、そして鄭社長の家にも少しずつだが分けて配った。それから五日後、父は久しぶりに家に帰ってきた。半袖の人民服姿で、髪は短く刈り、相変わらずげっそりと痩せていた。党の仕事がそんなに忙しいのか、顔が赤銅色に焼けていた。父の話では、これからソウル市党の財政経理部で働くことになり、勤務先が家からそれほど遠くない昌徳宮《チャンドックン》敦化門《トナムン》の前に変わったので、しょっちゅう家に戻れるだろうとのことだった。父が帰ってきた日の夕方には「金先生は出世したからね。これからは気楽に暮らせるようになったじゃないか」と、隣人のお世辞がやかましいほどだった。ある日、永植が家に遊びに来て「お前の父さん、ソウル市党財政経理部副部長になったってさ。うちの父さんが言ってたぞ」と教えてくれた。「それって何の仕事するんだい」と僕が尋ねると、永植は「算盤をはじく仕事なんだけどさ。すごくえらい人に間違いないよ」と言った。永植も僕の父の出世を羨ましがっていたので、僕は得意になった。翌日は、中区分駐所の治安隊員である鍾順の父が僕を見て「お前の父さんが南朝鮮解放区の暮らしを担当するえらい人になってな。党の事業をするんだよ。これからは、俺がお前の父さんの世話になるかもしれんな」と、げらげら高笑いをした。いつの間にか、僕たちは近所から「幹部ドンムの家」と呼ばれ、近いうちに大きな家に引っ越しするだろうと囁かれた。ちょうど市内には、避難して行ったまま空き家になっている広い邸宅が多かったのだ。

第十九章

朝鮮戦争直前の韓国の社会は、新生独立国が必ず通る道であるように、後進性から脱却することができなかった。独立と共に自由民主主義、すなわち、資本主義の市場経済社会を受け入れてはいるものの、民度の低さゆえに政治的なレベルと経済もまた未熟にならざるを得なかった。産業は、植民地時代に日本から受け継いだ封建制手工業のレベルに留まっていた。全国民の七割が農業に依存していたが、そのうち自分の土地を持たない小作形態の耕作人口も七割に達した。一九四九年二月五日、農地改革法案が国会に提出されると、地主出身の国会議員からの反対、国会と政府の意見衝突などにより、第一次法公布（一九四九年六月二十一日）、第二次法改正公布（一九五〇年三月十日）という殺伐とした激論を経て、四月六日にようやく「有償没収」「有償分配」として実施された。これは「無償没収」「無償分配」を期待していた小作農たちにとっては、大きな負担となった。独立してから五年が過ぎ、地主が勝手に田畑を売り出したため、実際に配分された農地は総面積の半分程度に過ぎなかった。農民は相変わらず春窮期を粗末な食物で耐え忍び、労役と飢えに苦しんでいた。都会はまるで洪水のように失業者が溢れ出し、生計を立てることが難しい家庭では、小学校にすら行けない子供たちが街に出て、新聞売り・靴磨き・

ガムやタバコ売りをしたり、空き缶を持って物乞いをしなければならなかった。何より殺人的な物価の暴騰が、ただでさえ苦しい庶民の家計を脅かした。

政府の莫大な財政赤字により、一九四九年下半期の物価上昇率は四三・八パーセント、一九五〇年上半期の物価上昇率は二〇パーセントを上回った。一方、公務員による支援物資の着服、貪官汚吏の私利私欲、不正な利益を得ようと企む輩が横行し、コネ（金と権力）があれば全てが解決するような慢性的な腐敗が蔓延した。「俺は右、お前は左」という理念の論争に伴うテロとリンチが法の上に君臨し、社会全体がまるで薄氷を踏むように危うかった。山奥には「野山隊」と呼ばれるパルチザンたちが陣を張り、虎視眈々と赤化を狙い、統一後は二倍にして返すと言いながら民家の穀物と家畜を略奪した。自分たちの言葉に大人しく従わない者は、人民裁判という名を借りて暴力を加えるのが日常茶飯事だった。金九《キムグ》・呂運亨《ヨウニョン》等の政治指導者が暗殺され、韓国には大物の政治家がいない中で、李承晩《イスンマン》の人気は日増しに落ちていった。五・三〇選挙での与党の惨敗はこれを物語っていた。「もし戦争が起これば、南朝鮮にいる二〇万人の地下南労党員が一斉に蜂起するでしょう」と言った朴憲永《パクコニョン》の大言壮語と、韓国の社会体制が腐敗して崩壊寸前であるという金日成《キムイルソン》の考えも、全く根拠のない話ではなかった。ところが、突然勃発した朝鮮戦争が、危機に追い込まれていた李承晩を救った。まさに「禍を転じて福と為す」である。それこそ「歴史の矛盾」と言うべきだろうか。良く言えば、それが「歴史の道理」と言うべきだろうか。アイロニーに満ちた一大事件だった。李承晩は、韓国の心臓部であるソウルが三日目に陥落する前に自国の国民を見捨てて逃亡し、漢江《ハンガン》の橋までも爆破させた、とうてい信頼などできるはずのない政治指導者だった。そんな指導者に対して、ようやく「あなたを必要とする時代が到来した」と、神が救いの手を差し伸べたようなものだった。そんな危機の中でも、李承晩は国民に対して「安心してください」など白々しい言葉を残しあわてて避難したが、その後何かを悟り覚醒したかのように我に返った。風前の灯の危機に陥った祖国の運命を直視し、国の統帥権者として自分がなすべき重大な任務とは何かがわかったのだ。彼はまず初めに、自分の青春を捧げ独立運動を展開してきた地、アメリカに対して「共産化の危機に晒されている韓国を助けてほしい」と支援を要請した。老いてますます盛んなことを誇示するように、この戦争で必ずや勝利を収めるという闘志に燃えていた。彼としては、金日成が期待していた投降や交渉など最初から考えもしなかった。そして、ついに北進統一のチャンスが訪れたことを悟ったのだ。人にはある一瞬、何かの啓示やお告げでも受けたかのように、人生自体を一八〇度転換させる場面があったりするものだが、北朝鮮による韓国侵略は、李承晩にとってそのきっかけとなった。自由民主主義を守り通したいという彼の執念に満ちた意志、不屈の外交力が、水中に沈みゆく国を救い出したのだ。国民もまた、驚くような団結力で戦争による苦難を克服していった。若者たちは大韓民国を守るため、一身を捧げるつもりで銃を手に戦線へと向かった。後方では後方なりに如何なる逆境をも乗り越えようと、狭い仮設一部屋での辛い避難生活を耐え抜いた。

「建国の父」と賞賛される大韓民国初代大統領、李承晩の功罪について、学界では今もなお意見が分かれている。しかし、彼が韓国の地に自由民主主義を実現し定着させた点、北朝鮮から侵略されるや国論を統一し、自由民主主義国家で構成された国連軍の支援を受けることに成功し、戦争を難なく終わらせた点は功績と評価することができよう。しかし、その反面で何より独裁長期執権を画策しながらも不幸な最期を迎え、また、韓国単独政府の樹立により分断国としての運命を決定付けたことは過ちだろう。独立直後、自分の権力安定のために親日派を登用したことを失策と考える人もいる。何よりも、独立及び朝鮮戦争直後に公権力を動員して民間人を虐殺したことは最も大きな失政で、特に三〇万人から三五万人に至る保導連盟加盟者のうち、二〇万人余りと推定される人々を集団虐殺している。個々の虐殺を担当した者の上司を辿って指示した人間を追跡して行けば、最終決定者は大統領なのだ。大統領の許可なしには、それだけ多くの人々を最低限の法的手続きさえ無視して集団処刑することなどできなかったはずである。戦争が勃発した翌日の六月二十六日、仁川《インチョン》で民間人四〇〇人の集団虐殺があった。米第八軍は七月十八日、極東司令部に「六月二十九日、仁川で韓国政府に反旗を翻す動きがあり、その後、共産主義思想を持つ住民四〇〇人が処刑された。これにより人民軍に同調する雰囲気が漂っている」と報告した。この日、衛戍司令官中領金宗元《キムジョンウォン》（日本軍下士官出身で、残酷なことで悪名が高かった。一九五〇年十一月、慶南《キョンナム》戒厳司令部民事部憲兵副司令官だった）は「故意に敵を隠匿・保護する者や、デマを飛ばし民心を混乱させる者は、銃殺・厳罰に処することを警告する」という内容の警告文を発表した。その警告文に接した保連の加盟者、特に南労党や野山隊などで活動してから転向した後、保連の盟員になった者たちは、不安に怯えるしかなかった。当局の説得で保連に加入し、過去の過ちを悔い改め転向した後、しばしば召集されては反共教育はもちろん、体罰も受けた。しかし、いざ戦争が起きると、当局が自分たちの動きを統制し、監視していることがわかったのだ。いつなんどき予備検束の命令が下り、拘禁されるかわからない不安な日々が続いた。ソウルが占領されるや否や、洞ごとにいち早く人民委員会が構成された。そして人民委員会で、保導連盟員を右翼のあぶり出しに動員するという知らせが伝えられると、韓国の保連の加盟者たちは不安で気が気ではなかった。

　保連の加盟者たちは、北朝鮮の立場から見れば盟員として自首しているので、裏切り者として認識された。韓国の立場では、北朝鮮に付和雷同するような内部の敵とみなされた。人民軍が日増しにスピードを上げて押し寄せてくると、盟員のうち都会に住んでいる一部知識人と金持ちは新聞の広告欄を利用して、大韓民国に忠誠を誓約する宣言文を発表した。若者たちは忠誠を誓いながら血書を書いて提出し、軍隊に志願したり、寄付金を募ったり、慰問品を集めるなど素早く動いた。しかし、これはごく一部に過ぎず、ほとんどの盟員は不安に怯えながら事態の推移を見守る以外には何もできなかった。予備検束を逃れるために家を離れ親戚の家に身を寄せても、匿った者まで罰せられたり、住民に通報されるのが怖くて、そこに長く留まることはできなかった。人の多い都会に逃げると、街での職務質問が厳しくなったためにろくに出歩くこともできなかった。残された方法は、財産を売り尽くしてでも権力を持つ人に賄賂を使ったり、日本に密航したり、あるいは山奥に隠れて草の根や木の皮で命を繋ぐ生活を選ぶしかなかった。虐殺は、保導連盟員を一般人と区別して隔離することから始まったのだが、それがいわゆる予備検束だった。戦争が勃発すると、人民軍の南への進撃スピードはまるで洪水のように速く、ソウルと京幾道《キョンギド》一帯では保連の加盟者を召集・監禁するような時間的余裕がなかった。予備検束は、七月中旬に入り忠北《チュンブク》と忠南《チュンナム》以南の地域から始まった。ソウルは、全国でも保導連盟員の数が最も多かった。特に知識人と芸術家が数多く含まれていたソウルの盟員たちは、人民軍が三日目に首都ソウルを占領したことで、予備検束から免れて運よく皆生き残った。「仮定」になるのだが、もし韓国軍が人民軍の侵略に対抗して、ソウル北側の戦線で十五日だけ耐え忍んでいたらどうなったのだろうか。その間、ソウル一帯では保連の加盟者に対する予備検束が行われたはずで、ソウルを敵に渡すような危機に晒されていれば、大量虐殺が起こったかもしれない。しかし、あくまでも仮定は仮定に過ぎないのだ。ソウルに居住していた多くの知識人、特に専門職従事者・芸術家・文人・学生などは生き延びることができた。進永《チニョン》出身で、父の大昌《テチャン》小学校時代の一年先輩であり、漫画「コジュブ」で有名な金龍煥《キムヨンファン》兄弟も保連の加盟者だったが、独立後に上京し、ソウルに住んでいたため無事だった。僕が普段から尊敬し、親しくしていた先輩文人も保連の加盟者だったが、予備検束から免れて生き延びた。当時、保連の加盟者に対する集団虐殺がどれほど恐ろしいものだったのか、その先輩は生涯にわたって自分の履歴において、その過去を沈黙の中に閉じ込めたまま、一つの時代を生き抜いた人だった。乱世には、首都ソウルに住まなければ命を繋ぐことができないとか「天運が助くるものは最後まで生き残る」という言葉は、このことを指すのだろう。

戦争が勃発して一〇日目の七月四日頃から、陸軍特務部隊（ＣＩＣと憲兵隊）は、大田《テジョン》刑務所に収監されていた米軍政反対者、そして李承晩による単独政府樹立に反対する、あらゆる右翼人士まで含まれた民間人の集団処刑に乗り出した。虐殺の現場に参加し、処刑の現場を写真として記録に残した米陸軍の法務官エドワード中領は「大田にいる一千八〇〇人の政治犯を処刑するのに三日かかった。一九五〇年七月の最初の週に行われた」と書き記している。続いて軍特務部隊等は、大田刑務所に収監されていた保連の加盟者を含む左翼事犯、七千余人を数日にわたって大量虐殺した。刑務所から引きずり出した囚人を近隣の郡から動員したトラックにぎっしりと乗せ、大徳郡《テドックン》山内面《サンネミョン》浪月里《ナンウォルリ》の裏山に引っ立てた。そして、長く掘った穴の前に立たせ、背後から射殺したのだ。一日にトラック五台から一五台ずつに乗せて、数日間にわたって全員を処刑したが、そのほとんどが過去に南労党に加担した党員、パルチザンの出身で検挙されたり自首した者、保連の加盟者たちだった。彼らはほとんどが農民で、学生も多数含まれていた。慶北大邱《キョンブクテグ》近郊の慶山郡《キョンサングン》では、大邱刑務所の囚人と地域の左翼を集め、独立してからすでに閉鎖されたコバルト鉱山へと引っ張って行き、彼らを坑の中に閉じ込めて集団虐殺した。坑の中に放置されていた三千五〇〇余体に上る遺骨は、後日、遺族たちが掘り起こした。米軍ＣＩＣ分遣隊は、一九五〇年十月七日の「戦闘日誌」及び「活動報告書」において、済州道《チェジュド》でも警察により予備検束された保連の加盟者七〇〇余人が、八月十七日前後に殺害されたと記している。

釜山《プサン》と慶南地域では、七月中旬頃から予備検束が行われた。政府の公式記録によると、戦争が勃発してから二週間ほど後の七月十二日に、当局の公式的な措置として予備検束を行うという公告文が出された。それは、戒厳法第一三条（非常戒厳地区内では、戒厳司令官が軍法上の必要に応じて、逮捕・拘禁・捜索・マスコミによる出版・集会又は団体行動に対して特別な措置を行うことができる法令）に基づいた「戒厳法」だった。慶南地域の場合を見ると、馬山《マサン》市には馬山刑務所があったので、一千六八一人が集団で殺害されたが、その中には鎮海《チネ》・昌原《チャンウォン》等、他の地域から連れてこられた盟員も相当数含まれていた。特務隊は一九五〇年七月十五日、当時の保連連盟員三六〇人を馬山刑務所に収監した後、七月二十四日から九月初旬頃まで、主に夜陰に紛れてトラックとバスに乗せ、谷間で処刑するとそのまま埋めて遺棄した。あるいは船に乗せ、海に落として殺害した。馬山商業高等学校（現在の龍馬《ヨンマ》高等学校）では、保連に加盟していた学生数十人が、登校前に家から引きずり出され殺されたという証言もある。統計資料によると、東萊郡《トンネグン》で七一三人、金海郡《キメグン》・義昌郡《ウィチャングン》で七五〇人、蔚山《ウルサン》で八七〇人、梁山郡《ヤンサングン》で七一二人、昌《チャン》寧郡《ニョングン》では一五〇人が殺された。金海郡では、スックル［墨のトンネル、の意］と池東《チドン》鉱山だけで少なくとも三〇〇人以上が殺害された。統営《トンヨン》（忠武市《チュンムシ》）の場合、海軍と警察が八〇〇余人を処刑し、頭に石をぶら下げて水に沈めた。密陽《ミリャン》地域では、遺族たちが清道郡《チョンドグン》梅田《メジョン》面《ミョン》徳山里《トクサンニ》コムティ峠の谷間で、射殺された盟員の遺骨一八〇余体を探し出した。三浪津《サムナンジン》では、臨川《イムチョン》地域で白骨化した一五〇体が見つかった。巨済郡《コジェグン》では、八〇〇人の保連加盟者の虐殺があった。虐殺にはＣＩＣ・ＨＩＤ・Ｇ－２等、正規軍と民保団等、一部の右翼団体も関与した。地域警察は、軍に保連加盟者の名簿を渡して殺害を幇助した。その他、智異山《チリサン》を挟む西部慶南地域でも保連加盟者に対する虐殺被害が続出した。晋州《チンジュ》市では証言と新聞報道によると、鳴石面《ミョンソクミョン》等で一千二一八人が陸軍特務隊と警察によって殺された。居昌郡《コチャングン》の場合、一九五一年二月に軍によって引き起こされた「神院面《シノンミョン》良民虐殺」の他にも、馬嶺峠《マリョンジェ》等で一二〇人が警察によって殺害された。山清郡《サンチョングン》では、米《サル》峠等で二〇〇〜三〇〇人が陸軍第三連隊と警察によって、河東郡《ハドングン》では、メティ峠《ジェ》等で一〇〇余人が陸軍特務隊と警察によって、それぞれ処刑されている。郡単位ではない、一介の邑に過ぎない金海郡進永邑だけでも二五〇余人が虐殺された。

一九六〇年、国会良民虐殺事件真相調査特別委員会の構成に先立ち、民主党の朴瓚鉉《パクチャンヒョン》議員は、釜山地域で虐殺された人々の数が一万人以上に上ると主張したことがある。釜山市で虐殺を免れ、生き残った人の証言を総合すると次の通りである。

証言一：釜山刑務所に収監されていた人の証言によると、高《コ》某氏（八五）は南労党釜山市支部幹部で、一九四九年六月に逮捕され、懲役二年の判決を受けて釜山刑務所に収監されていた。彼は、七月二十九日、千人余りの収監者が刑務所の外に引きずり出されたと証言し、彼らは懲役三年以上の刑を宣告された収監者で、皆命を失ったと主張した。「昼休みが過ぎた午後二時頃のことでした。懲役三年以上の収監者を刑務所の庭に集め、トラックに乗せてどこかへ引っ立てて行きました。その人数があまりにも多過ぎて、全員を連れて行くのに丸一日かかりました」

証言二：独立後、文学家同盟に加入したという理由で釜山刑務所に収監されていた崔《チェ》某さん（八〇、前国会議員）は「当時、保導連盟員は各警察署の留置場に予備検束された後、釜山刑務所に移監されました」と話した。当時教師だった彼は、白昼に学校で刑事たちに連行され、当時の南西《ナムソ》留置場に収監されたが、法廷で検察の求刑だけ受けた後、すぐ刑務所に収監されたと言う。収監されていた人のうち、三年以上の刑を宣告された人は皆処刑されたが、彼らのほとんどは深夜に引っ張って行かれた。崔さんの話によると、自分が収監された部屋にも一七~八人が一緒にいたが、自分を除いて皆夜に引きずり出されて殺されたという。「連れて行かれては新たに入って来て、また連れて行かれては殺され、私が出所する前までずっとこんなことの繰り返しでした。引っ張り出された人のうち、相当数が釜山西区岩南洞《アムナムドン》血清所近隣の海に沈められたらしいです」と言った。

証言三：独立後、青年同盟に加入して活動したが、虐殺当時、布告令違反罪で釜山刑務所に収監されていた李《イ》某氏（八一）は「当時、刑務所の中にはとんでもない数の保導連盟員が閉じ込められていて、一般の収監者とは区別され、収容されていました」と証言した。李氏は「腰に拳銃をぶら下げた検事たちが刑務所の庭で収監者を調べた後、A・B・Cと等級を付けたが、その過程で残酷な拷問が行われていました」と話した。彼は「軍人たちが深夜に監房から収監者を引きずり出して手首を縛り、トラックに乗せて沙下区《サハグ》多大浦《タデポ》の海岸や海雲台区《ヘウンデグ》佑洞《ウドン》タルマジ峠等に連れて行って銃殺したが、その数は一回に四〇~五〇人にもなりました」と述べた。李さんは、このような虐殺は、九月の虐殺禁止令以後は行われなくなったと話した。釜山沙下区旧平洞和信《クピョンドンファシン》アパート裏の東梅山《トンメサン》の稜線には、釜山刑務所の収監者たちに対する集団虐殺の現場、三か所がそのまま残っている。埋められた者たちは、少なくとも一六〇余人に上ると推定されている。一九四五年に慶南宜寧《ウィリョン》から引っ越して来た後、ずっと釜山旧平洞に住んでいる李某氏（七三）も目撃者の一人だ。「およそ二か月にわたって、実に多くの人が死にました。私が直接目撃したただけでも五~六回ほどになりますが、一度に四〇人から六〇人ぐらいずつ、まるで干しイシモチを繋ぐように、縄に縛られたまま連れてこられて殺されました」〔……〕この事件があってから間もなく八人が引っ張られてきたが、彼らは日本刀で首を切られ処刑されたという。「軍人たちは人々を連れて来る前に、先に棒杭を立てました。そして、その棒杭に両手を後ろ手に縛りつけた後、刀で首を斬りました」と言った。虐殺は続いた。米軍のGMCトラックで四〇人余りを乗せてきては、車は旧平洞と甘川洞《カムチョンドン》の境目に止めて、人々を降ろすと山を越えて行ってしまった。虐殺現場を指揮した軍人は、黄色い軍服と帽子をかぶっていて、残りの人々は黒い色の服を着ていた。軍人たちは一〇人程度だった。彼らは銃殺に先立って、予め掘っておいた楕円形の窪みの上に木を横に二本ずつかけた。そして縛られた人々を窪みの上の方に四列縦隊に座らせ、前から二人ずつ順番に引っ張り出して木の上に座らせた。続いて、現場の指揮者と思われる軍人が笛を吹くと、M1やカービン銃を持って立っていた軍人たちが彼らの背後から引き金を引いた。銃に撃たれた人々は、銃弾の衝撃で前に倒れ、窪みの中に落ちて行った。同じ方法で皆が処刑された。

その他にも、釜山市東三一洞《トンサムイルドン》ミニ公園一帯で数百人が集団で処刑され、埋葬されたという事実が、地域住民たちの証言によって確認されている。釜山市中区瀛州洞《ヨンジュドン》釜山トンネルの上の野山と、植民地時代に日本人が狂犬病と天然痘等のワクチンを作った場所で、一般人の出入りが厳しく制限されていた岩南洞血清所の付近でも大々的な虐殺が行われた。釜山市東萊区《トンネグ》では、東萊カントリークラブ、回東《フェドン》水源地の入口、古里《コリ》原子力発電所の裏、盤松洞《パンソンドン》雲峰《ウンボン》村、海雲台区佑洞の山裾で「東萊地域遺族会」の発掘調査により、七一三人の遺骨を掘り出した。釜山刑務所から処刑執行場所へ収監者を移送する記録写真も残っている。トラックの荷台にぎっしりと乗せられた囚人たちは、皆丸坊主で、垢にまみれた黄色い木綿のパジチョゴリを着て前の人の肩に頭をうなだれるようにして座り、外の様子が見えないようにされていた。そこにはそんな状態で刑場に引きずられて行く瞬間、彼らが味わった絶望の深さが写し出されていた。それは、写真を見る人の心にもまた、刃物で突き刺されるような苦しみを感じさせる。
小説『寺下村《サハチョン》』『砂州物語《モレトップ》』『修羅道《スラド》』等を書いた小説家、楽山金廷漢《ヨサンキムチョンハン》（一九〇八〜九六）は、生前に虐殺現場に引きずられてゆく直前、将校だった弟子のお陰で命拾いしたと証言したことがある。独立直後、彼は呂運亨が主導した建国準備委員会に加わったが、朝鮮戦争が勃発すると群山《クンサン》に逃げ込んでいた。その時検問にひっかかり、釜山刑務所に収監された。以下は彼の証言である。

僕が刑務所に入ったのは、韓国各地で軍人・警察が非武装民間人を裁判もなく問答無用で銃殺したことで、米軍当局が韓国に強く抗議した翌日だったね。僕が逃げてる間に、刑務所に連れて行かれた人は皆殺されて、僕が入る時も、数え切れないほどの人が捕まっては入ってきたよ。その時から形式的に軍法会議ってものを刑務所の中に設けたのさ。ある日、僕の順番になって、命令されるがままに刑務所の庭に並んだんだ。前の人たちが次々とトラックに乗って行くんだけど、急に誰かが僕の脇腹をぐっと突いたのさ。振り向くとある軍人が僕を見て「あっ！　金先生ではありませんか？」って驚くような表情をしてね。よく見ると、植民地時代に僕が北朝鮮で教師をしていた時の教え子だったんだよ。西北《ソブク》青年団としてやってきて、虐殺に加わっていたのさ。彼が僕を横に退けて立たせたんだ。……当時、特務隊と警察隊では、進歩的な知識人をなくそうと血眼になっててね。とりあえず呼び出しては「文化工作隊」とか「科学者同盟」なんて、ありもしない濡れ衣を着せたんだ。僕が釈放された後、数か月間は静かだったけど、またもや軍法会議で僕を呼び出したのさ。その時、僕は徹底的に監視されていたんで、逃げるなんてことは全然考えられなくてね。ただ、死刑が執行される日だけを待っていたんだ。[1]

政治学者李夏雨《イハウ》は『朝鮮戦争と私』（かささぎ、二〇一〇）という体験手記をまとめた著書において、朝鮮戦争当時、蔚山地域で小学校の上級班に通っていた少年の証言を紹介している。

> 数日後、学校に行く途中で下の村の子供たちから「お前の村で、保導連盟関連で何人か捕まったんだけど、どこへ連れて行かれたのかわかんないってさ」という話を聞いたし、学校でも他の村の保導連盟関連者の話を聞いた記憶がある。しばらくして、僕の実家の村から引っ越して、他所で暮らしていた親戚が保導連盟事件に巻き込まれ、ある人は公開処刑され、ある人は行方不明になったという話も聞いた。〔……〕時間が経つに連れ、保導連盟事件の時に賢い人たちは皆殺されたという話も公然と出回っていた。〔……〕しかし、政治理念とは無関係の、ただの純朴な農民に過ぎなかった兄が、どうして保導連盟に巻き込まれたのか理解できないし、未だによく分からない。〔……〕保導連盟蔚山地域被害遺族らは八七〇余名が犠牲になったと推定しているが、真実和解委員会の調査によると、蔚山地域だけでも四〇七人が集団銃殺されたことが判明している。

戦争が勃発するや、北朝鮮が期待したような、韓国の二〇万地下南労党員が人民解放軍を迎え蜂起するだろうという予想は外れた。その裏側には、保連加盟者への虐殺によって引き起こされた恐怖が、社会全体を覆っていたことも一つの要因として潜んでいたのは明らかだ。社会主義というものが、期待したほど人が豊かに暮らせる基盤にはなり得ないという事実に遅ればせながら気づき、祖国が共産化されないためには、金日成の手先、傀儡軍を打ち破らなければならないという愛国心が動機になった側面もある。しかし、国家による違法殺人、つまり民間人の大量虐殺で、戦時の社会的な雰囲気がそれだけ硬直していたことも事実だ。敵として疑わしい者たちの処断こそが、戒厳令の名を借りた為政者の効果的な統治手段でもあった。しかし、保連の加盟者たちが予備検束の末に虐殺現場へと引っ立てられる時、その本人は一体何を間違っていたのかと自分自身に問いかけてみても、はっきりとした理由はわからず、悔しくてやりきれなかった。権力を執行した側から見れば、彼らの準犯罪行為を何度も指摘したと強弁するかもしれないが、やられる側の立場では、自分が選んだ理念がなぜそんなに間違っているのか、簡単に納得することはできなかった。時間を遡って植民地時代初期の頃を考えても、国内外を合わせた朝鮮人による独立運動は、左派と右派に分かれてはいなかった。一九一九年にロシア革命が成功し、その理念が朝鮮の地に伝えられると、共産主義というものは人間の平等な人生を保障する素晴らしい制度であり、朝鮮も日本という鎖から抜け出し独立さえすれば、その後は共産主義国家として建設されるべきだという考えを持った者がたくさん現われた。その時から、独立運動の路線は右派と左派に分かれた。一九四五年に日本が敗戦し、朝鮮が独立を迎えると、三八度線の北側は占領軍であるソ連の下で左（共産主義）を支持する側のものになった。一方で、三八度線の南側で左を支持する人々は、アメリカの下で力を伸ばしていた右（資本主義）に追い込まれるほかなかった。しかし、だからといって自分がこれまで信じていた理想的な国家建設を見ることもできないまま、簡単に断念することはできなかった。独立後、しばらくの間は米軍政が表現の自由を保障してくれたので、独立した祖国で自分の主張を繰り広げることができないはずはないと、左だろうと右だろうと自己主張をすることは可能だった。韓国での李承晩による単独政府と独善を嫌い、中道を歩んだ金九支持者、穏健左派を目指した呂運亨支持者、万民平等の共産主義社会が良いという朴憲永支持者も多数現われた。しかし、米軍の支援を受けた李承晩を中心とする右派が次第に物理的な力で圧迫してくると、中道派と左派は守勢に回り、三八度線を越えて北に行かない限りは、もはや持ち堪えられない状況になった。そこで、和解の姿勢を構えていた右派に向かって、白旗を振りながら降参したのが保導連盟の加盟者たちだった。転向書を書いて降参することで許しを得たが、戦争が勃発するとまさにその転向書が集団虐殺という不幸の原因になったのだ。自由民主主義の運命が風前の灯のように事態が差し迫っていたとは言え、保導連盟の加盟者たちをなぜあんな集団虐殺という形で懲らしめなければならなかったのだろうか。朝鮮戦争時、捕虜を巨済島《コジェド》捕虜収容所に集団収容したが、最も多かった時には、その数が一七万三千人に達した。このように、保連の加盟者が祖国を裏切る可能性があると判断した場合、巨済島収容所のように南道のとある島に集団で留置するような措置を講じていたら、多くの命が助かっただろう。

　僕の故郷である進永では二五一人が虐殺されたが、そのうち約半分ほどが保連の加盟者だった。実際に発掘された遺骨の数は二五一人だったが、戦争の後、七月と八月の間に三〇〇余人が虐殺されたという申告があった。このような人数の違いは、昌原郡大山面《テサンミョン》の保連加盟者が四〇~五〇人ほど、そして金海郡生林面《センニムミョン》・進礼面《チルレミョン》・翰林面《ハルリムミョン》の者も含まれていたためだ。犠牲者のほとんどは独立後の農民組合に関与し、地主の不当な搾取に抗議したことで、盟員に加入した者たちだった。進永平野は、植民地時代の一九三一年に起きた「迫間農場小作争議事件」で有名な反骨の農村だった。地主の過酷な収奪に苦しまなければならなかった小作人の集団部落が野原のあちこちにあり、人口超密集地域でもあった。したがって、田舎ではあっても民度が高く、反骨精神も強いので、独立後の各村は右翼より左翼が先占して、呂運亨の建準組織が先に定着した。そのため、農民組合運動と青年運動がどの地域よりも活性化していた。父が共青の各支部を村毎に組織して行く時も、その反応が良かった。かなりの教育を受けた町の中産階級も左翼と右翼の支持に分かれたため、お互いに仲が良くなかった。戦争が起きると、これまでは守勢に立たされた右翼陣営の警察と右翼の人士たち、駐屯していた軍、西北青年団、青年防衛隊が、同じ穴の貉で一致団結した。彼らは七月から八月にかけて、普段から李承晩政権に対して不満を抱えていた識字層や、保連加盟者たちを予備検束し、植民地時代に供出米を保管していた駅前の米倉に収容し始めた。最初は、普段からの私的な感情で嫌ったり憎んだりしていた人まで含めて、投網のごとく手当たり次第に五〇〇人余りを予備検束した。牛や田畑等、家の財産を売り尽して賄賂を渡した者は、散々苦労した挙げ句に満身瘡痍で釈放された。しかし、三〇〇余人は七月中旬から八月にかけて、尋問に伴う拷問の末、町中に駐屯していた陸軍の派遣部隊CIC、海軍G－2、警察によって昼夜を分かたずに引っ立てられ、上林面《サンニムミョン》ナバッ峠、進礼面冷井《ネンジョン》峠、上洞《サンドン》峠等で処刑された。

一九五〇年七月中旬から九月初旬にかけて、人民軍が占領できなかった地域で予備検束を受けた保連の加盟者、そして各地の刑務所に収監されていた左翼事犯が集団で虐殺されたが、その数はおよそ二〇余万人と推定される。しかし、事件後六〇年が過ぎた今までも「共産主義者《パルゲンイ》」という呪いの汚名を着せられたままで、その正確な数字は未だに明らかになっていない。四・一九学生革命の成功により李承晩政権が崩壊し、五・一六軍事クーデターが起こった一年間は、真の自由民主主義を享受した時間だった。集団虐殺から一〇年が過ぎ、戦争が終わって六年の月日が流れて、夫や子を失った恨みを抱いて生きてきた保導連盟加盟犠牲者の遺族が、ようやく真相調査委員会を組織して、当時の死亡・行方不明者の申告を受付けた。せめて遺体だけでも探し出そうと、虐殺現場の発掘作業に取り掛かったのだ。全国で自発的に発足し始めた遺族会が進永邑にも作られた。遺族会の調査の結果、その数はおよそ二五一人であることがわかった。しかし、一年後には反共を国是とする軍事クーデター政権になると、遺族会は大きな打撃を受け、再び地下へと姿を隠してしまった。

ところが、当時全国を通して行われた二〇余万人の虐殺のうち、民間人を虐殺した罪で裁判にかけられ、死刑判決を受けて、実際に刑が執行されたケースは一つしかなかった。それは進永邑進永支署主任の金炳熙《キムビョンヒ》だった。朝鮮戦争の後、進永支署主任金炳熙が戒厳令下の戦時を口実に行った悪行は、二つにまとめることができる。

第一に、「進永殺人事件」として知られる姜成甲《カンソンガプ》牧師処刑事件である。一九五〇年十月一日付『民主日報』で報道された囲み記事と、一九六〇年五月二十三日付『釜山日報』の記事を参照し、事件の内容を説明すると次の通りである。人民軍が大田・群山を占領し、慶北地域は安東《アンドン》が陥落の危機に陥った七月中旬頃のことだ。進永邑では管内の右翼人士たちが邑事務所の二階に集まり「非常対策委員会」という私設団体を組織した。朝鮮戦争前の五・一〇選挙以後、進永地域の主導権を掌握しようと、地方の有志たちが勢力争いを繰り広げていた。そんな中、朝鮮戦争が勃発すると、日本の手先として活動した前歴のある人士数人が集り、自分たちこそが右翼の代表者であると宣言し組織したのが、正に非常対策委員会だった。普段何かと目障りな奴らを、この機会に懲らしめてやろうという一種の私設軍法会議だった。非常対策委員会は、委員長として進永邑国民会副委員長である李錫欽《イソクム》を置き、支署主任金炳熙、邑長金《キム》潤燮《ユンソプ》、副邑長姜百秀《カンベクス》、青年防衛隊長河溪伯《ハゲベク》、邑議員で義勇警察警査姜治順《カンチスン》等が委員となった。彼らは七月二十七日、時局がますます差し迫っていることを機に、進永地域で名望が高く中道派の大黒柱だった、ハンオル中学校の設立者で校長の姜成甲牧師、そして、桃畑と甘柿畑を所有する果樹業者で、ハンオル中学校理事長崔甲時《チェガプシ》の二人に「パルゲンイ」だという濡れ衣を着せ、殺害しようと共謀した。

姜牧師こそが、貧しい農民の子女たちに学びと信仰の道を開いてくれた人物で「韓国版ペスタロッチ」として尊敬される郷土教育者だった。しかし、彼のそのような姿が非常対策委員たちには「教育者を謳いながら良心を売るやつ」とみなされて、嫉妬の対象になったのだ。彼らは、姜成甲牧師を「進永が故郷でもないくせに教育事業を口実にのさばるのが癪に障る」と非難した。一方、崔甲時は町の有力者として国民会支部の側では警戒していた人物で、ことあるごとに原理原則を主張するのが目障りだった。処断の方法と時期については、支署主任が決めることにした。支署主任金炳熙は、すぐさま二人を支署に連行した。彼は事件の後、責任を二分する考えからCIC派遣隊長李《イ》明奎《ミョンギュ》中尉を仲間に引き入れた。支署主任は町の事情に疎い李明奎中尉に「あの男は宜寧から来たよそ者のくせに、土煉瓦で学校を建てて近隣の農村を回りながら貧農の子女たちを集めては、共産主義式共同体の生活をしようとそそのかしている。階級打破を主張し、平等概念を振りかざして無産大衆（貧農）を扇動するパルゲンイ校長なのだ」とあおった。八月一日の深夜一二時頃、支署主任は李明奎中尉・青年防衛隊長河溪伯・義勇警察二人を連れて、姜成甲と崔甲時を縛り上げトラックに乗せた。そして、町中から野原を横切って、四キロ離れた昌原郡大山面洛東江《ナクドンガン》の端にある守山《スサン》大橋（大進《テジン》橋）の下へ連れて行った。橋の下の砂浜に着き、縄で縛った姜成甲牧師を跪かせた後、李明奎中尉は懐中電灯で照らしながら「最後に言い残したいことはないか」と尋ねた。姜牧師は「少しだけ祈る時間をください」そう言うと小さな声で、戦争の惨禍に巻き込まれた祖国、そして人間が犯した罪について神に祈りを捧げた。その時だった。支署主任がその祈りさえうんざりだというように、持っていたカービン銃を姜牧師の頭に当てて引き金を引いた。姜牧師はその場に倒れた。『旧約聖書』の「イザヤ書」五三章に「彼が担ったのは私たちの病、彼が負ったのは私たちの痛みだったのに、私たちは思っていた。神の手にかかり、打たれたから彼は苦しんでいるのだ、と。彼が刺し貫かれたのは私たちの背きのためであり、彼が打ち砕かれたのは私たちの咎のためだった」という言葉がある。裁判という手続きも踏まずに、私設軍法会議によって犠牲になった姜牧師の死こそが、まさにその言葉を体現したと言えよう。姜牧師が処刑された瞬間、李明奎中尉、防衛軍隊長河溪伯、義勇警察が油断した隙に、崔甲時が川の水に飛び込んだ。義勇警察隊員が真っ暗な川に向かって銃を乱射したが、崔甲時は大腿部に銃傷を負ったまま泳いで生き残った。翌朝、この知らせを聞いたハンオル中学校の学生たちは、泣き叫んで一気に洛東江へと駆け込み、数日の間号泣しながら遺体を葬った。郷土教育者としての姜成甲牧師の人柄を称える追悼の文章は、朴炯圭《パクヒョンギュ》牧師、李奎浩《イギュホ》（前、文教部長官）、金東吉《キムドンギル》（延世《ヨンセ》大学名誉教授）の著書にも見られる。彼の美談と逸話は、今もなお進永の老人たちの間では語り継がれている。姜成甲牧師が設立したハンオル中学校があった場所（現在の進永女子中学と進永高校の間）には、彼の業績を称える胸像と記念碑が立っている。

第二に、進永支署主任金炳熙が犯したもう一つの悪行は、進永中学校女性教諭殺人事件である。一九六〇年五月二十五日付『釜山日報』で報道された事件の内容は次の通りだ。姜牧師殺害事件があった直後の一九五〇年八月初旬のことだ。進永中学校の女性教諭金寧明《キムヨンミョン》（二七）は、結婚六か月目の新妻で美しい人だった。彼女は、保連加盟者だった兄の金寧奉《キムヨンボン》（三七）の脱走の件で支署に呼ばれるようになった。金寧奉は保連加盟者として、当時進永に駐屯していた海軍Ｇ－２に連行された。そして、何度も拷問を受けた末に警察に引き渡され、一〇余人の保連加盟者とともに夜中にトラックに乗せられた。昌原方面へ向かう途中で、トラックが故障して徳山《トクサン》峠で止まってしまった。すると、引率した警察が縛られていた加盟者たちを山へ連れて行き、丘に座らせて背後から銃を撃ちまくった。縛られていた者たちは次々に倒れたが、幸いにも金寧奉は足に銃弾が貫通したまま気絶してしまった。警察は加盟者が皆死亡したと思い込んで撤収したが、その後に金寧奉は意識を取り戻した。彼は現場から必死に這いながら山を下り、病院で応急手当を受けると、そのまま釜山に身を隠した。翌日、金寧奉の死体がないので、彼はまだ生きていて逃走したのだと知った支署主任金炳熙は、金寧奉の妹金寧明を支署に呼び出した。支署主任は、金寧明を七〜八回にわたって脅迫した上に拷問し、逃げた兄の居場所を吐けと迫った。金寧明は裸にされ、拷問を受けて腕の骨を折った。さらに金炳熙は彼女を犯そうとしたが失敗した。すると、義勇警察に彼女を殺せと命じたのだった。義勇警察三人は、金寧明を進永の裏山に連れて行き、そこで彼女を殺害した。

七月中旬から八月末までの進永邑は、まさに険悪な雰囲気そのものだった。海軍G－2派遣隊、陸軍CIC派遣隊、警察が加勢した虐殺が相続いたのだ。彼らは、昼夜の別なく保連加盟者を米倉から引きずり出し、一〇人〜二〇人ずつトラックに乗せると、進永付近の奥まった谷間へ連れて行き、銃殺した後に埋めた。九月に入ると、洛東江守山大橋から川に身を投げ命拾いした崔甲時は、進永良民虐殺を主導した支署主任金炳熙、他四人を釜山地方裁判所に告訴した。そして、その内容を詳細に記述して、マスコミにも知らせた。この事件は、アメリカの宣教団体と国連韓国再建団（UNKRA）が問題を提起し、アメリカでも報道された。この事件が国外にも知れ渡り世論が沸き立つと、政府も法律で罰するしかなくなった。進永支署主任金炳熙、他四人を軍事裁判にかけた結果、金炳熙は死刑、残りの四人は一〇年の刑を言い渡された。しかし、金炳熙だけに死刑が執行され、この事件に対する世間の記憶が風化すると、他の四人は一か月足らずで皆釈放された。当時、戒厳民事部長だった金宗元が、三千万ウォンの賄賂を受け取って彼らを釈放したという裏話があったのだ。

一九六〇年六月二十六日付の『釜山日報』には、事件が発生して以来一〇年ぶりに行われた遺族会合同葬の記事が載った。「進永の犠牲者二五八人。進永地区良民被虐殺者合同葬の告別式は、二十五日の午前一〇時、進永駅前広場にて五〇〇人の遺族と五千人の住民たちが参加する中、しめやかに執り行われた。

この日の告別式は、一五か所の虐殺墓から掘り起こされた二五八体の遺骨を乗せた霊柩車と、それに続く喪主たちが到着して始まった。ハンオル高校楽隊のもの悲しい奏楽に続き、焼香・読経・弔辞の順で進行された。特に故姜成甲牧師の弟、姜武甲《カンムガプ》氏が弔辞を朗読すると、式は痛哭の海となり、無残にも虐殺された一〇年前の憤怒が蘇った。二五八人の冤魂は、正午に告別式場を出て、埋葬地である雪倉峠《ソルチャン》へと行進した。葬送行列には三千人を超える弔客が後に続き、路肩に立ち並んだ住民たちも静かに涙を流しながら行列を見送った。埋葬地にはすでに多くの人が集まり、遺体が到着すると遺族たちが抱き合って泣き叫ぶ中、午後一時三〇分、棺は墓穴に下ろされ、彼らは安らかな眠りについた」この合同葬には咸台永《ハムテヨン》前副統領と金泳三《キムヨンサム》前大統領も参加した。

　李昤京《イリョンギョン》氏が二〇〇三年に発表した聖公会大学の修士論文「朝鮮戦争前後の左翼関連女性遺族の経験研究」(『ハンギョレ新聞』二〇〇三年四月七日付再引用)では、パルゲンイと呼ばれ、夫を失った老婦人一五人の人生について聞き取り調査を行っている。この論文には、生涯にわたり苦難という重荷を背負って生きてきた老婦人たちの辛い人生がよく描かれている。「夫が死んでから、姑にはえらく虐められたよ。(夫が)パルゲンイとして連れて行かれたんで、パルゲンイの女房はうちにも来るなって言われたんだ。〔……〕私のせいで夫が死んじまったってさ。……自分はご飯を食べても、私にはくれなくてね。……私は独りぼっちになっちまって、乞食の中でもこんなみじめな乞食なんていなかったよ(朴泰姫《パクテヒ》氏(仮名)七二)」「男は一人もいなかったんだ。姑二人・娘二人、そして私の女五人だよ。それで、家運が傾いたんで、遠くの田んぼは売っ払って、近くの田んぼだけで農業をしてたのさ。〔……〕村の男たちが、昼間に自分んとこの田んぼに水を入れるんだけど、うちの田んぼには夜になってやっとこっそり水を入れることができたんだよ(李順明《イスンミョン》氏(仮名)七三)」〔当時は水不足で、水を確保するためによく争いが起こった〕「上の娘は小学校にも通えなかったね。子供三人をみんな小学校から大学にまで通わせようとしたけど、けっきょく上の娘は学校に行かせる余裕がなかったよ（卞錦子《ピョンクムジャ》氏（仮名）八二）」「あん時は怖くて言えなかったけど、今なら言えるさ。それでも、まだ他の遺族たちは怖がってるよ。私はそれが歯がゆくて仕方ないんだ（梁永姫《ヤンヨンヒ》氏（仮名）七六）」「私の義務なんだよ、これは。死んだ人は死んじまってそれでいいさ。私はこれまで生きてきたんだから、私の義務を果たさなきゃなんないさ。それが私の義務なんだ（朴泰姫氏）」李昤京氏は「彼女たちの人生には、戦争中に経験する直接的な暴力だけでなく、パルゲンイの家族であるため、また、家父長制社会の女性であるがゆえに経験しなければならない、構造的・文化的暴力と差別が内在している」と指摘した。

僕の場合は一つのエピソードが思い出される。休戦後なので、一九五五年の春のことだ。僕たち家族は、大邱市壮観洞《チャングァンドン》のとある家の門屋に間借りしながら、母の針仕事でやっと生計を立てていた。ある日、僕が夕刊の配達を終えて家に戻ると、白いチマチョゴリを着て、髪をきれいに梳き、後ろでおだんごに結んだ若い女性が来ていた。最初は針仕事を頼みに来たお客さんかと思ったが、彼女はなかなか帰ろうとせず、かせ糸をボビンに巻くのを手伝いながら母の機嫌をうかがっていた。僕を見つけると「この家の長男かい？」と言いながら、蒸した餅を差し出した。姉にも声をかけながら、台所の仕事も進んで手伝ってくれた。ところが、母は彼女のことをまるっきり無視し、言葉さえもかけなかった。遠くから来た親戚のようでもないし、貧しい我が家にお金を借りに来た人であるはずもなかった。彼女は夜が更けても帰ろうとしなかったので、僕は姉に誰なのかと聞いた。姉は「私にも誰なのかわかんないよ。米二升と餅一籠を頭に載せてここに来たんだ」と答えた。彼女は、その日一晩を僕たちの部屋で一緒に過ごし、翌朝、朝食を食べると目に涙を浮かべて「こんな形でお別れしたら、いつまた会えるのでしょうか。厳しい世の中、子供たちと一緒にどうぞご無事でお過ごしください」と礼儀正しく挨拶をして、忽然と姿を消した。彼女があんな風に泣きながら去って行ったのに、母はミシンを回すだけで知らん顔をしていた。実に冷ややかな態度だった。母は丸一日が過ぎても、彼女については一言も触れなかった。僕は母のそういうところが理解できず「あの若い女の人、優しい人だったみたいだけど。母さん、何であんなに冷たくしたの？」とそれとなく聞いてみた。「あの女の人？　あの人の旦那はね、お前の父さんが塾をやってた植民地時代から、ちょろちょろと父さんの後を付いて回ってたんだけど、朝鮮戦争の時に保導連盟か何かに巻き込まれて死んだってさ。進永市場に行った時、母さんたちがここに住んでるってことをどうやって知ったんだか、死んだ自分の旦那の話でも聞けるかと思って尋ねて来たんだろうけどさ……」母は、これ以上父についての話はしたくないというように、自分で言葉を切って独り言を呟いた。「北朝鮮に逃げたお前の父さんが現われたら、すぐさま警察署に通報するって話の他に、母さんに何を言えっていうのさ。うんざりするような月日、昔の苦しかったことが思い出されてね、あの女の顔すら見たくなかったんだよ。あんたも私も苦しい運命を背負ってんだから、さっさと帰って忘れ形見の息子をちゃんと育てなって言って帰らせたのさ」彼女は戦争直前、町内の郊外で瓦工場を営んでいた家の娘で、昌原郡大山面の中農の家に嫁に行った。夫は農村自活運動に励んだが、戦争直後に保導連盟加盟者として連れていかれ、進永駅前の米倉に閉じ込められた後に虐殺された。その後、彼女は再婚することなく、忘れ形見の息子を育てているということだった。

1　金起進《キムギジン》『国民保導連盟』（歴史批評社、二〇〇二、一一一〜二〇〇頁）。この部分の他にも、戦争当時、釜山と慶南地域の保導連盟関連資料を取材した釜山日報の金起進記者が書いた右の本を参照した。

第二十章

この地で戦争が起きた一九五〇年という年から、すでに六〇年の歳月が流れた。その年の夏、八歳の少年だった僕にとって、共産党治下のソウルで生活した三か月間の大半はぼんやりと記憶に残っているだけだが、決して忘れることのできないいくつかの記憶もまた残っている。その一つ目がひどい飢えだ。その年の夏の間ずっと、くらくらと目まいがするほどの飢えに苦しんだ記憶は、長い間忘れられなかった。ソウル市党財政部副部長の家ならば、腹いっぱい食べることはできなくても、朝昼晩の三度の食事ぐらいは欠かさずできるはずなのに、実情は違っていた。父の無関心のせいだった。本当に家族のことは父の眼中になかったのだろうか？　父が共産党の仕事であまりにも忙しかったというのは、ただの言い訳に過ぎなかった。その時だけではない。父は生涯にわたって妻子を放っておいたのだ。母が父に浴びせた、家族の面倒も見ずに「思想と女にのめり込んだ狂人」という忌まわしい言葉も、僕は青年期になってようやく淡々と受け入れられるようになった。僕たち家族は、相変わらず薄暗い一間の部屋で、父を除いた五人で混み合って暮らしていた。七月の初旬にトラック便で送ってくれた食糧が底を尽いた後から七月の末まで、父は家にぽつりぽつりと戻っても、手ぶらで来てはさっさと出ていってしまった。

とうとう食糧は家に届かなかった。母が「食べるものが何もなくて飢え死にしそうですよ」と訴えても、父は「戦争中なんでどこの家でも事情は同じだ」と言いながら、何も考えてはくれなかった。一日二食を薄い粥で済ませるのがやっとで、母は母乳も出なくなり、四月に生まれた下の弟は痩せ細って骨と皮ばかりになった。母は薄い粟の粥を作るような生活に耐えられず、乳飲み子を抱いてあっちこっちに尋ねながら、父の事業所があるという昌徳宮《チャンドックン》の敦化門《トナムン》近くまで行った。あいにく父は、人民軍が解放した大田《テジョン》の戦線指導部へ出張に行っていたため不在だった。二日前に行ったので、数日後には戻って来るだろうという話を聞き、踵を返した。「家にお戻りください。穀物でも手に入ったら、すぐにお送りします。いくら戦争中といえども、幹部同志の家族が飢えて座り込んでいたら、偉大なる金日成《キムイルソン》将軍様の威信にかかわるでしょう。今のところは、食糧が尽きたらどこかで借りてでも何とか賄ってください。幹部同志が戻り次第、奥さんがいらっしゃったことをお伝えします」北からやって来た人民服姿の男が親切に応対した。しかし、数日が経っても食糧はおろか、父からの便りさえなかった。後日、この時のことを思い浮かべて、母は「お前の父さんと私ら家族は、前世からの因縁があるみたいだ。母さんのことは嫌いでも、どうして自分の子供たちまで放っておけんだか。いくら忙しいって言ったって、家族がひもじくて苦しんでんのがわかってて、知らんぷりなんかできるもんかね」と言った。八月になっても、父は家に顔を見せなかった。その代わりに、財政部の職員が粟二斗といくらかの小麦粉を送ってくれた。母は借りた食糧を返す以外には、隣近所に穀物を分けることもせずにこっそりためておいた。僕たち家族はしばらくの間、一日二食ずつは食べることができた。

　八月の下旬だっただろうか、古物商のおじさんが銃で撃たれて亡くなる事件が起きた。五街の十字路の宣教師宅には高さ三～四階くらいの擁壁があり、その擁壁に沿って竹の棒を支柱にしたカボチャのつるが伸びていた。その二階ほどの高さのつるに、いつからかカボチャが一つぶら下がっていた。野球のボールくらいのカボチャが葉っぱの間から顔を覗かせていたが、それが日に日に成長して子供の頭ほどの大きさになった。しかし、高い所にぶら下がっていたので、誰もそのカボチャを取ろうとは考えなかった。擁壁の下の狭い野菜畑を耕して、カボチャを植えた近所のお婆さんは、戦争が起きるとどこかへいなくなってしまった。野菜畑は空き地となり、主人のいないカボチャになってしまったのだった。皆、そのカボチャを取ったりしたら泥棒だと責められるのではないかと思って、あえて取ろうとする人はいなかった。共産党の世界では、社会生活での窃盗は最も重い犯罪だったので、もし盗んだことがバレたら、その場で銃殺されるという噂も立っていた。ある日の真夜中だった。静まり返った夜にパンパンと二発の銃声が聞こえた。近所の人たちは、それまでも夜中によく銃声は聞いていたので、特に気にも留めなかったが、翌朝になると古物商の外に集まってひそひそと話し合っていた。夜中に古物商のおじさんがハシゴを立てかけ、そのカボチャを取ろうとして、夜間パトロール中の保安隊員の銃で撃たれて即死したということだった。食べ物が何よりも貴重だった時分で、カボチャ一つでも何とか手に入れようとして死んでしまったのだ。その話を聞いて、僕は擁壁の下に行ってみた。そこには、かますに覆われた古物商のおじさんの遺体があった。かますからは、傷だらけの足がはみ出していた。擁壁の下には、近所のお婆さんが種を取ろうと植えた何本ものヒマワリが空高く育っていた。鮮やかな黄色の花を咲かせたその姿は、まるでにっこりと笑って立っているようで印象的だった。

　二つ目の忘れられない記憶は、その年の夏の暑さだ。いつもひもじい思いをしていたのでなおさらそう感じたのかもしれないが、その夏は酷く暑かった。空腹を抱えて過ごす昼の時間が限りなく長かった。朝、目を覚ますと、汁ばかりの薄いすいとんを一杯食べて、夏休み中でも姉と僕は毎日学校に行った。中天にかかる太陽は、じりじりとした日差しを降り注ぐばかりで、まるで西に沈むことを知らないようだった。永禧《ヨニ》小学校が新兵訓練所になって、徴集された青壮年たちが訓練用の木製の銃を担いで制式訓練と伏射練習をしていたので、生徒たちは教会や人気のない建物に移動して勉強するしかなかった。勉強とは言っても、主に彼らの歌を歌うことだった。「敵旗歌」「人民抗争歌」などはあまりにも歌い過ぎたので、夢を見ながら寝言でまで歌うほどだった。その年の冬、故郷の進永《チニョン》へ避難した時も、恐れを知らずに「長白山《チャンベクサン》の幾筋にも血に染まった足跡……」や「朝は輝け、この江山、金銀資源も溢れるほどに……」という北の歌を分別もなく口ずさんでいた。すると「あの子が歌ってる唱歌って、傀儡軍の歌じゃないのか？」と周囲の人々から睨まれることもあった。偉大な金日成将軍の抗日パルチザン闘争記の学習や、前線の軍人に慰問の手紙を書くこと、班を作って家々を訪問し、慰問品を集めることもした。そうやって午前の授業が終わると、上級生と一緒に勤労奉仕に動員された。炎天下、空腹でめまいに苦しみながらも街の清掃作業を行った。乙支路《ウルチロ》と鍾路《チョンノ》は、日々「英勇なる人民軍の戦勝祝賀パレード」が続いた。学生楽隊が先頭でラッパを吹き、太鼓を打ち、隊列を先導した。先頭では、金日成とスターリンの大きな肖像画を掲げて、青壮年あるいは婦女子が横断幕と北朝鮮の旗を持って行進した。彼らは拳を振り挙げながら「祖国統一完整、速やかに達成しよう！」だとか「ヤンキー米帝国主義は民族問題から手を引け！」というスローガンを叫んだ。炎天下の中、皆の服は汗まみれだった。東欧圏から朝鮮戦争の現地中継にやって来た西洋の記者たちが、カメラを手に歩道へと降りて、行列の後を追いながら取材に熱を上げる姿もしばしば見かけた。「ひどく腹が減って歩くことさえ大変なのに、人民班長に毎日呼び出されてもううんざりだ」と大人たちが文句を言ったが、その動員に行かなければ反動分子の扱いを受けて交番や保安隊から呼び出されるので、抜けることもできなかった。解放区の後方でそれだけ熱を上げても、通りに建てられた掲示板は八月が終わろうとしても、洛東江《ナクドンガン》戦線が膠着状態にあるという戦況を伝えていた。八月十五日の独立記念日までには釜山まで追い込んで、必ずや南北民族統一完整解放の日を迎えるだろうと宣伝していたが、実際の戦線事情は厳しいようだった。七月には義勇軍の募集を通じて、韓国の若者たちを入隊させ戦線に投入したが、八月からは強制徴集により、全ての若者たちが義勇軍の対象者となった。腕章を着けた人民班長・女性同盟員・青年同盟員が家々を訪問しては軍糧米の調達協力を強要する一方で、隠れている徴集対象者を見つけるために、目を皿にして家の中を探し回った。

人民軍が解放した解放区の人心も次第に荒れてきた。社会主義は、全ての人民にきちんと職業を与え、国が食糧から服まで全て配給してくれたり、さらには病院での治療も無償だと言っていたが、まだ戦争中だったので実施されなかった。ところが、いざ社会主義という制度の入り口に立ってみると、もし戦争が終わったとしても、彼らが主張する楽園に簡単に到達できるのかは疑わしかった。農地の無償没収・無償分配も現物税が伴って、地主や小作地管理人の代わりに作られた農業指導員のしつこい指導に絶対服従しなければならなかった。党幹部や権力を持っている者に個別にコネをつけないと、何事もうまくいかないことを徐々に実感していた。個人的な適性とは関係なく党で職業を決めるので、学者肌の人間が協同農場や炭鉱に配置された。家族の中に出身成分が悪い者がいれば、家族皆が見知らぬ土地に追放された。居住移動の自由もなく、党が決めた場所で生活しなければならない点も不便だった。何より、何々の学習・集団講習・生活総和だからという強制的な動員で人々をがんじがらめに縛り、個人の自由が許されなかった。若い金日成将軍を檀君以来の民族の太陽だと崇め、彼の超能力的な生涯と業績を何から何まで暗記させる学習総和に嫌気が差したが、だからといって不満は言えなかった。偉大な指導者同志の銅像を立てるために、村ごとに募金運動が行われていた。その代わりにキリスト像や仏像は偶像崇拝だと廃棄処分され、宗教の自由は完全に奪われてしまった。こんな風に生きるぐらいなら、むしろ飢えに苦しんでも自由に暮らせる大韓民国のほうがいいと考え、また、人間は家畜ではないので自由でなければならない存在なのだと気づいて、死線をくぐり抜け避難する人が続出した。アメリカが大々的に食糧援助をしているので、避難地でも飢えることはないという噂まで密かに出回った。

八月中旬頃になって、ようやく小学校の低学年は短い夏休みが始まった。朝一〇時頃になると永植《ヨンシク》が僕を呼びに来た。彼が来る時はいつもポケットが膨らんでいて、ある時はガラクタを入れたかばんを背負って来たりした。彼は、家から爪切り用の小さなはさみ・かみそり・懐中電灯・蠟燭・ぜんまいを巻けば針が動く腕時計・ブローチ・指輪やネックレス・玉で作ったかんざしなど、要するにお金になりそうな物をこっそりポケットやかばんに入れてきた。僕は永植にくっ付いて、じりじりと焼けつくような真夏の日差しの下、一日中市内を見て回った。家にいても上の弟の面倒を見たり、下の弟をおんぶしたりして、昼食にもありつけそうになかったので、母に一〜二発殴られても家から抜け出す方がよかった。弱虫だった僕が、永植の後にくっ付いて世の中を見物する面白さにはまったというのは、僕自身が考えてみてもおかしなことだった。僕は、永植と一緒に乙支路や鍾路を経由して、市庁の広場から南大門《ナムデムン》市場を通り過ぎ、ソウル駅まで行ってみた。毎日、何々の団体の決起大会やアメリカ帝国主義糾弾大会が開かれる東大門《トンデムン》運動場を過ぎ、奨忠壇《チャンチュンダン》峠前の小川で汗まみれの顔と手足を洗って、家に戻ってくることもあった。どこに行っても、出会う人皆が炎天下で何かを頭に載せたり担いだりして、くたびれた足取りで頬はげっそりとやつれ、精気のない眼差しをしていた。家から持ち出した物を露店で売っている人、群れをなして歩く兵士、まだ人民軍服を支給されていない、薄汚いズボン姿の若者たちにも出会った。

彼らは銃を担いだ人の指示に従い、列を作って足早に歩いたり、トラックに乗ったままどこかへと去って行った。中央庁の中庭では、木陰で休憩しながらタバコを吸っている待機中の人民軍も見えた。永植は、路上に店を開いて座っている商人に家から持ってきた品物を見せて、いくらでもいいから買ってくれと交渉した。「家族がひもじい思いをしてるんです。これでも売って、何か食べる物を買わなきゃなりません」永植は泣きまねをしながら、持ってきた品物を売った。僕たちはいつも空腹に苦しんでいたので、彼の演技には実感がこもっていた。いくらかお金をもらえると、蒸した餅や麦こがし、小豆のつぶし餡を混ぜた冷たいお茶を売る商人を探した。そんなおじさんとお婆さんには、市場の入り口やタプコル公園の周辺で会うことができた。ようやく飢えを凌ぐと、そんな風に買い食いすることが実に楽しいと思った。街をほっつき歩いて太陽が西に沈む時間になると、力ない足取りで家へと引き返した。もはや母の小言や、罰としてふくらはぎを打たれることを嫌でも覚悟しなければならなかったので、心の中は泣きたいほどに不安だった。ふくらはぎを打たれれば打たれるほど、もっともっと大きな声で泣いてやろう、僕は覚悟を決めて奥歯をぎゅっとかみしめた。

　共産党治下のソウルでの生活で三つ目に思い出すことと言えば、国連軍の航空機による空襲である。国連軍の戦闘機、爆撃機と言っても、実は九割が星形の模様が付いた米軍の航空機だった。大きな機体の中型爆撃機B－26から大型爆撃機B－29、小型戦闘機F－82、F－80が隊列を成して、代わる代わるソウルの空に現われた。その目的はソウル市内の爆撃にあったので、あちこちで爆弾の音と機銃掃射のカタカタという音が止むことはなかった。子供たちがはしご飛行機と呼んでいた、コの字をしたオーストラリアの大型爆撃機もよく現れた。八月からソウルの上空に本格的に現われ始めた航空機は、ある日にはカラスの群れのように数十台で青空を真っ黒に覆い、爆撃を浴びせまくった。初めの頃は空襲警報のサイレンが鳴り響くと、街に出ていた通行人たちは慌てて建物の中や路地へと身を隠した。しかし、昼夜を問わず空に航空機が現われるようになると、サイレンも疲れ果てたのか、そのうちに鳴らなくなった。街の通行人たちも、航空機から落ちて来る砲弾やナパーム弾、機銃掃射を怖がらなくなり、それが当たり前のようになった。死体が山をなしているという前線の戦闘の状況や、航空機の爆撃と機銃掃射によって、いつ死んでもおかしくないという切迫感があったからかもしれない。前線だけでなく、後方までも人間の命を虫けら同然に扱ったので、死ねというのなら死んでやると、人々は生きることさえ諦めてしまった。九月に入ると、ソウルの空はすっかり米軍の航空機で覆われるようになった。僕と同じ年頃の子供たちはいつも建物の軒下に集まって、航空機の砲弾の洗礼や、低空飛行しながら撃ちまくる焼夷弾と機銃掃射の曲芸のような光景を、口をぽかんと開けて感嘆しながら見ていた。明洞《ミョンドン》聖堂から南山《ナムサン》へと向かう街角には科学館があった。その大きな建物が、航空機の砲弾の洗礼に一瞬にして灰の山と化す場面を目撃したりした。九月初旬には、龍山《ヨンサン》にあった人民軍の燃料補給倉庫の給油タンクが、半日にわたって爆発し続ける音が聞こえた。その日は、血まみれのぼろをまとった民間人の集団が、龍山方面から南山に避難して来るのにも出くわした。龍山側から絶え間なく立ち上る黒煙が空を覆い尽くしていたからだろうか、昼間なのに辺りはまるで夜のように薄暗くなり、午後には黒煙の雲間から雨が落ちてきた。

　ソウルの市街地は徐々に都市の形態を失い、廃墟と化した。建物の一部が破壊されて崩れてしまったり、炎に焼かれて黒い外壁だけが残った建物が増えた。市内では、三〜四階建てで無傷の建物を見つけるのは難しいほどだった。夜になると、ソウル市内の全ての家は、戦闘機の空襲を恐れて徹底的に明かりを消した。火を起こさなければならない炊飯なども、すべて日中に終わらせた。夜には偵察機がサーチライトで照らしながら、ソウルの中心部をくまなく監視して、地上のどこかに小さな光でも見えれば、そこにしっかり狙いを定めて砲弾を落とした。夜になっても、古物商の庭に面した僕たちの部屋の窓にはカーテンを引くことができなかった。どの家もそうだった。窓にカーテンを引くことすらも、地上を監視する偵察機から何かを隠しているのではないかという疑いをかけられたからだ。真夜中にはっと目を覚ますと、サーチライトの光が窓越しに部屋の中の壁を隅々まで照らしては通り過ぎてゆく、そんな恐ろしい場面を何度も経験した。そんな時には、部屋の奥の壁に貼り付けてあった金日成とスターリンの肖像画が、暗闇の中で浮かんでは消えた。ある日の夜中、部屋の近くで雷のような砲弾の爆発音が聞こえて、驚いて目を覚ましたことがあった。翌日、砲弾が落ちた場所に行ってみると、大きな水たまりができていて、そこにあった家が跡形もなく消えていた。近所の人の話では、その家の義勇軍に選ばれる年頃の息子が、床の下に穴を掘ってそこに隠れていたのだが、もはや耐えきれず南に避難することに決めたようだった。夜中に息子が持って行くおにぎりを作るため、光が漏れないように台所の扉を徹底的に閉めて、かまどに火をつけたそうだ。ところが、その光が空を飛んでいた偵察機に見つかり、瞬く間に現れた戦闘機の爆撃で家族全員が非業の死を遂げたのだ。その時、運悪く永植の家の前にも爆弾が一つ落ちて、外出先から戻ってきた永植の母の尻に爆弾の破片が当たってしまった。それがもとで、彼女は床に就くようになった。病院が閉鎖されたので、満足に治療も受けられずに尻は化膿して腐ってしまい、永植はふさぎ込んでいた。

　八月初旬、洛東江まで滞りなく南進した人民軍は、そこから足留めを食った。米第八軍の最後の阻止線「ウォーカーライン（浦項《ポハン》－倭館《ウェグァン》－大邱《テグ》を結ぶ限界線）」での決死の防御にぴたっと歩みが止まったのだ。航空機はもちろん、戦車と野砲の支援を受けた国連軍と韓国軍の兵力が続々と戦線に投入され、陣地を死守して頑強に持ちこたえた。人民軍は、正規軍一五万人だけでは防御線を突破しようにも力不足だった。韓国の七割を掌握した北朝鮮は、全国で義勇軍を強制的に選出した。戦闘員だけでなく労務兵まで合わせると、四〇万人の義勇軍を倭館－昌寧《チャンニョン》－馬山《マサン》－永川《ヨンチョン》－浦項戦闘に配置し、前線には経験のない戦闘兵、弾薬や物資を運搬する兵士を立たせた。倭館周辺の多《タ》富洞《ブドン》戦闘は、一八日間にわたって遊《ユ》鶴山《ハクサン》一帯で、お互いに奪い奪われが一六回も繰り返された。真夏の蒸し暑さの中で、双方のおびただしい数の死体が山を覆い、彼らの流した血が小川を作るほどに激しい戦いだった。国連軍の航空隊が隅々にまで砲弾と機銃掃射を浴びせると、山野には草木一本も残らなかった。それでも、人民軍はヒルのように山裾にくっついて離れなかった。金日成が大言壮語を吐いた「八月十五日までに釜山《プサン》陥落、祖国統一」は洛東江戦線で行き詰まり、空念仏に終わった。すると「八月十五日までに大邱陥落」に作戦を変更して、死力を尽くし攻め込んだ。八月十五日、大邱の占領までも失敗に終わるや、主な攻撃方向を大邱－密陽《ミリャン》－釜山から、永川－慶州《キョンジュ》－釜山に変更した。八月二十一日頃からは、お互いに全ての戦線が限界に達して、小康を保っていた。一週間余りの膠着状態が過ぎ、九月に入ると人民軍は最後の決戦として「九月総攻勢」を敢行した。西部戦線（倭館－洛東江－馬山）に布陣した人民軍第一軍団は八月三十一日の夜に、北部戦線（倭館－永川－浦項）の第二軍団は九月二日の夜に、大部隊の単位で一挙に攻撃を仕掛けた。馬山地域は人民軍第六師団と第七師団が、米軍第二五師団の第二四連隊・第三五連隊と対抗して戦った。大邱北部の多富洞地区で人民軍第一師団と第三師団は、米軍第一騎兵師団の第八連隊と第七連隊が陣を張った秀岩山《スアムサン》の背後から奇襲をかけ、大邱進撃の血路を突破しようとした。永川地域では、八月二十日から人民軍第八師団が韓国軍第六師団を打ち破り、人民軍第一五師団は韓国軍第八師団の後方を急襲したことで、永川がほぼ陥落状況に至った。九月九日、ウォーカー米第八軍司令官は、大邱から永川へ移動し、韓国軍の三つの師団を直接指揮して人民軍を撃破し、戦果を挙げた。浦項地域では、人民軍第一二師団が国軍首都師団を夜襲し、安康《アンガン》の北側まで進出した。第一二師団の一部は、慶州の北方五キロまで進出することに成功した。九月十二日、米軍第二四師団の副師団長デーソン将軍が、米韓合同機動打撃部隊を編成して兄山江《ヒョンサンガン》南岸まで進出し、長時間にわたる交戦の末、人民軍を撃退した。人民軍の九月攻勢は、馬山－霊山《ヨンサン》地域は九月六日、浦項地域は九月十三日頃に再び小康状態になった。九月十二日になってようやく、ウォーカー米第八軍司令官が「最大の危機は過ぎ去った」と上部に報告した。

もしもその切迫した時に、延べ一七八万九千人に達する米軍（最大規模は三〇万人以上だった）や五万六千人のイギリス軍をはじめとする一四か国の国連参戦国、また、デンマーク・ノルウェー・インド等からの医療支援と施設派遣、これらの友邦の戦争支援がなかったら、一体どうなっていただろう。韓国は、一九七五年に南ベトナムのズオン・バン・ミン（Dong Van Minh）大統領が降伏し、北ベトナムに跪いたような悲劇的な最後を迎えたかもしれない。アメリカは、地図上のどこにあるのかもわからない、全く見知らぬ国を共産化から救い出そうと、三万六千九四〇人の戦死者を出した。彼ら友邦が、風前の灯にある韓国の運命を救ってくれたのだ。李承晩《イスンマン》は天運を持って生まれたのか、戦争を通じて老いてますます盛んなことを誇示し、連日世界のマスコミの政治面を飾る話題の人物として復活した。北朝鮮の事情を見ると、国連軍と韓国軍が鴨緑江《アムノクガン》辺りの平安北道《ピョンアンブクト》楚山《チョサン》まで進撃して南北統一を目前にした一九五〇年十月下旬、その時に中国軍が北朝鮮を助けようと参戦を決定していなければ、満洲に追われた金日成は永遠に鴨緑江を渡って朝鮮半島に戻ることはできなかっただろう。朝鮮戦争に総勢九七万人の志願兵を派遣した中国は、戦死者だけで一四万八千人に達した。そうして見ると、朝鮮戦争は大国による代理戦争の性格が強く、戦争中に犠牲になった人々は韓国と北朝鮮の民衆たちだった。

八月に入ると、僕の家は再び食糧の心配をしなければならなくなった。父に至ってはソウル市内にいるにもかかわらず、家には顔も見せないし、食糧の面倒を見てくれることもなかった。家には隠していた財産もなく、米びつも空っぽで、ましてや田畑がある訳でもなく、食糧を貸してくれる親戚がどこかにいるはずもなかった。物乞いに行っても食べ物をくれるところはなく、家族はただただ飢えるしかなかった。母は、姉を父の勤務先でソウル市党財政部がある敦化門《トナムン》にしょっちゅう行かせたが、守衛室で門前払いを食うだけで、いつも無駄足を踏んでばかりだった。そんなある日、姉は頭がぺしゃんこになりそうなほどたくさんの服が入った包みを頭に載せて帰ってきた。姉の話によると、正門の前で気立ての優しいおじさんと出会って、その人に父がどうしているのか尋ねると、わしについて来なさいと案内してくれたそうだ。父は広々とした事務室で大きな机の前に座っていた。事務員が書類とじを差し出すとペンで署名し、鳴り続ける電話に対応しながら、非常に忙しい様子だった。姉が、家の食糧が底をついて家族がひもじい思いをしているという母の言葉を伝えると、父がしばらく待っているようにと言ったので、椅子に座ってじっとしていた。忙しい仕事を大方処理した父は、姉を事務室の裏にある倉庫へと連れて行った。そこの倉庫番の青年に「うちの娘に服の包みを一つやってくれ」と指示した。「この服の包みを東大門市場に持って行って売れば、食糧を買う金になるはずだ。まずはそれで何とか凌ぎなさい。父さんはしばらく家に帰れないからね」父はそう言うと、すぐに事務室へ戻っていったそうだ。

母は姉が頭に載せてきた服の包みを広げてみた。避難したアメリカ人の家のタンスから持ち出したのだろうか、色とりどりの服は全てアメリカ製だった。女性のブラウスやスカート、ズボン、パジャマ、男物の背広にワイシャツ、下着や子供服も混じっていた。母は子供たちが履けそうな青いズボンを手に持って、僕に見せながら言った。「このズボンはお前が履けばいいさ」初めて見るジーンズだった。履いてみると少し丈が長いので、裾上げをしてもらうと僕にぴったりだった。初めて履くジーンズには、沢山のポケットがあるのが何とも不思議だった。当時僕たちが履いていたズボンは、横にせいぜい二つのポケットがあるぐらいだった。ところが、ジーンズにはなんと五つもあったのだ。横のポケットも、手を差し込むように上から下に向かって付いていて、さらに左のポケットの中にはもう一つ小さいポケットまで付いていた。お尻の両側にも二つのポケットがあったから、全部で五つだ。ポケットの中にビー玉から面子まで、ありとあらゆるガラクタをいっぱいに詰め込んで遊んでいた年頃だったので、ポケットが五つもあるズボンを履いた僕はご機嫌だった。子供用のジーンズがなかったあの時代に、僕はたまたまジーンズが履ける幸運児となったのだ。僕がジーンズ姿で外に出ると、近所に住む子供たちの羨望の的となった。特に、母親が病気で寝つくようになって、すっかり意気消沈していた永植から羨ましがられたのが何よりも誇らしかった。母はそのアメリカ製の服の中から何着かを東大門市場で売って、そのお金で食べ物を買った。

　九月十五日、何があったのか永植が朝早くに僕を訪ねてきた。彼は、いつものように古物商側の窓をこつこつと叩いた。僕を連れて一日中ほっつき歩いたことを母に叱られた後なので、僕と目が合うとすぐさま「外に出ておいで」と手招きした。弟の面倒も見ないで朝から出歩けば、母の小言を聞く羽目になりそうで心配だったので、僕はそっと部屋を出た。母は薄暗い台所で色とりどりのアメリカ製の服を洗濯していた。「とうとう韓国軍と国連軍が軍艦に乗って仁川《インチョン》に入って来たってさ」永植は僕を見るなり、驚くようなニュースを教えてくれた。「布団をかぶって、兄ちゃんと一緒にこっそり韓国の放送を聞いたんだよ」と言った。永植の家にはゼニスラジオがあった。当時、ソウルの富裕層の家では、一家に一台ぐらいはゼニスラジオがあって、戦争が起きると夜中にこっそりラジオで韓国の放送を聴いていた。韓国の放送を通じて、北朝鮮が新聞や街頭掲示板で宣伝している戦況とはかけ離れている戦争のニュースを盗み聞きしていた。永植は時々僕に新しい情報を耳打ちしてくれた。「そんなら、この戦争はどうなるんだ?」僕は真っ先に父のことを思い浮かべ、再び韓国統治の社会になれば、僕たち家族はどうなるのだろうかと心配だった。「韓国軍とヤンキー米軍がソウルに進撃して来たらさ、人民軍は北に後退するしかないね」「そんなら、うちも人民軍と一緒に避難しなきゃならんの?」「おそらくお前の家はそうしなきゃだめだろう。この近所では有名な党幹部の家だもんな」永植は、父親が四日も家に帰らないので、母親がとても心配しているんだと言いながら、古物商の庭を通り抜けていった。僕は、西海にある港湾都市の仁川がソウル駅と同じ方向だったので、そちら側を見て耳を傾けた。ずどんずどんと大砲の音らしきものが聞こえるようだが、聞き違いかなという気もした。十四日、米軍航空編隊が無差別爆撃により仁川市街地を焦土化した後、十五日未明には米海軍の輸送船・LST艦艇・上陸用小型艦艇二二六隻を含む二六一隻を動員して、仁川上陸作戦を敢行した。仁川上陸作戦の総指揮は、国連軍司令官マッカーサー将軍が担当した。米国は、海兵隊と歩兵、それぞれ一個師団七万五千余人と、韓国軍それぞれ一個連隊ずつを両師団に配属して、仁川の海岸に上陸させた。米軍第七歩兵師団には、約八千六〇〇人のカトゥサ［アメリカ軍と一緒に訓練する韓国軍］の兵力も含まれており、上陸に参加した韓国の総兵力は一万三千人に達した。それに比べて、仁川の海岸を担当していた人民軍の兵力は二千余人に過ぎず、仁川奪還はたやすく成功した。

その日の午後、僕が古物商の庭で上の弟にビー玉遊びを教えていた時、一台のジープが広い庭に急ハンドルを切りながら入ってきた。ジープが巻き起こした土ぼこりが収まるのを待って、軍服を着た軍人が降りてきた。父だった。運転兵は迷彩服を着た若い軍人だった。僕は軍服姿の父を見たのは初めてだった。父は肩章が付いていない軍服に腕章をして、人民軍の帽子をかぶっていた。腰には弾丸が入っている弾薬帯を巻き、脇腹には拳銃がぶら下がっていた。父を待つのに疲れ果てて、その恨みが天にまで届くほどに積もり積もった母の苦しい心境と同じで、僕も父のことが寝ても覚めても頭から離れず、ずっと待ち続けていたのだ。父の顔を見た瞬間、僕はうれしさに涙がとめどなく溢れた。軍人に変身した堂々とした姿の父だった。「あっ、父さん！」僕は叫んだ。涙で目の前がぼやけて、軍帽の下に髭を貯えた浅黒い父の姿は若く見えた。「お前は男じゃないか。父さんを見て泣くなんて。男はむやみに涙を流すもんじゃない」父が僕の坊主頭をそっと撫でて、にっこりと笑った。その瞬間、父のざらざらした頬に深いしわが刻まれた。その優しい笑顔が、僕の人生で最後の父の記憶になるなんて、その時は思いも寄らなかった。父が堂々とした歩みで家に入っていった。「母さん、父さんが帰ってきたよ！」僕は大声で叫びながら、いつの間にか父を追い抜いていた。父はバスケットボールシューズを脱ぎもせずにかまどに立ち、下の弟を背負ってあやしていた母と向き合った。「今頃来るなんて……」驚いた母は言葉に詰まり、ただそれしか言えなかった。「うちも避難する準備をしなきゃならんよ。荷作りをしておいてくれ。ソウル指揮部が今日から日新《イルシン》小学校に移動したんで、そこで仕事をしてるんだ。僕が車を持って迎えに来るまで、この家を離れちゃいけない。それじゃ、忙しいから行くよ。子供たちをよろしく頼む……」父の顔は汗まみれで、何がそんなに忙しいのかとにかく急いでいた。古物商の庭には、ジープがエンジンを切らずに待機していた。父は母に「仁川が陥落して、そっちから米軍と南朝鮮軍が押し入ってきてるんだ」という話はしなかった。しかし、今朝、僕が永植から聞いた韓国のラジオ放送のことを母に伝えたので、母も鄭《チョン》社長の家に行ってそのニュースを確認して知っていた。母が何か話をする間もなく、父は去ってしまった。

父を乗せたジープが埃を巻き起こしながら消えてしまうと、まるで死人のような顔になった母の口から言葉がこぼれ落ちた。「一体これからどうすりゃいいんだ……」しばらくぼんやりと座っていた母が姉に向かって「お前もさっさと本をまとめて荷造りしな」と言った。母は、自分が無知な母親で惨めな人生を送ってきたので、お前たちはどこに行っても勉強はしなきゃならないと呟いた。そして、母はソウルへ来る際に頭に乗せてきた竹の行李を出すと、そこに服・布団、主な家財道具を入れて荷物をまとめ始めた。「避難？　避難するってどこへ行くんだい？　二か月もすりゃ厳しい冬が来るってのに、どこへ行けって言うのさ？　けっきょく、お前たちの父さんは家族をほったらかしにして、また党の事業だってどっかへ行っちまうんだろうよ。まだ赤ん坊のこの子を背負って、あんたたちを連れてさ、冬が迫ってるってのに住むとこもなくて、あてもなく彷徨うことになるだろうさ。一体どうすりゃいいんだか……」母は荷作りをしながら、気が抜けた人のように延々と独り言を呟いた。行李に入り切らなかった所帯道具は、姉と僕が持っていくように小さな包みにまとめた。そんな最中にも部屋の中でぼうっと突っ立っていた僕を見て、母は言った。「お前は、この部屋から一歩も動くんじゃないよ。いつ父さんが急に来て、出発することになるかもしれないんだ。そん時、お前が遊びに行ってて家にいなけりゃ、もう捜さないでそのまま置いていくしかないだろ。そうなりゃ、お前は親のない孤児になっちまうんだよ。二度と親兄弟には会えないんだからね」母は避難するための荷物をいくつかざっと取りまとめると、今度は針仕事に取り掛かった。アメリカ製の毛皮の服と、父の分厚いコートを見つけ出し、それらをはさみで適当に切り始めた。母は切り取った布を縫い合わせて、他の服を作った。それは、姉と僕たち兄弟が着る冬服だった。防寒帽、その他に重ね履きする足袋も作った。夜中に米軍航空機の空襲さえなかったら、母は灯火を明るくしたまま、ぶつぶつと愚痴を呟きながら裁縫をしたはずだった。米軍航空機編隊は昼夜を問わずカラスの群れのように飛んできて、ソウル市内をめちゃめちゃにつぶそうと爆弾を浴びせたのだった。しかしその夜、父は僕たちを迎えには来なかった。翌日も裁縫でその苛立ちを紛らそうと、母は明け方から自分のもんぺと綿入れのチョゴリまで作った。「母さんがこのもんぺを履くの？」永植から借りてきた漫画を読んでいた僕が尋ねた。僕は、母がチマチョゴリ以外の服を着ている姿は一度も見たことがなかった。植民地時代終盤の戦時中、女性たちは裾を絞ってゴム紐を入れた日本式パンツのもんぺをよく履いていたが、母は本当に下品で見苦しい服だと言って、もんぺを作って着たことはなかった。冬でもチョゴリの上に毛のセーターを着て、家にいる時も外出する時も、母はいつでも自分でこしらえたチマチョゴリ姿だった。「やっぱり長い道のりを考えたら、こんな服が楽そうだからね……」母の声は力がなかった。その間にも父を待ちわびる母の心など知らないまま、父からは何の連絡もなかった。

九月十七日、国連軍は富平《プピョン》を越え、京畿道《キョンギド》市街や金浦《キムポ》野原を総なめにして突入してきた。人民軍第一八師団第二二連隊、そしてソウル市党が急遽集めた青年党員と市民軍が国連軍に対抗した。ソウル市内では、拡声器を取り付けたジープが「全ソウル市民は命がけで総決起し、反動軍を阻止しよう！」「人間の壁となり防御陣地を構築しよう！」と、一日中叫び続けた。車両が通行できないように、街ごとにバリケードを設置して砂袋を積み塹壕を作るのにソウル市民が総動員された。昼間にもソウル駅側の遠くから、どしんどしんと砲弾が炸裂する鈍重な音が聞こえてきた。そちら側では米軍の戦闘機が真っ黒に飛び回り、爆弾を落として激しく機銃掃射を行った。金浦の方で激烈を極める戦闘が起こっているに違いなかった。十七日の夜からは爆撃がさらにひどくなり、客車部屋の家族は皆で地下防空壕に入って、そこで夜を過ごした。

　十八日だった。母がこれ以上は待てないというように下の弟をおんぶした。母は姉に「弟たちの面倒をちゃんと見て、どこにも行かないで留守番してるんだよ」と言い残し、父を捜しに出かけた。ソウル市党がソウルを死守するために指揮部として使用している日新小学校（現在の極東ビル）は、明洞近くの南山に向かう大通り沿いにあったので、僕たちが住んでいる墨井洞《ムクチョンドン》からはそれほど遠くなかった。

「母さん、飛行機が爆弾落としたら、お願いだから無理して行かないでどっかに隠れてよ」姉が爆撃機の轟音に耳をふさぎながら、母に涙声で言った。それから三時間ほどが過ぎ、母はへとへとになって家に戻ってきた。赤ん坊の弟は腹が空きすぎてもう泣く力もないのか、青白いやつれた姿で母の背中に張り付いていた。そして、病気になった子犬のように苦しそうな声でむずかった。その後数年間、栄養失調にあえぎながら、辛うじて命を繋いでいたあの時の下の弟のことを思うと、涙で鼻先がひりひりと痛む。僕は戦争が終わってからも、その弟のぽっちゃりした頬やにこにこと笑う姿を見たことがない。「守衛室で止められてさ、民間人は学校の中に入れなかったんで、道端で待ってたんだよ。守衛室を警備してた軍人の話だと、お前の父さんは漢江《ハンガン》を渡って、あの九老《クロ》かなんかの前方に出て行ったそうだよ。日新小学校には、いつ戻ってくんだかわかんないってさ」母の声は落胆に満ちていた。「運動場にはテントがたくさん張られてさ、銃を担いだ人民軍がうようよしてたよ。通りには人民軍と、砂袋を運んでる男たちがいるだけでね。民間人はみんなどこへ隠れちまったんだか、歩いてる人なんて誰もいないんだよ。人民軍が北に連れていこうって、薄汚い兄さんたちを干しイシモチの一束みたいに次々と縛って、昌慶苑《チャンギョンウォン》の方に追っ立ててさ。お前たちは絶対に部屋から出るんじゃないよ」母は僕たち兄弟にそう言うと、そのまま鄭社長の家に行ってみるからと家を出た。しばらくして戻ってきた母は、病で床についている永植の母から聞いたという父の消息を話してくれた。「鄭社長が昨日の夜、家にしばらく立ち寄ってね、そん時に話してたそうだよ。漢江の向こうの九老に、ソウル市党が急いで防衛司令部ってものを作って、父さんが戦闘指揮部の後方部だか何だかの副責任者になったってさ。そっちの方は、爆弾が爆発して、弾丸が飛び交ってる戦線だそうだよ。父さんは、党から戦線に出て戦って死ねって言われたら、爆弾を持って飛び出すような人じゃないか。鄭社長は事情が差し迫ってたんだか、昨日から市庁の人民委員会にも出てなくて雲隠れしちまったって。北朝鮮が崩れたんで、そっちとはすっかり関係を断つことにしたのかね。永植の母さんがぐずぐず言うのは、何か隠してるような気もするし……川向こうから聞こえてくる大砲の音を聞いてると、もう足下に火がついてんのに、いつまで父さんを待たなきゃいけないんだろうって、ものすごく不安でたまらないんだよ」母は、その日の夜も客車部屋の家族たちと地下の防空壕で眠れぬまま、ひたすら父を待ち続けていた。姉は、僕たちがまだこの家にいることを父に知らせるために、破いたカレンダーの裏面に「父さん、私たち家族は地下の防空壕にいます！」と大きく書いて、部屋のドアの前に貼り付けた。成人男子は義勇軍に動員されたので、息子たちが洛東江戦線に行ってしまった客車部屋の二人のおばさんは、不安や心配ですっかりやつれていた。そして、とにかく韓国軍が入って来る前に、明日にでも議政府《ウィジョンブ》の方に避難しなければならないと言った。母にも「ここでこれ以上待つことなんかできないでしょう。一緒に出て行きましょうよ」と誘った。それでも、母は首を真っすぐに立てて、黙りこくったまま返事をしなかった。背が高い母のその姿は、まるで村の入り口に守り神として立っている木像のようだった。

　国連軍と韓国軍が金浦の野原を迂回して幸州津《ヘンジュナル》方面を攻撃し、ソウルと平壌《ピョンヤン》を結ぶ人民軍主補給路の遮断に成功したのは九月二十日だった。仁川上陸作戦に成功した日数で考えると、二〜三日もあれば到達できるソウルの入口、漢江まで五日もかかったことになる。その理由は、人民軍の後発隊が補充される間、九老地域一帯で緊急召集されたソウル市党傘下の青年党員と、市民義勇軍を前面にした後方部の防衛司令部が、押し寄せる連合軍を肉弾戦で阻止したからだった。後方部の義勇軍責任官は、ソウル市党委員長金応彬《キムウンビン》だった。父は金応彬の下で副責任官を務めていた。九老地域戦闘に参戦した許英喆《ホヨンチョル》（一九二〇〜？）氏は口述資料集で[1]「当時の我々には、正規軍のような活動をすることが不可能でした。最初はソウルで三つの大隊の自衛隊が組織され、九老区に出征してはいましたが、韓国軍と米軍が押し寄せる状況で、これに対抗するだけの武器を全く備えていない状況でした。竹槍もなく、長い木の棒の端に丸い鉄の塊を付けて、槍の代わりに持ち歩くありさまでしたからね。手榴弾もなく、缶にダイナマイトとガラスの破片を入れて代用していました。もちろん威力なんかありませんでしたよ。武装は以降の後退の過程で、敗北した人民軍の死体や米軍から拾ってやっと揃えました」と述べている。彼は全羅《チョルラ》北道《ブクト》金堤《キムジェ》出身で、共産治下の扶安郡《プアングン》の人民委員長を務めていたが、九月にソウルへ召喚され、戦闘司令部の後方部に配置された。その後、金応彬部隊員として江原道《カンウォンド》で遊撃隊に参戦し、一九五一年には同僚隊員と共に北朝鮮へ渡った後、黄海道《ファンヘド》長龍郡《チャンヨングン》の人民委員会副委員長を務めた。一九五三年には中央党の連絡部に召喚され、一九五四年に光州《クァンジュ》に南派、活動中の一九五五年に検挙された。長い受刑生活の末、一九九一年に釈放された彼は、戦争当時の状況を口述で残したのだ。

　死力を尽くしたソウル市党の青年党員と市民義勇軍（金応彬部隊）の抵抗が、連合軍の進撃をいくらか遅らせることができた。決死の抵抗に前進を阻まれた連合軍は、主攻撃線を幸州津に変えた。激しい接戦の末、連合軍が二十一日になってようやく九老地域一帯を平定した後、米軍先発隊は幸州津での漢江渡河作戦に突入した。すると、基本戦線（洛東江戦線）で立ち向かっていた人民軍部隊の一部である第一〇五機甲連隊、第九師団第八七連隊が急遽退去して、ソウルの防衛支援に乗り出した。双方の攻防戦が激しくなった。しかし、米軍が真夜中の奇襲攻撃で渡河作戦に成功するや、再び頑強な抵抗にぶち当たり、二十二日までにはソウル市内を平定できるだろうという予想が外れた。二十二日の未明、米軍が砲撃で人民軍陣地を爆破し、戦車を先頭に前進を続け、西五陵《ソオルン》を超え碌磻里《ノクボンニ》まで進出した。都市周辺の農村に入り込んだ米軍は、再び抵抗線にぶち当たった。人民軍と義勇軍が力を合わせ、村の家々ごとに待ち伏せして潜み、照準確認射撃を行ったのだ。ここで数百人の犠牲者が出て前進が遅れた。次は安山《アンサン》高地だった。安山で激しい攻防戦が繰り広げられ、奪い奪われした後、二十二日の夕方になってようやく米軍第一海兵大隊が二度の攻撃の末に安山高地を占領した。延禧高地で人民軍は、数日の間市民の力を総動員して昼も夜もなく塹壕を掘り、バリケードを幾重にも積み上げて防衛壁を構築していた。二十四日からは、西部戦線の最後の防衛線である延禧高地さえも、連合軍の攻撃で危うくなっていた。延禧高地さえ陥落すれば、中央庁までは至近距離だった。

　九月二十四日の午後、客車部屋の二世帯は荷物をまとめて北に行くので、後で平壌辺りで落ち合おうと母に言った。母は頑なに「夫を待たなきゃなんないんです。この戦争の中、お互い生き残れたらまた会いましょうよ」と言いながら別れを惜しんだ。彼女たちは寂しがって泣いていたが、母は涙を見せなかった。その日も、父は僕たち家族を迎えには来なかった。姉は、日新小学校側にある退渓路《テゲロ》の通りに何度も父を迎えにいってみたが、けっきょく父に会うことはできなかった。姉は市内のあちこちで、砂袋でバリケードを築き防御する人民軍の姿を見たと言った。それなら、父はまだソウルに留まっているはずだった。皆が出ていってしまった地下の防空壕で、僕たち家族だけが再び一晩を過ごした。二十五日、瓶の底までがりがりとこそげて集めた食糧に、干した大根の葉っぱを入れた粥で遅い朝食を済ませた。そして、母は父の消息がわかるかもしれないと、藁にもすがる思いで鄭社長の家を訪ねた。鄭社長が家に帰っていないことは知っていたが、もしかしたら家族の安否を気遣って、夜中にでも家に立ち寄ることがあるかもしれないと思ったからだ。ところが、何ということだろう。母が鄭社長の家に行った時には、そこはすでに空き家になっていた。家族の誰一人として何の一言も言わずに、皆影も形もなく消えてしまったのだ。人民軍が撤退するという緊迫した状況に置かれていたので、永植の母は、子供たちを連れて嘉会洞《カフェドン》の実家に避難したのかもしれなかった。その日の昼だった。母が赤ん坊の弟を背負って、日新小学校へ父の消息を調べるために出かけていた時だった。人民軍の兵士が乗ったモーターサイクル一台が古物商の庭に入ってきた。旧ソ連製の機関短銃を持った兵士が、僕たちの部屋を訪れた。彼は、弟をおんぶした姉と僕が留守番をしている部屋の中を覗き込んだ。「ここは金鍾杓《キムジョンピョ》指導員同志の家だね？」本を風呂敷に包んでいた姉に兵士が尋ねた。姉が「そうですよ」と答えた。「お母さんはどこに行ったんだい？」「父さんを待ってたんですけど、消息がわからないんで日新小学校へ調べに行きました」僕は今にも涙が溢れそうな顔で、姉の後ろにくっ付いていた。「僕がお父さんの消息を持ってきたんだよ。お母さんが戻ったら、この手紙を渡しておくれ」兵士は姉に封筒を差し出すと「じゃあ、忙しいから行くよ」と言いながら、あっという間にいなくなってしまった。封筒の外側には、父が母に宛てて急いで手紙を書いた事情が記されていた。姉は封筒の文字をもたもた読んでいたが、僕にはその内容を理解することができなかった。

僕はまだソウルに残っているので、絶対にここを離れてどこかへ行かないでください。僕が車を持って迎えに来ます。もし、やむを得ず家を離れなければならない緊急の場合には、往十里《ワンシムニ》新踏村《シンダプ》の崔善翰《チェソナン》同志の家を訪ねてください。私がしばらくの間、城東《ソンドン》区域人民委員会を管理していた時に、寝食の面で世話になった文化部長の家です。永進工業社の家に寄ってみて、もしあなたたちがいなければそちらに走って行きます。封筒の中に崔善翰同志への手紙も入っているので、その手紙を旦那様に見せれば寝食の世話をしてくれるはずです。

「姉ちゃん、父さんの手紙に何て書いてあったんだ？」僕が聞いた。姉は六年生だったが、弟の僕から見ても同じ年頃の子供たちよりも賢くて気が利いた。「父さんが、まだここで待ってるようにってさ。もし、父さんが来られなくなったら、どこそこへ行って待ってるようにって書いてあったんだよ」その話に僕は失望した。父は軍人になったので、部隊に付いてどこか遠くに行ってしまったのではないかと思った。軍人も嘘をつくのかな？　いや、そんなはずがないだろう。姉は母を待っているのにいらいらしたのか、僕を連れて古物商の庭に出ると外の空地を見ていた。ソウル駅と明洞がある方向から、続けざまに砲弾が炸裂する音と、カタカタという銃声が聞こえた。南山には砲弾が絶え間なく落ちて、赤黒い炎が雲のように湧き上がった。古物商の庭の広い空き地は、人気もなくがらんとしていた。南山に上がる路地から、腰がひどく曲がっている修吉《スギル》のおばあさんが手を後ろに組んで下りてきた。「お前さんたち、飛行機が爆弾を撒き散らしてるってのに、怖がりもしないで空を見て突っ立ってんのかい。お前たちの家は何でまだ避難しないんだい？」修吉のおばあさんが姉に尋ねた。「どっか避難するんですか？」姉が聞き返した。「大韓民国の軍隊が入ってくるって大騒ぎしてんのに、どこへだって？　平壌でも満州でも、あっちの方へ行かなきゃ生きられないだろう？　お前の家は墨井洞じゃ有名な家だけど、世の中が変わったらどうやって辛抱するつもりなんだい？」修吉のおばあさんは舌打ちをしながら、花園《ファウォン》市場に住んでいる娘の家に行くと足を速めた。それからさらに二〇分ほど待っただろうか、母が大通り側から現われた。姉は母を迎えに走った。「日新小学校はいまだに軍人が多いってのにさ、父さんには会えなかったよ」母はハアハアと息を切らしながら言った。「父さんが便りを送ってきたんだよ」姉は、人民軍の兵士が置いていった手紙を母に差し出した。母は驚いて「何て書いてあるんだい？ 早く読んでごらん」と言った。姉が封筒に書かれた文字を読み上げた。姉が手紙を読み終わると、母は姉に「その手紙は、お前の体にしっかり隠しておきな」と言った。姉はスカートを持ち上げて、下着のポケットの中に父の手紙を折って隠した。母は女性用の下着を作る時、臍辺りのゴムひもの下にポケットを縫い付けて、お金や大事なものを身に着けて置けるようにしていた。「正門で見張ってた国民服を着た男の人に父さんの名前を言ったらさ、九老指揮部はまだここに来てないってさ。中央庁の大切な文書を移してるんで、家で待ってるようにって言われたんだよ。指揮部のお偉いさんたちは、まだ後始末がけっこう残ってんだろうかね」火炎が噴き上がっている南山を見上げながら、母は不安そうな声で言った。

1　許英喆『僕が経験した独立と分断』（韓国精神文化研究院編、ソンイン、二〇〇一）

第二十一章

九月二十六日午前、米軍がソウル駅を奪還した。米軍と韓国軍海兵隊が漢南洞《ハンナムドン》と聖水洞《ソンスドン》方面を突破し仮設の浮橋を造ると、水陸両用の装甲車とゴムボートを利用して、渡河作戦に成功した。今は忘憂洞《マンウドン》・弥阿里《ミアリ》・平倉洞《ピョンチャンドン》方面に人民軍の退路が開かれているだけで、他の場所ではまだ市街戦が繰り広げられ、耳をつんざくような砲弾の爆発音と銃声が会話の声をかき消した。まもなく、四大門の中にあるソウルの中心部でも市街戦が勃発するところなのに、家でじっと待っているようにと言った父の消息はずっとわからないままだった。母は二番目の弟を負ぶったまま、部屋の前に荷造りしておいた避難用の荷物を見下ろしていたが、焦る気持ちを抑えることができなかったのだろうか、姉に「明洞《ミョンドン》へ行く大通りの様子でも見ておいで」と言った。李範奭《イボムソク》の社宅があった南山《ナムサン》の入り口には、ひっきりなしに銃声が響いていた。奨忠洞《チャンチュンドン》側から南山を突っ切って、連合軍の先発隊が向かってきているのは間違いなかった。外に出ていた姉が、怯えて真っ青な顔で家に駆けこんで来た。姉は「もうすぐ連合軍が押し入ってくるだろうに、いつまで父さんをただ待ってるつもりなの？」と言いながら、母の方を見て足をドンドンと踏み鳴らした。「待たなきゃなんないのさ。来るって言ったんだから、今度だけは信じて待たなけりゃ。ここで銃に撃たれて死んでもさ……」母がぼうっとした視線のままで、一つひとつの言葉を噛みしめるように言った。しばらくして、古物商の庭から続けざまに撃ちまくる銃声が聞こえた。銃声と共に、何か叫び声も続いた。その瞬間だった。我が家に向かって発砲したのか、古物商側の窓ガラスが粉々になった。飛び散ったガラスの破片が床にばらばらに飛び散った。姉と僕は驚いて悲鳴を上げ、割れた窓から頭だけを突き出してみた。裏庭の方に村人が数人立っていたが、我が家を見て身振り手振りしながら、何か大声で話していた。パルゲンイの幹部の家だと指差していたのかもしれない。完全武装した大柄な軍人の姿が、窓の隅をちらっとかすめて消えてしまった。鉄兜の下に見えた顔と、機関銃を構えた手が真っ黒だった。別の軍人の一人は、鍾順《チョンスン》の家の窓に向かってM1小銃を撃ちまくり、英語でひっきりなしに何かを叫んでいた。家の中に誰かいるのなら出て来いという意味なのか、銃を持っていないもう片方の手を振り回した。「母さん、真っ黒い軍人がうちに攻めて来たよ」姉が激しく叫ぶと、怯えてがたがたと震えている上の弟の手を引っ張って先頭に立ち、母と僕が後に続いた。あたふたと古物商の庭へと向かうと、鉄兜をかぶった米軍の黒人兵士と韓国軍が僕たち家族を押し退けて発砲しながら、家の中へと乗り込んで行った。母が両手をぱっと上げたので、僕もつられて手を上にあげた。黒人兵士と韓国軍は絶え間なく銃を撃ち続け、永進《ヨンジン》工業社の倉庫へ渡って行った。家の屋根に上った白人兵士が、屋根の隙間の下方めがけて銃を連射した。

　庭を取り囲んでいた人々はぽっかりと口を開けたままで、飛び出してきた僕たち家族に注目していた。「米軍が父さんを捕まえに来たんだよ。私らも捕まれば死んじまうよ」姉が母のもんぺを揺すりながら言った。「ああ、そうさ。もうだめだ。往十里《ワンシムニ》に、さあ、早くそこに行こう」母が慌ただしく言った。姉が先頭に立って、村の人たちを掻き分けながら空き地へと向かった。僕たちは、黒人兵士に襟首でも摑まれるのではないかと思って、忠武路《チュンムロ》に抜ける小道へと逃げ込んだ。歩くのが遅い上の弟を、姉が抱きかかえるようにして走った。僕は息が切れた。下の弟を負ぶった母は「姉ちゃん、父さんの手紙、ちゃんと持ってるだろ。避難用の荷物も持ってこられないなんて」と、息苦しさに喘ぎながら言った。「うん、手紙、持ってるよ」前を走っていた姉が答えた。忠武路を小道の方へ抜けて乙支路《ウルチロ》五街へ入った時だった。僕たちは、人民軍と米軍が市街戦を繰り広げている中間に入り込んでしまったのだ。乙支路六街の方から米軍が戦車を前面に押し立て、銃を撃ちまくりながら進軍していた。戦車の砲身が、乙支路五街に向けて続けざまに大砲を撃った。乙支路五街側では、大通りを塞ぐように張り巡らされたバリケードの後ろから人民軍が頭を突き出して、戦車に向かって機関銃を乱射し、手榴弾を投げ込んだ。崩れた建物の前の歩道を走っているのは、僕たち家族だけではなかった。どこへ向かうのか、他の避難民たちも背中や手の荷物で体を守りながら、建物の下で腰をかがめて急ぎ足で歩いていた。戦車数台が乙支路五街方面に進撃すると、米軍と一緒に韓国軍海兵隊が後に続いた。「民間人は皆小道に逃げなさい。怪我しますよ！」軍服と鉄兜の偽装網に木の枝を挿した韓国軍が、銃床を激しく振り回しながら叫んだ。銃弾が激しい風音を立てて、目の前と頭の上をかすめて行った。僕たち家族と避難民たちは小道に身を隠し、乙支路六街のソウル運動場の横まで走り出す時になって、通りに出て来た沢山の人たちとやっと会うことができた。彼らは市内に入って行く戦車と野戦砲、そして完全武装した米軍と韓国軍に向かって手を振り叫んだ。「万歳、大韓民国万歳！」「国軍と国連軍、万歳！」いつの間に作って持って来たのか、紙の太極旗まではためいていた。どこから溢れ出してきた人たちだろうか。彼らは新道の真ん中で走りながら叫んでいた。道の真ん中に立ててあった、松の枝で飾り付けられたアーチ形の垂れ幕が燃えていた。垂れ幕の中央にかけられた金日成《キムイルソン》とスターリンの肖像画が火の中で燃え盛り、額縁ごと落ちてしまった。

僕たちは走るのをやめて呼吸を落ち着かせた。姉が道端に立っている人に「往十里へ行くには、どっちに行ったらいいんですか」と尋ねた。その人は「この道をずっと真っすぐに行けば往十里だよ」と答えた。

　人影もまばらな静かな道をとぼとぼと歩いていると、母がふいにぼんやりと言った。「お前たちの父さんは一体何してんだか。気は確かなのかね」母はまるで魂が抜けたようだった。「母さんが父さんの行方を知らないんなら、一体他の誰にわかるって言うんだ」僕はそう思った。「父さんが往十里の家で待ってるかもしれないよ」僕が言った。「あそこには、まだ真っ黒の米軍が押しかけて来てないってでも言うのかい」母は、何をわけのわからないことを言ってるんだとでも言いたげだった。「家族の誰も銃で撃たれなかったんだし、捕まりもしないで生き延びられたんだからさ。運が良かったと思わなきゃ」姉が気丈にも言った。しばらくして、母は避難用の荷物を持ってこられなかったことをもどかしがって、後ろを振り返った。「明日にでも、もう一回家に戻って荷物を持ってこなけりゃ。まさか、真っ黒い軍人がそれまでずっとあそこにいるって？」進撃していった戦車と野戦砲はもちろんのこと、国連軍と韓国軍一団のしっぽも、もはや見えなかった。空では、戦闘機が水を浴びた燕のように飛んでいた。昌慶苑《チャンギョンウォン》方面は、戦闘機が撃ちまくる機銃掃射と爆弾を投げ込む音で騒がしく、いまだに市街戦が続いているようだった。僕は、括ったままにして持ってこられなかった本とノート、絵を描くのに使っていた色鉛筆が、砲弾で吹っ飛んだり燃えたりせずにちゃんと残っているか心配だった。

　白菜畑と果樹園がぽつりぽつりと散らばっている往十里新踏《シンダプ》の街に入った。国軍がやってきたと上気した顔で通りに出てきた人たちに道すがら尋ねて辿り着いた崔善翰《チェソナン》さんの家は、かなり低い丘の上に堂々とした風情で建っていた。皆が地主の崔主事の家だと言っていた。周囲の藁葺の民家に比べてとても大きく、コの字をした瓦屋根で、新踏の街では一目で暮らしぶりが裕福だとわかった。鉄の飾りがぶら下がった門を何度も叩くと、前掛けを着け、髪を後ろで束ねてかんざしを挿したおばさんがぱっと門を開けて「誰をお訪ねですか」と聞いた。姉が「うちの父さんがここに来たでしょう?」と尋ねた。「誰も来てないよ。他の家と間違ったんじゃないのかい」おばさんが門を開けると、ぶらんこの後ろからパーマをかけた肌のきれいな若奥さんが「あんたの父さんが誰だって?」と聞いてきた。「金鍾杓《キムジョンピョ》です。父さんが、ここで私たちを待ってるって言ったんです」その時、庭の後ろ側の母屋から「どちら様が訪ねていらっしゃったんだい?」という物静かな女性の声が聞こえた。母が前に進み出て「こちらは崔善翰さんのお宅でしょうか。お父様にちょっとお目にかかりたいんですが……」と言った。姉は下着のポケットから封筒を取り出すと、中の手紙を若奥さんに見せた。「この手紙を持ってきました」姉が手紙を差し出すと、若奥さんはそれを受け取り「お入りください」と僕たち家族を迎え入れた。若奥さんの腰回りが太いところを見ると、どうやら赤ん坊を身ごもっているようだった。おばさんが台所の方へ入っていった。若奥さんの案内で敷地の中に入ると、門の両側に塀の役割をしている離れがあった。庭からは、柾と松の木の後ろ側に立派な母屋がちらりと見えた。庭ではチョウセンヒメツゲの後ろに、菊の花が今まさにふさふさと咲き乱れているところだった。山のような菊の花の間にギボウシが花を咲かせ、その清らかな白い花房は綺麗に化粧をした娘のように美しかった。戦争なんか関わり知ったことじゃないとでも言いたげに、花はどこでも美しく誇らしげに咲いていた。広い板の間に、鮮やかな色の刺繍を施したチマチョゴリで着飾った中年の女性が立っていた。奥様という品の良さが見て取れた。母がその奥様に訪ねて来た理由を話した。すると若奥さんは「この方たちが何か便りを持っていらっしゃったんですよ」と言いながら、奥様に手紙を渡した。「私は字が読めないんだから、早くあなたが読んでごらんよ」そう促されて手紙を読んだ若奥さんは、母に視線を向けるととても驚いた表情で言った。「人民委員長の奥様でいらっしゃいましたか。この手紙を書いたのは、私の夫です」そして、奥様に「お義母さん、この前人民委員長をなさった方のご家族がいらっしゃったんですよ。鍾福《チョンボク》の父さんが、今も人民委員長さんの下にいるそうです」と言って、僕たちを奥様に紹介した。若奥さんの言葉に、奥様の丸々と太った顔に付いている、窪んだ小さな眼が大きく見開かれた。「うちの息子は今どこにいるんだい？　委員長さんと一緒に家に戻ってくるって言ってるんですかい？」「それはよくわからんのですけど、とにかく、私の夫が崔善翰さんのお宅で待ってれば、車で迎えに来るって言うもんで、道道尋ねながらやってきたんです。でも、あの人がここにいないんなら……」まるで、じっとりと濡れた言葉が母の口の中に張り付いているかのように言いよどんだ。すると、奥様が若奥さんに言った。「まず、この方たちをあの子の書斎で休んでいただくようにしなさい。詳しい話は、うちの人が戻ってきた時に聞くことにして」奥の間から赤ん坊のむずかる泣き声が聞こえた。奥様が奥の間をちらっと見て「夜通し雷でも鳴ってるみたいに、大砲の音だとか銃の音がそりゃあひどかったっていうのにさ。ここの旦那は何だっていまだに戻ってこないんだか」とぶつぶつ言いながら、泣いている赤ん坊の様子を見に奥の間へ入っていった。

　僕たち家族は、石塀の下に立っていた前掛け姿のおばさんの案内で、門の脇の建物にある部屋の一つに入った。二面の壁にある本棚が沢山の本で埋め尽くされている書斎だった。一方には大きな机と椅子があった。しばらくして、おばさんが米粒のふわふわ浮いているシッケ［ご飯を麦芽で発酵させ、砂糖を加えて冷やしたもの］の入った器を四つ、お膳に載せて持ってきた。彼女は、この家の台所仕事と洗濯の手伝いをしていると言った。そして「市内の方からばかり大砲の音が聞こえますけど、お宅の方は戦争は終わったんですか。韓国軍が入ってきたらしいって聞きましたけど」と、まるでよその国の話でもするように尋ねた。「市内はそうみたいですね……」父と会えなかった空しさで壁に寄りかかって座っていた母が、背中の赤ん坊を下ろして胸に抱いた。泣く力さえもないのか、細い喉元でぜいぜいと喘いでいる弟は、母の胸でぐったりとしていた。昼になると、彼女がお膳に昼食を載せて書斎へと運んだ。トウキビを混ぜた粟飯と、湯気が立つ白菜汁だった。切り干し大根と荏胡麻《えごま》の葉を煮しめたおかずに、ニンニクの茎を刻んで入れたカタクチイワシの炒飯もお膳に載っていた。とても戦時中とは思えないようなご馳走だった。若奥さんが後に付いてきて、縁側の前で「大したものはありませんが、沢山召し上がってください」と言うと、とても気がかりな様子で「うちの夫にはいつお会いになったんですか」と母に尋ねた。「崔さんは、うちには来ませんでしたよ」母は北朝鮮の言葉の「ドンム」ではなく、韓国式で「さん」を付けた。こんないい食事を準備してくれた人にもう少し愛想よく話せないものなのか、母のぶっきらぼうな訛りは、僕が聞いていても気まずかった。「夫が城東《ソドン》区域の人民委員会文化部長を務めていた時に知り合いましてね。委員長様を家に招いて、一時寝食を共にしたんですよ。手紙を読んだら、今は戦闘の後方部で一緒にいるようですが、何事もなく無事でいてくれればいいんですが……」若奥さんの顔が不安でいっぱいになった。「私たちも最後に父さんに会ってから一週間以上過ぎました」匙を手にした姉が言った。僕は早くご飯にありつきたい一心で気もそぞろになり、口は生唾でいっぱいだった。若奥さんが「それじゃ沢山召し上がってください」と言うと、部屋のドアを閉めた。僕とすぐ下の弟がお膳の前にくっついて座った。普段は行動がのろまな弟も、料理が隙間なく並んだお膳を見ると、この時ばかりは動作が素早くなった。「戦争中だってのに、こうやってちゃんと食べて暮らせるなんて、財産のある家は違うもんだね」母は、二番目の弟の口にしわくちゃのお乳を含ませながら言った。

　母が昼食のお膳を台所に片づけてきた後だった。門をしきりに叩く音に続いて、自転車のベルの音が聞こえた。僕が部屋のドアを開けて外を見ると、唐木綿の外套姿に中折れ帽をかぶった風格のある中年の男が、自転車を引っ張りながら庭へと入ってきた。すると、一家総出でこの男を丁重に迎えた。旦那様だった。「東大門《トンデムン》の境目の薬局まで出てみたよ。薬局は爆撃を受けてなくてそのままだったし、市内はほとんど落ち着いてるんだが、善翰の行方は全くわからん。どうしたもんか」そう言うと、旦那様は書斎の縁側に出てずらりと並んでいる僕たち家族を誰だというように一瞥した。奥様が、息子の手紙を携えて来た前人民委員長の家族だと言いながらこれまでの事情を説明すると、息子の手紙を旦那様に手渡した。旦那様は、手紙を読むとこくりとうなずいて「ご主人の下でうちの善翰がご指導いただいているのなら、我々があなたたちご家族をしばらくの間お引き受けするのが人の道理というもんでしょう。ところで、世の中が今朝からがらっとひっくり返ったのに、ここまでどうやって来たんですか」と首をかしげた。「故郷は慶尚道《キョンサンド》のようですけど、どちらなんですか」奥様が母に尋ねた。母は「慶尚南道《キョンサンナムド》の端っこにある金海《キメ》から去年出て来たんですけど、ソウルには知ってる親戚も誰もいないんですよ」と答えた。「不便でしょうが、当分の間ここにお泊まりください。戦争ってもんは、一晩で世界が変わっちまうなんてこともあるでしょう。厳しい時期ではありますが、何とか耐えてみましょうや」旦那様は咳ばらいをすると、自転車をチョウセンヒメツゲの間にある小さな石の前に停めながら言った。その晩、母は眠りもせずに、風になびく木の葉の音にも神経をとがらせて耳をそばだてていた。まだ未練が残っているのか、やはり父を待っているようだった。

　明くる日、九月二十七日の朝だった。母は墨井洞《ムクチョンドン》の家に行って、まとめておいた避難用の荷物を持って来ようと急いだ。爆撃は受けていないだろうか、空き家なので荷物の包みは盗まれていないだろうか、それが心配だと言った。僕たち姉弟を残して出かけようとしていた母を奥様が引き止めた。旦那様の話では、市内はまだ治安が悪く、人民軍が退却してもあちこちに残留兵が残っているので、まだ抵抗を続けているかもしれないということだった。「私が今日も自転車で息子を探しがてら、市内にちょっと行ってきます。奥さんは、今日もう一日、家で子供たちと一緒に少しお休みください」危ないから出かけないでと奥様が引き止めるのも振り切って、旦那様は朝食を食べるとすぐにその日も自転車に乗って市内へと向かった。この家の家族は、旦那様夫妻、息子と嫁、孫が一人、お手伝いのおばさん、全部で六人だった。上の娘二人は嫁に行き、それぞれ水原《スウォン》と天安《チョナン》に住んでいたが、消息を探ると幸いにも人民軍がやってくる前に釜山《プサン》に向かって避難したそうだ。崔善翰さんは、旦那様夫妻のたった一人の息子で、ソウル大学で法学を専攻し、裁判官を志望していた。独立後から南労党に入り政治運動をしていたが、ソウル大学法政学部の読書会事件に巻き込まれ、捜査当局に検挙された。しかし、旦那様がその財力を駆使したお陰で、未決監で数か月間拘禁された後に自由の身となった。その後は、薬科大学を出て東大門近くで薬局を経営していた妻を手伝いながら、依然として地下で政治活動をしているうちに戦争に遭った。それから城東区域の人民委員会文化部長として活動している時に父の目に留まり、ソウル市党財政部に異動した後、市内で寝泊まりしながら数日に一度ずつ家に戻っていたが、すでに一週間も連絡がなかった。その日、市内へ出かけ昼飯時に自転車を引いて戻ってきた旦那様は、母を見ると「奥さんが出かけなくてよかったですよ。今も市内は危ないですからね。新堂洞《シンダンドン》近くのどっかの建物に坊主頭の人民軍が潜んでてね。そいつが服を着替えて出てきたところを住民に捕まって、その場で袋叩きにされてるのを見たんですよ。市庁まで行ってみようかと思ったけど、私も怖くて引き返したんです。みんなの話によると、望遠洞《マンウォンドン》と弥阿里の方は退却する人民軍と、彼らの後を追って避難する人たちでごった返してたそうですよ。人民共和国の下で働いてた人たちは、彼らの後に付いて北へ向かったのは当然だろうがね……」そう話しながら一人息子のことが心配でたまらないようだった。中爆撃機数台が高く浮上し、北に向かって遠ざかっていくその曇った空を見上げる旦那様の目には涙が滲んでいた。

二十八日になった。お手伝いのおばさんが支度した朝食を食べ終えると、母はどうしても永進工業社の部屋に行ってくると言い張って、もんぺ姿に手拭いをかぶって出かける準備をした。二番目の弟を姉に預けながら、母は「弟たちの面倒をしっかり見るんだよ。昼ご飯の時間には戻ってくるからね。知らない所なんだから、母さんを探すって遠くまで出てったらだめだよ。もしかしたら父さんが来るかもしれんからね。この家でちゃんと留守番してておくれ」と言い聞かせた。「そろそろ韓国の警官たちが目を皿にして、私らを捕まえようって探してるかもしれんから気を付けて」と姉が答えた。「母さん、さっさと帰ってこなきゃだめだよ」僕は、父だけでなく母までもいなくなってしまうのではないかと思って、目に涙をためて言った。「この泣き虫息子は全く。母さんがお前たちを残して、一体どこに行くってのさ」母が塀に降り立った。なぜか僕は母が今出て行ってしまったら、もう二度とこの家には戻ってこないような気がしていた。しかし、それは僕の取り越し苦労に終わった。その日の午後、母は布団まで揃えて、避難用の荷物があふれるほど入った竹の行李を頭に載せ、両手には風呂敷包みを下げて新踏の村へ戻ってきた。そして、僕たちに驚くべきことを話し始めたのだ。「お前たちの父さんが家に来たそうだ。米軍と韓国軍がいなくなってちょっとしてから、父さんが軍人の乗ったトラックで母さんたちを迎えに来たんだけど、私らはもう家を出た後だったって……修吉《スギル》のばあさんが父さんを見たってさ。米軍が私らの家に向かって発砲したもんで、家族みんなが怖がってどっかへ逃げたんだって、父さんにそう話したってさ。父さんが修吉のばあさんの話を聞いて、ここで待ってろって何回も何回も言っておいたのにって舌打ちして、運転兵の隣に座って乙支路の方にさっさと……」母が頭に載せてきた行李と風呂敷包みを縁側に降ろすと、力が抜けたように言った。母の話によると、南山から米軍と韓国軍の選抜隊が下山して来ると、村の人たちはあそこがパルゲンイの巣窟だと僕たちの住んでいた部屋を指差して、すぐさま連合軍が僕たちの家を目標に襲撃したらしい。「僕が包んでおいた本、持って来てくれた？」「このとんまな息子は困ったもんだ。学校の勉強はからっきしだめなくせに、こんな時に本の心配かい。ああ、そうさな。どこに行ったって、勉強はしなくちゃなんないって母さんが何百回も言ったじゃないか。お前たちの本の風呂敷包みもちゃんと持ってきたさ」母のげんこつが僕の坊主頭に落ちた。僕はわあっと泣き出した。

　南山から下山してきた連合軍選抜隊の襲撃に恐れおののいて、僕たちが部屋の裏にある古物商の庭を抜けて逃げた後、父がトラックに乗って僕たち家族を迎えに来たという母の話を、その後しばらくの間は信じることができなかった。連合軍選抜隊が南山を越えて墨井洞へやってきた二十六日午前、確かに乙支路五街では連合軍と人民軍が対峙したまま、市街戦を繰り広げていた。しかし、その危険な戦場を潜り抜けて、どうやって人民軍のトラックが我が家まで来ることができるのだろうかと思った。しかし、大人になって、当時のソウル市内の戦闘状況について記された口述資料を読んでみると、二十六日、ソウル市内中心部はどちら側がどの地点を死守していたのか、そして、どちら側がどの地点を奪ったのかをきちんと明らかにはできない状態だった。まるで川の濁流が渦巻いているような混戦状況だった。人民軍の戦闘部隊が退却する前、いまだ抜け出せない小隊や義勇軍があちこちで最後の抵抗をしていたのだ。連合軍がソウル駅と徳《トク》寿宮《スグン》を奪還したのはその日の午後三時で、二十七日の午後になってようやく、ソウルを囲む四大門の中では人民軍の組織的な抵抗が完全に消滅した。母が墨井洞の我が家に行き、避難用の荷物を運んできた二十八日には、国軍の海兵隊が中央庁ドームに太極旗を掲揚して、大韓民国はその日をソウル奪還、失地回復の日とした。ここに許英喆《ホヨンチョル》氏の口述証言がある。「九老《クロ》指揮部から後退し、ソウル市党で急造した部隊員と共に中央庁を守り、九月二十八日に撤収することになりました。二十八日には中央庁にすでに太極旗が掲げられている状況でした。それで、ソウル市内の地理を良く知っている同僚と一緒にそこを抜け出してきました。当時は、節句が近い時期だったので、大きな建物はみんな店を閉めて、蟻一匹いない悲壮な状況でした」

　その後、父の消息はわからなかった。僕たち家族は、会賢洞《フェヒョンドン》永進工業社の後ろにある部屋に再び行くことはなかった。警察や近所の人に見つかれば、即座にパルゲンイの家族だと通報されるのではないかと思って怖かったのだ。故郷から脱出して一年余り、ソウル暮らしの哀歓に浸った「パルゲンイの巣窟」であるその家を、僕たち家族は全て記憶の中から消さなければならなかった。それから数年が過ぎた。爆撃の破片が当たり、足を引きずるようになった永植《ヨンシク》の母が進永荷渓里《チニョンハゲリ》の嫁ぎ先に立ち寄り、故郷の市場にこう言い残した。一九五一年一月四日の後退でソウルが再び北朝鮮の手中に戻った時、ソウル市内で父を見たという人がいたそうだ。家族を見つけようと墨井洞や往十里を廻ってみたが、探しあぐねてもどかしがっていたと教えてくれた。僕が大学時代、真冬に酒に酔って通りを歩いていると、店の外に置いてあった蓄音機のスピーカーから、映画『南と北』の主題曲「誰かこの人を知りませんか」が聞こえてきた。その瞬間、酔いがぱっと覚めた。犬の毛の帽子を被り、髭をぼうぼうに生やした父の荒々しい姿が突然浮かんできたのだ。吹雪の中、廃墟になったソウルの通りを彷徨いながら、僕たち家族を探す父の姿だった。

　僕たち家族は往十里新踏の村で、瓦屋根の家の門脇にある書斎に居候することになった。主人の家には申し訳なかったが、他に生きていく術が見つからなかった。国連軍と韓国軍は、三八度線を越えて北進を続けていた。母は寝ても覚めても、家族を捨て一人で出て行ってしまった父の悪口を言い続けながらも、もしかしたらまた時代が変わって、父が家族を迎えに来るかもしれないという一抹の期待感を振り払うことができずにいた。「戦争に行って死んじまったんなら諦めもつくさ。確かに生きてるって人を、どうやって簡単に諦められるのさ……」母はしきりにぶつぶつと独り言を言った。朝鮮戦争が起きるや否や、ソウルから逃れた渡河派が再び上京すると、人共治下の三か月の間に避難ができなかった残留派に対する迫害が始まった。人共治下で何をして、どうやって食べていたのかと、残留派への鞭打ちを行ったのだ。韓国軍があまりにも早く敗退してソウルを明け渡し、唯一の橋さえも爆破し、川を渡ることもできないようにしておきながら、なぜ鳥のように翼を付けてでも避難しなかったのかと問いただすなど、実に盗っ人猛々しいことだった。情報部隊・警察署・洞事務所・青年防衛隊が代わる代わる家々を訪ねては戸口調査をして、その三か月の間に利敵行為があったかどうかを根掘り葉掘り聞き始めた。村の誰々が警察署に走っていったという噂が、新踏の村に広がった。三か月間、ひもじさに耐えて耐え抜いたのに、あちこちで密告が行われるのではないかと疑心暗鬼に陥り、互いに監視者にならなければならなかった。

そんなある日、旦那様が人共治下で城東区域人民委員会の文化部長を務めた息子の問題で警察に捕まり、その後どこへ移されたのか消息がつかめなかった。奥様とお腹の大きい若奥さんは、風の噂を頼りに旦那様の行方を探そうと連日外へ出かけていた。母は二回も警察署に呼ばれていった。朝に呼び出されてひどく殴られ、疲れ果てた体で家に戻ってきた。慶尚道の人間がなぜここに来て暮らしているのか、旦那は何の仕事をしていて今はどこにいるのかと、鞭で打たれ殴られもしたそうだ。そのたびに母は、夫は江原《カンウォン》道《ド》の山奥にある炭鉱で会計を担当する書記で、そちらで一人暮らしをしながら、給料日だけソウルの家に戻ってきていたのだが、戦争のせいで道がふさがって、一体どうしているのか消息がつかめないのだと言い逃れるしかなかった。そうやって、母が少しでも僕たちの傍を離れ警察署に行ってしまうと、もう二度と戻ってこないような気がした。僕は家の外に出ると、ひまわりと一緒に石垣に立って、一日中母を待ちわびながらしくしくと泣いていた。姉からめそめそ泣き虫だと責められても、そんな言葉は耳に入ってこなかった。旦那様は人情に厚い人で「書斎にいる家族たちの食事の面倒をちゃんと見てやってくれ」とお手伝いのおばさんにしっかり頼んでくれていた。でも、旦那様が警察署に引っ張られてしまうと、客という立場ではあるものの、いつからか僕たちの食事が見違えるほどひどいものになった。奥様は母によく聞けと言わんばかりに露骨に、これまで節約しながら蓄えておいた食糧すら空っぽになって、もう自分たちが食べるものもほとんど残っていないとこぼした。ある時などは、奥様が母に「向こうの下の方にある村で、子供の世話をするような女の子がほしいって家があるから、口減らしも兼ねて娘をその家にやるのはどうですかね」とけしかけてきた。「飢えて死ぬようなことになったって、娘を売ることなんかできやしませんよ。私ら家族は誰も離れませんよ。生きるのも一緒、死ぬのも一緒だからね」と断った。今まで奥様には低姿勢だった母も、この時ばかりは違ってきっぱりと言い放った。

新踏の村に来てから 〇日が過ぎ、十月に入ると気温がぐんと下がった。家の外の白菜畑にはよく育った白菜がごろごろしていて、見るからに食べ頃だった。姉と僕はスープを作って食べようと萎れた白菜の葉っぱを拾ったり、まだ収穫していない傷んだ白菜の根っこを取りに通った。ある日、母が家から持って来たアメリカ製の服何着かのうち、毛皮と革製の服をいくつか風呂敷に包んで出かけた。「旦那様の家に顔向けできなくて、もう限界だよ。部屋は借りて使うとしても、私らの飯はこっちで作って食べなけりゃ。この服を東大門市場で売って、食糧を手に入れてくるさ」その日の夕方になって、母は安南米一袋を頭に載せて戻ってきた。「東大門市場は、商売人とか市を見にきた人たちで混み合ってたよ。アメリカ製の物が沢山出回ってたから景気がいいみたいだ。外国から入ってきた援助物資で、ソウルの人たちはもう食べる心配はなくなったようだね。母さんが持ってったアメリカ製の服はさ、店を出していくらも経たないうちに全部売れちまったんだよ。戦争のせいで、服を持たないまま避難したもんだか、服が燃えちまったんだか、持ってった服が冬物だったんで買う人がいたんだよ」母はその日の夜、旦那様の家の台所で、僕たち家族が食べるご飯を別に炊いた。それからは、おかずは旦那様の家からもらって食べたが、ご飯だけは必ず母が自分で用意した。母はその後にも「母さんは『この服お買いなさいよ』って言葉がどうしても口から出てこないんだよ」と言いながら、アメリカ製の服を三〜四着揃えると、呼び込みとして立たせるつもりなのか、姉を連れて東大門市場へと出かけ、それを食糧に替えてきた。母と姉が家を空ける間、僕は下の弟を負ぶったまま上の弟を連れて、十字路の所まで二キロくらいの距離をとぼとぼと歩いては母を迎えに行ったりもした。

　十月も下旬になると、日に日に気温がぐんと下がった。寝床に入ると、オンドルを焚いていない冷凍のような寒さが襲い掛かってきた。兄弟はお互いに抱き合って、その体温で体を温めなければならないほどの夜の冷たさだった。洞事務所から戸口調査にやって来た職員が僕たち家族の人数を把握して行ったが、身分がはっきりしないので無償で配給する救護米分配の対象から除外されたとの通告があった。その翌日、警察署から刑事がやってきて、またしても母を連行していった。夕方頃に戻ってきた母は、もうこれ以上父を待つのは諦めたと言った。「厳しい寒さが近づいてるってのに、無一文の乞食の分際で子供四人を連れて、一体どこに行けばいいんだか。進永へ行けば田畑があんのか、家があんのか。愛想もないんで何の商売もできないし、恵んでもらえる才能なんてものもない母さんが、何をしてお前たちを食べさせていけんだか。母さんは勉強することができなかったんで、お前たちだけは何としても中学校までは行かせるって思ってたけどさ。暮らしを立ててくこともできないんだからね。その前に私ら家族は飢え死にするだろうよ」母の恨みがましい愚痴が多くなった。

十一月下旬、冷たい風が吹き荒れるある日のことだった。何かを決心したのか、母が姉と僕を呼ぶと目の前に座らせて言った。「姉ちゃん、お前が弟を連れて先に進永へ行っておくれ。母さんは、もうちょっとここにいて、後から下の弟たちを連れて行くから。お前のばあさんが叔母さんとこにいるじゃないか。そこにやっかいになって外孫の面倒見てんのに、まさか内孫が来たからって孤児院に送ったりはしないだろうよ。日雇い仕事してでも、飢え死になんかさせないさ。東大門市場に行ってみたら、避難民を乗せてく列車がソウル駅から釜山まで行き来してたんだよ。避難生活を止めてソウルに来る人とか、ソウルが嫌で故郷に戻ってく人たちが、列車の屋根のてっぺんまでぎっしり乗ってさ、上ったり下りたりしてんのさ。姉ちゃん、お前は小学校六年生なんだし、歳の割に機転が利くからね。この間抜けな弟を連れてちゃんと進永まで行けるだろうよ。とにかく生きるんだよ。戦争なんだから。歯をぐっと食いしばってこの大変な時を乗り越えなきゃ……」母の声は涙でくぐもっていた。「一体どうやって汽車の切符を買うの？」姉が尋ねた。「こんな暮らししてて、汽車の切符買うお金がどこにあるって言うんだい。市場の人に聞いてみたら、列車の切符をちゃんと買う人もいるけど、ほとんどがただで乗るってさ。屋根の上にぎっしりすし詰めになって乗ってくんで、国が切符代なんか取るわけないだろうさ。金網越えてこっそり入ってさ、釜山行きの列車ならとりあえず乗るんだよ。もし、車掌に見つかって引きずり出されても、両親捜しに行くんだって頼み込んで、何が何でも乗りなよ」姉は口をぎゅっと閉じたまま何も言わなかった。「生きるか死ぬかは神様だけが知ってんのさ。そう信じなきゃなんない。頑張って生きてれば、私ら家族は必ずまた会える日が来るはずだからね」僕は、母や二人の弟と別れるという言葉があまりにも悲しくて、大声で泣き出した。姉と僕を進永に送ったら、母は二人の弟を連れて、父を捜しに戦線に付いて北に行ってしまいそうな気がした。しかし「母さんは父さんを捜しに北へ行こうとしてるんでしょう?」という言葉、その言葉だけはあまりにも怖くて、どうしても口に出すことができなかった。ただ「じゃ、母さんは進永にいつ戻ってくるの?」としゃくりあげながら、その言葉だけがどうにか口から出てきた。「もう少ししたら帰るつもりだよ。今年中には帰るさ」と母は答えた。真冬が訪れ、部屋のドアの前でぶるぶると震えていた上の弟は、兄がどうして泣いているのかわからずに、目をぱちくりさせながら母と僕の表情を窺った。

　翌日、母は売れるものはこれで最後だと言いながら、アメリカ製の服を取りまとめて東大門市場に出た。夕方になって、安南米三升といくつかの薩摩芋を買って戻ってきた。夕飯を食べながら母が言った。僕の茶碗には、白いご飯がいつもよりたっぷりと盛られていた。「姉ちゃん、明日の夜明けに弟を連れて行きな。東大門市場を通り越してまっすぐ歩いて、そのまま行けばソウル駅があることは知ってるだろう?　わからなきゃ、道を歩いてる人に尋ねれば教えてくれるはずだからね。明日の夜明けに出発するんだから、ご飯食べて今晩は早く寝るんだよ」母は子供を冷たい部屋で寝かせ、その日は夜遅くまで灯火の下で、姉と僕を故郷に送るための準備をした。夜が明けるまで障子の隙間から伝わる冷たい風音を聞きながら、僕は冷凍した明太のようになった体で弟を抱き締め、お互いの温もりで体を温めた。窓の外が白んでくると、母は姉と僕を起こした。僕はやっとのことで目を覚ました。「ほら、早く起きるんだよ。ご飯を食べてソウル駅に行かなけりゃ」母が言った。今夜からは弟を抱き締めて寝ることができないと思うと、僕の鼻の奥がつんと痛くなった。「列車が走ったら寒いし、風もえらく冷たいはずだ。凍え死にしたくないんなら、しっかり服を着なきゃなんないよ」母が夜も寝ないで炊いたご飯を部屋に持ってきて、茶碗によそった。僕は母が用意した木綿の下着はもちろん、綿を入れたチョゴリにジーパン、ジーパンの上には木綿のズボンも履いた。父の外套を解いて作った靴下を履き、耳当てが付いた毛の帽子をかぶった。「姉ちゃんの言うことよく聞いて、何があっても泣くんじゃないよ。泣いたってどうにもなんないんだからね。泣きたいことがあっても、男はじっと我慢しなきゃなんないんだよ」と母が言った。父に最後に会った日も、父が「男は泣いてはいけない」と言っていた。何かにつけてよく泣いていた僕は、実はその時も心の中ではすすり泣きをしていた。膳の上に盛られた姉と僕のご飯は、食器から溢れるほど山盛りだった。この茶碗で食べるのも最後になるのかと思うと、母や弟たちと別れなければならないという事実に胸が苦しくなってきた。周りの騒がしさに、弟が布団をかぶったまま起き上がった。弟は姉と僕が家を出ることも知らず、ご飯を食べる僕たちをぼうっと眺めるばかりだった。間違いなく自分もお腹が空いているはずなのに、母にご飯が食べたいとせがむこともなかった。本当に無口な子だった。

　姉と僕は毛の帽子とマフラーを身に付け、紐のついた手袋まではめた完全武装のような恰好で部屋を出た。夜が明けているのに、頬に触れる風が身を切るように冷たかった。持ち主を失ったまま、大きな石に斜めに倒れている自転車が、明け方の光の中で目に留まった。旦那様は、東大門警察署の留置場でまだ取り調べを受けているとのことだった。奥さんが装身具類を売り払い、親戚たちがお金を集めて、関係者たちに賄賂を使ってもまだ釈放されていなかった。「命を懸ける覚悟で必死に生きるんだよ。そんなふうに腹を決めれば、必ず神様がお前たちを助けるはずだ。ここに残って苦労する母さんと小さい弟二人のことを考えるんだ。このお握りは、死ぬほどお腹が空いた時にだけ、ちょっとずつ食べるんだよ。みんなの話だと、釜山からの上京線も線路が途中で所々切れたり、トンネルも崩れたりして工事してるんで、三日もかかってやっと到着したそうだ。進永まで何日かかるかわからないさ。だからこのお握りはできるだけ惜しみ惜しみ食べなよ。お前たちの命は、このお握りにかかってるんだからね。絶対に誰にも取られないようにするんだよ」母は僕たちに言い聞かせた言葉をもう一度繰り返した。姉と僕はそれぞれ背荷物を一つずつ担いだ。その背荷物も、やはり母が東大門市場で買ってきた小型の軍用かばんに縄を付けたものだった。軍用の毛布一枚を半分に切って分けて各自かばんに入れ、薄い綿布団一枚も姉のかばんに無理矢理押し込んだ。厚着をするための余分の服と靴下、食器一つずつに匙、水を入れた軍用水筒、そして何よりも、塩漬けした白菜の葉っぱをみじん切りにしてご飯と混ぜたお握り五つと、蒸した薩摩芋いくつかがかばんの中に入っていた。キムチを作る季節だったので、白菜と大根を全て引き抜いて荒れ果てた畑の間を母が先に歩き、姉と僕は冷たい向かい風を感じながらとぼとぼと歩いた。「寒いから母さんはもう帰ったほうがいいよ」姉が言った。母はその言葉が耳に入らないようで「私ら家族が生きてまた会える運命なら、神様がお前たちを助けるはずだ」と鼻水をすすった。峠を越えると、遠くにソウル運動場があった。すっかり夜が明けたので時々通行人が見え始め、自転車や牛馬車を引いて出てきた人もいた。とても寒かったので、皆重ね着姿で口から白い息を吐き出していた。「姉ちゃん、ソウル駅には行けるだろう？」見送りはここまでだというように母は歩みを止めた。「行け……るよ。体に気を……つけて、無事に……弟たちを……連れてきてよ」袖で涙を拭う姉の言葉が時々途切れた。僕は何も言えず、がたがた震えながらただ母の顔だけ見上げていた。その時、母の裂けた頬を流れる大粒の涙が、昇る日差しにきらっと光るのを見た。喉を詰まらせたような声で世間に向かって愚痴を並べ立てたり、父の悪口を言ったり、天気の悪い日に、拷問を受けた体がずきずき痛いとうめいていた時にも、僕は母の涙を見たことがなかった。母は大きな体格そのままに、常に頑丈な城砦だった。そんな母が姉と僕を見送る時、泣いていたのだ。

姉と僕は歩いて、歩いて、また歩いた。そして、正午ちょっと前に戦闘機の爆撃を逃れて雄壮な姿のまま立っている南大門の横を通り過ぎることができた。ソウル駅の広場は、それこそ市が立つ日の大市場よりもっと混雑していた。僕たち姉弟のように荷物を背負ったり、頭に載せたりしている人々が、駅舎から広場に溢れ出していた。どうやって中に入り、プラットホームまで無事に辿り着くことができるのだろうかと考えた。姉は、絶対にはぐれないようにと僕を後ろにつけ、あちらこちら回りながら駅の事情をうかがった。切符を買おうとする人が長蛇の列をなす中で、切符なしで改札口を通り抜けることなど不可能に思えた。憲兵と巡査が目を見開いて、通行人たちを交互に監視していた。怪しい身なりではなくても、若者たちはしばしば職務質問を受けた。彼らは洞事務所から発行してもらった居住証や、除隊証明書のように身分が確認できる証明書がなければ、駅前の交番に連行された。幼い僕たちには身分を証明できるようなものは何もなかった。昼食の時間が過ぎても、姉は相変わらずあちらこちらを回って人々の話に耳を傾け、切符なしで駅の中に入る方法を聞いたりしながら情報を集めていた。姉は僕がお腹を空かせていることに気が付かないようで、僕のかばんの中にあるお握りを食べようとは言わなかった。僕は水筒の水で空腹を満たした。やっと午後三時か四時頃になって、ドームの駅舎から少し離れたところにある小さな入口を発見した。そこは、米軍たちが何の警戒もなく、群れをなして寝袋を担いだまま出入りするところで、鉄条網が張り巡らされていた。そこにまでも列車に乗る人たちの家族が体をかがめて座ったまま待っていたのだ。哨兵が守る鉄条網の門は、閉まっている時もあるが、少し開いている時もあった。鉄帽を被って拳銃を下げた二人の米軍憲兵がその門を守っていたが、彼らは煙草を吸いながら何か冗談でも話しているのか、大声で笑ったりしていた。一人が少し離れた哨所の方へ行ってしまい、席を外す時もあった。「歩哨に立ってるあの軍人も用ぐらいは足すだろう？　ちょっとでも席を外した時に急いで中へ入ろう。もし見つかったら、母さんがプラットホームで待ってるって、泣きながら手足が擦り切れるぐらいにもみ手してさ、土下座して許してもらうしかないよ。優しい軍人さんに会えれば、入らせてくれるはずだ」姉は、正門の前にある鉄条網の壁の下で、体を小さくして座ったままそう話した。一時間以上見張りをしながら待っただろうか。正門が少し空く瞬間が来た。姉が僕の横腹を突き、腰のベルトを握って起こした。姉と僕は素早く鉄条網の門の中へ入り、前方に広がる線路に向かって振り向きもせず走り出した。

　釜山行きの列車が入るプラットホームは、身動きもできないくらいにごった返していた。皆の話では、もう三時間も待っているが、いくら待っても列車の来る気配がないということだった。京釜線や湖南線の方から上京した列車は、長い客車をつけていた。母が言った通り、客車には避難先からやってくる人が屋根の上までぎっしりと乗っていた。彼らは風呂敷包みを背負ったり、頭に載せたりして、布団や毛布を引っかぶったまま、縮こまって身を寄せ合っていた。そして、列車が到着すると、人の群れが一度にどっと降りてきた。人々は冬の厳しい寒さを物ともせず、ソウルへソウルへと上京したのだが、僕らみたいにソウルではこれ以上暮らせないと故郷に帰る人もいた。戦車と野砲、軍需物資をたくさん載せた無蓋車も頻繁に構内に入ってきた。下りの線路の前でさらに三〇分ほど待つと、石炭などを載せて運ぶ真っ黒な無蓋車数両を連結した客車が入ってきた。人々は釜山行きの列車だと口々に言いながら、どっと無蓋車の高い壁に縋りついた。姉と僕は背が低いので、木でできた無蓋車の壁によじ登ることができなかった。その列車を逃せば、いつまた釜山行きの列車が線路に入ってくるかわからなかった。「手をつかんでください！　お願いです！　どうか手を引っ張ってください！」先に乗った人々に姉が手を差し出しながら叫んだ。みんな自分の席を確保するのに忙しく、それぞれの家族のことだけで精一杯だった。その時、毛の帽子をかぶったあるおじさんが姉の手を引っ張ってくれた。姉は足を突っ張ってようやく無蓋車に登り、僕の腕を引き上げた。僕たちはやっと無蓋車に乗ることができた。無蓋車なので屋根はもちろん、座席や窓、トイレが備わっているはずもなかった。僕たちは人の間に挟まって座っていたが、しばらく待っても列車は全く動く気配がなかった。「石炭とか牛とか豚を運ぶようなこんな列車で、ウンチはどうやってするんだい？」誰かが愚痴をこぼした。「ウンチをしたらつぶすしかないだろうさ。とにかく、列車が動き出してくれりゃそれに越したことはないんだけどな」その言葉には誰も答えなかった。

　乗客が乗れるような客車は一両もない、無蓋車一〇数両を繋いだ列車が動き始めたのは夕方頃だった。日が沈み、身を切るような寒さが訪れた時、一瞬ドカンという音がしたかと思うと、列車がゆっくりと動き始めた。遠ざかっていくソウルの市街地は、無蓋車の壁に隠れて見えなかった。冷たい風が吹き荒れ、赤く染まった夕焼けの空だけが見えた。「姉ちゃん、お腹空いた」僕は身をすくめたまま言った。「ちょっと見てごらんよ。何か食べてる人なんて誰もいないだろう？　我慢すんだよ。みんな私らみたいに我慢してんだ」姉がきっぱりと言った。列車がガチャンと音を立てながら、とてもゆっくりした速度で漢江の橋を渡った。姉と僕は寒さと冷たい風に耐えられず、荷物から毛布を出して引っかぶった。ひもじさのせいで眠くなった。「こうしてたら死ぬんだ、死ぬんだ」と心の中で叫んで目が覚めると、列車はガタガタしながら線路の上をゆっくりと走っていた。無蓋車は故障した箇所を直したり、線路のジョイントが壊れたから修理するといって長い間止まった後、汽笛を一回鳴らすとガタンとゆっくり動き出した。夜になると、吹きつける風は身をえぐるように冷たかった。姉と僕は毛布に包まったまま、手袋をした手に息を吹きかけて、顔に触れる身を切るような寒さに耐えなければならなかった。夜空を見上げた。星はどうしてあんなに、あんなにもきらきらと輝いているのか。僕はその星を見ながら、僕のように身をすくめて震えているだろう弟たちのことを考えた。涙がこぼれてきて、とうとう大きな声で泣き出してしまった。鼻をすすりながら泣いている僕に、姉は「進永に着くまで泣くんじゃないよ」と言った。

ある簡易駅では、軍用列車数両を先に通らせるというので、半日以上待つこともあった。ゆっくりゆっくりと動いて、ようやく慶尚北道《キョンサンブクト》清道《チョンド》駅に着いた頃にはソウルを出発してからちょうど三日が経っていた。列車が長い時間止まっていた時は、茶碗を持って線路近くの家に行き物乞いもしたが、匙ですくってくれるご飯も大した量ではなく、門前払いされるのが常だった。その間に、もし列車が突然出発してしまうと困るので、さっさと列車に戻ってこなければならなかった。そんな風に止まったり進んだりしながら、ようやく三浪津《サムナンジン》駅に到着する前のことだった。いわゆる「密陽《ミリャン》十里トンネル」というトンネルの中で列車がまたもや止まったまま、全く動かなくなった。カビ臭い石炭の煙が、蓋のない無蓋車の中に容赦なく押し寄せてきた。「みんな降りてトンネルを抜けないと、窒息して死んじまいますよ」前の方で誰かの叫んだ言葉が後ろにも伝わった。みんな列車から降りて、真っ暗なトンネルを歩いて抜けなければならなかった。人々は「子供と体の弱いお年寄りたちは煙に巻かれて死んだ」とひそひそ声で話していた。そこから線路に沿ってさらに六キロほど歩いて三浪津駅に到着した。進永に行くには慶全南部線に乗り換えなければならなかった。進永までは洛東江《ナクドンガン》を渡って一八キロで、四〇里を越えていた。

姉と僕は歩くことにした。夕暮れ時だったので、家々を回って食べ物をもらいながら飢えを凌いで、今日中に洛東江に架かった鉄橋を渡ることにした。持って来たお握りと薩摩芋は少しずつ大事に食べたが、それも昨日の夕飯で全部なくなってしまった。洛東江を渡れば、真っ暗な闇が降りかかるはずで、月のない夜道を歩くのが大変になれば農家の納屋にでも寝ることにした。しかし、鉄橋は北朝鮮のゲリラやスパイたちが爆破することを警戒して軍人たちが見張っていたため、民間人の通行は不可能だった。そこを運よく優しい船乗りが渡し船に乗せてくれたので、何とか川を渡ることができた。夜が更けるとそれ以上歩くことは諦めて、ある家の納屋を借りて寝た。姉と僕は毛布と一重の掛け布団に包まり、お互いの体温で毛布を通り抜けてくる夜の冷たさを凌がなければならなかった。

　翌日の朝は、家主の家から少しのご飯を分けてもらって食べるとまた歩き始めた。ひたすら歩く間に、薄氷が張った小川の水で空腹を満たした。畑に散らばった萎えた大根の根っこを食べながら、歩いてまた歩き続けた。冬の風に立ち向かいながら徒歩で進永に到着したのは、日がまさに西の山に沈もうとした頃だった。叔父の水利組合の社宅があるムルトン通りに行けばいいのか、叔母の嫁ぎ先の池羅里《チナリ》に行けばいいのかわからず、姉と僕はとりあえず李仁択《イインテク》さんがやっている飲み屋を訪れた。「おやおや、このカラスたちはどこの子供なんだい」僕たちは、列車がトンネルを通るたびにかぶった石炭の煙で顔が真っ黒になっていた。そんな乞食のような姿の姉と僕を見た途端、李仁択さんの奥さんが頭を振りながら嘆くように言った。

第二十二章

僕たち家族が経験したひもじさは、戦争初期のソウルでの生活だけでは終わらなかった。むしろソウルを離れてからがその始まりだったのだ。母が弟二人を連れて進永《チニョン》に着いた十二月末から、僕たち家族がくぐり抜けて来た戦後の貧しい生活こそが、まさに母の言葉通り「死ぬか生きるか」だった。母は父の前歴のせいで、皆からまるで青大将やムカデでも見るように顔をそむけられた。進永市場の人たちからは近所付き合いさえも嫌がられ、横目で睨み付けられることに耐えられなかったし、それに加えて進永に定着するための拠り所もなかった。母は僕を李仁択《イインテク》さんに預けたまま、家族を連れて進永を離れるしかなかった。僕はまるで孤児のように放置された状態だった。

翌年の冬が終わる頃、母は姉と弟二人を連れて大邱《テグ》に向かった。そこは蔚山《ウルサン》から大邱に引っ越した母方の伯母、そして親戚数人が住んでいた所だった。母は子供三人を親戚の家の小部屋に預け、とある家内工業の靴下工場の主人宅でお手伝いを始めた。みんなが眠りについた夜遅くに、母は主人にばれないようにこっそりとご飯一握りを新聞紙に包み隠して、子供たちのところに戻ってきた。一日中お腹を空かせて待っていた三人の子供たちに、そのご飯一握りに冷たい水をかけて食べさせ、消えそうな命を繋いだ。後で母から聞いた話だが、大邱に定着したばかりの頃、あまりにもひどい飢えに苦しんだ子供たちが栄養失調にかかり、痩せこけて骨と皮ばかりになってしまったそうだ。そんな貧乏暮らしなら、いっそのこと乞食になって家々を回った方がましだと思った。特に体が弱かった二番目の弟は、あまりにも酷い空腹のために、生と死の間で綱渡りをしているような状態だった。母は、ふらふらしていた二番目の弟を見るに忍びなくて、誰か孤児院にでも連れていってくれないかと思い、大邱駅の広場に置き去りにしたという。朝に弟を捨てて働きに行ったが、もしやと思い夕方にもう一度駅に出て見ると、弟は誰に連れていかれることもなく、駅の片隅に朝のままの状態でいたという。まるでカタクチイワシのように横になっていた弟をまたおんぶして連れて帰ったという話を聞くたびに、喉が詰まるように苦しかった。

最後に、父の話について整理しなければならない。姉と僕が無蓋車に乗って南に行く十一月下旬のことである。S氏が遺した父に関する話によると「九月二十六日、ソウル指揮部が最終的に後退する時、金応彬《キムウンビン》が指揮した戦闘指揮後方部は、ソウルから撤収し、金さんも北に行ったと思う」とのことだった。しかし、春川《チュンチョン》地域に移動した。そこで李承燁《イスンヨプ》に会って、第二戦線を作りパルチザン活動をするよう指示を受けると、太白《テベク》山脈に沿って再び南下しなければならなかった。そのほとんどがソウル市党青年党員たちと市民義勇軍だった。許英喆《ホヨンチョル》氏の口述証言によると、彼らは六支隊として編成されたが、そのうち第一支隊は三つの旅団で構成され、各旅団の下に三つの大隊を置いた。一個大隊の人数は八〇人程度で、その下に中隊・小隊が編成された。六〇〇人に及ぶ連隊兵力の規模だった。部隊には中学や大学在学中に義勇軍として乗り出したインテリ女性隊員もいたという。金応彬の部隊は平昌《ピョンチャン》・旌善《チョンソン》・寧越《ヨンウォル》などの江原道《カンウォンド》太白山脈地域で大小様々な戦闘を繰り広げながら、試練に満ちた遊撃（ゲリラ）生活を送り、その間に多くの犠牲者を出した。長い期間にわたる空腹に苦しみ、いつも追われて無理な行軍をしていたので、戦闘で死ぬよりも、食事中に死んだり、休息中に死んだり、行軍中に谷に落ちて死んだり、あるいは戦闘で受けた銃傷が悪化して死んでいった。山岳地帯の厳しい寒さと辛い行軍、栄養失調が主な原因だった。S氏の話によると「金応彬の部隊は一九五二年三月まで、江原道五台山《オデサン》から慶北日月山《キョンブクイルウォルサン》にまで下ってパルチザン闘争をしたが、金さんも金応彬の下で幹部として活動した。しかし、大きな戦果を挙げることができず、他の部隊員と一緒に越北した」という。つまり、姉と僕が無蓋車に乗って寒さと空腹に震えながら南に向かっていたその時、父もまた遊撃隊の幹部として、江原道太白山脈の真ん中で、厳冬の寒さの中、苦難に満ちたパルチザン闘争をしていたのだ。

　韓国から越北した南労党員と、自分の意志で、あるいは他人の勧めで動員された義勇軍が、統一革命という美名の下で消耗品のように捨てられていた時、金日成《キムイルソン》は旧北労党出身の首脳陣を率いて鴨緑江《アムノクカン》の国境を越え、満洲通化県にまで逃げ込んだ。彼は「戦争さえ起きれば、南朝鮮の南労党党員二〇万人が蜂起するでしょう」という朴憲永《パクコニョン》の口車に乗せられ、統一戦争は失敗に終わったと憤慨した。そして、南朝鮮のゴミ共は後方部で第二戦線を構築し、パルチザン闘争を続けながら祖国の名の下で戦死せよ、という命令だけを下したのだ。連合軍の仁川《インチョン》上陸作戦により、洛東江《ナクドンガン》戦線の人民軍が退路を失うと、韓国出身の人民軍と義勇軍はそれぞれ地区党を作り、智異山《チリサン》に入ってパルチザン闘争を始めるしかなかった。一時はその勢力が二万五千人から五万人に達したが、彼らは自力で苦難に満ちた闘争をして行く以外に、何の支援も期待することができなかった。金日成と朴憲永は、山中で孤立した彼らを救出するためのいかなる支援策も講じず、助けになるようなことは何一つしなかった。甚だしくは、彼らを捕虜交換の対象にもせずに闘争を続けて、けっきょくは戦死するよう放って置いた。そして、彼らは飢え死にし、凍え死にし、戦死し、帰順して長期囚の身となった。北朝鮮の統一戦争は休戦で幕を下ろし、成功することはなかった。

砲声が止み、休戦ラインの鉄柵が南と北を分け、二重に防柵が作られると、金日成はついに彼の特技である粛清の刀を抜いた。一九五三年八月、朴憲永の直系である李承燁等、一二人に対して「反国家・内乱陰謀罪」を適用し、李承燁（党秘書兼人民検閲委員会委員長）、趙一明《チョウイルミョン》（文化宣伝省副相）、林和《イムファ》（朝・蘇文化協会副委員長）、朴勝源《パクスンウォン》（党連絡部副部長）、李康国《イガングク》（貿易省朝鮮一般製品輸入商社社長）、裵哲《ペチョル》（党連絡部長）、尹淳達《ユンスンダル》（党連絡部副部長）、李源朝《イウォンジョ》（党宣伝扇動部副部長）、白亨福《ペクヒョンボク》（前南朝鮮治安局中央分室長）、趙鏞福《チョウヨンボク》（人民検閲委員会上級検閲委員長）、孟鍾鎬《メンジョンホ》（前人民遊撃隊第十支隊長）、薛貞植《ソルジョンシク》（人民軍総政治局政治委員）を一斉に検挙した。そのうち一〇人には死刑を宣告し、ただちに処刑してしまった。刑の執行前、朴勝源は「全ての革命家は、たとえその罪がどんなに大きくても、その名を叫んで死ぬべき祖国の名前があった。しかし、我々にはその叫んで死ぬ祖国というものがない」と絶叫した。

朴憲永については、一九五五年十二月「政権転覆陰謀と反国家的間諜テロ罪」等の罪名を着せ、死刑を宣告した後、翌年の七月に処刑した。金日成の特別指示により、社会安全相方学世《パンハクセ》が拳銃で朴憲永を直接銃殺した。分断されて五〇年の月日が流れた今、朴憲永は韓国ではもちろん、北朝鮮でも捨てられた「棄児」であり、反逆者として転落している。社会批評家である安承一《アンスンイル》は『革命に裏切られた悲運の革命家』（ソンイン、二〇〇四）で「朴憲永は外勢から脱却した統一祖国に名分を置いたが、金日成は統一という名分よりも自分の権力の掌握をさらに重要視し実利を追求したため、北朝鮮において金日成が実権を握ることは、朴憲永を敗北に向かわせる必然の手順だった」と述べた。朴憲永の娘である朴ビビアナは、彼女の父親と金日成との関係について次のように述べた。「正確には言えませんが、金日成はスターリンのようになろうとした人物で、父は沢山の教育を受けた知識人であり、私心のない方だと思います。金日成は父を処刑した人物なのでこれ以上話したくありませんが、北朝鮮に住んでいる人たちがかわいそうで仕方ありません。金日成体制はスターリン体制と違うところはないし、国民を何の価値も持たないものとして考える体制だからです〔……〕一九四九年に私が北朝鮮に行った時、父は『僕は、我が国が民主社会になることを願っている人間だ』と言いました」[1] 保守右派安秉直《アンビョンジク》（ソウル大学名誉教授）は、二〇一〇年九月三日に明知《ミョンジ》大学国際学術研究所主催の学術フォーラムの講演で次のように述べた。「朴憲永は、アメリカのスパイとして濡れ衣を着せられ処刑されました。生涯を革命運動に捧げた人であっても、執権者と利害関係が異なれば、簡単にリビジョニストや敵国のスパイとして処断されるような社会において、文明というものが本当に存在するのか疑うしかありません。文明社会と野蛮社会の違いはそのようなところにあるのではないかと思います」

韓国では韓国なりに、戦争中に収監されていた南労党員と、左翼側に少しでも傾いた保導連盟加盟者のほとんどを処刑した。生き残った者たちは、休戦後に長期刑を言い渡され、刑務所に収監された。どうにか嫌疑が晴れた左翼は、自分の身分を隠し、息を殺しながら命を繋ぐしかなかった。これは仮定に過ぎない、言葉通り寝言のようなものかもしれないが、もし北朝鮮で朴憲永の南労党が政権を握っていたらどうなったのだろうか。今頃南と北は統一、あるいは自由往来ぐらいは可能になっていたのではないかと考える。一九九一年、ソ連でエリツィン大統領が就任し、ソ連共産党中央委員会がマルクス・レーニン主義の放棄を宣言した。その後、東ヨーロッパの国々が相次いで崩壊する中、北朝鮮も社会民主主義政策では人民の自由と幸福を保障することはできないと政策を転換したり、統一とまではいかなくても、中国と台湾のように敵対関係は振り払い、自由往来が可能になったのではないかと推測してみる。あるいは、中国やベトナムのように、政治は社会主義体制を維持しながら、経済は改革・開放政策に回ったのではないだろうか。北ベトナムは厳しい条件の中でアメリカと戦って勝利したが、戦争が終わるとお互いに過ぎし日の犬猿の仲を解消し、和解への道のりを歩んだ。ところが、金日成は「我々の方式で生きていこう」と、社会主義から変質した「主体主義」を政治理念として掲げ、永久執権一人独裁体制を強化した。

慶北《キョンブク》大学農学部教授だった母方の従兄の話によると、一九五四年、スイスのジュネーブで南北の捕虜交換のための首脳会談が行われた。その時、北朝鮮では四〇余人の代表団を派遣しているが、そこで父の名前を見たという。しかし、その「名前を見た」というのが新聞なのか雑誌なのか、あるいはテレビやラジオを通してちらりと耳にしたのかはわからない。従兄もかなり前に亡くなり、その真偽を確認する方法はなくなってしまった。僕は様々な資料を調べたが、北朝鮮代表団の名簿を見つけることはできなかった。その当時は、まだ朴憲永が失脚する前だったので、朴憲永もその使節団の一員として含まれていた。しかし、金日成は彼の亡命や脱出を懸念し、スイスに行く経由地のモスクワに抑留したことが知られている。

休戦の後、S氏が北朝鮮での父について、覚えていることを書き留めて伝えてくれたメモの内容は次の通りである。父が家族を残して、一人で北朝鮮に行った後の後日談になるのだが、僕はS氏に直接会えてはいないので、彼の記憶が正確なのかどうかはわからない。もし、S氏が勘違いをした部分があったとしても、S氏はすでに故人になっているので確かめる術はない。南北が統一して北朝鮮にいる腹違いの兄弟にでも会わない限りは、現在、唯一残っているS氏のメモを信じるしかないのだ。

> 一九五二年三月、金さんは北朝鮮に渡った後、平壌《ピョンヤン》近郊の中和《チュンファ》地帯にあった第一支帯に編制され、連絡部に入り、慶尚南道《キョンサンナムド》担当の指導員として仕事をした。指導員時代、朝鮮戦争勃発直後に西大門《ソデムン》刑務所から出所した同志たちが集まり酒席を持ったのだが、父はその席に参加して大変な批判を受けたことがある。

「そんな会合がどうして問題になるのか」と尋ねたが、当時の北朝鮮は、韓国出身の者が仲間同士で会合を行うような雰囲気ではなかった。まだ朴憲永についての調査が行われていた時期でもあったからだ。金さんは奉化《ポンファ》出身の金在旭《キムジェウク》さんと親しかった。当時、第一支帯の連絡部長は裵哲、金さんの直属の上司は尹淳達だった。一九五三年三月「朴憲永・李承燁事件」が起こり、大変な目に遭った。上司である裵哲は死刑、尹淳達には懲役一五年が宣告され、連絡部責任指導員以上は皆実刑を言い渡された。金さん等、指導員級の人たちは、中央党分校に収容され思想検討を受けると、党の検閲委員会直属で開設された塾に行かされ、六か月間の思想検閲を受けた。この塾には前南労党関係者のほとんどが収容され、短くて六か月、長ければ二年間にわたり、思想検討・教育を受けた。僕は社会部にいて、その後一九五三年に連絡部へ移ったが、その時金さんは塾にいた。そして、一九五四年に連絡部が再び改編されると、過去の連絡部指導員のうち半分ほどが戻って来たのだが、この時金さんも指導員として復職した。一九五四年末に旧連絡部、李鉉相《イヒョンサン》部隊の活動等が総括されることになり、一九五五年の春には旧連絡部の者たちが再び全て追い出された。金さんは、トラック・バス等を管轄する政務院傘下の陸運総局に移って行った。僕が一九六八年に会った時、彼は海運総局幹部だったが、その間に大変な苦労をした。一九五六年から一九五八年の間にあった延安派粛清、一九六七年の李孝淳《イヒョスン》・朴金喆《パククムチョル》の粛清時期に、過去の南労党出身の者たちが再び思想検閲を受けた。一九六八年に南労党出身の者たちに対して一か月間講習が行われたが、これには金さんもやって来た。この時、金さんは「正直言って、死ぬほど大変ですよ」と話していた。ところが、一九七三年末に対南任命幹部（北朝鮮は一九六〇年代後半、統一に備えて韓国の各郡単位まで幹部を内定しておいた。韓国が平南《ピョンナム》知事や北朝鮮の郡守を任命したものと同じである）たちを召還し教育が行われた時には、金さんは召還の対象だったにもかかわらず来なかった。それで担当者に聞いてみると、病中だったため来なかったと言われた。江原道瑞光寺《ソグァンサ》の療養所にいるという話を聞いた。一九七六年六月頃に客を連れて金《クム》剛山《ガンサン》へ行く途中に、療養所に立ち寄って金さんに会った。すっかりやせ細っていて、病名を尋ねると肺結核だと言っていた。その時、金さんは自分が今までに遭ってきた数々の悔しい経験を訴えた。あんなに苦労したのに、統一を見ることもなく死ぬのだと遺言めいた話をした。韓国に残してきた自分の家族の話や、北で新たに作った家庭の話もしていた。連絡部指導員だった時、開豊《ケプン》出身の女性と再婚して、一男一女が生まれた。息子は一九五五年生まれで、娘は一九五六年生まれだったと思う。金さんの療養所での生活が長引くようになると、家族も江原道に引っ越して来て療養所の近くで暮らした。当時、高山郡《コサングン》人民委員会部委員長は金海《キメ》出身の人だったが、北朝鮮に来る前からの旧知の仲だったので、その人が瑞光寺の療養所近くに家を世話してくれて、色々と助けてもらった。療養所の院長に金さんの病名を尋ねると、肺結核ではないと言われた。「どうかしっかり薬を飲ませてやってください」と、お願いをして出て来た。一か月後の七月、金剛山に泊まっている客を迎えに行った時、再び療養所に立ち寄った。金さんは病気が悪化し、ほとんど動けない状態だった。その後七月末、担当者から金さんが数日前に死亡したという話を聞いた。

父は一九七六年に江原道金剛山近くの療養所で永眠した。六二歳だった。母が戦争によって父と生き別れになったのは三五歳の時だった。母は父の死から四年後の一九八〇年、ソウルで六五歳の生涯を閉じた。

1　柳承源《リュウスンウォン》『理念型社会主義』（ソンイン、二〇一〇）

作家の言葉

『父の時代—息子の記憶—』は、季刊『二十一世紀文学』二〇一二年春号から二〇一三年夏号まで六回にわたり連載されたもので、本書刊行のために改稿する際、四五〇枚ほど削除した。この長編は一人称の主人公を立て、回顧録の形式で始まり、そして幕を閉じる。しかし、私はこの長編を書き始める時、三つの形式を使うことを念頭に置いた。一．独立と戦争の間における時代の流れについては歴史的な事実に基づき、ルポルタージュ式に記述する、二．父の生涯と私の幼年期は事実通りに反映する、三．父の描写に関しては、私があまりにも幼い時に父と別れ、途切れ途切れの記憶しか残っていないため、様々な場面を推測と虚構を交じえて繫いでみる、ということだ。全ての小説は自伝的な要素がある程度ベースになっていると言われる通り、この長編小説では多数の実名が登場するが、あくまでも小説としてのみ評価していただければ幸いだ。

訳者の言葉

ドラマ『冬のソナタ』の大ヒットにより、二〇〇四年頃から韓国ドラマブームが起き始めた。レンタルビデオショップに行けば、純愛物・時代劇・ラブコメなど、様々なジャンルの韓国ドラマや映画が上位にランクされている。今では、テレビやインターネットでも韓国ドラマが日常的に視聴できるようになった。また、ドラマに続いて、Ｋ－ＰＯＰがうまくバトンを繋ぎ、さらには韓スタイルといわれる衣食住の文化に至るまで、韓流は日本人にとって欠かせないものとなっている。

一方で、文化コンテンツの宝庫と言える文学に目を向けてみると、はたしてどうだろうか。韓国では、日本の有名作家はもちろん、新人作家・ライトノベル・推理小説・漫画など、多くの作家とあらゆるジャンルの本が紹介され、大きな注目を集めており、それはまさに圧倒的な「日流」と言える。他方、韓国の文学作品に関しては、最近の韓国文学ブームによって、日本の書店でもいろいろな作品と出会えるようになった。

このような状況の中で、韓国大山《テサン》文化財団の支援を得て、金源一著『아들의 아버지（原

題：息子の父）』を日本の皆様に紹介できることを誠にうれしく思っている。現代の韓流ブームという輝かしい文化の背景には、植民地時代、独立後の混沌とした政局、朝鮮戦争、李承晩政権による保導連盟虐殺事件、民主化運動など、激動と苦難に満ちた歴史があった。この小説は、作者が経験した時代と父についての記憶を虚構を交えながら語ることを通して、韓国の激変の歴史を淡々とした文体で描いている。読者の方々がこの一冊と出会うことによって、韓国についてさらに深く理解していただける機会となれば幸いである。

文禄・慶長の役の後、朝鮮通信使は一二回にわたって江戸を訪問し、日本の文人と詩文のやり取りをすることによって日朝友好の懸け橋となった。その時、戦争によって傷ついた日朝両国民を結んでくれたのが文学だったのである。染谷智幸氏は『冒険 淫風 怪異 東アジア古典小説の世界』（笠間書院、二〇一二）で「血にまみれた歴史とその叙述を、癒《いや》し糺《ただ》してきたのは常に文学であった」「戦争や災害で荒廃した、それぞれの民族の心田を耕し続けたことは紛れもない事実である」と述べているが、この言葉は本書の刊行においても示唆するところが大きい。現在の日韓関係において、政治的な理念によって傷ついた両国民の傷を癒してくれるのもまさに文学なのである。

これを機に、日韓両国における更なる相互理解が深まることを願ってやまない。

本書は韓国大山文化財団の翻訳・出版助成を受けて刊行されました。

■著者プロフィール

金源一（キム・ウォンイル）

1942年慶尚南道金海市進永邑で生まれ、大邱で成長した。1966年から小説を発表し、『暗闇の魂』『未忘』『鳶』『心の監獄』『夕焼け』『落ち窪の庭の家』『火の祭典』など、韓国文学を代表する多くの作品を書いた。

■訳者プロフィール

遠藤淳子（えんどう・じゅんこ）

宮城県仙台市生まれ。東北学院大学文学部英文学科卒業。K-BOOK振興会仙台支局長を経て、現在はフリーランス翻訳家、韓国語講師として活動中。訳書に『나는 오늘 결혼정보회사에 간다』（共訳、월인(worin)、2016年、〈原題：『「婚活」現象の社会学』編著者：山田昌弘、東洋経済新報社、2010年〉）、『旅するこどもの韓国語・ソウル編』（成美堂出版、2019年）がある。

金永昊（キム・ヨンホ）

韓国生まれ。韓国外国語大学日本語科卒業、金沢大学大学院修了（文学博士）。現在、東北学院大学准教授。専門は日韓比較文学。『諸国百物語』(2013)、『日本霊異記』(2013、共訳）など、日本の古典文学を韓国語に訳し、その魅力を韓国に紹介しながら、韓国の文学作品を日本に紹介する道に進む。

金鉉哲（キム・ヒョンチョル）

韓国慶尚南道古城生まれ。1996年高麗大学国語国文学科卒業。2003年高麗大学国語国文学科博士課程修了（文学博士）。現在、東北大学 高度教養教育・学生支援機構 准教授。専攻は舞台芸術（performing art）。特に、日韓近代劇の理論形成過程について研究している。主な著書・論文に『韓国芸能の原理と方法』（共著、ソウル：演劇と人間、2006)、「韓国と日本におけるコンテンツ概念の比較研究」(『韓国学研究』45、高麗大学韓国学研究所、2013)、「日韓の山岳信仰に関する考察」(『智異山南岳祭の伝承と祭りに関する研究』、求礼文化院、2013)、「日本における韓国語教育の現況と課題」(『韓国初等国語教育』59、韓国初等国語教育学会、2015)がある。

韓国文学の源流

父の時代 ―息子の記憶―

아들의 아버지

2021年6月30日　第1刷発行

著　者　金源一
翻訳者　遠藤淳子、金永昊、金鉉哲
発行者　田島安江
発行所　株式会社 書肆侃侃房（しょしかんかんぼう）
〒810-0041 福岡市中央区大名2-8-18-501
TEL 092-735-2802
FAX 092-735-2792
http://www.kankanbou.com
info@kankanbou.com

編　集　田島安江
DTP　黒木留実
印刷・製本　シナノ書籍印刷株式会社

ISBN978-4-86385-471-0 C0097